NARRATIVA

632

J. Lynn

pseudonimo di

Jennifer L. Armentrout

TI ASPETTAVO

Romanzo

TRADUZIONE DI
ILARIA KATERINOV

EDITRICE NORD

Titolo originale
Wait for you

ISBN 978-88-429-2664-1

TI ASPETTAVO

Dedicato a coloro che stanno leggendo questo libro.
Senza di voi, niente di tutto ciò sarebbe possibile.
Siete davvero fantastici.

1

Nella vita avevo due grandi paure. La prima era quella di svegliarmi in piena notte e trovarmi faccia a faccia con un fantasma: improbabile, ma pur sempre un pensiero terrificante. La seconda era quella di entrare in ritardo in un'aula affollata.

Odiavo essere in ritardo.

Odiavo che la gente si voltasse a guardarmi. Il che era inevitabile se arrivavi un minuto dopo l'inizio della lezione.

Per questo motivo, nel fine settimana, con Google Maps avevo calcolato al millimetro la distanza tra il mio appartamento di University Heights e il parcheggio riservato agli studenti. E domenica avevo fatto avanti e indietro in macchina due volte per accertarmi che Google non si sbagliasse.

Un chilometro e novecento metri, per la precisione.

Cinque minuti in tutto.

Ero persino uscita di casa con un quarto d'ora di anticipo, in modo da arrivare dieci minuti prima dell'inizio della lezione, che cominciava alle nove e dieci.

Quel che non avevo calcolato era il chilometro e mezzo di coda allo stop: d'altronde, un vero semaforo nel centro storico di una cittadina antica sarebbe stato chiedere troppo; inoltre non avevo previsto che in tutto il campus non sarebbe rimasto un solo posto libero. Avevo dovuto parcheggiare alla stazione ferroviaria là vicino, perdendo anche tempo prezioso a cercare le monetine per il parchimetro.

Se proprio vuoi trasferirti all'altro capo del Paese, almeno prendi una stanza in dormitorio. Ce li hanno lì, i dormitori, vero? La voce di mia madre riecheggiava tra i miei pensieri quando mi fermai davanti all'edificio di Scienze intitolato a Robert Byrd, col fiato mozzo per aver percorso a passo spedito una salita troppo ripida.

Ovviamente non ero voluta andare in dormitorio perché sapevo che prima o poi i miei genitori si sarebbero presentati all'improvviso e avrebbero iniziato a *giudicare* e *commentare*, e mai e poi mai avrei permesso che un'innocente compagna di stanza assistesse a una scena del genere. Così avevo dato fondo ai miei sudati risparmi per affittare un trilocale vicino al campus.

Mr e Mrs Morgansten ci erano rimasti molto male.

E questo mi aveva dato grande soddisfazione.

Mi stavo però già pentendo di quella piccola ribellione, perché, mentre transitavo dall'afa di quella mattina di fine agosto all'aria condizionata dell'edificio, erano già le nove e undici; e, come se non bastasse, l'aula di astronomia era al primo piano. Ma, soprattutto, perché diamine mi ero iscritta al corso di astronomia?

Forse perché l'idea di partecipare anche solo a un'altra lezione di biologia mi dava la nausea? Sì, era per quello.

Mi fiondai su per l'ampia scalinata, oltre la porta a doppio battente e... andai a sbattere contro il muro.

Barcollai all'indietro, agitando le braccia come un vigile ubriaco. Il peso della borsa a tracolla piena di libri mi sbilanciò di lato. I capelli mi ricaddero sulla faccia, una coltre rossiccia che per un attimo mi accecò completamente.

Oh, santo cielo, stavo per cadere. Ormai era fatta. M'immaginai già con l'osso del collo spezzato. Sarebbe stato orribile...

Qualcosa di solido e robusto mi cinse la vita, impedendomi di precipitare. La mia borsa invece finì a terra, rovesciando sul pavimento una pioggia di penne e libri costosissimi. Le mie penne! Le mie meravigliose penne stavano rotolando in ogni direzione. Un istante più tardi mi ritrovai addossata al muro.

Il muro era stranamente caldo.

Il muro sghignazzava.

« Ehi, tutto a posto, tesoro? » disse una voce profonda.

Il muro, a quanto pareva, non era un muro. Era un ragazzo. Il mio cuore mancò un colpo, e per uno spaventoso istante non potei né respirare né pensare. Ero tornata indietro di cinque anni. Non riuscivo a muovere un muscolo. L'aria mi uscì tutta d'un colpo dai polmoni in uno spasmo di dolore e un formicolio mi attraversò la base del collo. Ero paralizzata.

« Ehi! » La voce adesso era venata di preoccupazione. « Ti senti bene? »

Mi concentrai sulla respirazione. Dovevo respirare. Inspira, espira. Mi esercitavo da cinque anni. Non ero più una quattordicenne. Non ero più in quel posto lontano. Ero all'altro capo del Paese.

Due dita mi si posarono sotto il mento per sollevarmi il viso. Due occhi di un azzurro incredibile e incorniciati da folte ciglia nere mi stavano fissando. Il blu elettrico era in tale contrasto con le pupille nere che mi domandai se fossero veri.

E poi capii.

Un ragazzo mi stava abbracciando. Nessun ragazzo mi aveva mai abbracciata (tranne quell'unica volta, ma quella non contava). E adesso ero schiacciata addosso a lui, coscia a coscia, petto contro petto. Come se stessimo ballando. Un profumo tenue, di acqua di colonia, mi diede alla testa. Wow. Era un buon profumo, costoso, come il *suo*...

D'un tratto fui invasa dalla rabbia: una sensazione dolce e familiare, che spazzava via il panico e la confusione. Mi ci aggrappai disperatamente e ritrovai la voce: « Lasciami andare ».

Occhi Azzurri abbassò subito il braccio. Barcollai di lato e per un pelo non inciampai sulla borsa. Ansimando, mi scostai i capelli dal viso e finalmente riuscii a guardare bene Occhi Azzurri.

Oddio, Occhi Azzurri era...

Era bellissimo da far girare la testa. Alto almeno venti centimetri più di me, spalle larghe e fianchi stretti, aveva un corpo atletico, come quello di un nuotatore. I capelli neri gli ricadevano sulla fronte in morbide onde, sfiorando le sopracciglia. Gli zigomi pronunciati e le labbra carnose ed espressive completavano il pacchetto. E con quegli occhi color zaffiro, santo cielo...

Chi avrebbe mai detto che in un posto di nome Shepherdstown, la città dei pastori, si nascondesse un così bel ragazzo?

E io mi ero scontrata con lui. Letteralmente. Ero un genio. « Scusami. Vado di fretta, sono in ritardo per la lezione... »

Il ragazzo sorrise e s'inginocchiò per raccogliere le mie cose. Per un istante, il groppo in gola, mi venne da piangere. Ormai ero davvero in ritardo, non potevo entrare in quell'aula, tantomeno il primo giorno di lezione. Mi sentivo sconfitta su tutta la linea.

Mi accovacciai a raccogliere le penne, facendo scivolare i capelli in avanti per nascondere il viso. « Non sei tenuto ad aiutarmi. »

« Nessun problema. » Raccolse un foglio di carta e poi alzò lo sguardo su di me. « Astronomia, corso base? Ci sto andando anch'io. »

Fantastico. Per l'intero semestre avrei rivisto in aula il ragazzo che avevo quasi ucciso in corridoio. « Adesso sei in ritardo anche tu. Mi spiace, sul serio. »

Lui finì d'infilare la mia roba nella borsa, si rialzò e me la porse. « Non fa niente. » Quell'accenno di sorriso si allargò ma rimase obliquo, creando una fossetta sulla guancia sinistra. « Sono abituato alle ragazze che si gettano tra le mie braccia. »

Battei le palpebre, credendo di aver capito male: perché di sicuro quel bellimbusto con gli occhi azzurri non poteva aver detto una cosa così stupida.

E invece sì, e non aveva finito: « Ma nessuna mi aveva mai aggredito alle spalle. Non è male, devo dire ».

Le guance mi s'infiammarono, ma ritrovai la lucidità. « Non volevo aggredirti alle spalle né gettarmi tra le tue braccia. »

« Ah, no? » Il ghigno non accennava a scomparire. « Be', è un peccato. Altrimenti sarebbe stato il miglior primo giorno di lezione della storia. »

Non sapevo cosa ribattere, così mi strinsi al petto la borsa pesante. Giù a casa, i ragazzi non facevano i carini con me. Al liceo quasi nessuno mi guardava, e i pochi che lo facevano... be', non era perché volessero provarci.

Lo sguardo di Occhi Azzurri si posò sul foglio che teneva in mano. « Avery Morgansten? »

Il cuore mi balzò in gola. « Come fai a sapere il mio nome? »

Piegò la testa di lato e il suo sorriso si allargò. « È scritto sul tuo orario. »

« Oh. » Mi scostai i capelli dal viso ormai paonazzo. Lui mi restituì l'orario e io lo infilai in borsa. Mentre trafficavo con la tracolla, una nuvola d'imbarazzo calò tra noi due.

« Io sono Cameron Hamilton, ma tutti mi chiamano Cam », si presentò Occhi Azzurri.

Cam. Mi rigirai quel nome in bocca: mi piaceva. « Grazie ancora, Cam. »

Lui si chinò a raccogliere uno zaino nero che prima non avevo notato, poi si rialzò ravviandosi i capelli scuri. « Be', facciamo il nostro ingresso in grande stile. »

Restai inchiodata al pavimento mentre lui percorreva i pochi metri che ci separavano dalla porta chiusa dell'aula 205. Posò la mano sulla maniglia e si voltò a guardarmi, in attesa.

Non ci riuscivo. Non c'entrava niente il fatto che mi fossi appena scontrata col ragazzo più sexy del campus. Non potevo entrare lì dentro, mi avrebbero fissata tutti. Dopo cinque anni ne avevo abbastanza di essere al centro dell'attenzione. La fronte mi s'imperlò di sudore, una stretta mi avvinghiò lo stomaco e feci un passo indietro, per allontanarmi dall'aula e da Cam.

Sul suo bel viso si disegnò un'espressione incuriosita. « Stai andando dalla parte sbagliata, tesoro. »

Erano anni che sbagliavo strada. « Non posso. »

« Non puoi cosa? » Fece un passo verso di me.

E io fuggii. Girai sui tacchi e mi misi a correre come se dovessi conquistare l'ultima tazza di caffè rimasta al mondo. Mentre passavo da quella maledetta porta a doppio battente sentii che mi chiamava per nome, ma proseguii.

Corsi giù per le scale e uscii dall'edificio di Scienze con le guance in fiamme e il fiato corto. Le mie gambe continuarono a muoversi da sole e mi ritrovai seduta su una panchina fuori dalla biblioteca. Alzai la testa e strizzai gli occhi contro il sole del mattino.

Accidenti!

Bel modo di fare buona impressione in una nuova città, una nuova scuola... una nuova vita. Avevo fatto più di millecinquecento chilometri per ricominciare da zero, e in pochi minuti avevo già rovinato tutto.

2

A quel punto avevo due possibilità: farmi forza e riprovare a entrare in quell'aula per la prima lezione della mia carriera universitaria, o andare a casa e buttarmi sul letto. Avrei tanto preferito la seconda opzione, ma non era nel mio carattere.

Se fossi stata una di quelle che corrono a nascondersi, non sarei mai uscita viva dal liceo.

Abbassai lo sguardo sul grosso bracciale d'argento che portavo al polso sinistro, per accertarmi che fosse ancora al suo posto. Ero uscita viva dal liceo, sì, ma per un pelo.

Mamma e papà si erano infuriati quando avevo annunciato la mia intenzione di frequentare l'università al capo opposto del Paese. Se fosse stata Harvard, o Yale, o Sweet Briar, sarebbero stati felici. Ma un ateneo così poco prestigioso? Che disonore. Non capivano proprio. Non capivano mai, loro. Non avevo la minima intenzione di frequentare la loro stessa università, o quelle in cui venivano spediti a forza i figli dei loro amici del Country Club.

Volevo un'università in cui nessuno mi ridesse alle spalle, in cui liberarmi di tutti quei sussurri velenosi. Un posto in cui nessuno conoscesse la mia storia, o ripetesse a oltranza un'altra versione dei fatti... finché io stessa non fossi stata più sicura di cosa fosse successo realmente, quella sera di Halloween di cinque anni prima.

Ma lì nessuno mi conosceva, nessuno sospettava niente. E nessuno sapeva cosa ci fosse sotto il bracciale che indossavo, nei giorni d'estate in cui non potevo portare le maniche lunghe.

Andare lì era stato una mia decisione, ed era stato la cosa giusta da fare.

Mi era venuto da ridere quando i miei genitori avevano minacciato di tagliarmi il fondo fiduciario. Avevo soldi miei, soldi su cui loro non potevano più mettere le mani da quando avevo compiuto diciotto anni. Soldi che avevo guadagnato io. Li avevo delusi di nuovo, dicevano; ma se fossi rimasta in Texas, con quelle persone, sarei morta.

Guardai l'ora sul cellulare, mi alzai e mi caricai la borsa in spalla. Almeno non sarei arrivata in ritardo alla lezione di storia.

Dovevo raggiungere l'edificio di Scienze sociali, ai piedi del colle che poco prima avevo scalato di corsa. Superai il parcheggio passando dietro l'edificio Byrd e poi attraversai la strada trafficata. Tutt'intorno a me gli studenti si muovevano a coppie e in piccoli gruppi: era chiaro che si conoscevano già tutti. Ma non mi sentii emarginata: poter andare a lezione nel totale anonimato rappresentava per me una grande libertà.

Cercando di non pensare al pessimo esordio della mattinata, entrai nel Whitehall e imboccai la prima scalinata a destra. Il corridoio al primo piano era pieno di studenti che aspettavano la fine della lezione precedente. Mi feci strada fra i ragazzi che ridevano e chiacchieravano, schivandone alcuni che sembravano ancora mezzi addormentati. Trovai un posto libero di fronte all'aula e mi sedetti a terra a gambe incrociate. Mi passai le mani sui jeans per asciugare il sudore: ero emozionata all'idea d'iniziare il corso di storia. La gente normale si annoia a morte nei corsi introduttivi di storia, ma per me era la prima lezione della materia in cui volevo laurearmi.

E, con un po' di fortuna, di lì a cinque anni sarei andata a lavorare in un museo o in una biblioteca, un posto fresco e silenzioso dove avrei catalogato antichi testi o manufatti archeologici. Non sarà la professione più eccitante del mondo, ma sarebbe stata perfetta per me.

Meglio di quella che sognavo prima, quando volevo diventare ballerina professionista a New York.

Un'altra delusione per la mamma. Tutti quei soldi buttati in lezioni di ballo, da quando avevo imparato a camminare fino ai quattordici anni.

Però mi mancava quel senso di pace che provavo ballando. Solo che non riuscivo più a ballare.

« Bambola, che ci fai seduta per terra? »

Alzai la testa di scatto e ricambiai il largo sorriso che illuminava il bel viso da ragazzino abbronzato di Jacob Massey. Avevamo fatto amicizia all'orientamento delle matricole, la settimana prima, e avremmo frequentato insieme quel corso, oltre a quello di storia dell'arte il martedì e il giovedì. La sua personalità estroversa mi aveva conquistata subito.

Gli guardai i jeans costosi. « Si sta comodi quaggiù, dovresti sederti anche tu. »

« Col cavolo! Le mie nobili chiappe non si sporcheranno su quel pavimento. » Appoggiò il fianco alla parete accanto a me e sorrise. « Ehi, aspetta, ma che ci fai già qui? Pensavo avessi lezione alle nove. »

« Hai imparato a memoria il mio orario? » La settimana precedente ci eravamo scambiati gli orari per tipo cinque secondi.

Mi fece l'occhiolino. « Ho un'ottima memoria per le cose inutili. »

Risi. « Buono a sapersi. »

« Quindi hai già marinato una lezione? Ah-ah, non si fa. »

Rabbrividii e scossi la testa. « Sì, ma ero in ritardo, e detesto entrare in aula quando la lezione è già cominciata, quindi rinvio il mio primo giorno a mercoledì... sempre che non mi ritiri da quel corso prima di allora. »

« Ritirarti? Bambola, non dire fesserie. Astronomia è una passeggiata. Mi sarei iscritto anch'io se i posti disponibili non fossero finiti in due secondi, quando sono arrivati quei maledetti del secondo e terzo anno. »

« Be', tu non hai quasi ucciso un ragazzo in corridoio mentre correvi a lezione. Un ragazzo che casualmente frequenta lo stesso corso-passeggiata. »

« Cosa? » I suoi occhi scuri si accesero d'interesse e stava per inginocchiarsi accanto a me quando notò una persona. « Aspetta un momento, Avery. » Poi cominciò ad agitare un braccio e a saltellare. « Ehi, Brittany! Porta qui le chiappe! »

Una ragazza bassa e bionda, con le guance arrossate, si fermò di colpo in mezzo al corridoio e svoltò verso di noi sorridendo quando vide Jacob che si sbracciava.

« Brittany, questa è Avery », ci presentò Jacob con un sorriso. « Avery, questa è Brittany. Ditevi ciao. »

« Ciao », disse Brittany, con un cenno della mano.

La imitai. « Ciao. »

« Avery mi stava giusto dicendo che ha quasi ucciso un ragazzo in corridoio. Pensavo che avrebbe fatto piacere anche a te sentire la storia. »

Sussultai, ma la scintilla d'interesse negli occhi castani di Brittany mi parve buffa.

« Racconta! » mi esortò lei con un sorriso.

« Be', non è vero che l'ho quasi ucciso », sospirai. « Ma c'è mancato poco, ed è stato molto imbarazzante. »

« Le storie imbarazzanti sono le migliori », intervenne Jacob, inginocchiandosi.

Brittany rise. « È vero. »

« Sputa l'osso, sorella. »

Mi ravviai i capelli dietro le orecchie e abbassai la voce per non rivelare la mia umiliazione a tutto il corpo studentesco. « Ero in ritardo per astronomia, e sono entrata di corsa dalla porta a doppio battente al primo piano. Non guardavo dove andavo, e così sono finita addosso a quel poveretto in corridoio. »

« Ahia. » Brittany mi rivolse un'occhiata di compatimento.

« Già, e insomma, l'ho quasi fatto ruzzolare dalle scale. Mi è caduta la borsa, libri e penne sono volati ovunque. Una scena epica, davvero. »

A Jacob brillavano gli occhi. « Era figo, almeno? »

« Cosa? »

« Lui! Era figo? » ripeté lisciandosi i capelli corti. « Perché, se era figo, dovevi approfittarne. Poteva diventare la miglior rottura del ghiaccio nella storia. Potevate innamorarvi perdutamente, e tu avresti potuto dire a tutti che l'avevi speronato prima che lui *speronasse* te. »

« Oddio. » Avvertii un familiare rossore alle guance. « Sì, era molto carino. »

« Oh, no », mormorò Brittany che, a differenza di Jacob, aveva capito che la bellezza del ragazzo rendeva la situazione ancor più imbarazzante. Presumo si debba possedere una vagina per afferrare queste sottigliezze, perché Jacob sembrava più entusiasta di prima.

«Allora, descrivimi un po' questo figaccione. Ho bisogno di dettagli.»

Una parte di me non voleva parlarne, perché pensare a Cam mi metteva estremamente a disagio. «Ehm... be', era molto alto... e muscoloso.»

«Come fai a sapere che era muscoloso? Lo hai anche palpato?»

Risi, mentre Brittany scuoteva la testa. «Gli sono finita *addosso*, Jacob. E lui mi ha presa al volo. Anche se non lo stavo palpando apposta, ho sentito che aveva un bel corpo.» Feci spallucce. «Comunque ha i capelli scuri e ondulati. Più lunghi dei tuoi, un po' spettinati ma...»

«Accidenti, bambola, se stai per dire 'spettinati ma alla sono-sexy-e-lo-so-bene', voglio andarci a *sbattere* anch'io.»

Brittany sghignazzò. «Adoro i capelli così.»

Dovevo essere paonazza. «Sì, è davvero bello, e ha gli occhi così azzurri che sembrano...»

«Aspetta», ansimò Brittany, sgranando gli occhi. «Così azzurri che sembrano finti? E aveva anche un buon profumo? So che sembro bizzarra, ma rispondimi e basta.»

Non solo bizzarra, era anche molto buffa. «Sì, e sì», risposi.

«Porca puttana.» Brittany scoppiò in una sonora risata. «Ti ha detto come si chiama?»

Iniziavo a preoccuparmi, perché anche Jacob aveva la faccia di uno cui è appena venuto in mente qualcosa. «Sì, perché?»

Brittany diede di gomito a Jacob e poi mi chiese, a voce più bassa: «Si chiama Cameron Hamilton?»

Restai a bocca aperta.

« Sì! » Brittany rise così forte che le tremarono le spalle. « Sei andata a sbattere contro *Cameron Hamilton*? »

Jacob non sorrideva. Mi fissava... ammirato. « T'invidio da morire. Darei il testicolo sinistro per scontrarmi con Cameron Hamilton. »

Scoppiai a ridere. « Wow. È una cosa seria, allora. »

« Cameron Hamilton è una cosa seria, Avery. Ma tu non puoi saperlo, non sei di queste parti », disse Jacob.

« Anche tu sei una matricola. Come fai a conoscerlo? » gli chiesi. In fondo Cam doveva essere al secondo anno, se non al terzo, a giudicare dagli anni che dimostrava.

« Tutto il campus lo conosce. »

« Sei al campus da meno di una settimana! »

Jacob sorrise. « Vado in giro, vedo gente. »

Risi di nuovo, incredula. « Non capisco. Sì, è... carino, e quindi? »

« Sono andata a scuola con Cameron », spiegò Brittany, guardandosi alle spalle. « Cioè, aveva due anni più di me, ma era il più figo del liceo. Tutti volevano essergli amici o essere la sua ragazza. Qui succede più o meno lo stesso. »

Ero curiosa, benché la descrizione di Brittany mi ricordasse qualcun altro. « Quindi voi siete di queste parti? »

« No, veniamo da fuori Morgantown, dalla zona di Fort Hill. Non so perché lui frequenti questa università invece della West Virginia University, ma io l'ho scelta perché volevo andarmene da quella città e non ritrovarmi con le stesse persone di sempre. »

Come la capivo!

« Comunque, tutti qui conoscono Cameron. » Jacob batté le mani, entusiasta. « Abita fuori dal campus, e si dice che le sue feste siano le migliori... »

A questo punto intervenne Brittany: « Al liceo aveva

una certa reputazione. Una reputazione meritata. Non fraintendermi, è sempre stato un ragazzo a posto, simpatico, spiritoso, ma all'epoca cambiava ragazza un giorno sì e uno no. Ora sembra che abbia messo la testa a posto, però sai cosa si dice del lupo che perde il pelo... »

« Okay. » Giocherellai col bracciale. « Buono a sapersi, ma non importa, davvero. Insomma, gli sono andata addosso in corridoio, non è che siamo amici, io e Cam. »

« *Cam?* » ripeté Brittany, battendo le palpebre.

« Sì? » Scattai in piedi e raccolsi la borsa. Stavano per aprirsi le porte dell'aula.

Brittany mi guardò perplessa. « Solo gli amici lo chiamano Cam. »

« Oh », ribattei, incerta. « Mi ha detto che lo chiamano tutti Cam, e gli ho creduto. »

La ragazza non rispose, ma non capivo quale fosse il problema. Cam, Cameron... insomma quel ragazzo era stato molto gentile con me quando gli ero finita addosso. Il fatto che fosse un ex playboy scavezzacollo non significava niente per me, se non che dovevo tenermi alla larga da lui.

Le porte si aprirono e gli studenti si riversarono in corridoio. Aspettammo che l'aula fosse vuota e poi entrammo e prendemmo tre posti in fondo, con Jacob seduto al centro. Mentre estraevo il mio enorme quaderno da cinque materie, un'arma contundente che avrebbe potuto tramortire chiunque, Jacob mi prese per un braccio.

Nei suoi occhi riluceva la perfidia. « Non puoi ritirarti dal corso di astronomia. Se voglio arrivare vivo alla fine di questo semestre, devo guardare il mondo attraverso i tuoi occhi e sentir parlare di *Cam* almeno tre volte alla settimana. »

Risi sommessamente. « Non ho intenzione di ritirarmi... » dissi, benché segretamente un po' lo desiderassi. « Ma dubito che avrò qualcosa da raccontarti. Non penso che ci rivolgeremo più la parola. »

Jacob mi lasciò andare il braccio e si tirò indietro scrutandomi di sottecchi. « Le ultime parole famose, Avery. »

Il resto della giornata fu, con mio grande piacere, molto più noioso della mattinata. Nessun altro bel ragazzo travolto, né altri episodi umilianti. A pranzo dovetti raccontare di nuovo l'incidente per intrattenere Jacob, ma ero felice che lui e Brittany andassero in pausa alla stessa ora. Avevo temuto di dover passare la giornata da sola, quindi era piacevole chiacchierare con qualcuno... qualcuno della mia età.

Socializzare è un po' come andare in bicicletta.

E, a parte i consigli non richiesti di Jacob, secondo cui avrei dovuto correre di proposito addosso a Cam quando lo avessi rivisto, non c'erano stati momenti imbarazzanti. A fine giornata mi ero quasi dimenticata di Cam.

Prima di andarmene passai all'edificio dell'amministrazione per fare domanda come studentessa lavoratrice. Non mi servivano i soldi, ma avevo bisogno di tenere la mente occupata. Avevo un carico di studio non indifferente - diciotto ore alla settimana - ma mi restava moltissimo tempo libero. Trovare lavoro nel campus sembrava la cosa giusta da fare, tuttavia non c'erano posti disponibili. Il mio nome fu aggiunto a una lunga lista d'attesa.

Il campus era molto bello, pittoresco e silenzioso, molto diverso dagli sterminati parchi delle università più grandi. Stretto tra il fiume Potomac e la cittadina storica di Shepherdstown, era un paesaggio da cartolina. Palazzi con alte guglie inframmezzati a strutture più moderne, alberi ovunque, aria fresca e pulita e tutti i servizi a portata di mano. Nelle belle giornate potevo andare a lezione a piedi, o quantomeno parcheggiare sulla West Campus per non pagare il posteggio.

Tornai verso la macchina, godendomi la brezza tiepida. A differenza di quella mattina, quando ero trafelata perché in ritardo, ebbi il tempo di ammirare le abitazioni lungo la strada che portava alla stazione ferroviaria. Vidi tre case disposte a schiera, con le verande affollate di ragazzi. Evidentemente in quella zona abitavano molti studenti.

Un ragazzo, con una birra in mano, alzò la testa nella mia direzione. Sorrise, ma poi si voltò di scatto e imprecò sonoramente quando un pallone da football volò fuori dalla porta aperta colpendolo alla schiena.

Sì, era decisamente un quartiere di studenti.

Drizzai la schiena e accelerai il passo, superando in fretta quelle case. Arrivai a un incrocio, scesi dal marciapiede e rischiai di essere travolta da un pick-up argento – uno di quelli grossi, forse un Tundra – che sfrecciava a tutta velocità sulla stretta strada che dovevo attraversare. Il cuore mi balzò in gola mentre il pick-up frenava di colpo.

Risalii sul marciapiede, confusa. Il vetro scuro dal lato del passeggero si stava abbassando.

Il conducente voleva insultarmi? Quando il finestrino fu giù del tutto, rischiai di svenire.

Cameron Hamilton mi sorrideva da dietro il volante, con in testa un berretto da baseball messo al contrario da cui uscivano i suoi riccioli scuri. Era senza camicia. E, da quel che potevo vedere da là, aveva un gran bel petto. Un sacco di muscoli. E un tatuaggio. Sul lato destro del torace splendeva un sole, i cui raggi giravano intorno alla spalla in accese sfumature di rosso e arancio.

«Avery Morgansten, ci incontriamo di nuovo.»

Era l'ultima persona che volessi vedere. Ero la ragazza più sfigata del mondo. «Cameron Hamilton... ciao.»

Si sporse dal finestrino, posando un braccio sul volante. Precisazione: aveva anche dei bei bicipiti. «Dobbiamo smetterla di vederci così.»

Verissimo. Dovevo smettere di fissargli i bicipiti... e il petto... e il tatuaggio. Non avevo mai pensato che il sole potesse essere così... sexy. Wow. Era imbarazzante.

«Tu che ti scontri con me e io che rischio d'investirti... Siamo sull'orlo di una catastrofe», proseguì lui.

Non avevo idea di cosa ribattere. Avevo la gola secca, la mente in subbuglio.

«Dove stavi andando?»

«Alla mia macchina. Sta per scadermi il ticket del parcheggio», risposi a fatica.

Non era proprio vero, perché ero stata generosa con le monetine per evitare una multa, ma questo lui non poteva saperlo. «Perciò...»

«Be', salta su, tesoro. Ti do un passaggio.»

Il sangue mi drenò dal viso e discese verso altre parti del corpo, lasciandomi nella confusione più totale. «No, non è necessario, la mia macchina è proprio in cima alla salita. Non ce n'è bisogno.»

Il suo sorriso s'inclinò di lato rivelando quella fossetta asimmetrica. «Nessun problema, è il minimo che possa fare dopo averti quasi investita.»

«Grazie, ma...»

«Ehi, Cam!» Il ragazzo di prima con la birra saltò giù dalla veranda e corse sul marciapiede, scoccandomi una rapida occhiata. «Che combini, amico?»

Ero salva.

Lo sguardo di Cam non si staccò da me, ma il sorriso si allentò leggermente. « Niente, Kevin, stavo solo cercando di fare conversazione. »

Salutai Cam con un cenno della mano, girai intorno a Kevin e al muso del pick-up. Non mi voltai, ma mi sentii osservata. Negli anni, ero diventata molto brava a percepire gli sguardi della gente.

Mi costrinsi a camminare fino alla stazione ferroviaria, perché se mi fossi messa a correre, se fossi scappata via dallo stesso ragazzo due volte nello stesso giorno, avrei superato il livello accettabile di eccentricità. Anche per i miei standard.

Non mi accorsi che trattenevo il fiato finché non mi ritrovai al volante della mia macchina col motore già acceso.

Santo cielo.

Posando la testa sul volante, mi sfuggì un gemito. Sull'orlo di una catastrofe? Sì, decisamente.

3

Le tre ore di sociologia di martedì pomeriggio non erano state poi così tanto pesanti, ma al termine della lezione morivo di fame. Prima di tornare a casa mi fermai da Sheetz, una catena di stazioni di servizio e minimarket che non avevamo in Texas, e comprai un'insalata con pollo fritto e salsa ranch.

Mmm. Tutta salute.

Il parcheggio di casa mia era così affollato che alcune auto erano posteggiate nel campo adiacente, che confinava a ovest col campus. Non era così qualche ora prima, quando ero andata via, e mi domandai cosa stesse succedendo. Ero riuscita a trovare posto vicino alla strada principale e, mentre spegnevo il motore, il cellulare vibrò nel portabicchieri.

Sorrisi vedendo che era un SMS di Jacob. Durante la lezione ci eravamo scambiati i numeri, perché lui abitava in un dormitorio.

ARTE FA SCHIFO, diceva il messaggio.

Scoppiai a ridere e risposi commentando i compiti che ci erano stati assegnati: associare i dipinti alle epoche cui risalivano. Grazie al cielo esisteva Google.

Presi la borsa e l'insalata e scesi dall'auto. L'afa era insopportabile e mi pentii di non aver raccolto i capelli. Ma nell'aria aleggiava già l'odore dell'autunno, e non vedevo l'ora che facesse più fresco. Magari anche un po' di neve.

Attraversai il parcheggio ben illuminato al centro del quale sorgeva il palazzo. Il mio appartamento era all'ultimo piano, il quinto; a quanto pareva, là vivevano parecchi studenti, e molti erano arrivati proprio quel giorno, ma appena salii sul marciapiede capii il perché di tutte quelle macchine.

Da qualche parte nel mio palazzo proveniva una musica a volume altissimo. C'erano molte luci accese, e salendo le scale mi raggiunsero stralci di conversazione. Al quinto piano trovai il colpevole: davano una festa nell'appartamento di fronte al mio, due porte più in là. La porta era socchiusa, e luci e musica si riversavano sul pianerottolo.

Mi colse un fremito d'invidia mentre aprivo la mia porta. Tutte quelle risate, il rumore e la musica... sembrava divertente. Sembrava tutto così normale, una cosa che anch'io avrei dovuto fare, ma le feste...

Le feste non finivano mai bene per me.

Mi richiusi la porta alle spalle, mi sfilai le scarpe e posai la borsa sul divano. Avevo speso molto per arredare quell'appartamento, ma dovevo viverci per quattro anni; dopodiché avrei potuto rivendere i mobili o portarli via con me.

Ed era tutta roba *mia*. E quello significava molto per me.

La festa dei vicini proseguì ancora a lungo. Nel frattempo io avevo mangiato la mia insalata ipercalorica, mi ero messa i pantaloncini del pigiama e una maglia a maniche lunghe e avevo finito i compiti di arte. Era appena passata la mezzanotte quando abbandonai la lettura assegnataci per il corso d'inglese e mi avviai in camera da letto.

Ma mi fermai in corridoio, coi piedi affondati nella moquette.

Mi raggiunse una risata soffocata: la porta dei dirimpettai era evidentemente aperta, perché le voci risultavano più alte di prima. Mi raggelai. E se avessi aperto la porta e avessi riconosciuto qualche compagno di corso? Era senza dubbio una festa di universitari. Forse conoscevo il padrone di casa? E allora? Non ero certo in vena di partecipare, in quello stato: in pigiama, senza reggiseno e con la coda di cavallo più spettinata della storia.

Mi voltai, accesi la luce in bagno e mi guardai allo specchio. Dopo essermi struccata, le lentiggini alla radice del naso mi parvero molto evidenti e tutto il viso era arrossato. Mi appoggiai al lavandino che mia madre avrebbe senz'altro disapprovato e avvicinai la faccia allo specchio.

Con l'eccezione dei capelli castano ramato, che avevo ereditato da mio padre, ero identica alla mamma: naso diritto, mento arrotondato e zigomi alti. Con tutta la chirurgia estetica con cui si manteneva « fresca », ci avrebbero potuto scambiare per sorelle.

Sentii dei passi sul pianerottolo. Altre risate.

Feci una smorfia al mio riflesso nello specchio e indietreggiai. Uscii in corridoio e mi dissi che dovevo andare a dormire, e invece mi ritrovai a camminare verso la porta d'ingresso. Non avevo idea di cosa stessi facendo o del perché fossi così curiosa, ma lì fuori sembrava tutto così... allegro e caldo, e casa mia invece era fredda e silenziosa.

Allegro e caldo?

Alzai gli occhi al cielo. Dio, ma quanto ero sfigata? In casa mia faceva freddo perché c'era l'aria condizionata al massimo.

Ormai ero alla porta e nulla avrebbe più potuto fermarmi. La spalancai di colpo e due teste scomparvero giù per le scale. La porta dell'appartamento di fronte era ancora aperta, e io restai lì, combattuta. Non ero più in Texas, nessuno mi avrebbe guardata male o insultata. Anzi forse mi avrebbero trovata strana, lì impalata sulla soglia del mio appartamento, con gli occhi strabuzzati, a far uscire l'aria condizionata.

« Riporta indietro Raffaello! » esclamò una voce familiare, seguita da una risata profonda che mi fece gelare il sangue nelle vene. « Coglione! »

Sapevo di chi era quella voce! Oddio...

Era impossibile. Non avevo visto l'enorme pick-up argento fuori dal palazzo, ma d'altronde non ci avevo fatto caso.

La porta finì di aprirsi e io rimasi a fissare un ragazzo che usciva barcollando e posava a terra... una tartaruga (*ma che diamine...?*) L'animale tirò fuori la testa, si guardò intorno e poi si ritrasse nel guscio.

Un istante dopo il ragazzo venne strattonato dentro l'appartamento e Cam apparve sulla soglia, a petto nudo. Si chinò a raccogliere la tartaruga. « Scusa, Raffaello. I miei amici sono degli idioti del... » Alzò lo sguardo.

Cercai di precipitarmi in casa, ma ormai era troppo tardi.

Cam mi vide.

« ... cazzo... » reagì a scoppio ritardato. « Cosa...? »

Sarei sembrata strana se mi fossi tuffata in casa in quell'istante? Sì, decisamente. Quindi mugolai un « ciao ».

Cam batté le palpebre ripetutamente, come per vederci meglio. « Avery Morgansten? Sta diventando un'abitudine. »

« Già. » Non avevo più un goccio di saliva. « Proprio così. »

« Abiti qui o sei venuta a trovare...? »

Mi schiarii la gola, mentre la tartaruga tentava la fuga. « Io... abito qui. »

«Sul serio?!» Sgranò gli occhioni blu e raggiunse a lunghi passi la ringhiera delle scale. Non potei non notare che i pantaloncini gli scivolavano giù sui fianchi stretti, lasciando in bella vista gli addominali definiti: un'altra perfetta tartaruga. «Davvero vivi qui?»

Mi sforzai di alzare lo sguardo, che si era soffermato sul tatuaggio col sole. «Sì, davvero vivo qui.»

«Ma è... non so che dire.» Rise di nuovo. «È assurdo.»

«Perché?» A parte il fatto che stava sul mio pianerottolo con una tartaruga di nome Raffaello in mano?

«Anch'io vivo qui.»

Lo fissai a bocca aperta. Ora capivo perché era mezzo nudo, e forse capivo anche la tartaruga, ma era impossibile. Troppe coincidenze. «Stai scherzando, vero?»

«No. Vivo qui da un po'... un paio di anni, col mio coinquilino. Sai, il coglione che ha fatto uscire il povero Raffaello.»

«Ehi!» gridò l'altro ragazzo da dentro l'appartamento. «Ho un nome, io. Sono *Señor* Coglione!»

Cam rise. «Ti sei trasferita lo scorso weekend?»

Mi ritrovai ad annuire.

«Adesso ho capito: io ero dai miei.» Si passò Raffaello nell'altra mano e se lo strinse al petto. La bestiola si divincolava ancora. «Be', diamine...»

Stringevo così forte la maniglia della porta che mi doleva la mano. «Quella è... ehm... la tua tartaruga?»

«Già.» Abbozzò un sorriso e mi mostrò l'animale. «Raffaello, ti presento Avery.»

Rivolsi alla tartaruga un cenno della mano e poi mi sentii stupida per averlo fatto. Lei ritrasse la testa nel guscio verde e marrone. «È un animale domestico molto... interessante.»

«E quelli sono pantaloncini molto interessanti.» Abbassò lo sguardo. «Cosa sono?» Si chinò e socchiuse gli occhi per guardare meglio, e io m'irrigidii. «Fette di pizza?»

Arrossii. «Coni gelato.»

«Ah. Belli.» Drizzò la schiena e i suoi occhi mi squadrarono lentamente dal basso verso l'alto, lasciandosi dietro una strana sensazione di calore. «Mi piacciono molto.»

Mollai immediatamente la maniglia e incrociai le braccia al petto. Lui accennò uno dei suoi sorrisi sghembi. «Grazie. Significa molto per me.»

«Vorrei ben vedere: i tuoi pantaloncini hanno il mio sigillo di approvazione.» Si morse il labbro inferiore e mi fissò. «Devo riportare Raffaello nel suo piccolo habitat prima che mi faccia pipì sulla mano, cosa che farà sicuramente, ed è disgustoso.»

Feci un sorrisetto. «Posso immaginare.»

«Perché non vieni anche tu? I ragazzi se ne andranno tra poco, ma non subito. Te li presento.» Si avvicinò e abbassò la voce: «Anche se non sono interessanti quanto me, non sono male».

Sbirciai oltre la sua spalla. Una parte di me desiderava una cosa, l'altra non voleva neanche sentirne parlare. Vinse la seconda parte. «Grazie, ma stavo andando a dormire.»

«Così presto?»

«Sarà mezzanotte passata.»

Il suo sorriso si allargò. «È ancora presto.»

«Per te, forse.»

«Sei sicura? Ho i biscotti.»

«Biscotti?» chiesi, perplessa.

«Già, e li ho fatti io. Sono un ottimo cuoco.»

Non riuscivo proprio a figurarmelo. «Hai fatto i biscotti?»

« Cucino un sacco di cose, e scommetto che muori dalla voglia di sapere quali. Ma stasera ho fatto i biscotti al cioccolato e noci. Sono venuti benissimo, se posso farmi i complimenti da solo. »

« Anche se l'offerta è allettante, devo rifiutare. »

« Magari un'altra volta, allora? »

« Forse. » Improbabile. Arretrai verso la porta. « Be', mi ha fatto piacere rivederti, Cameron. »

« Cam », mi corresse. « E stavolta non ci siamo neanche scontrati! Stiamo facendo progressi. »

« Meglio così. » Ero in casa e lui era ancora sull'uscio. « Dovresti rientrare, prima che Raffaello ti faccia la pipì sulla mano. »

« Ne varrebbe la pena. »

Aggrottai la fronte. « Perché? »

Non rispose, ma indietreggiò. « Se cambi idea, resto alzato ancora per un po'. »

« Non cambierò idea. Buonanotte, Cam. »

I suoi occhi si dilatarono di pochi millimetri, ma il sorriso si accentuò e il mio stomaco fece una mezza capriola, perché il suo sorriso era... Wow. « Ci vediamo domani. »

« Domani? »

« Lezione di astronomia. O la salti ancora? »

Arrossii di nuovo. Dio, mi ero *quasi* dimenticata di essere scappata via da lui come un'idiota. « No, ci sarò », sospirai.

« Fantastico. » Indietreggiò ancora. « Buonanotte, Avery. »

Rientrai e chiusi la porta a chiave. Avrei giurato di averlo sentito ridacchiare, anche se probabilmente era frutto della mia immaginazione.

Restai lì impalata per qualche istante e poi mi voltai e

corsi in camera da letto. Mi tuffai sul materasso a pancia in giù e affondai la faccia nel cuscino.

Dormi. Dormi e basta.

Cam abitava sul mio pianerottolo?

Devi alzarti presto. Dormi.

Com'era possibile? Lo incontravo ovunque andassi.

Dormi.

E perché aveva una tartaruga? E davvero l'aveva chiamata come un personaggio delle Tartarughe Ninja? Era piuttosto buffo.

Presto sarà mattina.

Si metteva la camicia solo per andare a lezione? Oddio, abitava davvero davanti a me. Jacob sarebbe uscito di zucca... e probabilmente sarebbe venuto a vivere con me. Sarebbe stato bello. Jacob mi stava simpatico, ma temevo che avrebbe preso in prestito i miei vestiti.

Dormi, scemetta.

Non riuscivo a crederci: il ragazzo bellissimo con cui mi ero scontrata, e dal quale ero fuggita, abitava davanti a me. Non sapevo neppure perché m'importasse. Non m'interessavano né i ragazzi né le ragazze, ma lui era bellissimo... e divertente, anche... e affascinante, a modo suo.

No. No. No. Smettila di pensare a lui, perché non ha senso e comunque non hai speranze, quindi dormi.

Avevo finito l'insalata? Accidenti, quei biscotti mi andavano proprio.

«Grrr!» ringhiai nel cuscino.

Andai avanti così per circa un'ora prima di arrendermi e alzarmi dal letto per dirigermi in salotto. Dall'appartamento di Cam non proveniva più la musica. Probabilmente dormiva, mentre io mi lambiccavo il cervello tra biscotti e addominali.

Entrai nella stanza degli ospiti che avevo adibito a studio, accesi il computer e aprii la posta elettronica. C'era un'e-mail di mio cugino. La cancellai senza neppure aprirla. Ce n'erano altre due non lette nella cartella spam. Per pura noia, cliccai sul link e lessi le offerte di farmaci, le truffe del tipo *ho alcuni milioni di dollari da trasferire su un conto estero* e l'annuncio dei saldi di un negozio di arredamento. Poi lessi l'oggetto dell'e-mail arrivata intorno alle undici della sera prima.

Diceva *Avery Morgansten* e proveniva da un indirizzo sconosciuto.

Be', era strano, perché il mio indirizzo e-mail non c'entrava niente col mio nome, quindi era improbabile che si trattasse di un tentativo di *phishing*. Solo i miei genitori e mio cugino avevano la mia e-mail perché, pur avendo dato loro anche il numero di telefono, preferivo che mi contattassero per mail invece di chiamare; ma nessun altro sapeva il mio indirizzo.

Restai col dito a mezz'aria sopra il trackpad. Mi si rivoltò lo stomaco. Tirai le ginocchia al petto e mi dissi di non aprire quella e-mail, di cancellarla e basta. Invece cliccai, perché non potevo non cliccare. Era come passare davanti a un brutto incidente: anche se sapevi di non dover guardare, lo facevi lo stesso.

Me ne pentii subito. Il nodo allo stomaco si strinse ancor di più e mi si formò un groppo in gola. Mi venne la nausea. Richiusi di scatto lo schermo del portatile e mi allontanai dalla scrivania. Restai immobile in mezzo alla stanza, facendo profondi respiri e stringendo i pugni.

Erano solo tre righe.

Tutto lì.

Tre righe che azzeravano una distanza di migliaia di chilometri.

Tre righe che mi avevano rovinato la serata.
Tre righe che mi avevano scovata in una sperduta cittadina del West Virginia.

Sei solo una bugiarda, Avery Morgansten.
Prima o poi la pagherai.
E non coi soldi.

4

Mi trascinai nell'aula di astronomia con dieci minuti di anticipo e scelsi un posto in cui credevo di poter passare inosservata, a metà dell'anfiteatro. C'erano già altri studenti, seduti in prima fila. Sbadigliai e mi sedetti stropicciandomi gli occhi. Il litro di caffè bevuto quella mattina non mi aveva fatto nessun effetto, dato che avevo dormito un'ora in tutto.

Tre piccole frasi.

Chiusi gli occhi e posai la testa sull'avambraccio. Non volevo pensare all'e-mail, né al fatto che avevo riaperto il computer e avevo ripescato il messaggio di mio cugino dalla casella del cestino. Mi ripeteva che stavo deludendo i miei genitori e che i suoi erano preoccupatissimi: temevano che sottoponessi mamma e papà a un altro «episodio spiacevole». *Devi tornare a casa, è la cosa giusta da fare,* scriveva. Era la cosa giusta per loro; e benché mio cugino fosse schierato coi miei, e col novantanove per cento della città, dubitavo che avesse scritto l'e-mail di sua iniziativa.

Non avevo mai visto quell'indirizzo e-mail, poteva appartenere a chiunque. Tranne che a *lui,* perché neppure lui era così stupido da provare a contattarmi.

Oppure sì?

Un brivido mi percorse la schiena. E se fosse stato davvero Blaine? Se avesse scoperto dove mi ero trasferita? La mia famiglia non glielo avrebbe detto. Ma forse lo avevano detto ai suoi genitori, perché dopotutto erano amici al Country Club. In tal caso li avrei uccisi. Sul serio. Avrei preso il primo aereo per il Texas e li avrei ammazzati, perché ero andata fin lì solo per scappare da...

«Buongiorno, tesoro», disse una voce profonda.

Alzai la testa di scatto e mi girai sul sedile. Ammutolita, osservai Cam sedersi accanto a me. Ero un po' lenta di riflessi: sapevo che avrei dovuto dire che il posto era occupato, e invece riuscivo solo a fissarlo a bocca aperta.

Cam si accomodò e mi guardò di sottecchi. «Ti vedo un po' provata, stamattina.»

Lui invece sembrava riposatissimo, nonostante la festa della sera prima. I capelli ancora umidi e spettinati, gli occhi brillanti. «Grazie.»

«Prego. Mi fa piacere che stavolta tu sia riuscita a venire.» Posò la testa sullo schienale e i piedi sul sedile davanti, senza smettere di guardarmi. «Però mi manca quella cosa di scontrarci ogni tanto. Era molto emozionante.»

«A me non manca», ammisi, chinandomi a cercare il quaderno in borsa. «È stato molto imbarazzante.»

«Dipende dai punti di vista.»

«Facile dirlo, per te. Tu eri lo sbattuto, io la sbattitrice.»

Cam restò a bocca spalancata. Oddio, l'avevo detto davvero? Eh, sì. Rossa come un peperone, aprii il quaderno.

«Raffaello sta benissimo, a proposito.»

Sorrisi, sollevata. «Mi fa piacere. Ti ha fatto la pipì sulla mano?»

«No, ma c'è mancato poco. Ti ho portato una cosa.»

«Pipì di tartaruga?»

Rise e scosse la testa, infilando una mano nello zaino. «Spiacente di deluderti.» Tirò fuori un fascio di fogli fissati con una graffetta. «È il programma del corso. Lo so, è roba emozionante, ma siccome non eri a lezione lunedì ho pensato che ti sarebbe servito, quindi ne ho chiesto una copia in più al professore.»

«Grazie.» Presi i fogli, un po' spiazzata da quel gesto. «Sei stato molto gentile.»

«Be', preparati: questa settimana sono gentilissimo. Infatti ti ho portato un'altra cosa.»

Mordicchiai la penna mentre lui trafficava con lo zaino e approfittai di quel momento per fissarlo senza che se ne accorgesse. Era davvero tanto tempo che non intrattenevo una conversazione con un membro del sesso opposto senza parlare di me, ma dopo tutti gli anni passati a osservare la gente mi sembrava di cavarmela piuttosto bene. A parte la battuta infelice su chi sbatteva chi.

Cam tirò fuori un tovagliolo di carta e lo dispiegò con le lunghe dita. «Un biscotto per te, un biscotto per me.»

Mi tolsi la penna dalla bocca e scossi la testa. «Non dovevi.»

«È solo un biscotto, tesoro.»

Scossi di nuovo la testa. Non lo capivo. D'altronde, però, non capivo quasi nessuno.

Cam mi guardò da sotto le ciglia lunghissime e sospirò. Strappò in due il tovagliolo, incartò di nuovo uno dei biscotti e me lo fece cadere sulle gambe. «So che non bisogna accettare caramelle dagli sconosciuti, ma è un biscotto, e tecnicamente io non sono uno sconosciuto.»

Deglutii.

Lui diede un morso e chiuse gli occhi. Dalla sua gola uscì un verso roco, un ringhio di piacere. Il cuore mi sobbalzò in petto e diventai ancor più rossa. Lo fissai. Lui fece di nuovo quel verso e io restai inebetita. Una ragazza nella fila davanti a noi si voltò.

« È davvero così buono? » chiesi, guardando il biscotto che avevo sulle gambe.

« Oh, sì, è una meraviglia. Te l'ho detto, ieri sera. Sarebbe ancora meglio con un po' di latte. » Diede un altro morso. « Mmm, il latte. »

Mi azzardai a scoccargli un'altra occhiata: sembrava sul punto di avere un orgasmo.

Aprì un occhio. « La combinazione di noci e cioccolato è come un'esplosione di sesso in bocca. Gli unici che li superano sono quei biscottini al burro di arachidi, sai, i Reese's. Quando la pasta è tiepida, si scioglie in bocca... Insomma, devi provarlo. Prendi un morsetto. »

Oh, al diavolo. Era un biscotto, non una dose di crack. Mi stavo comportando da stupida. Aprii il tovagliolo e diedi un morso. Il biscotto mi si sciolse in bocca.

« Buono, eh? » disse Cam.

Staccai un altro morso e annuii.

« Be', a casa ne ho una tonnellata. » Appallottolò il tovagliolo e si stiracchiò. « Così, per tua informazione. »

Finii il biscotto e dovetti ammettere che era molto buono. Mi ripulii le dita e iniziai ad arrotolare il tovagliolo, ma Cam me lo tolse di mano. Si mosse sul sedile e il suo ginocchio mi sfiorò la gamba.

« Briciola », disse.

« Eh? »

Accennò un sorriso, poi allungò una mano e, con un gesto fulmineo, mi passò il pollice sul labbro inferiore. Ogni muscolo del mio corpo s'irrigidì in una tensione dolorosa. Sgranai gli occhi e mi si mozzò il respiro. Mi sfiorava appena, ma lo avvertii in varie parti del corpo.

« Presa. » Sorrise.

Il labbro mi formicolava. Non riuscivo a pensare ad altro. Non mi mossi finché la porta dell'aula non si aprì ed entrò l'uomo più strano che avessi mai visto.

Vestito da capo a piedi in poliestere verde oliva, aveva una matassa di riccioli color sale e pepe che sparavano in ogni direzione. Portava occhiali enormi, calati sulla punta del naso. Mentre attraversava la pedana dirigendosi verso la cattedra notai che calzava un paio di Vans a scacchi intonate al farfallino.

Cam sghignazzò. « Il professor Drage è un uomo davvero... originale. »

« Vedo », mormorai.

Il professore di astronomia aveva uno strano accento che non sapevo riconoscere, ma a giudicare dalla carnagione olivastra ipotizzai che fosse mediterraneo o mediorientale. Entrò subito in argomento, senza fare l'appello né perdersi in convenevoli. Faticai a seguire la sua introduzione all'astronomia e alle unità di misura mentre Cam scivolava sul sedile e apriva il quaderno. La sua penna lasciava rapidi segni sulla carta, ma non stava prendendo appunti.

Disegnava.

Piegai la testa di lato e cercai di concentrarmi sullo strano concetto di unità astronomica, un numero assurdo che non sarei mai riuscita a ricordare. Scoprii che si trattava della distanza media alla quale la Terra orbita intorno al Sole. Era un argomento importante perché le unità astronomiche sono usate per indicare la maggior parte delle distanze nel sistema solare, ma mi ritrovai a gettare un'occhiata al quaderno di Cam.

Che diavolo stava disegnando?

« Ora, voialtri ragazzini non le avrete sentite nemmeno nominare », stava dicendo il professor Drage, camminando avanti e indietro sulla pedana. « Quello che conoscete è il termine 'anno luce'. Dubito però che sappiate davvero cos'è un anno luce.»

Ero sicurissima che Cam stesse disegnando Bigfoot.

La lezione proseguì finché all'improvviso, verso la fine, il professor Drage non cambiò marcia, cogliendo di sprovvista tutti noi tranne Cam, e iniziò a distribuire mappe del cielo. «So che è solo mercoledì, ma ecco il vostro primo compito per il fine settimana. Sabato il cielo sarà sgombro, pulito come il sedere di un bambino.»

«Pulito come il sedere di un bambino?» ripetei a bassa voce.

Cam ridacchiò.

«Voglio che individuiate la Corona Boreale. Nel vero, autentico, ufficiale cielo notturno», spiegò il professor Drage, sorridendo come se avesse fatto una battuta, anche se nessuno rise. «Non vi servirà un telescopio. Vi basteranno gli occhi, gli occhiali o le lenti a contatto. Potete vederla venerdì o sabato sera, ma per venerdì si prevede cielo nuvoloso.»

«Aspetti, come si usa questa mappa?» domandò qualcuno dalla prima fila.

Cam mi porse una mappa che veniva passata lungo la nostra fila insieme con alcuni diagrammi.

Il professore si fermò davanti alla classe. «La si guarda.»

Mi sforzai di non ridere.

Lo studente sbuffò. «Questo l'ho capito, ma dobbiamo tenerla sollevata verso il cielo, o cosa?»

«Certo, puoi fare così. Oppure potresti semplicemente guardare ogni costellazione, scoprire che forma ha e poi usare occhi e cervello per trovarla in cielo.» Il professore fece una pausa. «Oppure potete usare Google. Voglio che iniziate tutti a familiarizzare con l'osservazione delle stelle. Ne farete molta, questo semestre, e vi piacerà finché fa ancora caldo. Quindi dividetevi in coppie e scegliete un orario. Mi riconsegnerete il diagramma lunedì. È tutto, per oggi. Buon lavoro, e che la forza dell'universo sia con voi.»

Vari studenti risero, ma a me si attorcigliò lo stomaco.

«Coppie?» mormorai, e mi guardai intorno. Quasi tutti erano girati a parlare con qualcun altro. «Quando abbiamo formato le coppie?»

«Lunedì», rispose Cam, chiudendo il quaderno e infilandolo nello zaino. «Tu non c'eri.»

Il cuore mi martellava in petto. *Merda.* Il professor Drage era già uscito dall'aula. Metà degli studenti anche.

«Avery?»

Come diavolo avrei trovato un compagno, ora? Non sarei dovuta fuggire come una bambinetta, quel lunedì. Era tutta colpa mia.

«Avery.»

Dov'era lo studio del professore? Avrei dovuto spiegargli che non avevo un compagno. Avrei scommesso che il suo studio aveva un odore strano, come di naftalina.

«*Avery.*»

«Che c'è?» sbottai, voltandomi verso Cam. Perché era ancora seduto lì a fissarmi?

Inarcò le sopracciglia. «Siamo in coppia.»

«Eh?»

«Siamo-in-coppia», ripeté, e sospirò. «Drage ci ha chiesto di dividerci in coppie all'inizio della lezione di lunedì. Io sono arrivato in ritardo, e così mi ha detto di stare in coppia con chiunque fosse arrivato mercoledì, altrimenti sarei rimasto da solo. E, siccome non mi piace l'idea di stare da solo, io e te siamo in coppia.»

Lo fissai. « Possiamo scegliere di lavorare ognuno per conto suo? »

« Sì, ma chi ha voglia di uscire di notte a guardare il cielo da solo? » Si alzò e si mise lo zaino in spalla. « Comunque, ho in mente il posto perfetto per la nostra osservazione. Dobbiamo andarci sabato, perché venerdì sera ho da fare. »

« Aspetta un attimo. » Mi alzai e gli corsi dietro.

« Hai altri impegni per sabato? » Aggrottò la fronte. « Be', potrei... »

« No, non ho altri impegni per sabato, ma non dobbiamo fare coppia per forza. Posso farlo anche da sola. »

Cam si fermò così di scatto che rischiammo di ripetere la scena del lunedì. « E perché vuoi fare tutti gli esercizi da sola? Hai letto il programma del corso? Sono davvero tanti. »

« Be', non è che voglio. » Spostai nervosamente il peso del corpo da un piede all'altro. « Ma non devi stare in coppia con me. Insomma, non sei tenuto. »

« Non capisco cosa intendi dire. »

« Intendo dire... » Non finii la frase. Che diavolo intendevo dire? Il problema era che non lo capivo. Non lo capivo per niente. Lui non mi conosceva, io non conoscevo lui, eppure era così... così *carino* con me. Poi le parole mi uscirono di bocca da sole: « Perché sei così gentile con me? »

Lui inarcò un sopracciglio. « È una domanda seria? »

« Sì. »

Mi guardò per un momento. « Be', penso di essere una persona gentile. E tu sei nuova, si vede che sei una matricola. Lunedì mi sei sembrata un po' spaesata e poi sei corsa via, non sei neppure venuta a lezione, e così... »

« Non voglio la tua compassione. » Inorridii. Lui era

gentile con me perché pensava che fossi una matricola non troppo a posto. Oddio, era...

Cam parve perplesso. «Non si tratta di compassione, Avery. Sto solo dicendo che sembravi sperduta, lunedì, e ho pensato che sarebbe stato una buona idea lavorare in coppia.» Si fermò e socchiuse gli occhi. «Non mi credi? Forse è stato il biscotto? Be', ieri sera non hai voluto assaggiare i miei biscotti e sinceramente stamattina mi sarei mangiato anche l'altro, ma ti ho vista così stanca e triste che ho creduto ne avessi più bisogno di me.»

Non capivo se stava scherzando. Nei suoi occhi c'era una scintilla divertita.

«E poi sei carina», aggiunse.

Battei le palpebre. «Cosa?»

L'espressione perplessa gli era svanita dal viso mentre apriva la porta per lasciarmi uscire in corridoio. «Non dirmi che non sai di essere carina. Altrimenti perderò la fede nell'umanità. E tu non vuoi essere responsabile di una cosa del genere.»

«So di essere carina... Cioè, non volevo dire così.» Dio, sembravo vanitosa. Scossi la testa. «Non penso di essere brutta. Ecco, era questo che...»

«Bene. Questo lo abbiamo chiarito.» Tirandomi per la borsa, mi condusse verso le scale. «Attenta alla porta, ogni tanto dà problemi.»

Lo ignorai. «Cosa c'entra il discorso dell'essere carina?»

«Mi hai chiesto perché sono così gentile con te. È vantaggioso per entrambi.»

Finalmente capii, e mi fermai sulle scale sopra di lui. «Sei gentile con me perché mi trovi carina?»

«E perché hai gli occhi castani. Adoro gli occhioni di quel colore.» Rise. «Sono superficiale da morire. Ehi, il fatto che tu sia carina aiuta. Tira fuori il bravo ragazzo che è in me. Mi fa venir voglia di offrirti i biscotti.»

Lo fissai. «Quindi se io fossi brutta non saresti gentile con me?»

Si voltò di scatto. Era più alto di me anche se si trovava un gradino più in basso. «Sarei gentile con te anche se fossi brutta.»

«Okay.»

Le sue labbra carnose si aprirono in un sorriso. Chinò la testa e sussurrò: «Però i biscotti li terrei tutti per me».

Incrociai le braccia e cercai di non pensare a quant'erano vicini i nostri volti. «Inizio a pensare che 'biscotto' sia una parola in codice che sta per qualcos'altro.»

«Forse sì.» Mi strattonò di nuovo per la borsa e fece un passo indietro, costringendomi a scendere di un gradino. «E pensaci: se biscotto è una parola in codice, qualsiasi cosa simboleggi... ti è finito in bocca, tesoro.»

Una parte di me era lievemente turbata, e l'altra? L'altra parte rideva, e io risi con lei. «Sei davvero...»

«Fantastico? Meraviglioso?» Fece una pausa, aggrottò le sopracciglia. «Incredibile?»

«Bizzarro, stavo per dire.»

«Be', diamine, se io avessi dei sentimenti li avresti feriti.»

Sorrisi. Era facile scherzare con lui. «Allora è un bene che tu non abbia sentimenti, eh?»

«Suppongo di sì.» Scese altri due gradini e si fermò sul pianerottolo. «Farai meglio a sbrigarti o arriverai in ritardo per la prossima lezione.»

Merda! Aveva ragione.

Rise vedendomi sgranare gli occhi e si fece da parte mentre mi lanciavo giù per le scale. «Accidenti, se tu corressi così per i miei biscotti sarei un uomo felice.»

«Sta' zitto!» gridai alle mie spalle, imboccando la rampa successiva.

«Ehi! Non vuoi sapere cosa significa 'biscotti' in codice?»

«No! Per l'amor del cielo, no!»

La sua risata mi seguì in corridoio e fino alla lezione successiva.

5

« Il tuo appartamento è molto carino », disse Brittany, seduta sul mio divano. Teneva sulle ginocchia un libro di storia aperto, ma non leggeva. « Mi piacerebbe non dover vivere in dormitorio. La mia compagna di stanza russa come una motosega. »

Indugiai impacciata tra il tavolino e il televisore, senza capire bene in che modo Brittany e Jacob fossero finiti a casa mia dopo le lezioni. A pranzo avevamo deciso di vederci per confrontare gli appunti di storia e, non so come, si era scelta casa mia per l'appuntamento. Credo che l'idea fosse stata di Jacob, e tutti e tre insieme non stavamo studiando affatto.

Un'energia ansiosa mi vibrava in petto come un colibrì. Era tanto tempo che non invitavo qualcuno a casa. Giù in Texas venivano solo i parenti, e soltanto la donna delle pulizie poteva entrare in camera mia. Ero un'emarginata in città, a scuola, e anche a casa mia. Fino al giorno di quella festa di Halloween venivano *tutti* a trovarmi, soprattutto le compagne del corso di danza. All'epoca tutti mi rivolgevano la parola, e io ballavo ancora. Prima di quella festa le cose erano normali.

Giocherellai col bracciale, nervosa. Ero contenta che Jacob e Brittany fossero lì, perché mi ricordava la vita di *prima*. Era ciò che facevano i ragazzi del college, ma era così... strano per me.

Jacob uscì dalla cucina con le patatine. «Lascia stare l'appartamento. Non mi fraintendere, è un bell'appartamento, ma voglio saperne di più sui *biscotti* di Cam.»

Presi una patatina dal sacchetto. «Non avrei mai dovuto raccontartelo.»

«Ormai lo hai fatto», rispose lui con la bocca piena.

Brittany sghignazzò. «Muoio dalla voglia di sapere cosa significano i biscotti.»

«Probabilmente il suo cazzo.» Jacob si lasciò cadere sul bracciolo del divano.

«Oddio», esclamai prendendo una manciata di patatine. Mi serviva l'energia delle calorie per proseguire quella conversazione.

Brittany annuì. «Allora torna tutto. Insomma, il fatto che non voglia dividere i biscotti con le ragazze brutte.»

«Non penso che volesse dire quello», insistetti, mangiando un'altra patatina. «Allora, tornando agli appunti di storia...»

Jacob subito m'interruppe: «'Fanculo la storia, torniamo al cazzo di Cam. Perché sai, se effettivamente intendeva dire quello, significa che il suo cazzo è stato nella tua bocca».

Mi strozzai con la patatina, divenni paonazza e mi tuffai sulla lattina di Coca.

«Teoricamente parlando, insomma», aggiunse Jacob con un sorrisetto malizioso. Scattò in piedi. «Non so come ci riesci, Avery. Se io gli vivessi di fronte, starei appiccicato alla sua porta da mattina a sera. E ai suoi *biscotti*. Mmm.»

«Puoi tenerteli, i suoi biscotti», dissi, liquidando la faccenda con un gesto della mano.

«Oh, dolcezza, se lui giocasse nella mia squadra gli sarei già saltato addosso.»

Brittany alzò gli occhi al cielo. «Sai che sorpresa!»

«Quel che non capisco è come mai non ti sei ancora tuffata sui suoi *biscotti.*»

Aprii la bocca, ma Brittany scosse la testa e disse: «Non penso che i biscotti significhino il cazzo. Forse sono le palle, essendo al plurale».

Jacob scoppiò a ridere. «In tal caso, sempre teoricamente parlando, significa che le sue palle sono state nella tua bocca! Accidenti, che sporcacciona.»

Li fissai entrambi. La gente normale faceva conversazioni del genere? «Sentite, per cortesia, possiamo smettere di parlare del suo cazzo e delle sue palle? Altrimenti non riuscirò più a mangiare un biscotto in vita mia.»

«No, dico sul serio. Come mai non gli sei ancora saltata addosso?» Jacob si arrampicò sullo schienale del divano come un gatto gigante. «È chiaro che ci sta provando con te.»

«Okay», ribattei, sperando di riuscire a mangiare un'altra patatina senza strozzarmi.

Jacob restò a bocca aperta. «Okay?»

Brittany richiuse il libro di storia e lo lasciò cadere a terra con un tonfo. *Addio serata di studio,* mi dissi. «Jacob è come una trentacinquenne in astinenza da sesso, quindi non può capire perché non vuoi farti un giro col latin lover dell'ateneo.»

Guardai Jacob, che fece spallucce e disse: «Vero».

Brittany riprese: «Anch'io faccio fatica a capirti. Cameron è davvero bello. E non ho mai sentito altre ragazze parlar male di lui, quindi deve trattarle bene».

Non sapendo cosa rispondere, affondai sulla poltroncina nera accanto al televisore. Non potevo certo rivelare il vero motivo. «Non lo so, semplicemente non m'interessa.»

«Hai delle ovaie?» chiese Jacob.

Gli scoccai un'occhiataccia. «Sì.»

Lui si lasciò scivolare giù dallo schienale e si sedette sul divano accanto a Brittany. «Allora perché non t'interessa?»

Infilai in bocca le ultime patatine e cercai di rispondere senza fare la figura della bigotta frigida. Ma io ero una bigotta frigida, no? O una ragazza traumatizzata, dipende dai punti di vista. In ogni caso, benché l'idea degli organi sessuali maschili non mi lasciasse indifferente, il pensiero di entrarci in contatto diretto mi dava i sudori freddi.

E in quel momento stavo sudando. Le patatine mi davano già l'acidità di stomaco. Avrei dovuto prendere un Alka-Seltzer. La mia mente andò dritta all'e-mail della sera prima.

Bugiarda.

Mi asciugai le mani sui jeans e scossi la testa. «È solo che non sono interessata a una relazione.»

Jacob rise. «Non stiamo dicendo questo, sai? Non c'è bisogno di avere una relazione per fare un po' di sano 'zum zum'.»

Brittany si voltò lentamente verso di lui. «Lo hai detto davvero?»

«L'ho detto e lo ribadisco. Mi ci farò stampare una maglietta.» Jacob sorrise. «Comunque, sto solo dicendo che Cam è un'occasione da non lasciarsi sfuggire.»

«Ma di cosa stiamo parlando? Frequentiamo insieme solo un corso e lui abita davanti...»

A questo punto intervenne Brittany: «E siete in coppia per il resto del semestre. È una cosa romantica, uscire insieme di notte a guardare le stelle».

Mi si strinse lo stomaco. «Non è romantico. Niente è romantico.»

Lei inarcò le sopracciglia e si passò una mano tra i corti capelli biondi. «Ciao, Avery l'Avvilita.»

La guardai con sufficienza. «Dico solo che non lo conosco, e lui non conosce me. E sta soltanto flirtando. L'hai detto tu stessa che va con tutte. Probabilmente è fatto così, è un ragazzo gentile ed estroverso, tutto qui. Possiamo cambiare argomento, per favore?»

«Sì, che voi due mi annoiate da morire», disse Jacob, e Brittany gli fece la linguaccia. Le osservai il piercing sulla lingua e immaginai che doveva essere stato molto doloroso. «E ho bisogno di un po' di salsa con queste patatine.»

«Nel pensile in basso», gridai, ma lui era già in cucina ad aprire sportelli a caso.

Con mio grande sollievo smettemmo di parlare di me e del mio inesistente rapporto con Cam. Col passare delle ore iniziai a sentirmi più a mio agio all'idea di averli in casa mia, e per qualche istante sfogliammo persino i libri di storia. Erano quasi le nove quando i due radunarono le loro cose e si diressero alla porta.

Brittany si fermò e mi colse alla sprovvista con un rapido abbraccio e un bacio sulla guancia. Restai inebetita. Lei mi sorrise. «Venerdì sera c'è una grande festa in una delle confraternite. Dovresti venire.»

Ricordai che Cam aveva detto di avere impegni per venerdì e, siccome era evidente che gli piacevano le feste, probabilmente sarebbe andato là. Scossi la testa. «Non lo so.»

«Non fare l'asociale. Siamo gente figa con cui uscire», disse Jacob, aprendo la porta.

Risi. «Lo so. Ci farò un pensierino.»

« Va bene. » Brittany salutò con la mano. « Ci vediamo domani. »

Sul pianerottolo, Jacob iniziò ad ancheggiare indicando la porta di Cam. Mi morsi il labbro per smettere di ridere. Andò avanti così finché Brittany non lo agguantò per il colletto della polo trascinandolo giù per le scale.

Sorridendo, richiusi a chiave la porta. Non ci misi molto a rimettere in ordine l'appartamento e a prepararmi per andare a letto. Però non avevo sonno e, poiché evitavo il computer per non leggere le e-mail, finii per guardare le repliche di *Cacciatori di fantasmi* finché non mi convinsi che c'era un poltergeist nel mio bagno. Spensi la tivù, mi alzai dal letto e mi misi a fare una cosa che odiavo.

Camminare su e giù per l'appartamento, come facevo nella mia vecchia camera. Con la televisione spenta e la casa immersa nel silenzio, sentivo anche il minimo rumore degli appartamenti vicini. Cercai di liberare la mente dai brutti pensieri, perché avevo passato una bella serata e non volevo rovinarla. Gli ultimi due giorni erano stati splendidi, a parte quando ero andata a sbattere contro Cam. Le cose si mettevano bene.

Mi fermai dietro il divano, e solo allora mi resi conto di cosa stavo facendo.

Abbassai gli occhi: la manica della camicia era tirata su e le mie dita erano avvolte intorno al polso sinistro. Lentamente, con gesti meticolosi, sollevai le dita l'una dopo l'altra. C'erano leggeri solchi rosati nei punti in cui il bracciale premeva sulla pelle. Da cinque anni lo toglievo solo per dormire e per fare la doccia. Quei solchi probabilmente non sarebbero più andati via.

Proprio come la cicatrice dai contorni irregolari che il bracciale nascondeva.

Tolsi la mano. I cinque centimetri della cicatrice scorrevano al centro del polso, sopra la vena. Era un taglio profondo, fatto con una scheggia di vetro del portaritratti che avevo rotto dopo che la prima foto era circolata a scuola.

Mi ero fatta quel taglio nel momento più brutto della mia vita, e facevo sul serio. Avrei avuto una cicatrice identica sul polso destro, se la donna delle pulizie non mi avesse sentito infrangere il vetro.

La foto ritraeva me e la mia migliore amica, la stessa migliore amica che era stata tra i primi a voltarmi le spalle e a sussurrare parole come «puttana» e «bugiarda».

Quel giorno volevo farla finita. Volevo andarmene e basta, perché in quel momento per me non esisteva niente di peggio di quel che mi era successo, quello che i miei genitori avevano accettato, e le relative conseguenze. Nel giro di pochi mesi la mia vita si era spaccata in due tronconi dai bordi frastagliati: il prima e il dopo. Non riuscivo a immaginare un *dopo,* dato che l'intera scuola si era schierata con Blaine.

E ora? Il *dopo* sembrava interminabile ma, mentre guardavo la cicatrice, la vergogna mi ardeva nel ventre come il fuoco sotto le ceneri. Il suicidio non è mai la risposta, e anzi avrebbe significato dargliela vinta, a tutti quanti. Avevo imparato la lezione, e da sola: perché di terapia non si era mai parlato. I miei genitori avrebbero preferito amputarsi le gambe piuttosto che patire l'imbarazzo di una figlia che aveva tentato il suicidio e aveva bisogno di uno psicologo. Altri soldi erano passati di mano per tenere sotto silenzio le mie visite pomeridiane in ospedale.

A quanto pareva, per i miei genitori era meno grave avere una figlia etichettata come puttana e bugiarda.

Detestavo vedere la riprova fisica della mia debolezza,

e mi sarei sentita profondamente umiliata se qualcuno l'avesse vista.

Un improvviso scoppio di risa provenne dal pianerottolo: era la risata di Cam. Girai la testa verso la cucina. L'orologio sopra il forno segnava quasi l'una del mattino.

Tirai giù la manica.

« Non puoi disdire per venerdì sera? » chiese una voce femminile, smorzata dalla parete.

Seguì una pausa e poi Cam disse: « Lo sai che non posso, tesoro. Magari la prossima volta ».

Tesoro?! I loro passi si mossero verso la ringhiera delle scale.

Girai di corsa intorno al divano, raggiunsi la finestra. Siccome il mio appartamento era all'angolo del palazzo e affacciava sul parcheggio, non mi rimaneva che aspettare. Ed eccoli lì, Cam a petto nudo e una ragazza.

Una bruna molto alta, con le gambe lunghe, fasciata in una bella gonna di jeans. Dalla finestra non riuscivo a vedere altro. La ragazza inciampò ma ritrovò l'equilibrio prima che Cam potesse intervenire. Si fermarono dietro una berlina scura. Mi sentivo una ficcanaso, ma non potevo fare a meno di sbirciare.

Cam disse qualcosa e rise quando la ragazza lo spintonò scherzosamente. Un istante dopo si abbracciarono, poi lui fece un passo indietro e la salutò con la mano prima di rientrare nel palazzo. A metà strada alzò lo sguardo al nostro piano e io mi tirai indietro di scatto come un'idiota. Non poteva vedermi, le luci nel mio appartamento erano spente.

Risi di me stessa e poi tacqui quando la porta sbatté sul pianerottolo.

Il sollievo m'invase, rilassando ogni muscolo. Vederlo con un'altra ragazza... mi aveva fatto bene. Mi aveva confermato che Cam era un ragazzo affascinante ma innocuo, che amava regalare biscotti alle belle ragazze e aveva una tartaruga di nome Raffaello. Così andava bene. Era gestibile. Potevo cavarmela, perché invece quel che suggerivano Brittany e Jacob mi metteva a disagio.

Forse io e Cam saremmo diventati amici. E ne sarei stata felice, perché era bello avere più amici di *prima*.

Ma, mentre giacevo sveglia nel letto a fissare il soffitto, per un istante, un istante brevissimo, mi chiesi cosa sarebbe successo se Cam fosse stato interessato a me *in quel senso*. Come mi sarei sentita di fronte a una cosa del genere? Mi sarebbe girata la testa ogni volta che lui mi avesse guardato o quando le nostre mani si fossero sfiorate per caso? Mi domandai cosa avrei provato se fossi stata interessata a lui o a qualsiasi altro ragazzo. Gli appuntamenti, i primi baci e tutto quello che veniva dopo. Sarebbe stato bello, mi risposi. Sarebbe stato come *prima*.

Prima che Blaine Fitzgerald mi portasse via tutto quanto.

Giovedì mattina le nuvole erano cariche di pioggia. Per fortuna avevo solo due lezioni, quindi prima di uscire m'infilai una felpa col cappuccio sopra la maglietta. Pensai di cambiarmi anche i pantaloncini e le infradito di gomma, ma decisi che ero troppo pigra.

Scrissi un SMS a Jacob per chiedergli se aveva voglia di un caffè prima della lezione di arte, chiusi l'appartamento e arrivai in cima alle scale quando dalla porta di Cam uscì un ragazzo che si stava infilando una maglietta. Quando dal colletto spuntò una testa dai capelli biondi e spettinati, lunghi fino alle spalle, lo riconobbi: era lo stesso che avevo visto con la tartaruga di Cam, il suo coinquilino.

Quando i nostri sguardi s'incontrarono, sul suo viso abbronzato si schiuse un sorriso bianchissimo. « Ehi, ma io ti ho già vista! »

Lanciai uno sguardo oltre le sue spalle. Aveva lasciato la porta spalancata. « Ehi, tu sei... Mr Tartaruga. »

Sembrò confuso. I suoi sandali battevano rumorosamente sul pavimento. « Mr Tartaruga? Ah, sì. » Rise, e gli si formarono rughette intorno agli occhi castani. « Mi hai visto con Raffaello, giusto? »

Annuii. « E mi pare che ti chiamassi Señor Coglione. »

Con un'altra grassa risata mi raggiunse sulle scale. « Quello è il mio nome di quando bevo. Per il resto del tempo sono noto come Ollie. »

« Suona meglio di Señor Coglione. » Sorrisi. Eravamo al pianerottolo del quarto piano. « Io sono... »

« Avery. » Vedendomi sgranare gli occhi sorrise. « Me lo ha detto Cam. »

« Oh. Allora, ehm... stai andando a... »

« Ehi, cretino, hai lasciato la porta aperta! » La voce di Cam risuonò per le scale e un attimo dopo comparve sul pianerottolo sopra di noi, con in testa un berretto da baseball nero. Quando ci vide sfoderò il suo sorriso sghembo e corse giù per raggiungerci. « Ehi, che ci fai con la mia ragazza? »

La mia ragazza? Cosa? Rischiai d'inciampare.

« Le stavo spiegando che ho due nomi. »

« Ah, sì? » Cam mi posò un braccio sulle spalle, e una delle mie infradito s'incastrò nell'altra. Lui mi cinse col braccio tirandomi a sé. « Ehi, tesoro, ti avevo quasi persa. »

« Ma guardati! » Ollie saltellò giù per le scale. « Fai inciampare le ragazze. »

Cam sghignazzò e si girò il cappellino con la visiera sulla nuca. «Non posso farci niente, è il mio fascino magnetico.»

«O magari è perché puzzi. Mi pare di non aver sentito scorrere la doccia stamattina», ribatté Ollie.

Cam si finse scandalizzato. «Puzzo, Avery?»

«Hai un buon odore», mormorai, sentendomi arrossire. Era la verità, però. Profumava: una miscela di lenzuola pulite, colonia leggera e qualcos'altro, probabilmente il suo odore naturale. «Insomma, non puzzi.»

Lui mi guardò un po' troppo a lungo. «Vai a lezione?»

Stavamo scendendo le scale, e lui mi teneva ancora il braccio sulla spalla e tutto quel lato del mio corpo mi formicolava, come intorpidito. Era così... disinvolto, come se quel gesto non significasse niente per lui, e probabilmente era così: ricordai come aveva abbracciato la ragazza la sera prima. Ma per me era...

Non trovavo le parole.

«Avery?» Cam abbassò la voce.

Mi divincolai e il sorriso di Ollie si allargò. Scesi di qualche gradino: avevo bisogno di allontanarmi. «Sì, sto andando ad arte. E voi?»

Cam mi raggiunse subito al terzo piano. «Andiamo a fare colazione. Dovresti venire con noi, invece di andare a lezione.»

«Credo di aver saltato abbastanza lezioni per questa settimana.»

«Io la salto, invece Cam non ha lezioni fino al pomeriggio, quindi è un bravo ragazzo», precisò Ollie.

«E tu sei un ragazzo cattivo?» gli chiesi.

Il sorriso di Ollie era contagioso. «Oh, pessimo.»

Cam gli scoccò un'occhiata. «Sì, pessimo in ortografia,

matematica, inglese, pulizie domestiche, rapporti interpersonali... e potrei continuare.»

«Ma sono bravo nelle cose che contano.»

«E quali sarebbero?» chiese Cam mentre uscivamo dal palazzo. Fuori, l'aria aveva un leggero odore di umidità e le nuvole sembravano rigonfie d'acqua.

Ollie ci oltrepassò correndo e si voltò a guardarci camminando all'indietro, ignorando il pick-up rosso che cercava di fare retromarcia. Alzò una mano abbronzata e iniziò a contare con le dita. «Bere, *socializzare*, andare sullo snowboard, giocare a calcio... Ricordi quello sport, Cam? Il calcio?»

Il sorriso svanì dal volto di Cam. «Sì che me lo ricordo, stronzo.»

Ollie rise e si voltò dirigendosi verso il pick-up argento. Osservai Cam, incuriosita. Guardava dritto davanti a sé, la mandibola serrata e gli occhi di ghiaccio. Infilò le mani nelle tasche dei jeans e disse: «Ci vediamo in giro, Avery».

Raggiunse Ollie al pick-up. Avrei giurato che la temperatura fosse calata in contemporanea all'improvvisa freddezza di Cam. Non c'era bisogno di essere dei geni per capire che Ollie aveva toccato un tasto dolente e che Cam non era dell'umore giusto per spiegare.

Rabbrividendo, corsi alla mia macchina e salii appena in tempo, perché dopo un istante sul parabrezza cadde un'enorme goccia. Mentre facevo retromarcia lanciai un'occhiata al pick-up. I due ragazzi erano accanto al cassone sul retro, Ollie sorrideva e Cam parlava con la stessa espressione scostante. Qualsiasi cosa stesse dicendo all'amico, non era di buonumore.

6

Non sapevo proprio come avessi fatto a lasciarmi convincere da Cam ad andare con lui invece di prendere due macchine, ma sabato sera, la sera dell'esercizio di astronomia, appena prima del tramonto mi ritrovai a salire sull'enorme pick-up argento. Avevo lo stomaco attorcigliato fin da venerdì sera, quando Jacob aveva iniziato ad assillarmi per la festa cui doveva andare con Brittany. Anche se ci volevo andare, non ero riuscita a decidermi. Non avevo idea di dove fosse la casa, era tardi quando lui mi aveva invitata via SMS, e nel frattempo era scoppiato un altro temporale.

E in quel momento ero nervosa come un topo in una stanza piena di gatti famelici. È imbarazzante ammetterlo, ma non ero mai stata in macchina con un ragazzo. Dio, com'ero patetica! Mi sarei portata quel segreto nella tomba.

Cam infilò le chiavi nel quadro e mi guardò. Si era rimesso il cappellino da baseball girato all'indietro, gli occhi azzurri scintillavano sotto le ciglia folte. «Pronta?»

Annuii, stringendomi nel cardigan leggero. Quando lo avevo visto a lezione di astronomia la mattina precedente, era quello di sempre: scherzava, faceva il galante e offriva biscotti. Speravo che si fosse chiarito con Ollie. «Sei sicuro che non possiamo restare qui nei paraggi?»

«Ho in mente il posto perfetto. Non ti condurrò mai sulla cattiva strada, tesoro.»

«Va bene», mormorai, stringendo forte le mani. Guardai sfilare il campus dal finestrino e poi attraversammo il ponte ed entrammo nel Maryland.

Un quarto d'ora dopo, Cam imboccò la strada che portava al centro visitatori del campo di battaglia di Antietam. L'appassionata di storia che è in me non stava nella pelle dalla contentezza, ma ero troppo nervosa al pensiero di trovarmi là con Cam dopo il tramonto. Non sembrava il tipo che ci prova, ma di una cosa ero certa: in quelle situazioni non importa che tipo sembri. Ero un fascio di nervi.

«Sei sicuro che si possa venire qui di notte?» chiesi, guardandomi intorno.

«No.» Parcheggiò. C'erano pochissime altre auto.

Lo fissai. «Cosa?»

Rise mentre spegneva il motore. «Scherzo. Dobbiamo solo dire a uno dei ranger che siamo dell'università. Non ci faranno storie.»

Lo speravo. Essere cacciata da un monumento storico non rientrava nella mia lista di cose da fare prima di morire.

Tuttavia, dopo aver scoccato una rapida occhiata a Cam, intuii che per lui non sarebbe stato un problema.

«Ci sei?»

Recuperai la borsa dal pianale del pick-up e aprii la portiera. «Sì, togliamoci il pensiero.»

Cam sogghignò e prese una torcia dal cassetto del cruscotto. «Mi raccomando, non emozionarti troppo.»

Sfoderai un sorriso. «Non temere.»

«Non dire bugie.» Girò intorno al cofano e mi raggiunse, indicando una torre in muratura col tetto rosso. « È lì che dobbiamo andare. »

« La torre del Bloody Lane, il 'viottolo insanguinato'? »

Mi guardò. « Sei già stata qui? »

« No. »

« Allora come fai a sapere cos'è il Bloody Lane? »

Accennai un sorriso e mi rigirai tra le dita una ciocca di capelli. « Voglio laurearmi in storia, perciò questi posti mi piacciono. Ho letto qualcosa. La battaglia più cruenta della guerra si è svolta su quella stradina sterrata. »

« Già, così dicono. Aspetta un attimo. » Si voltò verso un ranger che stava attraversando il campo. « Torno subito. »

Lo osservai mentre raggiungeva il ranger, che si era fermato ad aspettarlo. Si scambiarono qualche parola e poi Cam gli mostrò il suo quaderno. L'uomo rise e si strinsero la mano. Alzando la testa notai le prime stelle nel cielo blu scuro. Ancora pochi minuti e sarebbe scesa la notte.

Presi un profondo respiro ed espirai lentamente.

Cam tornò da me a lunghi passi. « Possiamo andare. E non siamo soli: dall'altra parte della torre ci sono altri studenti. »

« Bene. » Camminai al suo fianco, ma a debita distanza. « Perché vengono tutti qui a guardare le stelle? Ci saranno altri posti più vicini al campus. »

« Non come questo. Guardati intorno. » S'infilò la torcia elettrica nella tasca posteriore. « A parte le case dall'altra parte della strada, non ci sono lampioni né palazzi. C'è soltanto il cielo. »

« E i campi di granturco », aggiunsi.

Lui annuì. « Molti campi di granturco. »

Arrivammo sulla strada lastricata e ci avviammo verso la torre. « Quanto pensi ci vorrà? » chiesi.

« Perché, devi uscire con qualcuno stasera? »

Scoppiai a ridere. « Ehm, no. »

Lui inarcò un sopracciglio. « Lo dici come se fosse assurdo. Come se nessuno uscisse per un appuntamento di sabato sera. »

Lasciai ricadere la ciocca di capelli con cui giocherellavo e scrollai le spalle ostentando disinvoltura. « Non mi vedo con nessuno. »

« Allora che fretta hai? »

Ammettere che mi sentivo molto a disagio in quel posto sarebbe stato imbarazzante e maleducato, quindi rimasi in silenzio.

« Temi che ti abbia portata qui per i miei loschi intenti? »

Mi fermai di colpo, con lo stomaco sottosopra. « Cosa? »

Cam si girò verso di me. Il suo sorriso iniziò a spegnersi. « Ehi, Avery, sto scherzando. Giuro. »

Le guance mi s'infiammarono e il nodo allo stomaco si sciolse, rimpiazzato da un forte senso d'inadeguatezza. « Lo so. È solo che sono... »

« Nervosa? »

« Ecco, sì. »

Mi scrutò per un altro momento, poi riprese a camminare. « Vieni, tra poco farà buio. »

Seguendolo, m'immaginai mentre correvo dritta verso le vecchie staccionate di legno e m'impalavo su uno spunzone appuntito. Dovevo darmi una calmata. Non tutti i ragazzi erano come Blaine. Lo sapevo. Lo capivo. Non ero stata irreparabilmente traumatizzata.

Dall'altra parte della torre, vicino alle targhe commemorative, due studenti del nostro corso di astronomia sedevano su una panchina coi quaderni in grembo. Ci salutammo con la mano, poi Cam proseguì per un altro tratto dell'ampio parcheggio e deviò verso il colle erboso che affacciava sul viottolo insanguinato.

Scelse il punto migliore e tirò fuori la torcia prima di sedersi. Io restai qualche passo indietro, ad ascoltare il frinire dei grilli. Il terreno si era asciugato dopo la pioggia del giorno prima, ma anche se fosse stato bagnato mi sarei seduta lo stesso. Ero troppo agitata.

«Mi raggiungi?» Cam piegò la testa di lato e batté la mano a terra accanto a sé. «Per favore! Mi sento solo, quaggiù.»

Mi morsi il labbro e mi sedetti a un metro e mezzo da lui, poi mi tenni occupata cercando il quaderno di astronomia. Mentre lo estraevo i nostri occhi s'incontrarono. Non riuscii più a distogliere lo sguardo. «Intenso» fu la prima parola che mi venne in mente. Il suo sguardo era intenso, come se riuscisse a scrutarmi dentro.

Mi schiarii la gola e mi concentrai sul quaderno. Alla fine fu Cam a parlare. «Quale costellazione dobbiamo mappare?»

Reggeva la torcia mentre io consultavo gli appunti. «Mmm, qua c'è scritto *Corona Borealis.*»

«Ah, la Corona Boreale.»

Gli lanciai un'occhiata sorpresa. «La conosci?»

Rise. «Non prendo appunti, però sto attento a lezione.»

Ero sicurissima che non avesse ascoltato nulla durante la lezione di mercoledì. Tirai fuori il diagramma preparato per noi dal professor Drage e poi la mappa del cielo, e trovai la Corona Boreale. «Non capisco proprio come faccia la gente a vedere disegni nelle stelle.»

«Davvero?» Si avvicinò a guardare da dietro la mia spalla. «I contorni sono ben definiti.»

«Non per me. Insomma, è solo un mucchio di stelle in cielo. Probabilmente puoi vederci quello che vuoi.»

«Osserva meglio la Boreale.» Picchiettò un dito sulla mappa. «È chiaramente una corona.»

Risi. «Non somiglia a una corona. È un semicerchio irregolare.»

Scosse la testa. «Ora si vede bene. È una corona, dai, guarda le sette stelle!»

Gettai indietro la testa e tirai fuori una penna dalla borsa. «Vedo le sette stelle, ma ne vedo anche un altro centinaio. Vedo pure il mostro di Lochness.»

Cam scoppiò a ridere. Era un suono piacevole, squillante. «Sei ridicola.»

Sorrisi e restai con la penna a mezz'aria sul diagramma. Non sapevo bene da quale latitudine partire. Alzai lo sguardo sulla Boreale e tracciai una riga unendo due puntini, in quella che avrebbe dovuto corrispondere alla posizione delle stelle in cielo.

«Sai da dove viene il nome?» Vedendo che scuotevo la testa mi strappò la penna. Le sue dita sfiorarono le mie e io ritrassi la mano, posandola sull'erba folta. «Rappresenta la corona donata dal dio Dioniso ad Arianna. Quando si sposarono, Dioniso tramutò in costellazione il diadema di nozze.»

Lo fissai. «Il professor Drage non ce l'ha detto, questo.»

«Lo so.»

Mi appoggiai all'indietro e lo osservai. «Allora come fai a saperlo?»

«Perché, tu non lo sapevi?»

Lo guardai incredula.

«Va bene. Forse sono in pochi a saperlo.» Fece ruotare la mia penna tra le dita. «In realtà quando ero matricola ho seguito una parte di questo corso, ma poi ho dovuto abbandonarlo.»

«Davvero?»

Annuì, non aggiungendo altro.

«Sei al terzo anno, giusto?»

«Sì. Ho preso un anno di pausa e sono rimasto indietro.»

Sebbene morissi dalla voglia di chiedergli il motivo, decisi che non erano affari miei. «Perché hai ricominciato a frequentare il corso?» Mi sembrava un argomento inoffensivo. «Vuoi laurearti in astronomia?»

«No, è solo che mi piace la materia e mi sta simpatico il professor Drage.» Fece una pausa e spense la torcia. «Mi laureerò in educazione fisica. Vorrei lavorare nella riabilitazione sportiva.»

«Oh, avevi...» M'interruppi perché la ragazza dietro di noi era scoppiata a ridere. Mi guardai alle spalle e rimasi sbigottita.

I nostri due compagni di corso erano decisamente una coppia, o stavano per diventarlo. I loro quaderni giacevano dimenticati sulla panchina. Lei gli sedeva in grembo, i loro volti erano a pochi millimetri di distanza e la mano di lui le s'insinuava sotto la gonna.

«Questo sì che è un modo interessante di guardare le stelle», commentò Cam.

Ero grata che fosse buio, perché iniziai ad arrossire. Sapevo che avrei dovuto voltarmi, perché fissavo quei due come una squilibrata, ma non ci riuscivo. Neppure quando la mano della ragazza s'infilò tra i capelli del ragazzo, lo tirò a sé e iniziarono a baciarsi. La mano di lui era sotto la gonna fino all'avambraccio.

Wow.

Cam mi picchiettò la punta della penna sul braccio per

attirare la mia attenzione. Sembrava... incuriosito. «Che c'è?» chiesi.

«Niente, è solo che...» Scelse attentamente le parole. «Li guardi come se... non avessi mai visto una coppia comportarsi così.»

«Davvero?»

Fece cenno di sì con la testa. «E, a meno che tu non sia cresciuta in un convento, immagino che ti sia seduta sulle ginocchia di qualcuno in vita tua, no?»

«No!» risposi, e mi raggelai perché avevo quasi urlato. «Insomma, no, non sono mai stata sulle ginocchia di un uomo.»

«E di una ragazza?»

«Cosa? No!»

Un sorriso si fece strada lentamente sul suo volto. «Scherzavo, Avery.»

Digrignai i denti. «Lo so, è solo che...»

«Cosa?» Mi pungolò ancora con la penna. «È solo che... cosa?»

La mia bocca si aprì e vomitò parole orribili: «Non ho mai avuto una relazione», e subito dopo mi venne voglia di prendermi a calci. Chi spiattella una cosa del genere a un ragazzo che conosce appena? Strinsi i bordi del quaderno e alzai gli occhi su Cam. Mi fissava come se avessi appena ammesso di essere la Vergine Maria. Mi bruciavano le guance. «Che c'è? Non è poi così grave.»

Batté le palpebre e scrollò leggermente la testa prima di tornare a guardare il cielo. «Non hai mai avuto una relazione?»

«No.» Ero tremendamente a disagio, come se gli avessi rivelato i segreti più profondi della mia anima.

«Nemmeno una?»

«Ho detto di no, quindi no.»

La bocca di Cam si aprì e si richiuse. «Quanti anni hai?»

«Diciannove», sbottai contrariata.

«E non sei mai stata con nessuno?»

«No.» L'angolo del quaderno iniziava ad accartocciarsi sotto le mie dita. «I miei genitori... erano severi.» Era una bugia, ma plausibile. «Molto severi.»

«È evidente.» Tamburellò la mia penna sul suo quaderno. «Sei mai uscita a cena con un ragazzo, o roba del genere?»

Sospirai e guardai il diagramma. «Pensavo che fossimo qui per mappare le stelle.»

«È così.»

«Non è vero. Io ho scarabocchiato una sola riga e tu neppure quella.»

«Quello *scarabocchio* è tra la Delta e la Gamma.» Si chinò a unire due puntini. «Qui c'è la Theta e questa è l'Alpha, la stella più luminosa della costellazione. Vedi, siamo già a metà del lavoro.»

Strizzai gli occhi per vedere meglio le stelle. Accidenti, aveva ragione lui. Poi la sua spalla sfiorò la mia mentre la sua mano tracciava una linea retta che andava verso un altro puntino sulla mappa. Mi morsi il labbro. Ero consapevole del calore del suo braccio anche attraverso due strati di vestiti. Il tepore di quel contatto mi s'irradiava nella spalla e sul petto, accelerando i battiti del cuore.

Girò la testa verso di me. «Abbiamo finito.»

Boccheggiai. I nostri visi erano a pochi centimetri di distanza, davvero troppo vicini. Lui stava facendo quel suo mezzo sorriso e la fossetta iniziava a formarsi sulla guancia sinistra. Le sue labbra si mossero, ma non udii nulla. Volevo allontanarmi e allo stesso tempo non lo volevo. Ero confusa. Mi sforzavo di non arretrare né di avvicinarmi. Era come trovarsi tra due calamite.

Forse dovevo smettere di fissargli le labbra.

Sì, buona idea, perché fissare le labbra di un uomo è un po' da pervertita. Mi obbligai allora a distogliere lo sguardo. Oh, accidenti, grave errore: avevo incrociato quegli occhi «strappamutande», così li aveva definiti Jacob in un SMS di poco prima. E il mio amico aveva ragione. Avrei scommesso che Cam si lasciasse dietro una scia di mutandine abbandonate ovunque andava. Dovrebbe essere illegale avere ciglia così folte. Anche al buio i suoi occhi erano del colore dei jeans. Mi si scaldò il sangue nelle vene.

Non ricordavo l'ultima volta in cui mi ero sentita in quel modo. Di certo non dopo quella sera della festa di Halloween. Forse prima. Sì, sicuramente prima. C'era qualcosa in Cam che mi faceva dimenticare tutto tranne il momento presente. Una sensazione che mi sembrava piacevolmente normale.

«Mi ascolti?»

Battei lentamente le palpebre. «Eh? Sì! Sì, certo!»

Fece un sorrisetto impertinente e a me venne voglia di nascondermi sotto un cespuglio. «Quindi, dicevo... non sei mai uscita con nessuno?»

«Cosa?»

Ridacchiò. «Allora è vero che non mi ascoltavi. Eri troppo impegnata a fissarmi.»

«Non è vero!» Quella bugia mi fece arrossire e mi voltai a guardare la coppia sulla panchina. Non c'erano più.

Cam mi pungolò con un dito sulla spalla. «È vero.»

Gli feci una smorfia. «Hai superato di molto il livello accettabile di arroganza.»

«Arroganza? Dico solo la verità.» Gettò il quaderno a

terra e si appoggiò all'indietro sui gomiti, scrutandomi da sotto le palpebre a mezz'asta. «Non c'è niente di male se mi fissi. Mi piace.»

Restai senza parole. «Non ti stavo fissando. Non proprio. Mi ero... distratta. Ecco quant'è *entusiasmante* parlare con te.»

«Ogni cosa che mi riguarda è entusiasmante.»

«Quasi come stare a osservare la tua tartaruga che attraversa la strada.»

«Già, già. Continua a ripetertelo, tesoro.»

«E tu continua a chiamarmi 'tesoro' e presto zoppicherai.»

Sgranò gli occhi. «Oh, ma sentitela.»

«Fa' come ti pare.»

«Dovremmo farlo.»

La mia mente andò dritta dove non doveva, e avvertii un formicolio sulla pelle. «Fare cosa? Andare a casa? Per me va benissimo, anche subito.»

«Uscire insieme.»

Evidentemente mi ero persa un tassello cruciale di quella conversazione. Richiusi il quaderno e presi la borsa. «Non sono sicura di seguirti.»

«Non è molto complicato.» Lo guardai storto e lui rise. «Dovremmo uscire insieme, io e te.»

Mi si annodò lo stomaco. Sembrava così sereno, sdraiato sull'erba. Stava scherzando? Era drogato? Infilai quaderno e penna nella borsa. «Non capisco.»

Cam si sdraiò e allungò le braccia sopra la testa; la maglietta risalì scoprendo un riquadro di pelle abbronzata e due fossette sui fianchi... Santo cielo. Distolsi lo sguardo e inspirai profondamente.

«In genere due persone escono per passare la serata insieme. Può succedere anche di giorno: in realtà, si può fare a qualsiasi ora. Di solito l'uscita comprende la cena, un film o una passeggiata nel parco. Ma io non passeggio nei parchi. In spiaggia mi piacerebbe, ma dal momento che qui non ce ne sono... »

« So cosa vuol dire uscire insieme », sbottai, alzandomi.

Lui rimase a terra e non diede cenno di volersi muovere. Avevo sbagliato a non prendere la mia macchina. « Hai detto che non capivi, quindi te lo sto spiegando », precisò in tono scherzoso.

Irritata, e al tempo stesso divertita, incrociai le braccia. « Non è quella la parte che non capisco, e lo sai. »

« Volevo assicurarmi che stessimo parlando della stessa cosa. »

« Non è così. »

Abbassò le braccia, ma rimase comunque scoperto un pezzo di pelle nuda sotto la maglietta. Portava biancheria intima? Vedevo solo una cintura di pelle e un paio di jeans. Va bene, non era il caso di indugiare oltre. « Allora, adesso che sappiamo entrambi cosa comporta uscire insieme, dovremmo farlo », disse.

« Ehm... »

Rise e si mise seduto con un unico movimento fluido. « Non è proprio una risposta, Avery. »

« Io... » Uscire insieme? Con Cameron Hamilton? Due sentimenti si fecero strada in me contemporaneamente: disagio e interesse. Feci un passo indietro, interponendo una distanza tra me e lui e tutto il resto. « Non hai la ragazza? »

Sul volto gli si dipinse la sorpresa, poi scoppiò a ridere. « La ragazza? No. »

« Allora chi era quella bruna che è uscita barcollando dal tuo appartamento mercoledì sera? » chiesi.

Cam sfoderò un gran sorriso. « Mi spii, Avery? »

« No. No! Cosa? Non ti stavo spiando. Ce l'ho anch'io, una vita. »

Inarcò un sopracciglio. « Allora come fai a sapere di Stephanie? »

« Si chiama così? »

« Be', sì, ha un nome e, no, non è la mia ragazza. » Piegò la testa di lato e mi fissò. « E non stava barcollando. Forse ondeggiava. »

Lo fulminai con lo sguardo.

« Allora come hai fatto a vederla, se non mi stavi spiando? » insistette, incrociando le caviglie. « E non mi secca l'idea di essere spiato da te. Come ti ho già detto, mi piace. »

Presi un profondo respiro prima di avvicinarmi e sferrargli un calcio sulla gamba. « Non ti stavo spiando. Non riuscivo a dormire e stavo affacciata alla finestra del salotto, e mi è *capitato* di vederla andare verso la sua macchina. »

« Be', così è plausibile. Ma non altrettanto divertente che immaginarti affacciata alla finestra nella speranza di avvistare me. »

Riuscii solo a fissarlo.

Mi fece l'occhiolino, e accidenti quant'era bello quando faceva l'occhiolino. « Stephanie non è la mia ragazza. Non c'è niente tra noi. »

Il che significava, con tutta probabilità, che erano amanti occasionali; e non c'era niente di male in quello. E forse era ciò che voleva anche da me, con quella storia dell'uscire insieme. Jacob sarebbe stato felicissimo di saperlo. Nota mentale: non raccontarglielo. « Io non sono così. »

« 'Così' come? »

Voleva proprio che lo dicessi chiaro e tondo. Naturalmente. Perché no? «Non sono come lei.»

«La conosci?»

Socchiusi gli occhi. «Non faccio sesso coi ragazzi per divertimento, okay? Non c'è niente di male, non giudico nessuno, ma io non lo faccio. Quindi non sono interessata. Scusami.»

«Aspetta un secondo. Sono confuso. Non la stai giudicando, eppure hai dato per scontato che faccia sesso occasionale con me? Non hai tratto delle conclusione un po' affrettate?»

Accidenti, non aveva tutti i torti. «Hai ragione. Non so se è questo che fate. Magari siete amici d'infanzia...»

«Non lo siamo.» Il sorriso impertinente era tornato. «Ci vediamo una volta ogni tanto.»

Lo guardai a bocca aperta. «Quindi avevo ragione! Allora perché mi hai accusato di giudicarla?»

«Volevo solo fartelo notare», rispose lui, gli occhi brillanti più di quelle maledette stelle nel cielo. «E, per la cronaca, mercoledì sera non abbiamo fatto sesso. Non perché lei non ci abbia provato, ma perché a me non andava.»

Ricordai l'aspetto della ragazza e mi chiesi quale uomo l'avrebbe mai rifiutata. «Lascia stare, questa conversazione è stupida.»

«A me piace, questa conversazione.»

Scossi la testa e feci per prendere il mio zaino, ma Cam scattò in piedi e lo agguantò prima di me. Sospirai e allungai la mano. «Dammelo.»

«Ci sto provando.»

Lo guardai disgustata.

Lui ridacchiò e mi posò lo zaino in spalla. Le sue dita mi sfiorarono il collo, e a quel tocco fui percorsa da un brivido. Lui indietreggiò e raccolse la torcia. «Vedi? Facevo solo il gentiluomo.»

«Non mi sembri proprio un gentiluomo», borbottai, stringendo la tracolla. «Ma grazie.»

Raccolse il quaderno da terra e tornammo verso il pick-up, passando davanti alla panchina ormai vuota. Quando arrivammo nel campo Cam accese la torcia per illuminare il sentiero. Forse per smentirmi, mi aprì la portiera dell'auto. «Milady.»

«Grazie», dissi, con un po' più di convinzione.

Invece di richiudere la portiera, Cam si appoggiò alla fiancata e posò una mano sullo sportello aperto. «Allora, che ne dici?»

«Che ne dico di cosa?»

Mi scrutò con lo stesso interesse di prima. «Di uscire con me.»

M'irrigidii. «Perché?»

«Perché no?»

«Non è una risposta.» Mi finsi indaffarata ad allacciare la cintura di sicurezza, ma mi tremavano le mani.

«E che razza di domanda è la tua? Come faccio a... Ehi, è solo una cintura di sicurezza, non è così difficile.» Si piegò ad aiutarmi. Le sue mani sfiorarono le mie, e io mi appoggiai allo schienale. Lui si soffermò a guardarmi, con gli angoli della bocca piegati verso il basso.

Qualcosa gli passò negli occhi. Non so bene cosa, durò un solo istante, poi mi sistemò la cintura di sicurezza, e rimase là. «Perché non dovremmo uscire insieme?»

Strinsi i pugni. Non ero a disagio perché lui era così vicino, ero a disagio perché facevo caso a ogni sfioramento e a ogni sguardo. «Perché... perché non ci conosciamo.»

Sorrise di nuovo. Decisi che preferivo quell'espressione a quella imbronciata. «È a questo che serve uscire insieme. A conoscersi.» Mi fissò la bocca. «Esci con me.»

«Non c'è niente da sapere su di me», dissi in un sussurro affannato.

Lui inclinò la testa di lato. «Sono sicuro che c'è un mucchio di roba da sapere su di te.»

«Non è vero.»

«Allora posso parlare solo io.»

«Sembra divertente.»

«Oh, sarà più divertente che stare a osservare Raffaello che attraversa la strada.»

«Molto divertente.»

Sorrise. «Sapevo che ti sarebbe piaciuto.»

Qualcosa mi vibrò nella borsa. Un SMS? Probabilmente di Jacob. Volevo prendere il telefono, ma avrei finito per dare una testata a Cam. E non ci tenevo a ripetere quell'esperienza. «Possiamo andare?»

«A cena insieme, dici?»

«Santo cielo, non ti arrendi mai?»

«No.»

Risi, perché non seppi trattenermi, e il suo sorriso si allargò. «Ci saranno tante ragazze che vogliono uscire con te.»

«È vero.»

«Wow. Sei modesto, eh?»

«Perché dovrei esserlo? Ma voglio uscire con te, non con loro.»

«Non capisco perché.»

Le sue sopracciglia scure si alzarono. «Mi vengono in mente varie ragioni. Sei diversa dalla maggior parte delle ragazze che conosco. Questo lo trovo interessante. Sei adorabilmente... impacciata. Sei intelligente. Vuoi che continui?»

«No, neanche per sogno.» Dovevo stroncare sul nascere quella faccenda. A parte la sua reputazione, non sarei riuscita a gestirlo. Si sarebbe aspettato da me cose che non potevo dargli. A volte era già difficile conversare con lui. «Non voglio uscire con te.»

Non sembrò sorpreso dalla risposta, ma un po' deluso. «Sapevo che l'avresti detto.»

«Allora perché me l'hai chiesto?»

Finalmente, grazie a Dio, si ritrasse e strinse la maniglia interna della portiera. «Perché lo volevo.»

«Oh. Capisco. Okay. Sono contenta che tu ti sia sfogato.»

Inarcò le sopracciglia. «Non mi sono sfogato.»

Oh, no. «Ah, no?»

«No.» Sfoderò un sorriso irresistibile. «Domani è un altro giorno.»

«Che succede domani?»

«Te lo chiederò di nuovo.»

Scossi la testa. «La risposta sarà la stessa.»

«Forse sì. O forse no.» Allungò una mano e con un polpastrello mi picchiettò la punta del naso. «E forse dirai di sì. Sono paziente... e poi, ehi, come hai detto tu, non mi arrendo facilmente.»

«Fantastico», borbottai, ma... oh, santo cielo, nel mio petto c'era una vibrazione sconosciuta.

«Sapevo che l'avresti vista così.» Mi strizzò la punta del naso e io gli scacciai la mano. «Non preoccuparti, conosco la verità.»

«La verità su cosa?»

Arretrò. «Non sei pronta, eppure vorresti dirmi di sì.»

Restai a bocca aperta.

«Va bene.» Il suo sorriso si fece arrogante. «Non è

facile stare con me, ma ti posso assicurare che ti divertirai.»

E poi, prima che potessi rispondere a tono, mi diede un ultimo buffetto sul naso e mi chiuse la portiera in faccia.

Tornata nel mio appartamento, posai la borsa sul divano e mi ci lasciai cadere. Uscire con Cameron? Era pazzo? Di sicuro stava scherzando, o forse stava solo flirtando. Durante il viaggio di ritorno non ne aveva più fatto cenno, preferendo tartassarmi sugli orari dei miei corsi. Quando arrivammo a casa ero esausta.

Appoggiai la testa sul cuscino del divano e chiusi gli occhi. Il mio cuore aveva un battito accelerato, per essere seduta. Davvero Cam non aveva fatto sesso con Stephanie mercoledì? Mi sembrava strano, se lei non aspettava altro.

Francamente, non importava.

Non potevo tollerare una relazione di nessun tipo. Magari un giorno, in futuro. Ci speravo, perché non volevo andare avanti così per il resto della vita. Prima o poi volevo diventare una di quelle ragazze che si emozionano quando i ragazzi chiedono loro di uscire, invece di essere quella che torna a casa e si butta sul divano.

Aprii gli occhi ed emisi un gemito. «Sono Señor Coglione. O Señorita, per meglio dire.»

Mi alzai e mi avviai in camera, ma poi ricordai la borsa vibrante. «Merda.»

Corsi di nuovo al divano ed estrassi il cellulare dalla tasca laterale della tracolla. Toccai lo schermo aspettandomi di trovare un messaggio di Jacob o di Brittany. Invece trovai una chiamata persa e un messaggio in segreteria.

«Ma che diavolo...?»

Mi accorsi di aver azzerato il volume del cellulare per sbaglio. Sbloccai lo schermo e lessi che la chiamata proveniva da un NUMERO SCONOSCIUTO.

Il cuore mi balzò in gola.

Niente di grave. Probabilmente qualcuno aveva sbagliato numero oppure l'operatore di un call center voleva vendermi qualcosa. Andai alla pagina della segreteria e il mio dito esitò sopra il pulsante di cancellazione. Il passato tornava a tormentarmi. Quante volte avevo ricevuto scherzi telefonici da persone che nascondevano il loro numero? Troppe per contarle, ma adesso avevo cambiato numero e indirizzo e-mail...

Imprecai di nuovo.

Tirai un lungo respiro, toccai il tasto per ascoltare il messaggio e mi portai il telefono all'orecchio. Ci fu una pausa e poi una voce roca, sconosciuta, disse: «Lo sai cosa succede alle bugiarde e alle puttane? Si beccano un gran bel...»

Lanciai un urlo e premetti il pulsante di cancellazione prima che la frase finisse. Fui tentata di scagliare il telefono contro il muro, poi lo lasciai cadere sul divano e arretrai come se fosse un serpente velenoso.

Qualsiasi mezzo di comunicazione poteva diventare tossico. Non lo sapevo già per esperienza personale? Mi sfuggì una risata strozzata. Davvero, non avevano niente di meglio da fare? Erano passati cinque anni. Cinque! Non riuscivano a lasciarsi il passato alle spalle.

E, in fondo in fondo, neppure io.

7

Mi alzai a sedere sul letto, confusa e disorientata. Mi ero addormentata intorno alle quattro del mattino, e non sapevo proprio cosa mi avesse destato così all'improvviso. Mi girai verso la sveglia e gemetti constatando che erano solo le otto.

Di domenica mattina.

Tornai a sdraiarmi e fissai il soffitto. Non c'era speranza di riaddormentarmi...

Tum. Tum. Tum.

Mi sedetti di scatto, perplessa. Qualcuno bussava alla mia porta. Che diavolo...? Spinsi via le coperte e tirai giù le gambe dal letto. Mi s'impigliò un piede nel lenzuolo e per un pelo non finii con la faccia sulla moquette.

« Porca miseria. »

Snocciolando imprecazioni, attraversai di corsa l'appartamento prima che il campanello svegliasse l'intero palazzo. Mi alzai in punta di piedi per guardare dallo spioncino. Dall'altra parte c'era solo una massa di capelli scuri e ondulati. Cam?

Doveva essere successo qualcosa di brutto, forse il palazzo stava andando a fuoco. Non mi venivano in mente altri motivi per cui potesse bussare alla mia porta di domenica mattina.

« Tutto a posto? » chiesi. Avevo una voce orribile, roca e assonnata.

Cam si voltò. Un sorriso sghembo rendeva ancor più sexy il suo viso già bellissimo, e lo faceva sembrare più giovane. «No, ma lo sarà tra un quarto d'ora.»

«C-c-cosa?» Mi feci da parte, o per meglio dire fui spinta da parte, e lui entrò nell'appartamento portando un involto rivestito di carta stagnola, una confezione di uova – *eh?* – e una piccola padella. «Cam, cosa stai facendo? Sono le otto del mattino.»

«Grazie per l'aggiornamento.» Puntò dritto alla cucina. «Non ho mai capito come si fa a scoprire che ore sono.»

Lo seguii aggrottando la fronte. «Che ci fai qui?»

«Preparo la colazione.»

«Non puoi farlo nella tua cucina?» chiesi, stropicciandomi gli occhi. Dopo l'esercizio di astronomia e quella telefonata, era l'ultima persona che volessi vedere a quell'ora del mattino.

«La mia cucina non è entusiasmante come la tua.» Sistemò quello che aveva portato sul bancone e si voltò a guardarmi. Aveva i capelli umidi e più ricci del normale. Come faceva a essere così bello appena uscito dal letto e dalla doccia? Non c'era ombra di barba sulle sue guance lisce. E faceva sembrare il top dell'eleganza i pantaloni della tuta e una vecchia maglietta. «E poi Ollie dorme sul pavimento del salotto.»

«Sul pavimento?»

«Sì, a faccia in giù. Russa, e sbava anche un po'. L'atmosfera non è per niente invitante.»

«Be', non lo è neppure il mio appartamento.» Doveva andarsene. Non aveva il diritto di stare in casa mia.

Si appoggiò al bancone a braccia conserte. «Oh, non saprei...» Mi squadrò, dalla testa spettinata giù fino ai piedi nudi. Percepii il suo sguardo come una sensazione fisica, come se i suoi occhi mi toccassero, e mi si mozzò il respiro. «La tua cucina, in questo istante, è molto attraente.»

Arrossii. «Non voglio uscire con te, Cam.»

«Non te l'ho chiesto, stavolta, giusto?» Piegò verso l'alto un angolo della bocca. «Ma prima o poi dirai di sì.»

Lo guardai socchiudendo gli occhi. «Sei un illuso.»

«Sono determinato.»

«Rompiscatole.»

«Molti direbbero fantastico.»

Alzai gli occhi al cielo. «Nella tua testa, forse.»

«In molte teste, vorrai dire», ribatté voltandosi verso il fornello. «Ho portato anche del pane alla banana e noci, cotto nel mio forno.»

Scossi la testa e gli fissai la schiena. «Sono allergica alle banane.»

Si voltò di scatto con un'espressione incredula. «Mi prendi in giro?»

«No. Sono allergica alle banane.»

«Accidenti, che peccato. Non hai idea di cosa ti perdi. Le banane rendono il mondo un posto migliore.»

«Non posso saperlo.»

Inclinò la testa di lato. «Sei allergica ad altro?»

«A parte la penicillina e gli uomini che si autoinvitano nel mio appartamento? No.»

«Spiritosa.» Si chinò ad aprire i pensili. «Quanti ragazzi più deboli e insicuri di me hai massacrato con quella lingua affilata?»

«Non a sufficienza, a quanto pare», borbottai. Allungai la mano per sistemarmi il bracciale e mi accorsi che non c'era. Mi raggelai. «Torno subito.»

Cam annuì, canticchiando sottovoce. Tornai di corsa in camera, presi il bracciale dal comodino e lo infilai.

Fui invasa dal sollievo. Mentre stavo per uscire dalla stanza abbassai lo sguardo e imprecai di nuovo.

Non avevo il reggiseno.

Il tessuto sottile della maglietta aderiva al petto e i capezzoli facevano ciao. «Oh, santo cielo.»

Mi sfilai di corsa la maglietta e presi dal comò un reggiseno sportivo.

«Ehi, ti sei nascosta?» gridò Cam. «Perché vengo lì e ti trascino fuori.»

Restai immobile, col reggiseno incastrato sulla testa e con le tette che ondeggiavano qua e là. Tirai giù il reggiseno e mi schiacciai il seno sinistro. Ahia! «Non azzardarti a entrare.»

«Allora sbrigati. Le mie uova non aspettano nessuno.»

«Oddio», mormorai, rimettendomi la maglietta. Arrivai in corridoio prima di ricordare che non mi ero lavata i denti. Cam e le sue uova avrebbero dovuto aspettare.

Quando tornai in cucina c'erano varie uova a bollire in una pentola e un perfetto occhio di bue nella padella che si era portato dietro. Aveva trovato il formaggio grattugiato in frigo e lo stava spolverando sulle uova.

Vederlo nella mia cucina, ai miei fornelli, m'innervosiva. Mi si attorcigliò lo stomaco quando mi accorsi che trovava i piatti e le posate senza chiedermi dove fossero. Avevo i nervi a fior di pelle. «Cam, cosa ci fai qui?»

«Te l'ho già detto.» Rovesciò le uova su un piatto e poi raggiunse il tavolino con due sedie appoggiato alla parete. «Vuoi un po' di pane tostato? Ehi, aspetta, hai del pane in casa? Se no, posso...»

«No, non mi serve il pane tostato.» Aveva assunto il controllo totale della mia cucina! «Non hai nessun altro da tormentare?»

«C'è un mucchio di gente che potrei *premiare* con la mia presenza, ma ho scelto te.»

Era la mattina più bizzarra della mia vita. Lo guardai per un altro momento. Mi rassegnai a non poterlo cacciare da casa mia e mi sedetti con le ginocchia al petto. Presi una forchetta. «Grazie.»

«Ho scelto di credere che lo pensi davvero.»

«Lo penso!»

Sorrise. «Chissà perché, ma ne dubito.»

Ora mi sentivo una stronza. «Ti sono grata per le uova. Sono solo sorpresa di vederti qui... alle otto del mattino.»

«Be', a essere sincero, volevo sedurti col mio pane alla banana, ma purtroppo non si può. Quindi mi restano solo le mie deliziose uova.»

Mangiai una forchettata di quella meraviglia al formaggio. «È davvero buono, ma non mi stai seducendo.»

«Ti seduco eccome.» Aprì il frigo e prese una bottiglia di succo d'arancia. Riempì due bicchieri e ne posò uno davanti a me. «Ma lo sto facendo con tale discrezione che non te ne sei ancora accorta.»

Non potevo vincere in quella conversazione, perciò cambiai argomento: «Tu non mangi?»

«Eccome, ma le uova mi piacciono sode.» Indicò i fornelli e si sedette davanti a me. Si posò il mento sul pugno chiuso e io mi concentrai sul mio piatto. Accidenti a lui, era davvero adorabile. «Allora, Avery Morgansten, sono tutto tuo.»

Quasi mi strozzai con l'uovo. «Non ti voglio.»

«Peccato», sorrise lui. «Parlami di te.»

Neanche morta. Non avevo intenzione di farmi conoscere meglio. «Lo fai spesso? Dico, entrare in casa di ragazze a caso e cucinare uova?»

«Be', tu non sei una ragazza a caso, quindi tecnicamente no.» Si alzò e controllò la cottura delle uova. «Ogni tanto mi capita di stupire qualche signora fortunata.»

«Sul serio? Insomma, lo fai regolarmente?»

Si voltò per guardarmi. «Con gli amici sì, e noi siamo amici, vero, Avery?»

Non sapevo cosa rispondere. Eravamo amici? Supponevo di sì, ma... Era una cosa normale? Oppure Cam aveva semplicemente un'autostima più alta della media? Faceva cose del genere perché sapeva di potersele permettere, sapeva che nessuno l'avrebbe cacciato via. La maggior parte della gente, probabilmente, non voleva che se ne andasse da casa loro. E, se l'avessi voluto davvero, avrei potuto cacciarlo: era la verità. Cam era il tipo di ragazzo abituato a ottenere ciò che voleva.

Proprio come Blaine.

Quel pensiero m'inacidì le uova nello stomaco, e posai la forchetta. «Sì, siamo amici.»

«Olè!» gridò lui, facendomi trasalire. «Hai finalmente ammesso che siamo amici. Ci è voluta solo una settimana.»

«Ci conosciamo da una settimana.»

«C'è comunque voluta una settimana», ribatté lui, smuovendo le uova nell'acqua.

Giocherellai con gli avanzi nel piatto. «Normalmente ci metti solo un'ora per convincere qualcuno a dichiararsi il tuo migliore amico?»

«No.» Tirò fuori le uova e le posò in una scodella. Tornò a sedersi a tavola. Mi fissava, ed era difficile sostenere il suo sguardo, gli occhi di un azzurro incredibile, limpido e intenso. Il genere di occhi in cui ci si può smarrire.

« Di solito ci metto circa cinque minuti a passare allo status di migliore amico. »

Non riuscii a trattenere un sorriso. « Allora credo di essere l'eccezione. »

« Forse. » Abbassò gli occhi sull'uovo che stava pelando.

Bevvi un sorso di succo d'arancia. « Immagino che per te sia diverso. »

« Mmm? »

« Scommetto che le ragazze ti si appiccicano addosso. Chissà quante ucciderebbero per essere al mio posto, e invece eccomi qua, allergica al tuo pane. »

Alzò lo sguardo. « Perché? Per la mia divina perfezione? »

Scoppiai a ridere. « Non mi spingerei a tanto. »

Sghignazzò e scrollò le spalle. « Non lo so. Non ci penso. »

« Non ci pensi mai? »

« No. » S'infilò in bocca un uovo intero. A parte quello, le sue maniere a tavola erano impeccabili. Si puliva le mani sul tovagliolo e non parlava con la bocca piena. « Ci penso solo quand'è importante. »

I nostri sguardi s'incrociarono e arrossii. Passai un dito sul bordo del bicchiere. « Quindi sei un ex playboy? »

Si fermò con un uovo a mezz'aria. « Cosa te lo fa credere? »

« Ho sentito dire che al liceo eri un dongiovanni. »

« Davvero? Chi te lo ha detto? »

« Non sono affari tuoi. »

Inarcò un sopracciglio. « Con quella boccaccia, non devi avere tanti amici, eh? »

Rabbrividii, perché quella era un'osservazione acuta. « No. Non avevo molti amici al liceo », mi sentii dire.

Cam posò l'uovo sul piatto e si appoggiò allo schienale. « Merda. Mi dispiace. Sono uno stronzo. »

Liquidai la cosa con un cenno della mano, ma mi aveva fatto male.

Mi guardò da sotto le ciglia folte. « È difficile da credere. Sai essere divertente e gentile quando non m'insulti, e sei una ragazza carina. Anzi sei proprio bella. »

« Ah... grazie », mormorai, imbarazzata.

« Dico sul serio. Mi hai detto che i tuoi genitori erano severi. Non ti lasciavano uscire con gli amici, al liceo? » Annuii, e lui finì di mangiare l'uovo. « Però non riesco a immaginare che tu non piacessi a tutti. Non ti manca niente: sei intelligente, simpatica e bella. »

« Eppure era così. Okay? » Posai il bicchiere e tirai un filo che penzolava dall'orlo dei pantaloncini. « Ero l'esatto opposto di una ragazza che piace a tutti. »

Cam iniziò a sbucciare un altro uovo. Ma quanti ne mangiava? « Mi dispiace, Avery. È... molto triste. Il liceo è sempre un periodaccio. »

« Sì. » Mi inumidii le labbra, nervosa. « Tu avevi molti amici? »

Annuì.

« Li senti ancora? »

« Alcuni. Io e Ollie andavamo al liceo insieme, ma lui ha fatto i primi due anni alla West Virginia University e poi si è trasferito qui; e ne vedo alcuni in giro per il campus e giù a casa. »

Mi abbracciai le ginocchia e ci posai il mento per obbligarmi a stare ferma. « Hai fratelli o sorelle? »

« Una sorella », rispose prendendo l'ultimo uovo, il quarto. Fece un sorriso sincero. « È più piccola di me, ha appena compiuto diciott'anni. Si diploma quest'anno. »

«Siete molto uniti?» Chissà com'era avere un fratello come Cam.

«Sì, siamo uniti.» Un'ombra gli attraversò il viso e subito sparì, ma mi spinse a chiedermi se dicesse la verità. «Ci tengo molto a lei. E tu? Hai un fratello maggiore che potrebbe venire a picchiarmi?»

«No, sono figlia unica. Ho un cugino più grande, ma dubito che farebbe una cosa del genere.»

«Ah, bene.» Divorò l'uovo, poi si appoggiò allo schienale battendosi le mani sulla pancia. «Da dove vieni?»

Serrai le labbra cercando di decidere se mentire o no.

«Okay.» Tirò giù il braccio dallo schienale della sedia di metallo. «Evidentemente sai già da dove vengo io, visto che sai delle mie attività extrascolastiche al liceo, ma te lo confermo. Vengo dalla zona di Fort Hill. L'hai mai sentita nominare? Non la conosce quasi nessuno. È vicino a Morgantown. Perché non sono andato alla West Virginia University? Tutti vogliono saperlo.» Fece spallucce. «Volevo andarmene, ma allo stesso tempo non allontanarmi troppo dalla mia famiglia. E, sì, al liceo ero... molto indaffarato.»

«Non lo sei più?» chiesi, senza aspettarmi una risposta, perché non erano affari miei, ma, ehi, se continuava a parlare lui non avrei dovuto dire niente su di me.

E poi... m'interessava saperne di più, perché Cam era affascinante, a modo suo. Era uno di quei ragazzi sexy che al liceo sono amici di tutti, ma non era arrogante. Solo quello lo rendeva meritevole di uno studio scientifico. Inoltre era sempre meglio che starmene da sola a rimuginare su telefonate e e-mail minatorie.

«Dipende a chi lo chiedi.» Rise. «Mah, non lo so. Quando ero matricola... in quei primi due o tre mesi, con tutte quelle ragazze intorno... Probabilmente mi sono impegnato più con loro che nello studio.»

Sorrisi: era facile crederci. «E ora non più?»

Scosse la testa. «E tu da dove vieni?»

Okay. Evidentemente non gli andava di parlare del motivo per cui non era più un playboy. Mi passarono per la testa visioni di gravidanze indesiderate. «Sono del Texas.»

«Texas?» Si sporse in avanti. «Davvero? Non hai l'accento.»

«Non sono nata lì, la mia famiglia è originaria dell'Ohio. Ci siamo trasferiti in Texas quando avevo undici anni, e non ho mai preso l'accento.»

«Dal Texas al West Virginia? Un bel cambiamento.»

Tirai giù le gambe, mi alzai e presi il mio piatto e la sua scodella. «Be', vivevo nella parte peggiore del Texas, la più provinciale; ma, a parte quello, non è tanto diverso da qui.»

«Sparecchio io, ho fatto io tutto questo casino.»

«No. Hai cucinato tu, pulisco io», ribattei indietreggiando con la sua scodella.

Si arrese e aprì il pane avvolto nella stagnola. Aveva un profumo buonissimo. «Perché hai scelto di venire proprio qui?»

Lavai i piatti e la padellina prima di rispondere a quella domanda così difficile. «Anch'io volevo andarmene, come te.»

«Dev'essere dura.»

«No.» Presi il pentolino in cui aveva bollito le uova. «È stata una decisione facilissima.»

Sembrò rifletterci mentre spezzava il pane. «Tu sei un enigma, Avery Morgansten.»

Mi appoggiai al bancone e, sbalordita, lo guardai mangiare *mezza* pagnotta in un sol boccone. «Non direi proprio, semmai lo sei tu.»

«In che senso?»

Lo additai. «Hai appena finito quattro uova sode, stai mangiando mezza pagnotta e hai degli addominali che sembrano usciti dalla pubblicità di una palestra.»

Sembrò felicissimo di quel complimento. «Mi hai squadrato ben bene, eh, tra un insulto cocente e l'altro? Mi sento un uomo-oggetto.»

Risi. «Ma sta' zitto!»

«Sono un ragazzo che cresce, devo nutrirmi.»

Lo guardai con sufficienza e lui rise. Mangiucchiando il pane, mi parlò un po' dei suoi genitori. Tornai a sedermi a tavola, sinceramente interessata. Suo padre era titolare di uno studio legale e sua madre era medico. Quindi Cam era ricco di famiglia, non quanto i miei ma abbastanza da pagarsi l'affitto. Era molto legato ai suoi genitori, e questo glielo invidiavo. Da ragazza volevo solo che i miei genitori desiderassero starmi accanto, ma, tra le serate di beneficenza, il jet set e tutte quelle cene fuori, non erano mai a casa. E, dopo tutto quel che era successo, le rare volte che eravamo insieme non riuscivano neppure a guardarmi.

«Quindi torni in Texas per le vacanze d'autunno o per il Ringraziamento?» mi chiese.

Sbuffai. «Probabilmente no.»

«Hai altri progetti?»

Scrollai le spalle.

Cam cambiò argomento, ed era quasi mezzogiorno quando se ne andò. Si fermò sulla soglia del mio appartamento e si voltò a guardarmi, rigirandosi la piccola padella in una mano, e nell'altra quel che restava del pane. «Allora, Avery...»

Mi appoggiai con un fianco allo schienale del divano. «Allora, Cam...»

«Cosa fai martedì sera?»

«Non lo so.» Aggrottai la fronte. «Perché?»

«Che ne dici di uscire con me?»

«Cam», sospirai.

Si appoggiò allo stipite. «Questo non è un no.»

«No.»

«Be', questo sì che è un no.»

«Sì, lo è.» Mi spinsi via dal divano e afferrai la maniglia. «Grazie per le uova.»

Arretrò di un passo, sempre col suo sorriso sghembo. «Mercoledì sera, allora?»

«Ci vediamo, Cam.» Chiusi la porta sorridendo. Era davvero insopportabile, eppure, come la sera prima, stare con lui mi faceva un effetto miracoloso. Forse erano i duelli verbali... Be', qualsiasi cosa fosse, con lui tendevo a comportarmi... normalmente. Come un tempo.

Uff.

Dopo aver fatto una doccia mi aggirai per l'appartamento meditando di scrivere un SMS a Jacob o a Brittany per sentire che programmi avevano. Alla fine gettai il cellulare sul divano e tirai fuori il computer portatile. Non potevo evitare le e-mail in eterno.

Nella casella dello spam c'erano alcune e-mail dall'aria sospetta. Due col mio nome come oggetto. Dopo quell'ultimo messaggio avevo imparato la lezione: cliccai CANCELLA con una certa soddisfazione.

Era strano, però, ricevere quelle e-mail proprio adesso. Quando ero al liceo, era un conto: li vedevo ogni giorno. Ma ora che eravamo tutti al college? Qualcosa non tornava. Davvero non avevano niente di meglio da fare? Dubitavo che potesse essere Blaine: perché, per quanto fosse un bastardo, si teneva alla larga da me. E la telefonata? Mi rifiutavo di cambiare numero. Nel periodo peggiore, quando ricevevo tre o quattro telefonate al giorno, avevo cambiato numero varie volte e loro lo avevano sempre scoperto.

Scossi la testa, cliccai sulla cartella della posta in arrivo e trovai un'altra mail di mio cugino. Insomma! Ero quasi tentata di non aprirla, ma alla fine cliccai.

Avery,

dobbiamo parlare il prima possibile. Chiamami appena puoi. È molto importante. Chiamami.

David

Il mio dito restò sospeso sul trackpad.

CANCELLA.

8

Nelle successive quattro settimane, mentre l'estate cedeva finalmente il passo all'autunno, caddi preda di una strana routine. Dal lunedì al venerdì mi alzavo e andavo a lezione, ma aspettavo con particolare ansia le lezioni di astronomia. Non tanto perché non sapevo mai cosa avrebbe detto il professor Drage o come si sarebbe vestito: qualche giorno prima si era presentato con un paio di jeans slavati con l'acido e una maglietta multicolore. Avevo passato la lezione a fissare il suo abbigliamento anziché ascoltarlo. Ma, a parte il professore coi pantaloni bizzarri, era un certo compagno di corso che rendeva divertenti i cinquanta minuti di astronomia.

Tra i suoi commenti sarcastici e la sua conoscenza sorprendentemente accurata dei sistemi planetari, in fin dei conti quella mia fuga il primo giorno di corso si era rivelata utile. Con Cam come compagno di banco e di studi, non mi avrebbero mai bocciata.

Tre giorni alla settimana pranzavo con Jacob e Brittany, e andai persino a una partita di football con loro. Le feste erano ancora tabù e, anche se loro non capivano bene il perché, non mi abbandonarono. Due volte alla settimana venivano a casa mia. Non studiavamo molto, ma non mi lamentavo. Mi piaceva averli là. Okay, « mi piaceva » non basta. Erano fantastici, ed era passato troppo tempo dall'ultima volta che avevo avuto amici così, ai quali non importava quando mi comportavo da idiota, cioè spesso.

Almeno due volte alla settimana, rifiutavo l'invito di Cam a uscire insieme.

Due-volte-alla-settimana.

Ormai quasi mi divertivo a immaginare in che modo me lo avrebbe chiesto la volta successiva. Quel ragazzo era instancabile ed era diventato una specie di scherzo tra noi. Almeno per quanto riguardava me.

Iniziai anche ad aspettare con impazienza la domenica.

Ogni domenica mattina Cam si presentava alla mia porta a orari assurdi con le uova e qualche specialità al forno preparata da lui. La seconda domenica mi portò i muffin ai mirtilli. La terza, pane di zucca (anche se ammise di averlo comprato). La quarta e la quinta domenica, torta alle fragole e poi brownie.

I brownie per colazione erano fantastici.

Le cose andavano... benissimo, tranne l'e-mail e il telefono. Almeno una volta alla settimana ricevevo una chiamata da un numero sconosciuto. Cancellavo tutti i messaggi senza aprirli. C'erano almeno quindici e-mail non lette di mio cugino. Uno di quei giorni le avrei aperte, ma non ci riuscivo, come non riuscivo a chiamare i miei genitori.

D'altronde, neanche loro mi avevano chiamata.

All'inizio di ottobre ero felice come non mai. C'era nell'aria il profumo dell'autunno, di cui avevo sentito la mancanza quando vivevo in Texas; si potevano indossare le maniche lunghe senza dare nell'occhio, e il ripasso per gli esami di metà semestre era accompagnato dai confetti M&M's e Skittles.

«Qualcuno può dirmi, per favore, dov'è la Croazia su

questa mappa? C'è una filastrocca che posso inventarmi per ricordarlo?» sospirò Jacob.

«Ungheria, Slovenia, Bosnia», dissi io, indicando la mappa dell'Europa. «E poi c'è la Serbia.»

Il mio amico mi guardò storto. «Secchiona!»

M'infilai un confetto rosso al cioccolato in bocca. «Scusa.»

«Ti viene in mente una filastrocca con quei nomi?» Brittany affondò le dita nella maionese.

«Che schifo!» esclamò Jacob.

Lei fece spallucce. «È buona!»

«Sto per fare sfoggio di secchionaggine acuta, quindi preparati.» Presi un M&M's e lo mostrai a Jacob. I suoi occhi si sgranarono come quelli di un cucciolo davanti a un boccone prelibato. «Con l'eccezione del Montenegro, tutti i Paesi che confinano con la Croazia finiscono in A. Hanno nomi simili tra loro. Pensala così.»

Socchiuse gli occhi. «Non mi hai aiutato.»

Sospirai. «Vuoi una filastrocca?»

«Sì.» Si alzò dal nostro tavolo al centro del Ram's Den e urlò: «Sì! Voglio una filastrocca!»

«Wow.»

Vari studenti si voltarono, e lui alzò le mani. «Che c'è? Ho esagerato?» mi chiese.

«Sì, direi proprio di sì», risposi.

Brittany posò la fronte sul libro di testo. «Sul serio, perché dobbiamo compilare una mappa dell'Europa per gli esami di metà semestre? Speravo di averla fatta finita al liceo con queste stronzate.»

«Dammi una filastrocca, secchiona», pretese Jacob.

«Oddio, sei ridicolo.» Scossi la testa e posai le mani sul tavolo. «Va bene, ecco qua. Ungheria in alto a destra, in alto a destra! Serbia in basso a destra, in basso a destra! Bosnia giù, giù! Slovenia su, su! E dov'è la Croazia?»

«Dov'è? Dov'è?» cantò Jacob.

«È accanto al mare Adriatico, di fronte all'Italia!»

Jacob si tirò a sedere diritto. «Di nuovo! Di nuovo!»

Ripetei la filastrocca due volte mentre Brittany ci guardava a bocca aperta. Quando Jacob tirò fuori la penna e iniziò a scrivere i nomi dei Paesi sulla mappa, la mia faccia era color pomodoro e mi sbellicavo dalle risate.

Jacob mise tutti i nomi al posto giusto, a parte quando confuse la Francia e il Regno Unito, ma credo che volesse solo mettermi alla prova e vedere se me ne accorgevo.

Gli lanciai un M&M's, che gli rimbalzò sul labbro inferiore. La seconda volta centrai il bersaglio. Lui deglutì e si sporse in avanti avvicinando il suo viso al mio. «Indovina?»

«Cosa?» Mi appoggiai allo schienale.

Lui batté le palpebre due volte. «Sta arrivando il tuo ragazzo.»

Mi guardai alle spalle: Cam che entrava nel Den, accompagnato da non una ma ben due ragazze, una per lato, che lo guardavano come se fosse l'ultimo uomo libero del campus. Alzai gli occhi al cielo e dissi a Jacob: «Non è il mio ragazzo».

«Amica mia, hai concorrenza.» Jacob incrociò le braccia sul tavolo. «Quelle sono Sally e Susan, vicepresidenti della confraternita femminile Beta-Delta-Sigma-Chic.»

Brittany aggrottò la fronte. «Non somiglia neppure al nome di una confraternita.»

«Fa lo stesso.»

«Non è una gara, perché le cose tra noi non stanno così.» Lentamente ma senza esitare sbirciai nella loro direzione. I tre si erano fermati accanto ai divanetti. Cam stava ascoltando le due ragazze. Una delle due, la bionda, gli posava una mano sul petto descrivendo piccoli cerchi. Strinsi gli occhi. Era una visita medica, per caso? Tornai a voltarmi verso Jacob.

Lui mi guardò con aria di aspettativa.

«Possono tenerselo», dissi ingurgitando tre Skittle.

«Non vi capisco», intervenne Brittany, richiudendo il libro. L'ora dello studio era finita. «Vi vedete praticamente ogni giorno, giusto?»

Annuii.

«Lui viene da te ogni domenica e ti prepara la colazione, giusto?»

Jacob mi fece un gestaccio. «Ti odio per questo.»

«Sì, è vero, ma non è come pensate.» Grazie al cielo non avevo mai rivelato che Cam mi chiedeva di uscire, perché altrimenti non mi avrebbero più lasciata in pace. «Sentite, siamo amici. Tutto qui.»

«Sei gay?» volle sapere Jacob.

«Eh?»

«Senti, sono l'ultima persona al mondo che giudicherebbe le tue preferenze sessuali. Insomma, ecco.» S'indicò coi pollici. «Allora, sei gay?»

«No, non sono gay.»

«Nemmeno io, ma lo diventerei per te», sorrise Brittany.

«Grazie.» Ridacchiai. «Anch'io diventerei gay per te.»

«Che carine», commentò Jacob, poi aggiunse: «Ma non è questo il punto. Quel perfetto esemplare di maschio laggiù stravede per... Oddio, ha abbandonato le pulzelle per venire qui».

Mi si attorcigliò lo stomaco e pregai Dio, Shiva e Zeus affinché Jacob non dicesse nulla di compromettente. Altrimenti avrei dovuto ucciderlo.

« Accidenti. » Jacob scosse la testa. « Sembra che gli abbiano cucito i jeans addosso al... Ehi, Cameron! Come te la passi? »

Serrai gli occhi.

« Ehi, Jacob. Brittany. » Cam si sedette accanto a me e mi diede di gomito. « Avery. »

« Ehi », mormorai, ben sapendo che i miei due amici ci fissavano. Richiusi il libro e lo infilai in borsa. « Che combini? »

« Oh, sai, combino guai », rispose.

« Mi ricordi molto Harry Potter. Devo rileggerlo », disse Brittany, sospirando.

Tutti la guardammo.

Arrossì di colpo e si ravviò i capelli biondi. « Che c'è? Non mi vergogno ad ammettere che cose a caso mi ricordano Harry Potter. »

« Quel tizio laggiù mi fa pensare a Piton », disse Cam, indicando con un cenno del mento il tavolo dietro di noi. « Quindi ti capisco. »

L'uomo dai capelli corvini, in effetti, somigliava un po' a Piton.

« Comunque, voi che fate? » Cam si mosse e la sua gamba toccò la mia. Deglutii. « Giocate con gli M&M's e gli Skittle? »

« Sì, e inoltre studiamo per l'esame di storia della settimana prossima. Dobbiamo disegnare una mappa dell'Europa », spiegò Jacob.

« Ahia. » Cam batté la gamba sulla mia.

Restituii il colpo.

« Ma Avery, la meravigliosa Avery... » Jacob mi guardò sorridendo, e io lo fulminai con un'occhiata. « Ci aiuta a studiare. »

« Ci ha aiutati molto », aggiunse Brittany.

Cam mi guardò di sottecchi e io mi scostai da lui.

Jacob posò il mento sulla mano e sorrise a Cam. «Prima che iniziassimo a studiare, stavo dicendo ad Avery che dovrebbe vestirsi più spesso di verde. Le dà un'aria molto sexy con quel colore di capelli.»

Restai a bocca aperta. Non aveva mai detto quella cosa sullo stupido cardigan che indossavo.

«Pensi che le stia bene il verde, Cam?» chiese Brittany.

Oh, mio Dio.

Cam si voltò verso di me, gli occhi dello stesso azzurro intenso delle acque al largo del Texas. «Il colore le sta molto bene, ma lei è sempre bella.»

Arrossii ed espirai lentamente.

«Bella?» ripeté Brittany.

«Bella», ribadì Cam, scorrendo verso di me e toccandomi di nuovo il ginocchio col suo. «Allora, avete imparato qualcosa da queste ore di studio?»

Buttai fuori il respiro che trattenevo. «Siamo a buon punto, credo.»

«Grazie a te.» Jacob guardò Brittany e a me si strinse lo stomaco. «Avery ha inventato una filastrocca per aiutarmi a ricordare dove sono i vari Paesi.»

Oh, no.

«Cantagli la filastrocca.» Brittany mi diede una gomitata così forte che rimbalzai addosso a Cam.

Gli occhi di Cam si accesero d'interesse. «Quale filastrocca?»

«Non intendo cantarla di nuovo.»

Jacob sorrise a Cam. «È la canzone della Croazia.»

Gli scoccai un'occhiata assassina.

Cam rise. «La canzone della Croazia? Cos'è?»

«No. Non la canto di nuovo. Cantare non è tra i miei talenti.»

«E quali sono i tuoi talenti?» chiese Cam, e m'imbambolai a fissare il contorno perfetto del suo mento, i capelli che sfioravano le tempie. Ma che diavolo...? Mi guardava con aria perplessa. «Avery?»

«Diglielo», mi pungolò Jacob.

Brittany annuì. «I talenti sono divertenti.»

«Possono esserlo.» Cam abbassò lo sguardo e io inspirai di colpo. Lui si chinò verso di me e tra le nostre labbra non restarono che pochi centimetri. Jacob boccheggiò. «Dimmi quali sono i tuoi talenti, tesoro.»

«Tesoro!» mormorò Jacob con un sospiro.

«La danza. Ballavo. Un tempo», sbottai.

Il viso di Cam si accese di curiosità. «Che tipo di danza?»

«Non lo so.» Presi il sacchetto degli Skittle e me lo svuotai sulla mano. «Danza classica, jazz, tip tap, contemporanea...»

A questo punto Jacob esclamò: «Sul serio?! Ho fatto tip tap quando avevo sei anni, per circa un mese, poi ho deciso che volevo diventare un pompiere o qualcosa del genere. Era difficilissimo».

Brittany fece una smorfia. «Ho provato a studiare danza e ho scoperto di essere sgraziata e priva di qualsiasi coordinazione: mi riesce bene solo sculettare. Tu eri brava?»

Feci spallucce. Mi sentivo a disagio. «Ho studiato per circa dieci anni, ho partecipato a qualche concorso e a molti saggi.»

«Allora eri brava! Scommetto che facevi tutte quelle giravolte difficili», disse Brittany.

Ne sapevo fare un sacco, e a un certo punto ero flessibile da morire, ma la cosa che mi riusciva meglio erano le piroette, per la precisione la *fouetté en tournant*, che probabilmente è il movimento più difficile nel balletto.

Cam era rimasto in silenzio per qualche momento, un'evenienza davvero insolita. « Mia sorella studia danza da quando aveva cinque anni, più o meno. Penso che diventerebbe violenta se la facessero smettere. »

Annuii, mentre infilavo in bocca gli ultimi Skittle. « La danza può dare dipendenza, se ti piace. »

« O se sei brava », intervenne la mia amica.

Cam mi diede un colpetto con la spalla. « Perché hai smesso? »

Adoravo ballare. Gli allenamenti, le prove, e soprattutto l'attesa prima di uscire in scena. Non c'era niente di paragonabile: starsene dietro le quinte aspettando che chiamassero il tuo nome, e poi il primo respiro che facevi dopo esserti piazzata al centro del palco sotto i riflettori. L'istante di silenzio in cui chiudevi gli occhi e aspettavi che partisse la musica, sapendo che tutti ti guardavano.

Scrollai le spalle e presi gli ultimi M&M's. « Diciamo che mi sono stancata », dissi infine. Era una bugia stratosferica. Non mi ero stancata di ballare. Mi mancava più di ogni altra cosa, ma non riuscivo più a sopportare di essere guardata. « Tua sorella fa concorsi? »

Lui annuì. « Ha viaggiato molto e ha passato l'estate alla Joffrey Ballet School con una borsa di studio. »

« Accidenti! Dev'essere molto brava! » esclamai sgranando gli occhi.

Cam sorrise orgoglioso. « Lo è. »

L'invidia cresceva dentro di me come un cancro, sfacciata e invadente. Potevo esserci io a ballare in una delle scuole più famose del mondo. Doveva toccare a me, e invece non era andata così e dovevo farmene una ragione.

Da lì in poi la conversazione iniziò a languire, almeno

per me. Cam chiacchierò con Brittany e Jacob, mentre io mi smarrivo nei miei pensieri, poi arrivò il momento di andare a lezione. Ci mettemmo d'accordo per un'altra sessione di studio, e me ne andai.

Cam mi seguì fuori, dove splendeva il sole e una brezza fresca annunciava l'autunno. Non parlò, mentre raggiungevamo a piedi l'edificio Knutti. A volte lo faceva, e io proprio non riuscivo a immaginare cosa gli passasse per la testa in quei momenti di silenzio.

Mentre attraversavamo la strada trafficata e lui salutava un gruppo di persone davanti al Byrd, notai quant'era diverso da quando l'avevo visto con le due ragazze. Quel cambiamento mi turbava, e non capivo perché.

« Stai bene? » mi chiese quando ci fermammo alle panchine davanti al Knutti.

Alzai lo sguardo e strizzai gli occhi contro il sole. « Sì, sto bene. E tu? »

Mi sorrise a labbra serrate e annuì. « Allora ci vediamo domani sera? »

« Domani sera? Oh! L'esercizio di astronomia. » Per l'esame di metà semestre Drage ci aveva detto di dividerci in coppie e andare all'Osservatorio. Avremmo dovuto consegnare le immagini il mercoledì seguente. « Sì, per me va bene. »

« Bene. » Cam indietreggiò. « Ci vediamo, allora. »

Feci per voltarmi, ma mi fermai perché mi era venuta in mente una cosa. « Cam? »

« Sì? »

« Cosa ci facevi al Den? A quest'ora non dovresti essere a lezione? »

Le sue labbra si piegarono agli angoli e si formò quella maledetta fossetta. Quando sorrideva in quel modo mi sembrava che un palloncino mi si gonfiasse in petto.

«Sì, normalmente ho lezione a quest'ora.» I suoi occhi rilucevano di un azzurro incredibile al sole. «Ma volevo vederti.»

Restai senza parole e lo osservai girare sui tacchi e allontanarsi. Rimasi lì per un momento, poi mi voltai. Non riuscii a trattenere un sorriso.

9

« Sei sicuro di sapere come si usa questo coso? » domandai, fissando il telescopio.

Cam mi scoccò un'occhiata da sopra la spalla. « Perché, tu non lo sai usare? »

« No. »

« Non stavi attenta a lezione quando Drage ce lo ha spiegato insieme con le fotocamere per l'imaging? »

Incrociai le braccia. « Tu stavi disegnando il ritratto del cast di un reality mentre lui spiegava quelle cose. »

Rise e tornò a regolare le manopole e i pulsanti e gli altri misteriosi accessori del telescopio. « Ascoltavo. »

« Come no. » Mi avvicinai, usando il suo corpo come scudo contro il vento freddo che sferzava il tetto del Byrd Center. « Sei bravo a disegnare. »

« Lo so. »

Alzai gli occhi al cielo. I suoi disegni, però, erano davvero belli e incredibilmente realistici, anche le barbe.

Si piegò a tirare una leva. « Ho già usato un telescopio un paio di volte. »

« Non lo avrei mai immaginato. »

« E va bene. L'ho usato quando ho frequentato questo corso la prima volta », si corresse, scoccandomi un rapido sorriso mentre si rialzava. Piegò la testa all'indietro per guardare il cielo scuro. « Accidenti, non so se riusciremo a vedere qualcosa prima che si rannuvoli. »

Seguii il suo sguardo, e in effetti grosse nubi oscuravano gran parte del cielo. L'aria era umida, c'era odore di pioggia. « Be', farai meglio a sbrigarti, allora. »

« Prepotente », mormorò lui.

Sorrisi.

« Vieni qui, t'insegno a usarlo. » Fece un passo indietro e io, con un sospiro, presi il suo posto. « Hai intenzione di stare attenta? »

« Non proprio », ammisi.

« Almeno sei sincera. » Si spostò dietro di me e posò le dita sul telescopio. Il suo braccio sfiorò il mio, e non mi dispiacque. Ora mi riparava davvero dal vento. « Questo è un Philips ToUCam Pro II. » Indicò un oggetto argentato che somigliava a una webcam. « Si aggancia al telescopio. Con queste impostazioni, dovresti poter vedere chiaramente Saturno. Premi qui e scatterai una foto. »

« Va bene. » Mi ravviai i capelli. « Non mi pare che dobbiamo fotografare Saturno. »

« Ah. » Fece una pausa. « Ehi. »

« 'Ehi' cosa? »

« Esci con me. »

« Piantala. » Sorrisi e mi piegai in avanti, posando l'occhio sul telescopio. Nella mia visuale c'era solo buio pesto. L'astronomia non faceva per me. « Non vedo niente. »

« Perché non ho tolto il coperchio alla lente. » Rise.

Gli sferrai una gomitata e lo colpii allo stomaco: era come colpire un muro. « Stronzo. »

Senza smettere di ridere tolse il coperchio. Avrebbe potuto spostarsi, perché gli ero d'intralcio, ma non lo fece. Tutta la parte anteriore del suo corpo premette sulla mia schiena, e io m'immobilizzai chiudendo gli occhi.

« Che c'è? » mi chiese.

«Sarebbe stato più facile girare intorno al telescopio», gli feci osservare.

«Vero.» Chinò la testa finché le sue labbra non furono accanto al mio orecchio. «Ma non sarebbe stato divertente.»

Un brivido mi scosse le spalle. «Va' a divertirti per conto tuo.»

«Be', da solo non mi diverto. Riprova.»

Feci un lungo respiro e guardai di nuovo nel telescopio e, accidenti, eccolo lì. Il pianeta era un po' sfocato, ma si vedeva il tenue color bruno, e anche gli anelli. «Wow.»

«Lo vedi?»

Mi tirai indietro. «Sì, è molto bello. Non avevo mai visto un pianeta dal vivo. Insomma, non mi ero mai messa lì a guardarlo. È proprio bello.»

«Lo penso anch'io.» Distolse lo sguardo e mi scostò alcune ciocche dal viso. «Cosa dovremmo guardare?»

«Il Sagittario, e poi l'asterismo della Teiera e il suo vapore, qualsiasi cosa sia...»

Un'enorme goccia di pioggia mi cadde sulla fronte. Scattai all'indietro e andai a sbattere contro Cam. «Oh, merda.»

Un'altra goccia mi cadde sul naso e piagnucolai. Incrociai lo sguardo di Cam, che imprecò e mi prese per mano. Ci mettemmo a correre sul tetto, rischiando di scivolare sulla superficie bagnata. Eravamo quasi arrivati alla porta quando si aprirono le cateratte e una pioggia fredda ci inzuppò in pochi secondi.

Lui rise forte mentre io strillavo: «Oddio, fa freddissimo!»

Si fermò di scatto, si voltò e mi tirò a sé.

In un istante mi ritrovai inaspettatamente contro il suo

petto muscoloso. Alzai la testa di scatto e i nostri sguardi s'incontrarono. In quel momento non sentii più la pioggia.

Cam sorrise.

Fu il suo unico preavviso.

Mi cinse la vita con un braccio, si chinò e mi sollevò in aria, caricandomi in spalla. Gridai di nuovo, ma il mio strillo si perse tra le sue risate.

«Sei troppo lenta a correre», urlò sopra la pioggia.

Agguantai il retro della sua felpa. «Mettimi giù, figlio di...»

«Aspetta.» Scattò ridendo verso la porta, stringendomi per i fianchi.

Un paio di volte slittò sulle pozzanghere che si andavano formando, e io ebbi una stretta al cuore immaginandomi già col cranio fratturato. A ogni passo gli sobbalzavo sulla spalla, ed emettevo piccoli grugniti tra una minaccia e l'altra di fargli del male fisico.

Lui m'ignorava o si limitava a ridere.

Si fermò con uno scivolone e aprì la porta.

Si chinò per entrare nel pianerottolo asciutto e un po' meno freddo in cima alle scale. Senza smettere di ridere, mi agguantò per i fianchi. Ero pronta ad assalirlo appena mi avesse lasciata andare, ma quando mi posò a terra il mio corpo scivolò giù dal suo, centimetro dopo centimetro. Doveva essere colpa dei vestiti bagnati, ma l'attrito mi lasciò senza fiato.

Le sue mani erano ancora sui miei fianchi, bruciavano sopra i miei jeans. I suoi occhi divennero di un blu intenso, incandescente. Quelle labbra dai contorni perfetti si schiusero, e ne uscì un respiro caldo che profumava di menta.

Ero contro di lui. Le diverse parti del mio corpo reagirono ognuna a modo suo: nelle profondità dello stomaco i muscoli si contrassero, i capezzoli s'irrigidirono e le cosce mi diedero il solletico. Gli premevo le mani sul petto, anche se non ero ben sicura di come e quando le avessi messe lì, e il suo cuore era sotto il mio palmo, una serie regolare di battiti in perfetta armonia coi miei.

Una mano mi scorse lungo il fianco, lasciandosi dietro una scia di brividi inebrianti. Ansimai quando le sue dita mi sfiorarono le guance per sistemare dietro l'orecchio le ciocche bagnate.

«Sei fradicia», disse, con una voce più profonda del normale.

Avevo la gola serrata. «Anche tu.»

Le sue mani indugiarono su di me. Col pollice disegnò lentamente una serie di piccoli cerchi sulla mia guancia. «Temo che dovremo riprovarci un'altra sera.»

«Già», sussurrai, resistendo all'impulso di chiudere gli occhi e appoggiarmi a lui.

«Forse avremmo dovuto controllare le previsioni del tempo», disse, strappandomi un sorriso. Poi si mosse. Di pochissimo, di un solo centimetro, ma non so come ci ritrovammo ancora più vicini l'uno all'altra, fianco a fianco. Un brivido mi percorse la spina dorsale. La sensazione del mio corpo accanto al *suo* era travolgente. Reagivo a lui in modo istintivo, come non mi era mai successo prima.

Il mio corpo sapeva cosa fare, sapeva cosa *voleva*, anche se il cervello inviava segnali d'allarme neanche fossimo durante un Codice Rosso al dipartimento per la Sicurezza nazionale.

Mi ritrassi di scatto, interrompendo il contatto. Avevo il respiro affannato. Continuai a indietreggiare fino a toccare la parete. Avevo i vestiti fradici e freddi, ma sentivo caldo. Bruciavo. Quasi non riconobbi la mia voce quando dissi: «Penso che... dovremmo chiudere qui la serata».

Cam si appoggiò con la testa alla parete di fronte, le gambe leggermente divaricate. Tutto in lui sembrava teso e nervoso. «Sì, sarebbe meglio.»

Nessuno dei due si mosse per un intero minuto, poi lentamente scendemmo le scale e tornammo al pick-up. Qualsiasi cosa fosse successa tra noi aleggiava nel silenzio, e quando tornammo al nostro palazzo l'ansia mi si era accumulata nel fondo dello stomaco, cancellando quei pochi momenti in cima alle scale quando ogni mio pensiero era stato spazzato via dalle sensazioni.

Ancora tesa, smontai dal pick-up e corsi sotto la tettoia all'ingresso del palazzo. Cam era accanto a me e si scrollava l'acqua dai capelli. Restai in fondo alle scale, stringendo forte le chiavi. Dovevo dire qualcosa. Dovevo cancellare quel che era successo, perché non volevo rovinare la nostra amicizia né trasformarla in qualcos'altro.

In quel momento lo capii, e mi si rivoltò lo stomaco.

Non volevo perdere Cam.

Nell'ultimo mese era diventato una parte importante della mia vita, si era intrecciato agli eventi di ogni mia giornata, fino al punto che, se le cose fossero cambiate...

Ma non sapevo cosa dire, perché non sapevo cosa fosse successo sulle scale. Il cuore mi martellava in petto. Lui fece un passo, poi si fermò e si voltò verso di me.

«Esci con me», mi disse, passandosi una mano tra i capelli bagnati per scostarli dal viso.

«No», sussurrai.

E poi la fossetta gli apparve sulla guancia e io espirai. Lui si avviò su per le scale. «Domani è un altro giorno.»

Lo seguii. «Domani non cambierà niente.»

«Vedremo.»

«Non c'è niente da vedere. Stai sprecando tempo.»

«Quando si tratta di te, non è mai uno spreco di tempo.»

Mi dava le spalle, perciò non mi vide sorridere. Mi rilassai. Mi riscaldai. Le cose erano tornate alla normalità, e con Cam sarebbe andato tutto bene.

10

Venticinque e-mail di mio cugino, datate tra la fine di agosto e il 14 ottobre.

La situazione era assolutamente assurda.

Avevo aspettato la fine degli esami di metà semestre prima di sobbarcarmi la gran seccatura di leggere quei messaggi. Avrei tanto voluto cancellarli. Che senso aveva leggerli? Tanto era sempre la solita solfa.

Mi appoggiai allo schienale della sedia davanti alla scrivania e sbuffai, irritata.

Mi ero ripromessa di leggerle lunedì. E non lo avevo fatto. Avevo rimandato a martedì. Niente da fare. Adesso era mercoledì e, all'ora ingrata delle sei del mattino, fissavo la casella delle e-mail in arrivo da mezz'ora.

David aveva l'età di Blaine, all'epoca. Tre anni più di me: diciassette. Era suo amico, ma non era alla festa. Dopo che era successo tutto quanto – l'accordo tra i genitori, le successive bugie e lo schifo senza fine che era diventata la mia vita – David aveva creduto alla stessa versione dei fatti di tutti gli altri.

E cioè che io avessi fatto certe cose e poi mi fossi pentita.

Ma David non era più amico di Blaine, perché a mio cugino non importava che io avessi detto la verità fin dall'inizio oppure no. A David tutta la faccenda era sembrata «squallida». In quei cinque anni non si era mai mostrato solidale o comprensivo.

La prima e-mail non letta risaliva alla fine di agosto. Scossi la testa e cliccai per aprirla. Identica a quella che avevo letto prima. Dovevo chiamare lui o i miei genitori. E subito. Alzai gli occhi al cielo. Non poteva essere così importante, perché altrimenti mi avrebbero telefonato. Era la mia famiglia, però. Evidentemente non avevano ritenuto necessario telefonare. Erano troppo indaffarati, troppo importanti. Anche mio cugino, che però, a quanto pareva, aveva un mucchio di tempo libero per scrivere e-mail.

La cancellai.

Passai alla successiva.

Stessa roba, ma con un paio di frasi in più. Qualcosa che aveva a che fare con una ragazza del liceo. Molly Simmons. Aveva un anno meno di me e non ero mai stata sua amica. Non ricordavo neppure che faccia avesse. David doveva parlarmi di lei. Uscivano insieme e stavano per sposarsi? Strano che volesse rendermi partecipe.

Ecco un matrimonio al quale probabilmente non avrei partecipato.

Cancellai anche quell'e-mail e stavo per passare alla successiva quando il mio cellulare trillò. Posai i piedi a terra e lo presi. Era un SMS di Brittany, che mi chiedeva se potevamo vederci per un caffè prima della mia lezione di astronomia. Risposi subito di sì.

Chiusi il portatile e scattai in piedi, decidendo che un caffè con Brittany era mille volte meglio che leggere vecchie e-mail.

A pranzo, Jacob non stava più nella pelle perché giovedì e venerdì non c'era lezione per via delle vacanze d'autunno. Lui e Brittany non vedevano l'ora di tornare a casa. Ero felice per loro, ma anche un po' demoralizzata. Gli studenti universitari non aspettavano altro che i weekend lunghi, ma per me significavano quattro giorni d'inerzia totale, in cui mi sarei annoiata a morte portandomi avanti con lo studio.

Tuttavia il loro buonumore era contagioso, e mi trovai a ridere quando Jacob cercò di convincere un ragazzo a un altro tavolo che se uno zombi mordeva un vampiro diventava uno zombi-vampiro; l'altro invece era sicurissimo che sarebbe diventato un vampiro-zombi.

Brittany aveva l'aria di sperare che uno zombi invadesse il Den e li mordesse tutti e due. «Allora, cosa fai per le vacanze?» mi chiese.

«Resto qui», risposi, e aggiunsi subito la scusa che mi ero preparata: «È un viaggio troppo lungo da fare per quattro giorni».

«Già.» Prese un tovagliolo arrotolato e lo gettò sulla schiena di Jacob, ma lui era troppo preso dalla diatriba su zombi e vampiri. «Io parto dopo l'ultima lezione di oggi.» Mi posò la testa sulla spalla. «Mi mancherai.»

«Anche tu.»

«Sarai in lutto senza di me.»

«Lo so.»

Si alzò a sedere, una scintilla di entusiasmo negli occhi. «Sai, potresti sempre venire a casa con me.»

«Oh, Brittany...» Volevo abbracciarla, o scoppiare a piangere. Quell'offerta significava davvero molto per me. «Grazie, ma è il tempo che passi con la tua famiglia...»

«Be', pensaci. Se cambi idea entro le tre, mandami un SMS e ti rapisco.» Bevve un sorso della sua bibita. «Che fa Cam? Va a casa?»

Bella domanda. Prima che potessi rispondere, Jacob si girò di scatto come se lo avessero chiamato. « Che stai dicendo del mio marito immaginario? »

La mia amica rise. « Stavo chiedendo ad Avery se Cam torna a casa per le vacanze. »

« E torna? » chiese lui.

Feci spallucce. « Non lo so. »

Jacob parve perplesso. « Che vuol dire che non lo sai? »

« Ehm... non lo so. Non ne ha parlato. »

I due si scambiarono un'occhiata, e poi Brittany commentò: « Strano che non ti abbia detto niente in proposito ».

Ero confusa. « Perché? »

Jacob mi guardò come se fossi scema. « Voi due siete sempre appiccicati... »

« Non è vero. » Era vero? « No. »

« E va bene, devo ricordarti quanto spesso state insieme? » Jacob inarcò le sopracciglia. « Ormai dovresti conoscere i suoi progetti e le dimensioni del suo cazzo. »

« Oddio. » Mi coprii il viso con le mani.

« Stai facendo arrossire Avery », disse Brittany, ridacchiando.

Era proprio così.

Jacob sghignazzò. « Secondo me avete una relazione segreta. »

« Cosa? » Alzai la testa per guardarlo negli occhi. « Non ho una relazione segreta con lui. Credimi, mi ha chiesto... » M'interruppi. « Non stiamo insieme. »

« Ehi ehi *ehi*. » Jacob era trasalito. « Ti ha chiesto cosa? »

« Niente. » Incrociai le braccia. « Non mi ha chiesto niente. »

I miei due amici si scambiarono un'occhiata. « È una

mia impressione o questa ragazza non è per niente brava a dire le bugie? »

« Concordo. » Brittany si girò verso di me. « Cos'è che ti ha chiesto? »

« Niente! »

« Non dire balle! Stai mentendo! » mi incalzò lei, dandomi per finta un pugno sul braccio.

« Ahia! Io... »

Jacob scosse la testa e quasi cadeva dalla sedia per le risate. « Siamo i tuoi amici. La legge dell'amicizia t'impone di dirci anche le cose che non vuoi dirci. »

Restai a bocca aperta. « Cosa? Ma non ha senso! »

« È la legge. » Brittany annuì solennemente.

« Cosa ti ha chiesto? » insistette Jacob. « Ti ha chiesto di mangiare altri suoi *biscotti*? Ti ha chiesto di avere i suoi bambini? O di sposarlo? O solo di scaldare il suo letto mattina e sera? Ti ha...? »

« Oddio! » Non c'era via di uscita. Conoscevo Jacob: avrebbe continuato finché tutto il Den non avesse creduto che stavo per sposarmi e avere un figlio. « Va bene, te lo dico se prometti di non metterti a strillare. »

Jacob fece una smorfia. « Ah, questo non lo so. »

« Promette! » Brittany gli scoccò un'occhiataccia. « Altrimenti se la vedrà con me. »

Lui annuì. « Prometto. »

Trassi un profondo respiro. « Va bene. Non è niente di che. Chiariamo questo, anzitutto. Avete capito bene? D'accordo. Be', insomma, da un po' di tempo Cam mi chiede di uscire con lui... »

« Cosa? » urlò Jacob, e molti avventori si girarono a guardarlo.

Mi feci piccola. « Avevi promesso. »

«Scusa.» Si posò una mano sul cuore. «Solo che... Wow. Mi sono emozionato.»

«Lo vedo», sibilai.

Brittany aveva intrecciato le mani sul petto. «Te lo chiede da un po', nel senso che te lo ha chiesto ripetutamente?»

Annuii. «Sì, ma gli ho detto sempre di no.»

«Gli hai detto di no?» gridò Jacob, al che io mi alzai e lo schiaffeggiai su un braccio. Lui sfoderò un gran sorriso. «Scusa, scusa. Non picchiarmi.»

Tornai a sedermi, continuando a fulminarlo con lo sguardo. «Sì, gli ho detto di no.»

«E perché?» volle sapere lui.

«E lui continua a chiedertelo?» domandò Brittany allo stesso tempo.

«Sì, continua a chiedermelo, ma è diventato... uno scherzo tra noi due. Non fa sul serio.»

La mia amica si tirò i capelli, come se il mio atteggiamento la snervasse. «Come fai a sapere che non fa sul serio?»

«Oh, ma dai.» Alzai le mani. «Non fa sul serio.»

«Perché?» Jacob sembrava ancora incredulo. «Sei una ragazza intelligente e simpatica. Non ti piacciono le feste, però sei bella, e questo compensa il difetto.»

«Ehi, grazie.»

«Sto cercando di dire: come fai a sapere che non ha intenzioni serie?»

Scossi la testa. «Non le ha.»

«Torniamo alla domanda importante. Perché gli dici di no?» chiese Brittany.

«Perché dovrei dirgli di sì?» Pregai che si aprisse una buca nel pavimento e m'inghiottisse. «Ci conosciamo appena.»

«Oh, ma che cazzo! Siete anime gemelle. E a cosa pensi che serva uscire con qualcuno?» Jacob alzò gli occhi al cielo. «Serve a conoscersi. E tu lo conosci già, quindi è una scusa che non regge.»

La scusa non reggeva, ma era la migliore che avessi a disposizione. «Come si fa a conoscere davvero qualcuno?»

Brittany si batté le mani sulle guance e scosse la testa. «Non è un serial killer!»

«Parlando di serial killer, tutti pensavano che Ted Bundy fosse un bell'uomo, affascinante. E guarda un po' come è andata a finire. Si è dimostrato uno psicopatico.»

Jacob mi fissò con le labbra socchiuse. «Non è Ted Bundy.»

«Proprio non capisco. È come se mi avessi detto che la Terra è piatta. Cam è uno degli scapoli più ambiti del campus, probabilmente della contea e dello Stato», disse Brittany.

Non ribattei.

«Sono rimasta senza parole.» Brittany scosse la testa lentamente. «Ammutolita per lo stupore. Qualcuno scatti una foto per immortalare questo momento.»

Il sorriso di Jacob mi mise ancora più ansia addosso. «Ecco che arriva Cam. Che coincidenza.»

Emisi un lamento e posai la fronte sul tavolo mentre la mia amica ridacchiava. Jacob mi tirò un calcio sotto il tavolo e due secondi dopo *percepii* la sua presenza prima che iniziasse a parlare. Avvertii nell'aria anche il suo profumo fresco. Era strano che lo riconoscessi dal suo odore? Sì, lo era.

«Ehm, cosa combini, Avery?»

Inanellai una ghirlanda di parolacce nel mio cervello,

perché lo sapevo - lo sapevo, accidenti - che Jacob non avrebbe tenuto la bocca chiusa. «Faccio un sonnellino.»

«Un sonnellino?»

«Già.»

Cam mi strattonò per il retro del cardigan. «Come mai ho l'impressione che non sia vero?»

Feci spallucce, in imbarazzo.

Si sedette accanto a me, mi posò una mano sulla parte bassa della schiena, e i miei vestiti dovevano essersi assottigliati, perché sentivo benissimo la sua mano. «Stai male?»

«Oooh, si preoccupa per te! Avery, sei una vera stronza!» esclamò Jacob.

Cam s'irrigidì. «Scusa?» disse in tono cupo.

Alzai la testa e lanciai un'occhiataccia a Jacob. «Non sto male.»

«D'accordo.» Cam si guardò intorno e Brittany scoppiò a ridere sommessamente. «Che succede?»

Prima che loro potessero rispondere intervenni io: «Non dovresti essere a lezione?»

Lui aggrottò la fronte. «La lezione è finita prima. Non cambiare argomento.»

Jacob questa volta fu più veloce di me: «Avery ci ha appena informati che le hai chiesto di uscire e che lei ti ha detto di no, e le stavamo proprio dicendo che è una pazzia».

«Be', allora mi piace questa conversazione.» L'espressione severa gli svanì dal volto, e io avrei tanto voluto nascondermi sotto il tavolo.

«Perciò è vero?» indagò Jacob, posando i gomiti sul tavolo. «Le hai chiesto di uscire?»

Cam mi guardò di sottecchi. «Quasi tutti i giorni dalla fine di agosto.»

Brittany squittì come uno di quei peluche con la suoneria interna. « Da agosto? »

Cam annuì.

La mia amica mi fissò a occhi sbarrati. « E tu non ci hai detto niente? »

« Mi sento un po' offeso », commentò Cam.

Gli diedi una gomitata. « No che non lo sei. E non sono proprio affari vostri. »

« Ma siamo tuoi amici. » Jacob mi faceva quasi pena, tanto sembrava afflitto. « Tifiamo per te », disse a Cam.

No, non mi faceva pena.

Cam sorrise. « Mi piacciono i tuoi amici, Avery. »

« Secondo noi dovrebbe uscire con te. Tipo adesso », disse Jacob.

« Inoltre le abbiamo assicurato che non sei un serial killer », intervenne Brittany.

Cam annuì. « Bella raccomandazione. 'Ehi, almeno non è un serial killer.' Lo scriverò sul mio profilo di Facebook. »

Feci un sorrisetto.

Jacob era raggiante. « E ti ha paragonato a Ted Bundy. »

« Ti odio », gli mormorai ravviandomi i capelli, poi, rivolta a Cam, puntualizzai: « Non ti ho paragonato a Ted Bundy. Ho solo detto che non si può mai conoscere davvero una persona. Tutti credevano che Ted Bundy fosse un tipo a posto ».

Cam mi fissò con uno sguardo divertito. « Wow. Di bene in meglio. »

« Scusa? » chiesi, trattenendo un sorriso.

Lui sospirò e si rivolse di nuovo ai miei amici. « Continua a dirmi di no. Mi spezza il cuoricino. »

Sospirai. « Non dice sul serio. »

« A me sembra serio », disse Brittany, fissando Cam coi suoi occhioni. L'aveva raggirata, accidenti.

Cam produsse il gemito più pietoso che avessi mai sentito, e io alzai gli occhi al cielo. « E ora crede che io sia il prossimo Ted Bundy. »

« Non credo che tu sia il prossimo Ted Bundy. »

« E poi non ha il colore di capelli giusto per Ted Bundy », disse Brittany. Tutti la fissammo. « Che c'è? A Ted Bundy piacevano le ragazze castane con la riga in mezzo. Avery ha i capelli rossi. »

« Sono l'unico a trovare inquietante che tu lo sappia? » scherzò Jacob.

La mia amica arricciò le labbra. « Voglio laurearmi in psicologia, e mi tengo informata su queste cose. »

« Mmm-mmm », mormorai.

« Comunque, non stiamo parlando di me e della mia vasta cultura sui serial killer. Con quella posso stupirvi dopo. Stiamo parlando di te, Avery. » Sorrise di fronte alla mia occhiataccia. « Questo simpatico giovanotto, che non è un serial killer, ti sta chiedendo di uscire con lui. Tu sei single. Sei giovane. Dovresti dirgli di sì. »

« Oddio. » Mi stropicciai le guance paonazze. « Non è ora che andiate tutti a casa? »

La risata profonda di Cam mi penetrò la pelle. « Esci con me, Avery. »

Sconcertata, mi voltai verso di lui. Non riuscivo a credere che mi stesse chiedendo di uscire davanti ai miei amici. « No. »

« Vedete? Continua a dirmi di no. »

Jacob scosse la testa. « Sei un'idiota, Avery. »

« Se lo dici tu. » Presi la borsa. « Vado a lezione. »

« Ti vogliamo bene », sorrise Jacob.

« Mmm-mmm. »

Brittany ridacchiò. « È vero. Mettiamo solo in dubbio la saggezza delle tue decisioni. »

Mi alzai. « State attenti, in macchina. »

« Stiamo sempre attenti », disse lei, scattando in piedi e stringendomi in un abbraccio. « Ricorda cosa ti ho detto: se cambi idea e vuoi venire a casa con me, mandami un messaggio prima delle tre. »

« Va bene. » La abbracciai e salutai Jacob con un cenno della mano. Ovviamente Cam era già in piedi ad aspettarmi. Inarcai un sopracciglio. « Che fai, mi segui? »

« Come un vero serial killer. »

Gli feci una smorfia. Attraversammo il Den e uscimmo. « Sai che non dicevano sul serio, vero? E mi dispiace di aver parlato loro di te. Hanno iniziato a tormentarmi, e poi... »

« Non fa niente », m'interruppe lui, posandomi un braccio sulle spalle. Ci fermammo sotto gli alberi tra i due edifici. « Non m'importa. »

Strizzai gli occhi. « Non t'importa? »

Scosse la testa, e io restai di stucco. Quale persona vorrebbe far sapere a tutti che ha chiesto a qualcuno di uscire e che quel qualcuno lo ha rifiutato ripetutamente? Nei suoi panni, io non avrei voluto che si venisse a sapere. E perché continuava a chiedermelo? Non ero certo la sua unica alternativa. Con quei capelli scuri e spettinati, gli occhi azzurri e luminosi, il viso e il corpo mozzafiato, Cam era davvero splendido. Dubitavo che ci fosse una sola ragazza nel campus che non la pensava come me. Ma era più che un bel ragazzo: Cam era affascinante, gentile, dolce e divertente. Era il genere di ragazzo che volevi portarti a casa per vantarti con gli amici, il ragazzo che non restava mai single troppo a lungo e quello di cui t'innamoravi perdutamente.

Aveva solo l'imbarazzo della scelta, quindi perché non sbizzarrirsi? Ma forse lo faceva. Contrariamente a quanto pensavano Jacob e Brittany, non gli stavo appiccicata ventiquattr'ore al giorno. Si vedeva spesso con Stephanie e lo vedevo girare per il campus con altre ragazze. Non era serio quando m'invitava a uscire.

Non poteva esserlo, dopo quasi due mesi.

Mi si attorcigliò lo stomaco. E se usciva con altre? Se ci andava a letto? Insomma, ne aveva tutto il diritto, e non m'importava. Davvero, non m'importava.

« Oh-oh », disse.

« Che c'è? »

Abbassò il braccio, ma prima mi sistemò una ciocca ribelle. « Stai pensando a qualcosa. »

Cercai d'ignorare il formicolio sulla guancia dove il suo dito l'aveva sfiorata. Forse mi stavo ammalando di nervi. « Mmm-mmm. »

« A cosa? »

« Niente d'importante. » Sorrisi e scacciai il pensiero di lui con altre ragazze. « Torni a casa per il fine settimana? »

« Sì. » Si avvicinò, coprendo il sole. Mi raccolse i capelli separandoli in due lunghe code ai lati del mio viso. « Parto domattina presto. Non tornerò fino a domenica sera. Quindi niente uova per te questa settimana. »

« Oh, peccato. » Cercai di non lasciar trasparire la vera delusione che provavo. Le uova della domenica mattina erano diventate una tradizione.

« Vedi di non soffrire troppo. » Abbozzò un sorriso e mi solleticò il viso con la punta dei miei capelli. « Accetterai l'invito di Brittany? »

Scossi la testa. « Resterò qui a leggere un po'. »

« Secchiona. »

« Stronzo. »

Il suo sorriso si allargò. Mi lasciò ricadere i capelli sulle spalle. « La sai una cosa? »

« Cosa? »

Arretrò di un passo e s'infilò le mani nelle tasche dei jeans. « Dovresti uscire con me stasera, dato che poi non ci vedremo fino alla settimana prossima. »

Risi. « Non voglio uscire con te. »

« Allora vieni a farti un giro con me. »

Il mio sorriso vacillò. « Che differenza c'è? »

« E che differenza c'è tra vederci stasera e vederci domenica? »

Non aveva tutti i torti. Mi venne il batticuore. « Cosa vuoi fare? »

Si strinse nelle spalle. « Cena a domicilio e guardare un film. »

Spostai il peso del corpo da un piede all'altro, improvvisamente guardinga. « Detta così sembra un appuntamento. »

« Non un appuntamento con me, tesoro. » Rise. « Ti porterei fuori, in pubblico. Così invece siamo solo due amici che passano la serata insieme. »

Serrai le labbra e distolsi lo sguardo. Capivo che non si trattava di quello, ma d'altronde che ne sapevo io dei ragazzi e degli amici maschi? Non mi facevo problemi quando Brittany o Jacob venivano a casa mia. Perché non avrei dovuto comportarmi allo stesso modo con Cam?

Perché era molto diverso da me.

Ma in fondo volevo davvero stare con lui. Era simpatico. Quindi sospirai e dissi: « Sì, certo. Vieni pure ».

Sembrava perplesso. « Ehi, vedi di non emozionarti troppo. »

«Sono emozionata.» Lo spintonai. «Quando vieni?»

«Alle sette va bene?»

Nelle profondità del mio stomaco una nidiata di farfalle cominciò a scolarsi bevande energetiche. «Per me va bene. A più tardi, allora.»

Ero già arrivata al marciapiede quando mi fermò: «Avery?»

Mi voltai. «Sì?»

Le sue labbra si piegarono in un sorriso sghembo. «A stasera.»

Mi cascarono le braccia. Quel pomeriggio sarebbe stato molto lungo.

11

Quella nidiata di farfalle era passata dalle bevande energetiche all'abuso di crack. In me si alternavano un forte senso di nausea e l'impulso di correre su e giù per l'appartamento come una psicopatica.

Stavo reagendo in maniera davvero eccessiva.

Secondo Cam quello non era un appuntamento, ma solo due amici che passavano una serata insieme. Niente di che, niente per cui agitarsi. Non era la prima volta che veniva a casa mia, era solo la prima volta che chiedeva il permesso prima di presentarsi alla porta.

Feci una doccia, la seconda di quel giorno.

Pulii l'appartamento, poi mi cambiai i vestiti tre volte prima di optare per un paio di pantaloni da yoga e una semplice maglia a maniche lunghe.

Dopodiché passai davvero troppo tempo a pettinarmi i capelli, creando onde che ricadevano fino a metà schiena. Mi truccai leggermente, mi struccai del tutto e mi ritruccai.

Quando bussò alla porta avevo voglia di sfondare a testate il muro.

Cam era lo stesso di sempre: assolutamente, disgustosamente divino. Indossava un paio di vecchi jeans e la maglietta di una band sorpassata, col cappellino da baseball calato sulla fronte. In una mano aveva una pila di

DVD e nell'altra un sacchetto che profumava di cucina cinese.

Mi brontolò la pancia. «Ehi, cosa c'è lì dentro?»

«Roba da sogno.»

Sorrisi e tentai di afferrare il sacchetto. «Frittura di gamberi?»

«Indovinato.» Mi porse il sacchetto e io corsi in cucina. «Ho portato un po' di film, non sapevo cosa ti andava di vedere.»

Tirai fuori i piatti e mi guardai alle spalle. Cam si tolse il cappellino e si passò una mano tra i capelli. Le onde scure erano adorabilmente spettinate. Si accorse che lo stavo fissando e piegò un angolo della bocca in un sorriso. Distolsi gli occhi, rossa in viso. «Allora... ehm... cos'hai portato?»

«Vediamo... abbiamo una vasta selezione. Per il genere horror ho gli ultimi due *Resident Evil.*»

«Due film?» Posai i piatti sul bancone.

Lui sghignazzò. «Non ti libererai facilmente di me.»

«Accidenti. Cos'altro hai?»

«Per le commedie, ho gli ultimi con Vince Vaughn e Will Ferrell. Per i film d'azione, ho un James Bond e un altro in cui esplode tutto. E poi *Le pagine della nostra vita.*»

Mi girai di scatto, facendo quasi cadere le posate. «*Le pagine della nostra vita?* Hai il DVD delle *Pagine della nostra vita*?»

Mi fissò senza capire. «Che c'è di male?»

«Oh, niente. Solo che... ehm... è un film da donne.»

«Sono così sicuro della mia virilità da poter affermare che Ryan Gosling è *un sogno* in questo film.»

Restai a bocca aperta.

Lui scoppiò a ridere. «Scherzavo. Non ho *Le pagine del-*

la nostra vita. Non l'ho mai visto. Non ho portato film romantici.»

Alzai gli occhi al cielo. «Che cretino.»

Rise di nuovo.

«Neanch'io l'ho mai visto. Non mi piacciono i film romantici», ammisi, aprendo le grandi scatole da asporto.

«Davvero? Pensavo che tutte le ragazze conoscessero a memoria quel film.»

«E invece no.»

«Interessante.»

«Non direi.» Afferrai un cucchiaio. «Quanto ne vuoi?»

«Prendi quello che vuoi e io mangerò quel che resta.» Mi si avvicinò da dietro e io m'irrigidii. Mi si accapponò la pelle. Mi girai di fianco. Lui inclinò la testa di lato. «Sei così... reattiva.»

«Non è vero.»

«Si fa per dire.»

Versai sul piatto un mucchietto di riso e gamberetti. «È una stupidaggine.»

Cam sembrava sul punto di aggiungere qualcos'altro, ma poi cambiò idea. «Allora, quale film vuoi vedere?»

«Vediamo *Resident Evil*.»

«Abbiamo gli stessi gusti.» Prese due DVD e andò in salotto. Lo seguii con lo sguardo. «Evviva gli zombi.»

Sospirai e scossi la testa. Versai sul suo piatto la maggior parte della frittura, poi portai tutto sul tavolino davanti al divano. Cam stava trafficando col lettore DVD. Accesi una lampada per fargli luce. «Cosa bevi?»

«Hai del latte?»

«Vuoi il latte con la frittura cinese?»

Annuì. «Ho bisogno di calcio.»

Mi si rivoltò lo stomaco, ma gli versai un bicchiere di

latte e presi una lattina di Pepsi per me. «Fa un po' schifo, lo sai?» Mi sedetti sul divano e ripiegai le gambe sotto il corpo. «È uno strano abbinamento.»

Si sedette accanto a me col telecomando in mano. «Lo hai mai provato?»

«No.»

«Allora come fai a sapere che fa schifo?»

Feci spallucce e presi il mio piatto. «Mi fido dell'intuito.»

Mi scrutò di sottecchi. «Prima che finisca l'anno ti farò provare latte e cibo cinese.»

Non mi curai di rispondere e iniziai a mangiare. Cam fece partire il film e si accomodò sul divano, la sua coscia premuta sul mio ginocchio. Dopo una decina di minuti disse: «Domanda?»

«Risposta.»

«Insomma, c'è l'apocalisse degli zombi, no? I morti tornano in vita e scorrazzano per le strade. Sei già quasi morta tre volte e sei stata mutata dal virus T *due volte*, e sembra doloroso. Nella tua frenetica routine quotidiana troveresti il tempo di pettinarti e truccarti?»

Scoppiai a ridere. «No, decisamente no. Non so neppure se mi spazzolerei i capelli. E un'altra cosa: hai notato che hanno tutti i denti bianchissimi? La società è collassata tipo sei anni fa. Nessuno va dal dentista. Dovrebbero avere i denti gialli.»

Cam finì la frittura. «O il fatto che i capelli della ragazza cambiano colore da un film all'altro.»

«Sì, perché con l'apocalisse degli zombi c'è molto tempo libero per andare dal parrucchiere.»

Sghignazzò. «Comunque adoro questi film.»

«Anch'io. Sono un po' tutti uguali, ma non lo so... Alice che fa a fettine i mostri dà dipendenza. E spero che quando gli zombi arriveranno davvero sarò bella almeno la metà di lei.»

Lui rise e portò in cucina i piatti vuoti. Tornò con un altro bicchiere di latte e un'altra lattina per me.

«Grazie», dissi.

Si sedette e il divano s'incurvò leggermente, facendomi scivolare verso di lui. «Vivo per servirti.»

Sorrisi.

Per gran parte del primo film continuammo a fare le pulci ai dettagli non plausibili della trama e a ridere dei nostri commenti stupidi. Proprio mentre Alice stava per dare una bella lezione a Rain, mi squillò il telefono. Pensando che fossero Brittany o Jacob già annoiati a casa, mi allungai sul tavolino. Un brivido mi raggelò quando sul display comparve la scritta NUMERO SCONOSCIUTO. Mandai subito la chiamata in segreteria.

«Non rispondi?» chiese Cam, incuriosito.

Scossi la testa. Senza farmi vedere, spensi il cellulare e lo posai sul tavolino col display rivolto verso il basso. «Trovo maleducato rispondere al telefono quando sei in compagnia.»

«Non mi dà fastidio.»

Mi mordicchiai l'unghia del pollice e mi concentrai sulla tivù. Non stavo seguendo davvero il film, e mi accorsi che era finito solo quando Cam si alzò per mettere su l'altro DVD. Mi dissi di non pensare alla telefonata né al messaggio che senza dubbio mi aspettava in segreteria. Dopo la prima chiamata avevo cancellato tutti i messaggi senza ascoltarli. Avevo anche avuto la tentazione di cambiare numero, ma mi sembrava che così l'avrei data vinta a quello stronzo. Non avevo ancora idea di chi fosse. Non poteva essere Blaine, anche se non si poteva mai dire. Comunque avevo deciso di trattarlo come un troll su Internet: lo ignoravo.

All'improvviso le dita di Cam mi strinsero il polso e alzai la testa di scatto. Stava guardando me invece del film. «Che c'è?» chiesi, soffermandomi sulla mano che mi copriva il polso.

«Ti stai mangiando l'unghia da dieci minuti.»

Davvero? Be', in effetti faceva un po' schifo.

Mi posò il braccio sulla coscia. «Che succede?»

«Niente. Sto guardando il film.»

«Non mi sembra che tu lo stia guardando davvero.» I nostri occhi s'incrociarono e il mio cuore mancò un battito. «Che succede?»

Tirai indietro il braccio e lui lo lasciò andare. «Non succede niente.»

«Va bene», mormorò lui, e lasciò perdere.

Stavolta commentammo di meno, perché le palpebre mi si erano fatte pesanti. Ogni volta che le battevo sembrava volerci più tempo a riaprirle. Cam si mosse accanto a me e io affondai sul divano, più vicina a lui. Il mio fianco si appoggiò al suo. Mi dissi che dovevo allontanarmi, ma lui era caldo, stavo comoda ed ero troppo pigra. E poi, a lui non sembrava dispiacere. Altrimenti si sarebbe spostato o mi avrebbe spinta via, no?

Dovevo essermi appisolata durante il secondo film, perché quando aprii gli occhi sembrò che il televisore avesse cambiato posizione. Lentamente mi accorsi che ero stata io a spostarmi e... *Oh, santo cielo*... com'ero finita lì?

Ero accoccolata su un fianco, coperta da un plaid, e posavo la testa in grembo a Cam.

Sulla sua coscia, per la precisione.

Mi si mozzò il respiro, il cuore prese a battere all'impazzata. Sentivo una leggera pressione sul fianco, a forma di mano... la mano di Cam. Dormiva? Oddio, com'era potuto succedere? Mi ero mossa nel sonno e ora il povero Cam era imprigionato.

Okay, avevo due possibilità. Potevo rotolare giù dal divano e rifugiarmi in camera mia, oppure potevo comportarmi da persona adulta e controllare se fosse sveglio.

Stupii anche me stessa scegliendo di comportarmi da adulta, e lentamente mi girai sulla schiena. E fu una pessima mossa, perché la mano che era sul mio fianco mi ricadde sul ventre.

Oh, santo cielo...

La mano si posò sotto il mio ombelico, distesa verso il basso, con le dita che arrivavano a sfiorare l'elastico dei pantaloni. Era vicino, molto vicino a territori inesplorati. In petto mi si formò una palla di ghiaccio, ma più giù, molto più giù, stava succedendo tutt'altro. Una serie di scariche nervose si propagò dalla pancia verso il basso sferzandomi con un'ondata di brividi caldi. Com'era possibile sentire così caldo e così freddo allo stesso tempo?

Il suo pollice si mosse e io mi morsi il labbro. Doveva essere stato un movimento involontario, nel sonno. Poi il pollice si spostò ancora, ma stavolta descrisse un lento circolo sotto il mio ombelico. Oh, merda. Il cuore mi martellava e quella sensazione di calore aumentò. Il pollice continuò a muoversi, per almeno mezzo minuto, finché non riuscii più a resistere. Certe parti del mio corpo fremevano in modo davvero inedito per me, e non doveva succedere.

Eppure succedeva.

Tirai un lungo respiro, ma non riuscii a rilassare i muscoli né ad alleviare la tensione. Sapevo pure che se avessi abbassato lo sguardo mi sarei vista i capezzoli attraverso la maglietta sottile. A ogni respiro li sentivo premere contro il reggiseno. Avrei tanto voluto essere una ragazza capace di gestire quella situazione, il tipo di ragazza che probabilmente Cam desiderava e alla quale era abituato.

Ma non lo ero.

Mi girai a guardarlo.

Aveva la testa posata di lato sul cuscino, nella direzione opposta alla mia. Una leggera ombra apparve sul contorno deciso del suo mento. Era un accenno di sorriso. Brutto figlio di puttana!

«Cam.»

Aprì un occhio. «Avery?»

«Non stai dormendo.»

«Tu dormivi.» Alzò la testa e la girò di qua e di là, per sgranchirsi. «E dormivo anch'io.»

La sua mano, ancora sul mio ventre, era incredibilmente pesante. Una parte di me voleva dirgli di togliermi le mani di dosso, ma non fu questo a uscirmi dalla bocca: «Mi dispiace di essermi addormentata in questa posizione».

«A me no.»

Mi inumidii le labbra, nervosa. Non sapevo proprio cosa dire, quindi chiesi: «Che ore sono?»

Il suo sguardo era sceso sulla mia bocca e tutto il mio corpo si tese, in modo per nulla spiacevole. «È passata la mezzanotte», rispose.

«Ma se non hai neppure guardato l'orologio.»

«Questo tipo di cose le so e basta.»

«Davvero?»

Aveva gli occhi socchiusi. «Sì.»

«È un talento non da poco.» Strinsi il pugno accanto alla coscia. «A che ora parti domattina?»

«Ti mancherò?»

Feci una smorfia. «Sono solo curiosa.»

« Ho detto ai miei che sarò a casa per pranzo. » Con l'altra mano mi scostò qualche ciocca dal viso, soffermandosi tra i miei capelli. « Perciò partirò verso le otto, le nove. »

« È presto. »

« Sì. » Mi accarezzò i capelli e io richiusi gli occhi, rilassandomi contro la mia volontà. « Ma non è un viaggio stancante. »

« E non torni fino a domenica sera? »

« Già », mormorò, facendo un lungo respiro. « Sei sicura che non ti mancherò? »

Abbozzai un sorriso. « Sarà come una vacanza, per me. »

Ridacchiò. « Sei cattiva. »

« Sì, vero? »

« Ma so che menti. »

« Ah, sì? »

« Sì. » Le sue dita mi sfiorarono la guancia. Aprii gli occhi di scatto. Mi sorrideva e gli era spuntata la fossetta. « Anche se non lo vuoi ammettere, ti mancherò. »

Non dissi niente, perché volevo evitare di pensare ai quattro giorni che mi aspettavano. E poi le sue dita tracciarono il contorno del mio zigomo, e non pensai più a niente. Si spostarono sulla mandibola e un dito scese fino al mento. L'aria mi uscì lentamente dai polmoni mentre il dito indugiava accanto al mio labbro inferiore.

Piegò la testa di lato. « Mi mancherai. »

Dischiusi le labbra. « Davvero? »

« Sì. »

Serrai gli occhi per fermare le lacrime improvvise. Non sapevo perché quelle due parole mi avessero fatto tanto effetto, ma per un istante ammisi a me stessa che non volevo che se ne andasse. Gli occhi mi bruciarono ancor di più.

Passarono vari minuti in cui l'unico suono era il mormorio basso del televisore. Lui mi fece scorrere il dito sul labbro inferiore, senza mai toccarlo davvero ma passandoci sempre più vicino. Mi chiesi se lo avrebbe mai toccato, desiderando che lo toccasse.

O almeno credevo di desiderarlo.

«Parli nel sonno», disse.

Aprii gli occhi di scatto. Al diavolo il labbro. «Davvero?»

Annuì.

Oddio. Lo stomaco fece una capriola. «Mi prendi in giro? Perché, giuro su Dio, che se mi prendi in giro te ne farò pentire.»

«Non ti prendo in giro, tesoro.»

Mi alzai a sedere allontanandomi dalle sue mani. Mi girai sul divano per guardarlo. Mi batteva forte il cuore per un motivo molto diverso da prima. «Cos'ho detto?»

«Niente di comprensibile.»

«Sul serio?»

Si piegò in avanti e si stropicciò il viso. «Mormoravi cose senza senso, non ho capito niente.» Rialzò la testa. «Però facevi tenerezza.»

La paura allentò la stretta sul mio petto. Dio solo sapeva cosa avrei potuto dire nel sonno. Guardai l'orologio: erano le tre passate. «Accidenti, non è vero che sei bravo a indovinare che ore sono.»

Cam fece spallucce e scivolò in avanti. «Dovrei andare a casa.»

Aprii la bocca e la richiusi. Cosa stavo per fare, chiedergli di restare? Un pigiama party sul mio divano? Splendido. Dubitavo che fosse interessato ai pigiama party all'insegna della castità. «Sta' attento quando guidi», dissi infine.

Lui si alzò e io rimasi a fissare il punto in cui era stato seduto. « Starò attento. » Poi si mosse di scatto, senza darmi il tempo di capire, e mi posò le labbra sulla fronte. « Buonanotte, Avery. »

Chiusi gli occhi e strinsi i pugni. « Buonanotte, Cam. » Quando arrivò alla porta, mi alzai anch'io e strinsi lo schienale del divano. « Cam? »

Si fermò. « Sì? »

Feci un lungo respiro e mi costrinsi a tirar fuori le parole. « Mi sono divertita molto, stasera. »

Cam mi fissò per un momento e poi apparve la sua adorabile fossetta. « Lo so. »

Le mie labbra si schiusero in un sorriso.

12

Gettai sul letto il libro di storia, mi sdraiai a pancia in su e mi coprii gli occhi con le mani. Era solo giovedì pomeriggio e già non ce la facevo più.

Forse potevo pulire qualcosa.

Che noia.

Il cellulare trillò sul comodino e io mi rotolai per prenderlo. Guardai il display con un occhio solo, come se questo potesse aiutarmi qualora si fosse trattato del simpatico stronzo di mia conoscenza.

Ma non era lui.

Mi alzai a sedere e aprii il messaggio di Cam. Due parole e ridevo già come un'idiota. TI MANCO?

NO, scrissi.

La risposta fu immediata: SE TU FOSSI PINOCCHIO, IL TUO NASO VALICHEREBBE IL CONFINE DELLO STATO.

Incrociai le gambe e mi appoggiai alla testiera. PINOCCHIO? LA FASCIA DI ETÀ GIUSTA PER LE TUE LETTURE.

AH, MI HAI FERITO. PROFONDAMENTE.

PENSAVO CHE TU NON AVESSI SENTIMENTI.

MENTIVO. NE HO MOLTI, PER TE.

Prima che potessi rispondere arrivò un altro messaggio. QUANDO DICO BUGIE, A ME CRESCE QUALCOS'ALTRO.

Risi. GRAZIE PER L'INFORMAZIONE.

PREGO. TI TENEVO AGGIORNATA.

PUOI TENERTELO PER TE.

Mi morsi il labbro e scrissi: SEI ARRIVATO A CASA SANO E SALVO?

Passarono alcuni minuti, durante i quali continuai a fissare il telefono. SÌ. I PARENTI MI HANNO RIEMPITO D'AFFETTO. POTRESTI IMPARARE DA LORO.

PENSO CHE TU RICEVA GIÀ ABBASTANZA ATTENZIONI.

HO BISOGNO D'AMORE.

OH, SE LO SO.

Passarono altri minuti.

COSA FAI?

Ancora sdraiata sulla schiena, incrociai le caviglie. LEGGO.

SECCHIONA.

STRONZO.

SCOMMETTO CHE TI MANCO.

Il mio sorriso aveva raggiunto dimensioni imbarazzanti. SCOMMETTO CHE AL MOMENTO HAI DI MEGLIO DA FARE.

NO.

Pochi secondi dopo: CHI SEI???

Aggrottai la fronte e mi alzai a sedere, e poi: SCUSA, MIA SORELLA MI HA RUBATO IL TELEFONO.

Mi rilassai. SEMBRA UNA SORELLA SIMPATICA.

LO È. A VOLTE. MA HA PIÙ BISOGNO D'AFFETTO DI ME. DEVO SCAPPARE.

Risposi: CI SENTIAMO DOPO.

Il pomeriggio sembrò non finire mai, e alle nove meditai di prendere un sonnifero. Il telefono trillò di nuovo. Gettai lo spazzolino nel lavabo e corsi a perdifiato in salotto, rallentando mentre mi avvicinavo al cellulare.

ESCI CON ME.

Risi, dimenticando che avevo la bocca piena di dentifricio, e m'impiastricciai il mento e la camicia. «Dio, sono un'idiota.»

Mi pulii e poi risposi a Cam: CHIEDERMELO PER SMS NON È DIVERSO CHE DI PERSONA.

TENTAR NON NUOCE. COSA STAI FACENDO? IO STO BATTENDO MIO PADRE A POKER.

Lo immaginai con la famiglia e sorrisi. MI PREPARO PER ANDARE A LETTO.

VORREI ESSERE LÌ CON TE.

Strabuzzai gli occhi. Ma che...?

ASPETTA, SEI NUDA?

NO!!! PERVERTITO.

ACCIDENTI. PER FORTUNA SONO UN RAGAZZO DOTATO DI IMMAGINAZIONE.

E DI QUELLA DOVRAI ACCONTENTARTI.

LO VEDREMO.

NO, NON VEDRAI PROPRIO NIENTE.

SCELGO D'IGNORARLO. OK, DEVO SMETTERE, PAPÀ MI STA STRACCIANDO.

'NOTTE, CAM.

BUONANOTTE, AVERY.

Restai col telefono in mano per un lasso di tempo indecente, poi me lo portai in camera. Ultimamente avevo preso l'abitudine di togliere la suoneria di notte, perché non sapevo mai quando sarebbero arrivati i messaggi dal NUMERO SCONOSCIUTO. Ma quella sera la lasciai accesa.

Perché non si sa mai.

La domenica mattina sembrava incompleta senza Cam, la sua ossessione per le uova sode, quella maledetta padellina e tutti quei dolci appena sfornati. Mi svegliai presto, come se un orologio interiore si aspettasse di sentirlo bussare alla porta. Ovviamente non accadde, e per tutto il venerdì e il sabato non avevo ricevuto messaggi. Immaginai che fosse in giro coi parenti e con gli amici che vivevano ancora laggiù.

Cercai di non sentire la sua mancanza perché era soltanto un amico e, benché mi dispiacesse che Brittany e Jacob non fossero lì, non mi mancavano davvero. Non era la stessa cosa. O forse sì.

Tirai fuori una scatola di cereali e feci una smorfia di disgusto. Avevo voglia di muffin ai mirtilli. Mangiai i cereali, di malumore. Avevo appena finito di sciacquare la scodella quando squillò il telefono.

Corsi in salotto e mi immobilizzai davanti al nome sul display.

La mamma.

Ooooh, cazzo.

Il telefono continuò a squillare mentre cercavo di decidere se rispondere o gettarlo dalla finestra. Però dovevo rispondere. Mamma e papà non mi chiamavano mai. Quindi doveva essere importante.

« Pronto », dissi con una smorfia.

« Avery. »

Ah, ecco quella voce: la voce istruita, elegante, impersonale e fredda di Mrs Morgansten. Trattenni una sequela d'insulti che avrebbero arrostito le sue raffinate orecchie. « Ciao, mamma. »

Seguì un lungo silenzio. Inarcai le sopracciglia e mi chiesi se per caso mi avesse chiamata per sbaglio. Alla fine parlò. « Com'è il West Virginia? »

Disse « West Virginia » come se fosse una malattia venerea. Alzai gli occhi al cielo. A volte i miei genitori dimenticavano da dove venivano. «Si sta molto bene. Ti sei alzata presto.»

«È domenica. Theo ha insistito per un brunch con tuo padre al Club. Altrimenti starei ancora dormendo.»

Theo? Mi sedetti sul divano a bocca spalancata. Per l'amor del cielo, Theo era il padre di *Blaine*. I miei genitori erano... degli stronzi.

«Avery, sei ancora lì?» chiese in tono impaziente.

«Sì, sono qui.» Agguantai un cuscino e me lo posai in grembo. «Fate il brunch con Mr Fitzgerald?»

«Sì.»

E non disse altro. Sì. Come se non fosse niente di che. I Fitzgerald avevano corrotto i miei e io ero stata etichettata come una puttana bugiarda, ma tutto andava bene, perché si poteva ancora fare il brunch al Club.

«Come va l'università?» domandò in tono annoiato. Probabilmente stava navigando su Internet per informarsi sull'ennesimo intervento di chirurgia plastica. «Avery?»

Oh, che cazzo. «Va a meraviglia. Il West Virginia è perfetto. È tutto perfetto.»

«Non usare quel tono con me, signorinella. Dopo tutto quello che ci hai fatto passare...»

«Quello che *vi* ho fatto passare?» Vivevo in un universo parallelo.

Lei continuò imperterrita: «E che ci fai passare ancora. Te ne stai dall'altra parte del Paese in una piccola università del *West Virginia*, invece di...»

«Non c'è niente di male in questa università, mamma, e nemmeno nel West Virginia. Tu sei nata in Ohio, non è così diverso...»

«Cerco di dimenticarmene.» Sbuffò. «Il che mi conduce al motivo di questa telefonata.»

Grazie al cielo.

« Devi tornare a casa. »

« Cosa? » Mi strinsi il cuscino al petto.

Lei sospirò. « Devi smetterla di giocare e tornare a casa, Avery. Hai chiarito a sufficienza come la pensi, con questa scenata infantile. »

« Infantile? Mamma, non ce la facevo più a stare lì... »

« E di chi è la colpa, Avery? » La voce era meno gelida di prima.

Restai a bocca aperta. Non era la prima volta che diceva una cosa del genere, ma era comunque un pugno allo stomaco. Fissai la finestra e scossi lentamente la testa.

« Vogliamo solo il meglio per te », ricominciò, ritrovando la freddezza in quell'enorme cazzata. « Non abbiamo mai desiderato altro, e il meglio per te è tornare a casa. »

Mi venne da ridere, ma non ci riuscii. Tornare a casa era il meglio per me? Quella donna era pazza. Temevo che parlandoci mi contagiasse.

« Qui sono successe alcune cose », aggiunse, poi si schiarì la gola: « Dovresti tornare a casa ».

Quante volte avevo fatto ciò che mi avevano chiesto? Troppe, e non avrei più ceduto. Tornare a casa equivaleva a infilare la testa in un tritacarne e poi domandarmi perché facesse male. Presi un respiro profondo e aprii gli occhi. « No. »

« Scusa? » Il tono di mia madre si fece acido.

« Ho detto di no. Non torno a casa. »

« Avery Samantha Morgan... »

« Devo andare, mi ha fatto piacere sentirti, mamma. A presto. » E poi riattaccai prima che potesse aggiungere altro. Posai il telefono sul tavolino e aspettai.

Passò un minuto, ne passarono due e poi cinque. Feci un sospiro di sollievo e mi abbandonai sul divano. Scossi la testa, incredula. Mia madre era pazza. Chiusi gli occhi e mi massaggiai le tempie. Che bel modo d'iniziare la domenica mattina.

Qualcuno bussò alla porta.

Saltai in piedi e corsi intorno al divano, chiedendomi chi potesse essere. Era troppo presto perché i miei amici fossero tornati a casa. Non erano neppure le nove, quindi probabilmente era troppo presto anche per un serial killer.

Mi alzai in punta di piedi e guardai dallo spioncino. «Non ci credo.» Il mio cuore fece una serie di capriole e spalancai la porta. «Cam?»

Si voltò sfoderando un sorriso sghembo. Teneva in mano un sacchetto del supermercato. «E, insomma, mi sono svegliato verso le quattro e ho pensato che mi andavano un po' di uova. E le uova con te sono più buone che con mia sorella o mio padre. E poi mia madre ha fatto il pane alla zucca. So che ti piace.»

Senza parole, mi feci da parte e lo osservai portare la roba in cucina. Mi bruciava la gola, mi tremava il labbro. Un nodo si sciolse da qualche parte nel mio petto. Il cervello mi si spense. Non richiusi neppure la porta e non sentii l'aria fresca sulle caviglie. Scattai in cucina. Cam si voltò proprio mentre mi gettavo addosso a lui.

Mi prese al volo e arretrò barcollando, cingendomi per la vita. Gli nascosi la testa sul petto, chiusi gli occhi. Mi batteva forte il cuore. «Mi sei mancato.»

13

Rabbrividii nella felpa col cappuccio, sferzata dal vento freddo che soffiava tra il Whitehall e il Knutti e che scuoteva i rami degli alberi. Qualche foglia gialla volteggiava in aria descrivendo spirali, per poi posarsi a terra su un tappeto già fitto.

Brittany tirò una lunga boccata dalla sigaretta e soffiò fuori il fumo lentamente. «Quindi, la prossima volta che Jimmie mi chiede di andare da lui a tarda sera e io ci vado, tu cosa fai?»

Spostai il peso del corpo da un piede all'altro. «Ti prendo a pugni là sotto?»

«Esatto!» Fece un ultimo tiro e spense la sigaretta. «Dio, perché noi ragazze siamo così stupide?»

Ripresi a camminare al suo fianco, stringendomi le braccia al corpo. «Bella domanda.»

«So benissimo che lui non vuole una relazione, che vuole solo fare sesso, e che di solito quando me lo chiede ha bevuto, eppure vado da lui lo stesso. Insomma, che problema ho?»

«Tu la vuoi, una relazione?»

Serrò le labbra e si calò sulle orecchie il berretto di lana. «Sai, non credo.»

Non capivo. «Allora perché ti dà tanto fastidio che lui non la voglia?»

«Perché dovrebbe volerla, una relazione con me! Sono una donna meravigliosa!»

La guardai, trattenendo un sorriso. «È vero, lo sei.»

Brittany sorrise. Avevo visto Jimmie con lei un paio di volte, all'università. Sembrava un ragazzo a posto, ma ero convinta che lei meritasse molto più di un uomo che la cercava solo quando aveva alzato il gomito. E glielo dissi.

Prendendomi a braccetto, rispose: «Ed è per questo che siamo amiche. Accidenti, dov'è andato l'autunno? L'inverno sembra spuntato dal nulla, e armato fino ai denti».

«Lo so.» Rabbrividii quando ci fermammo all'incrocio. «Mi dispiace per i bambini che domani sera andranno a fare dolcetto o scherzetto. Congeleranno.»

«Al diavolo i bambini», disse lei, e io sorrisi. «Mi travesto da angelo, ma un angelo sexy.»

«Ovviamente.»

«In pratica sarò in biancheria intima. I capezzoli geleranno e mi cadranno. A proposito, non pensare che non mi sia accorta di come eviti di parlare della festa.»

Non capivo come fosse passata dai capezzoli a quell'argomento.

Fuori dalla segreteria mi scoccò un'occhiata. «Devi venire con noi. Ci saranno tutti.»

Spostai lo sguardo sui poliziotti del campus: stavano sbloccando la macchina di un poveraccio che era rimasto chiuso fuori. «Non lo so, non mi piacciono le feste di Halloween.»

«Non ti piace nessuna festa. Coraggio, devi venire. Avrò bisogno di te: ci sarà anche Jimmie e dovrai prendermi a pugni là sotto.»

Risi. «Sono sicura che Jacob si presterebbe volentieri.»

« Non è la stessa cosa! Lui non capisce e dà pessimi consigli. Probabilmente mi direbbe di fare sesso con Jimmie. » Non potevo darle tutti i torti. « Devi venire per forza. Ti prego. Ti scongiuro. »

La mia risolutezza vacillò. Jacob parlava di quella festa da una settimana. La sera prima persino Cam, mentre finivamo i compiti chiedendomi continuamente di uscire insieme, aveva accennato alla festa del suo amico Jase, che aveva un anno in meno di Cam ed era a capo di una delle confraternite studentesche, non ricordavo quale. Lo avevo visto con Cam un paio di volte, ma non ci eravamo mai parlati. Non che importasse, perché la sola idea di andare a quella festa mi scatenava un principio di ulcera.

« Devo andare in segreteria a prendere quel maledetto orario per il prossimo semestre. »

Brittany aveva faticato molto per iscriversi ai corsi, mentre io ero stata fortunata e avevo trovato posto in tutti i corsi che m'interessavano. « Pensi di dirgliene quattro? »

« Potrei. » Mi strinse in un rapido abbraccio. « Grazie di avermi accompagnata fin qui. »

« Non c'è di che. » Non avevo altri impegni per la giornata.

Lei si avviò per le scale, poi si voltò. « Pensaci, alla festa. Per favore. Devi venirci, e non solo per me, ma perché sarà divertente. Ti potrai rilassare un po'. Okay? »

Feci un lungo respiro. « Ci penserò. »

« Davvero? » Annuii e lei disse: « Promesso? »

« Promesso. »

Brittany entrò nell'edificio e io decisi di passare in farmacia a comprare dell'Alka-Seltzer. Ne avrei avuto bisogno.

In certi momenti della mia vita sapevo di pensare la cosa sbagliata. Saperlo però non mi semplificava le cose. La prospettiva di una festa di Halloween non avrebbe dovuto rendere necessari una confezione di Alka-Seltzer e un barattolo di gelato al caramello.

Un barattolo *mezzo vuoto* di gelato al caramello.

Poco dopo essere uscita dall'università avevo ricevuto un messaggio da Cam a proposito della festa. Voleva che ci andassi. Brittany voleva che ci andassi. Jacob voleva che ci andassi. Io ci volevo andare, ma...

Con un gemito, rimisi il coperchio al barattolo di gelato e mi alzai. Avevo diciannove anni. Vivevo da sola. Avevo mandato al diavolo mia madre e avevo abbracciato Cam dicendogli che mi era mancato. Andare a quella festa non sarebbe stato chissà quale impresa. Dovevo trovare il coraggio. Se non lo avessi fatto quel giorno, lo avrei mai più rifatto?

Probabilmente no.

Riposi il gelato nel congelatore e presi il flacone di disinfettante sotto il lavandino. Spruzzai ogni superficie della cucina e iniziai a pulire con molta energia.

Potevo farcela.

Il cuore mi martellava in petto, lo stomaco sottosopra.

No, non ce la facevo.

Mentre sfregavo il bancone accanto al forno, la luce che si rifletteva dal bracciale d'argento attirò la mia attenzione. Mi fermai, come ipnotizzata da quell'oggetto che portavo ogni giorno. Posai il flacone e il panno e mi sfilai il bracciale. Ruotai il braccio e mi costrinsi a guardare la cicatrice. Me ne vergognavo, facevo tutto il possibile per nasconderla, ma a che pro? Per restare nel mio appartamento a fare l'asociale e la perdente? Certe cose sarebbero sempre rimaste un tabù per me, o quantomeno terribilmente imbarazzanti, ma andare a una cavolo di festa? Ero davvero rimasta così traumatizzata da quell'episodio, che dopo cinque anni non ero ancora in grado di uscire a divertirmi?

Infilai di nuovo il braccialetto e mi appoggiai al bancone.

Dovevo farlo. Avevo bisogno di farlo. O almeno di provarci. Il cuore mi sferzava le costole mentre mi dirigevo in salotto. Tirai fuori il cellulare dalla borsa e, evitando di rifletterci troppo, aprii il messaggio di Cam e risposi: OKAY.

Rispose nel giro di pochi secondi: ARRIVO.

Arrivo? Ma che...

Bussarono alla porta.

Incredula, gettai il telefonino sul divano e andai ad aprire. «Non c'era bisogno che venissi.»

Cam entrò a lunghi passi, girandosi il cappellino all'indietro.

«Be', accomodati.»

Si fermò sulla porta della cucina e assunse un'espressione confusa. «Perché il tuo appartamento odora di candeggina?»

«Stavo pulendo.»

Inarcò un sopracciglio.

E io precisai, imbarazzata: «Tutta la cucina... Sai, potevi risparmiarti il viaggio e rispondere semplicemente al messaggio».

Mi scoccò una lunga occhiata e si sedette sul divano. «Avevo bisogno di fare un po' di moto.»

Certo, come no.

Batté una mano sul divano accanto a sé. «Vieni qui.»

Lo fissai.

« Coraggio. »

Borbottando sottovoce, scavalcai le sue gambe e mi sedetti. « Eccomi. »

Percepii il suo sguardo sulle mie labbra. Arrossii, e lui sorrise ancor di più. « Mi hai scritto un messaggio con la parola 'okay'. Ti ho chiesto due cose oggi. Sono curioso di sapere a quale delle due hai finalmente detto di sì. »

Mi tirai le gambe al petto e mi abbracciai le ginocchia. « Mi hai invitato alla festa di Halloween di domani sera. »

« Sì. » Mi strattonò un braccio finché non lasciai andare le ginocchia. « Ma ti ho chiesto anche un'altra cosa. »

Lo guardai storto.

Poi lui afferrò l'orlo dei miei jeans e mi tirò via le gambe dal petto. « Ti ho anche chiesto di uscire con me. »

« Conosci la risposta. »

Strinse gli occhi.

Le mie labbra ebbero un tic nervoso. « Stavo dicendo di sì alla festa. »

« Ottima scelta. Sarà divertente. » Quando fui seduta nella posizione che voleva, si tirò indietro. « A che ora vuoi che passi a prenderti? »

Scossi la testa. « Vengo con la mia macchina. »

« Perché? Viviamo nello stesso palazzo e andiamo nello stesso posto. »

« Grazie, ma prendo la mia macchina. »

Mi osservò per un momento. « Se non vuoi venire con me, almeno fatti dare un passaggio da Brittany. »

Mi finsi d'accordo, anche se non avevo intenzione di farlo. Se avessi preso la mia macchina avrei potuto andarmene quando volevo. Mi serviva quel salvagente.

« Ehi », disse Cam.

Lo guardai perplessa. « Ciao. »

« Esci con me. »

Sorrisi. « Sta' zitto, Cam. »

Ero così nervosa che il telefonino mi scivolava di mano e la cintura di sicurezza mi comprimeva il petto. Sedevo in auto nel parcheggio, mezz'ora dopo il momento in cui sarei dovuta partire per andare alla festa di Halloween a casa di Jase. Mi piacerebbe poter dire che avevo previsto di arrivare in ritardo per fare colpo su tutti, ma non era quella la verità.

Ero sull'orlo di un attacco di panico.

« Allora, non sei travestita? » Sotto la voce di Brittany sentivo musica e risate smorzate. « Non è un problema, qui non sono tutti in costume. »

Be', potevo dire addio a quella scusa. Dopo aver parlato con Cam la sera prima avevo valutato l'idea di correre in un negozio a trovare un costume, ma travestirmi era probabilmente eccessivo.

« Stai arrivando? Perché mi sento sola... Ehi! » disse Brittany.

Un istante dopo s'intromise la voce di Jacob: « Ehi, bambola, dove sei? »

Chiusi gli occhi. « Sto per partire. »

« Farai meglio a sbrigarti, perché Brittany mi dà sui nervi chiedendo in continuazione di te. Muovi il culo e vieni qui. »

« Sto arrivando. Sarò lì tra poco. »

Riattaccai e buttai il cellulare sul sedile del passeggero. Strinsi il volante. *Posso farcela,* continuavo a ripetermi mentre alzavo gli occhi sul mio appartamento. Avevo lasciato una luce accesa, che ora mi chiamava come un faro verso la sicurezza che faceva tutt'uno con la noia.

Mi stavo comportando da stupida, me ne rendevo conto benissimo, ma rimaneva il fatto che il cuore mi stava squassando il petto e avevo la nausea. La sensazione che provavo non era normale per nessun altro, ed era quello il punto. Non volevo che fosse normale per me.

«Cazzo.»

Dovevo farmi coraggio.

Inserii la retromarcia. Mi tremavano le braccia quando arrivai in fondo alla strada e svoltai a sinistra sulla Route 45. La casa di Jase non era molto lontana da University Heights. Pochi chilometri, in un quartiere residenziale dove avevano sede molte confraternite.

Mentre guidavo mi sforzai di elencare più costellazioni possibili. *Andromeda, Antlia, Apus, Acquario, Aquila, Ara, Ariete, Auriga... Che nomi assurdi, chi li avrà inventati?* Ero arrivata alla D quando notai la fila di auto fuori da una grande casa a tre piani. C'erano macchine ovunque, lungo la strada, in giardino e sul vialetto. Feci inversione e parcheggiai a un isolato di distanza.

L'aria della sera era fredda e in giro non c'erano bambini. Il gioco del «dolcetto o scherzetto» era già finito e i marciapiedi erano costellati di caramelle.

Le luci accese dentro casa rischiaravano la veranda. C'erano alcune persone fuori, appoggiate alla ringhiera. Infilai le mani nelle tasche della felpa, evitai il garage dov'era in corso una partita di ping- pong a base di alcol, ed entrai dal portone aperto.

Accidenti...

La casa era strapiena. Gente ovunque, davanti alla televisione, in gruppi sul divano, per terra e nell'ingresso. La musica mi risuonava nel petto battendo al ritmo del mio cuore. Mi guardai intorno in cerca di un angelo. Ce n'erano molti: angeli cattivelli in rosso, angeli sexy in bianco e angeli in nero che suppongo fossero davvero malvagi.

Mmm.

Oltrepassai una ragazza travestita da Dorothy del *Mago di Oz* ma in versione spogliarellista. Mi sorrise, le sorrisi. Mi sentii strana. Passando davanti a un gruppo di persone sedute a un tavolino da carte riconobbi Ollie, il coinquilino di Cam. Era troppo preso dal gioco per notarmi. Mi alzai in punta di piedi. L'interno della casa era soffocante, con tutta quella gente.

Sentii uno strillo acuto e voltandomi ebbi pochi istanti per prepararmi prima che un angelo bianco mi si gettasse addosso.

«Sei qui!» strepitò Brittany, stringendomi in un abbraccio. «Merda, credevo che avresti trovato una scusa per non venire.»

«Sono qui.»

Mi abbracciò di nuovo e poi mi prese per mano. «Vieni. Jacob è fuori in garage. C'è anche Cam.»

Il mio cuore fece un altro po' di ginnastica mentre la mia amica mi faceva girare intorno al tavolo del gioco a carte. Alcuni ragazzi alzarono gli occhi, liquidarono all'istante me e i miei jeans e si concentrarono invece sull'abitino bianco di Brittany. Uno dei ragazzi si appoggiò allo schienale e la fissò intensamente. Non potevo biasimarlo: era proprio bella.

«Fateci largo! Bip! Bip!» urlava Brittany, agitando in aria la mano libera.

In garage si respirava meglio, c'era meno luce e i muscoli del collo si rilassarono, anche se là c'erano più persone. Brittany mi condusse da un ragazzo con una bombetta nera e una giacca viola.

«Jacob, guarda chi ho trovato!» gridò.

Giacca Viola si voltò e io sorrisi di fronte agli occhiali dalla spessa montatura nera. «Bruno Mars?» chiesi.

«Sì! Hai visto, Brittany, qualcuno riconosce da chi sono vestito!» Jacob le scoccò un'occhiataccia, poi tornò a rivolgersi a me. Sembrava perplesso. «Da cosa sei vestita?»

Feci spallucce. «Da studentessa pigra?»

Jacob rise mentre la mia amica si avvicinava al fusto della birra. «Cos'hai sotto questa orribile felpa?»

«Cos'ha di male la mia felpa?»

Mi guardò impassibile. «Nulla, se ti sei appena svegliata e stai andando a lezione. Ma sei a una festa.» Tirò giù la lampo. «Toglitela o te la tolgo io.»

«Dice sul serio.» Brittany tornò con due bicchieri di plastica rossa. «Una volta mi ha tolto la camicia perché voleva provarsela e io mi sono ritrovata in reggiseno in una stanza piena di ragazzi.»

Infilai le chiavi nella tasca dei jeans e mi tolsi la felpa, posandola sullo schienale di una sedia da campeggio. «Contento?»

Jacob esaminò con le labbra arricciate il mio dolcevita attillato. «Mmm...» Tirò su l'orlo per esporre un pezzetto di pancia. Poi mi scompigliò i capelli. «Meglio. Hai un bel corpicino, ragazza, mettilo in mostra. Ora sei vestita da studentessa pigra e sexy.»

Afferrai il bicchiere che Brittany mi allungava. «Hai finito di agghindarmi come la tua Barbie personale?»

«Ehi, bellezza, se tu fossi la mia Barbie a quest'ora saresti mezza nuda.»

Risi. «Meno male che non lo sono.»

Mi posò un braccio sulla spalla. « Sono contento che tu sia qui. Dico davvero. »

« Anch'io. » E lo ero sul serio. Ero lì, ce l'avevo fatta. Era un evento epocale. Bevvi persino un sorso di birra. Eccomi lì, una festaiola.

Ripetendomi che non cercavo nessuno in particolare, mi guardai intorno nel garage. Non ci misi molto a individuare Cam: era più alto di una spanna della maggior parte degli altri ragazzi. Sorrisi vedendo che non si era travestito.

Si trovava accanto al tavolo da ping-pong, a braccia conserte. I bicipiti tendevano il tessuto della maglietta. Ero sempre affascinata dai ragazzi che stavano in maniche corte anche quando faceva freddo.

Accanto c'era Jase, che era alto come lui e altrettanto carino, coi capelli castani leggermente più lunghi. Anche lui era vestito come fossimo in estate, e dalla manica gli spuntava un tatuaggio scuro.

Brittany seguì il mio sguardo e sospirò. « Non so decidere qual è il più bello dei due. »

Per me non ce n'era: vinceva Cam. « Neanch'io. »

« Io li prenderei entrambi », commentò Jacob.

« Allo stesso tempo? » chiese Brittany in tono curioso.

Jacob sorrise. « Certo. »

« Un sandwich di Cam e Jase. » La mia amica rabbrividì. « Vorrei che fosse sul menu Tutto a un Dollaro. »

Risi. « Credo che costerebbero più di un dollaro. »

« Vero. Devo andare a letto con qualcuno », sospirò Brittany.

Jase diede di gomito a Cam e gli disse qualcosa. Un attimo dopo Cam si voltò nella nostra direzione. Sul volto bellissimo gli si dipinse un gran sorriso. Posò il bicchiere sul bordo del tavolo da ping-pong.

Guardandomi con aria complice, Jacob disse: «Ed eccone uno in arrivo. Sta per diventare un sandwich di Cam ed Avery».

«Sta' zitto», mormorai, arrossendo.

La gente si fece da parte per lasciarlo passare. Era come Mosè che divideva un mare di studenti ubriachi. Feci un passo indietro, d'improvviso nervosa.

Cam non esitò. C'erano disinvoltura e sicurezza in ogni suo movimento. In meno di un secondo le sue braccia mi cingevano la vita e mi stringevano sollevandomi da terra. Brittany, saggiamente, mi tolse il bicchiere di mano prima che Cam iniziasse a farmi volteggiare in aria. Lo tenni stretto per le spalle mentre il garage mi vorticava intorno.

«Cazzo, non ci credo che sei davvero qui!»

Sembravano tutti convinti che avrei dato buca. Ero davvero contenta di esserci andata. «Ve lo avevo detto che sarei venuta.»

Cam mi posò a terra, ma non mi lasciò. «Quando sei arrivata?»

Mi strinsi nelle spalle. «Non lo so, poco fa.»

«Perché non sei venuta a salutarmi?»

Gli fissai la fossetta. «Eri impegnato e non volevo disturbarti», ammisi, notando che in molti ci stavano guardando.

Cam chinò il capo e le sue labbra mi sfiorarono l'orecchio, mandandomi una serie di brividi giù per la schiena. «Tu non disturbi mai.»

Sussultai, mi sembrava di essere sulle montagne russe. Voltai leggermente la testa e i nostri occhi s'incrociarono. Non riuscii più a pensare, e quando le mani di Cam si strinsero sulle mie braccia mi ritrovai a precipitare dalla cima delle montagne russe. Per un attimo i rumori della festa svanirono. Le sue pupille erano dilatate, in deciso contrasto con l'azzurro delle iridi.

«Ehi, Cam, tocca a te!» gridò Jase.

Il momento era rovinato, e io espirai: non mi ero resa conto di trattenere il fiato. Lui sorrise. «Non allontanarti troppo.»

Annuii. «Okay.»

Cam tornò da Jase e prese una pallina da ping-pong.

«Ehi, è stato...» ansimò Brittany ridandomi il bicchiere.

Jacob finì la frase in sospeso: «... molto sexy. Pensavo che vi sareste strappati i vestiti e avreste fatto un bambino proprio qui sul pavimento sporco di birra. Avrei dovuto far pagare un biglietto d'ingresso».

Gli lanciai un'occhiataccia. «Penso che tu stia lievemente esagerando.»

La mia amica si fece aria con le mani. «Abbiamo avuto quest'impressione. Quanto ancora hai intenzione di farlo soffrire?»

M'incupii. «Non lo sto facendo soffrire.»

Lei mi guardò strano, ma non disse niente. Per fortuna cambiammo argomento quando Jimmie si avvicinò e iniziò a giocherellare con le ali di Brittany. Da tre diventammo quattro, e prima che me ne rendessi conto avevamo una festa nella festa. Anche se mi sentivo totalmente fuori dal mio elemento, cercai di partecipare alla conversazione. Mentre sorseggiavo la birra sapevo che mi stavano bollando come la ragazzina timida della situazione, ma era comunque meglio dell'ultima etichetta che mi era stata affibbiata durante una festa.

Fuori era arrivata altra gente, la musica si era alzata di volume e qualcuno iniziava a ballare. Non so come, ma tra tutti quei rumori sentii una risata rauca e profonda e mi voltai.

Stavano entrando nel garage due ragazze che sembravano appena scese dalla passerella di Victoria's Secret. Una era vestita da diavoletto, ovvero con un baby-doll rosso, una coda appuntita e un paio di corna. E un sacco di tette. L'altra era una versione molto sexy di Cappuccetto Rosso. Mentre le ragazze incedevano nel locale su tacchi altissimi, accaddero diverse cose in contemporanea.

Alcuni dei ragazzi s'immobilizzarono letteralmente, lasciando la frase a metà e voltandosi ad ammirarle. Jimmie aveva la bocca spalancata. Anche Jacob le fissava come se stesse per cambiare orientamento sessuale. Mi si contrasse lo stomaco di fronte al costume da Cappuccetto Rosso e cercai di non pensare che all'altra festa di Halloween, anni prima, avevo indossato un travestimento molto simile. E poi al momento non sembrava quello il problema più grave, il che la diceva lunga.

Cappuccetto Rosso era anche nota come Stephanie Keith.

Era così bella cha avrebbe fatto sentire sciatta e vestita male qualsiasi altra ragazza. L'orlo dell'abitino di paillettes rosse arrivava poco sotto il sedere, lasciando scoperte le gambe perfette. La mise era completata da labbra rosse, occhi bistrati di nero e due codini.

Era stupenda.

E andava dritta da Cam.

Gli gettò le braccia al collo, e il vestito le si alzò rivelando mutandine nere coi volant e con la scritta SCULACCIAMI sul sedere. Cam non si divincolò, anzi le rivolse quel suo maledetto sorriso sghembo. Lei gli rubò la pallina da ping-pong e indietreggiò ridacchiando mentre la sua amica si tuffava su Jase.

Qualcosa di orribile mi si agitò nella pancia, come

un'erbaccia velenosa. Perché Cam la inseguiva intorno al tavolo invece di allontanarsi da lei?

Era una domanda stupida.

Quale uomo si sarebbe allontanato da Stephanie?

Qualcuno mi sbatté su un fianco, borbottando scuse, ma ero troppo concentrata su Stephanie, che si teneva la pallina sopra il seno con un sorriso eloquente, e su Cam che la rincorreva.

Brittany mi sfilò il bicchiere e mi prese per mano. « Balliamo. »

La fissai e puntai i piedi. « Io non ballo. »

« Invece balleremo. » Si guardò alle spalle. Cam era riuscito a riprendersi la pallina. « Perché, se non balliamo, tu te ne starai lì a fissarli come una fidanzata gelosa. »

Merda, aveva ragione. Mi lasciai trascinare verso un gruppo di ragazze che ballavano, fortunatamente vicino al tavolo da ping-pong. La mia amica mi tenne per mano mentre ballava canticchiando la canzone. Ci misi qualche istante a trovare il coraggio di ballare, un'altra cosa che non facevo da anni, e mi pentii di non aver finito la birra.

Chiusi gli occhi e mi abbandonai alla musica. I miei fianchi si mossero da soli, e sorrisi. Riaprii gli occhi e continuai a tenere Brittany per mano mentre ballavamo insieme. Il gruppo intorno a noi s'infoltì e dietro la spalla di Brittany vidi Cam.

Non guardava più Stephanie.

Guardava noi... Guardava *me.*

Brittany era un genio.

Lanciò un'occhiata alle sue spalle e poi si voltò verso di me, mordendosi il labbro. « Che se ne vadano a 'fanculo. »

Gettai la testa all'indietro e risi. « 'Fanculo. »

« Così mi piaci. »

Jimmie ci raggiunse e cinse Brittany per la vita da dietro. La guardai perplessa e lei fece spallucce, che in codice voleva dire che non ero tenuta a prenderla a pugni là sotto. Avevo i capelli umidi sulle tempie e il dolcevita mi era risalito sulla pancia. Jacob si unì al nostro gruppetto ballando in modo scomposto. Ero così impegnata a ridere di lui che quando due mani mi si posarono sui fianchi trasalii.

Brittany sgranò gli occhi.

Voltandomi, mi trovai di fronte un volto poco familiare. Un ragazzo con le guance rosse e gli occhi un po' lucidi, che ancheggiava al ritmo della musica.

«Ciao», bofonchiò sorridendo.

«Ciao.» Feci una smorfia a Brittany avanzando di un passo. Le mani del ragazzo ubriaco mi strinsero più forte.

«Dove vai? Stiamo ballando», mi disse.

Mi girai di fianco e lui mi seguì, standomi addosso. Uno strano brivido mi fece accapponare la pelle. In un istante ero tornata indietro di alcuni anni e non riuscivo più a muovermi. Brittany, Jacob, la festa... tutto svanì. Lo sentii tirarmi a sé, le sue mani sulla pelle nuda del mio ventre. Senza preavviso, la realtà sembrò trasformarsi.

Non ero più lì.

Ero tornata *laggiù*, con le *sue* mani sotto la gonna, e non riuscivo a respirare né a vedere: la stoffa del divano era ruvida sotto la mia guancia.

«Piccola, balla con me», mi canticchiò all'orecchio il ragazzo.

«Piccola», aveva detto Blaine, ansimandomi nell'orecchio. «Non puoi dire che non lo vuoi.»

Il garage si trasformò in un seminterrato e poi tornò a essere un garage. Cercai di divincolarmi. Il cuore mi batteva così forte che mi veniva da vomitare. « Lasciami andare. »

« Ma dai, stiamo solo ballando. » La sua mano era sulla mia pancia, sotto il maglione. « Tu... »

« Lasciami andare. » Smisi di respirare mentre mi dimenavo. « Lasciami andare! »

A un grido di sorpresa seguì un verso stridulo. All'improvviso fui strattonata via dal tizio ubriaco. Barcollai all'indietro e andai a sbattere contro qualcuno. Col cuore a mille, mi scostai i capelli dal viso e sollevai la testa.

Oddio.

Cam aveva scaraventato il ragazzo contro la parete.

14

Un capannello di persone circondava già Cam e il ragazzo. Alcuni curiosavano, altri gridavano e tifavano.

Cam aveva immobilizzato il tizio con una mano sul petto. Gli stava a un millimetro dalla faccia, con la mano libera stretta a pugno sul fianco. «Ma che cazzo ti prende, amico? Non ti funzionano le orecchie?»

Alzando le mani, l'altro borbottò: «Mi dispiace. Stavamo solo ballando, non volevo fare niente».

«Cam.» La voce mi uscì strozzata, roca. Avanzai di un passo.

Brittany era accanto a me e mi prese per un braccio. «Non farti coinvolgere, Avery.»

Come facevo a non farmi coinvolgere? Mi si rivoltava lo stomaco e la poca birra che avevo bevuto mi risalì in gola.

Cam spintonò di nuovo il tizio contro il muro e all'improvviso arrivò Jase, prese Cam per la vita con un braccio e lo tirò indietro. Il ragazzo si accasciò contro il muro con gli occhi chiusi.

«Devi darti una calmata», disse Jase.

Cam scansò l'amico senza smettere di fissare l'altro ragazzo. «Lasciami, Jase.»

«Col cazzo.» Jase s'interpose tra i due, posando le mani sul petto di Cam. «Non devi, ricordi? Una rissa è l'ultima cosa di cui hai bisogno. Perciò vieni via.»

Qualcosa nelle parole di Jase sembrò colpire Cam, che scoccò un'ultima occhiata minacciosa al tizio e poi si scrollò di dosso le mani di Jase e si voltò passandosi una mano tra i capelli. Attraverso la folla i suoi occhi si posarono su di me e Brittany. Fece per venirci incontro, ma Jase gli bisbigliò qualcosa che lo indusse a fermarsi. Dal nulla apparve Ollie, che mise in mano a Cam una bottiglia di birra. I due amici fecero rientrare Cam in casa. Iniziai a seguirli, ma Brittany mi trascinò in un angolo. Le sue ali sobbalzarono quando si voltò verso di me. «Che cazzo è successo?»

«Non lo so.» Ero senza fiato. «Quel tizio non voleva lasciarmi andare e Cam è spuntato dal nulla. Devo...»

«No.» Mi fermò, sbarrandomi il passo. «Devi aspettare che si calmi. È con gli amici, lascialo stare.»

Mi asciugai le mani sui fianchi e ci misi un attimo a capire cosa stava dicendo la mia amica. Mi veniva da vomitare. Mi guardai intorno, chiesi al cuore di rallentare. Alcune persone ci fissavano, altre avevano perso interesse quando si era capito che non ci sarebbe stata una rissa. Stephanie era al tavolo da ping-pong, e serrò le labbra quando i nostri sguardi s'incrociarono. La musica aumentò di volume, al ritmo del mio batticuore. Avevo la fronte imperlata di sudore.

«Ehi, Avery, tutto a posto?» chiese Brittany.

Mi costrinsi ad annuire, ma non stavo bene. Il garage mi girava intorno di nuovo, tutti i suoni e i colori dei travestimenti erano esasperati. C'era nell'aria un odore opprimente, un misto di birra, profumi e sudore. Inspirai, ma mi sembrava di non avere abbastanza ossigeno nei polmoni.

«Ho bisogno di prendere una boccata d'aria», dissi alla mia amica, scrollandomela di dosso.

«Vengo con te.»

«No. No, sto bene. Resta qui.» Non volevo rovinarle la serata. «Sto bene, davvero.»

Alla fine Brittany si arrese e io uscii in fretta dal garage, sentendomi cento paia d'occhi sulla schiena anche se probabilmente in realtà non mi stava guardando nessuno. L'aria fresca mi sollevò dal collo i capelli umidi, ma non la sentii davvero. Non mi fermai, continuai a camminare, aprendo e chiudendo i pugni lungo i fianchi. Arrivai alla macchina prima di rendermene conto. Tirai fuori le chiavi di tasca e mi misi al volante.

Mi tremavano le mani, me le portai al viso. Dio, sentivo ancora le sue dita... non quelle del ragazzo ubriaco, ma quelle di Blaine. Lo sentivo sussurrarmi all'orecchio, lo sentivo dietro di me, e il suo peso su di me... Appoggiai la nuca sul sedile e chiusi gli occhi. «No. Non lo voglio fare.»

Le parole sembrarono riecheggiare nella macchina e rimbalzarmi in faccia, perché lo stavo facendo. Stavo facendo esattamente la cosa che non dovevo fare.

Non potevo rientrare in quel posto, né per gli amici né per riprendermi la felpa.

Infilai la chiave nel quadro e uscii dal posteggio. Non so neppure come arrivai a casa. Non ricordavo niente del tragitto: mi ritrovai al centro del mio appartamento, a tentare di prendere fiato.

In corridoio, mi lasciai scivolare lungo la parete stringendomi le ginocchia al petto. Mi raggomitolai, infilandomi le mani nei capelli. Chiusi gli occhi, ma le lacrime mi bagnarono comunque le guance.

Non avevo il minimo dubbio di aver reagito in maniera eccessiva. Il tizio alla festa mi aveva palpata senza ritegno, ma la mia reazione era stata sproporzionata. Ero andata nel panico, e Cam aveva rischiato una rissa a causa mia.

Premetti la fronte sulle ginocchia, tirai indietro i capelli. Non ci riuscivo proprio. Ci avevo provato e avevo trasformato una bella festa in un disastro totale. Che problemi avevo?

C'erano diverse risposte valide: avevo molti problemi. Non era una notizia sconvolgente, ma... Avevo tanto voluto che quella serata mi facesse bene, che mi desse una spinta in più nella direzione giusta. Mi sfuggì un singhiozzo e serrai la mandibola finché non mi fecero male i denti. Ero tornata al punto di partenza.

Avevo un tale mal di testa che mi sembrava di sentir vibrare l'intero appartamento. Con una smorfia di dolore aprii gli occhi e mi accorsi che ero ancora in corridoio, seduta a terra, dolorante. Mi ero addormentata, forse per un'ora o due.

E la pulsazione non era solo nella mia testa: stavano bussando alla porta.

Mi tirai su e corsi ad aprire. Ero così inebetita che non controllai neppure chi fosse.

Cam entrò di corsa e mi ritrovai appoggiata al suo petto prima ancora di capire cosa fosse successo. Le sue braccia muscolose mi strinsero e una mano mi si posò sulla nuca. Inspirai con forza, avvertendo l'odore di alcol e acqua di colonia.

«Santo cielo. Perché non rispondi al telefono?» disse lui, stringendo il pugno tra i miei capelli.

«L'ho lasciato in macchina, credo.» La mia voce era smorzata contro il suo petto.

Lui imprecò e si tirò indietro. Mi prese il volto tra le

mani e mi tenne ferma, ma in un modo che non mi suscitò brutti ricordi. «Non ho fatto che chiamarti, e anche Jacob e Brittany.»

«Mi dispiace.» Battei lentamente le palpebre. «Non volevo...»

«Hai pianto.» Strinse gli occhi finché non rimase solo una sottile striscia azzurra. «Cazzo, stavi piangendo.»

«Non è vero.» Non era una bugia convincente.

«Ti sei guardata allo specchio?» mi chiese. Quando scossi la testa, lui andò a chiudere la porta e poi mi prese per mano. Un muscolo gli guizzava sulla mandibola, un tic nervoso. Quando riprese a parlare la sua voce era determinata: «Vieni».

Mi lasciai condurre in bagno. Quando accese la luce trasalii, poi mi vidi allo specchio. «Oddio...»

Avevo gli occhi gonfi e rossi, ma era il mascara colato a confermare che il mio primo tentativo di andare a una festa in cinque anni non era stato coronato dal successo. Il mio sguardo incontrò quello di Cam nello specchio e l'imbarazzo mi travolse. Mi presi la testa tra le mani e borbottai: «Perfetto».

«Non è poi così grave, tesoro», disse lui in tono più dolce, e mi posò le mani sulle braccia, le fece scorrere fino alle mie mani e mi tirò delicatamente. «Siediti.»

Sedetti sul coperchio del water. Mi fissai le mani e spronai il cervello assonnato a rimettersi in pari. «Che ci fai qui?»

«Che ci faccio qui?» Passò un asciugamano sotto il rubinetto e s'inginocchiò davanti a me. «È una domanda seria?»

«Immagino di no.»

«Guardami.» Rimasi con gli occhi puntati per terra, e

lui ripeté la richiesta: «Porca puttana, Avery, guardami».

Ahia. La rabbia risalì in me come una voluta di fumo. Alzai il mento. «Contento?»

Quel muscolo gli guizzò di nuovo sulla mandibola. «Perché sarei venuto qui, secondo te? Te ne sei andata dalla festa senza dire una parola a nessuno.»

«L'ho detto...»

«Hai detto a Brittany che volevi prendere una boccata d'aria. Sono passate tre ore, Avery. Hanno pensato che tu fossi con me, ma quando mi hanno visto da solo si sono preoccupati, dopo quel che era successo con quello stronzo.»

La rabbia mi abbandonò, rimpiazzata dal senso di colpa. «Non l'ho fatto apposta. Ho solo lasciato il cellulare in macchina.»

Non rispose e mi passò l'asciugamano umido sotto gli occhi per ripulirmi dal mascara. «Non c'era bisogno che te ne andassi.»

«Ho avuto una reazione eccessiva.» Abbassai lo sguardo e sospirai. «Quel tizio... non aveva fatto niente di male. Mi ha solo colta alla sprovvista. Ho rovinato la festa.»

«Non hai rovinato la festa. E quel figlio di puttana non doveva palparti. Cazzo. Ti ho sentito dire 'lasciami andare'. Forse non avrei dovuto reagire con tanta... forza, ma che cavolo! Ti stava palpando e non mi piaceva.»

Sì, avevo detto al tizio di lasciarmi andare, ma era ubriaco e stupido, e voleva solo ballare con me. Sapevo quando un ragazzo diventava una minaccia, e lui non era arrivato a quello stadio. Erano stati i ricordi a mandarmi nel panico.

All'improvviso molto stanca, dissi: «Non dovevi venire fin qui. Dovresti essere alla festa a divertirti».

Cam restò in silenzio così a lungo da costringermi a guardarlo. Gli lessi in viso il desiderio di strangolarmi e qualcosa di molto diverso. Sentii una stretta allo stomaco, molto simile a quella che avevo provato alla festa, prima che andasse tutto a rotoli.

«Siamo amici, giusto?» domandò in un sussurro.

«Sì.»

«Gli amici servono a questo: a prendersi cura l'uno dell'altro. Brittany e Jacob sarebbero qui, se io non avessi chiesto loro di restare alla festa.»

Forse avevo frainteso quel momento tra noi. «Devo recuperare il telefono e chiamare...»

«Scrivo io a Brittany. Ho il suo numero.» Si appoggiò sui talloni e restò a guardarmi. «Che tu non ti aspettassi che qualcuno venisse a vedere come stavi... non ho parole per dirti cosa ne penso.»

Rimasi zitta e distolsi lo sguardo, poi la sua mano tornò a posarsi sulla mia guancia. Il pollice si mosse, scorrendomi sulla pelle. Ci guardammo negli occhi, e avrei voluto avere qualcosa d'intelligente da dire, qualcosa che cancellasse quella serata. Be', tutto tranne il modo in cui lui mi aveva guardata alla festa. Quello un po' mi piaceva.

Okay. Mi era piaciuto un sacco, ma non importava.

«Perché piangevi? Aspetta. Quello stronzo ti ha fatto male? Perché io...»

«No! Niente affatto!» dissi subito. Avevo la sensazione che Cam avrebbe inseguito quel tizio in capo al mondo e lo avrebbe riempito di botte se soltanto avesse avuto il sospetto che mi aveva fatto del male.

«Allora perché?» Il suo pollice si mosse ancora, e io,

in risposta a un qualche istinto primordiale, girai la testa sulla sua mano. «Parlami.»

Parlare era facile per la maggior parte delle persone, ma la maggior parte delle persone aveva cose di cui voleva parlare. «Non lo so. Forse mi sono solo comportata da ragazza.»

Inarcò le sopracciglia. «Sicura?»

«Sì», sussurrai.

Restò in silenzio per un altro lungo momento. «Stai bene?»

Annuii.

Mi sfiorò le labbra con un pollice, e d'un tratto con un sussulto mi resi conto di quanto fossimo vicini. *Strano,* pensai. Avrei voluto dire qualcosa per cancellare quella serata, ma non avevo necessariamente bisogno di parole.

Un tocco, un solo sguardo bastava.

Non pensavo a nient'altro che a lui, in quel momento. Non mi ero mai sentita così libera.

Quando i suoi occhi si posarono sulle mie labbra il cuore iniziò a battermi forte. Non c'era molto spazio tra noi. Pochi centimetri, e il gioco era fatto.

Poi alzò lo sguardo.

Prima che io potessi spostarmi, Cam coprì la breve distanza che ci separava. Il cuore mi sobbalzò in petto al pensiero che volesse baciarmi, che mancassero pochi istanti al mio primo bacio, e non avevo idea di cosa fare. Le lacrime mi avevano lasciato uno strano sapore in bocca ed ero seduta sul water: non proprio l'ambientazione più romantica per il primo bacio.

Lui però non mi baciò. Premette la fronte contro la mia ed espirò: il fiato gli profumava di menta. «Cazzo, a volte mi fai uscire di testa.»

Mi facevo uscire di testa da sola. «Scusa.»

Si tirò leggermente indietro per guardarmi. «Non scappare più in quel modo, okay? Mi sono preoccupato da morire quando non ti ho trovata e nessuno sapeva dov'eri.»

Quasi gli chiesi scusa di nuovo, ma le scuse erano come i desideri: ce n'erano fin troppi nella mia vita e né gli uni né le altre facevano davvero la differenza. Quindi feci una cosa che probabilmente non avevo mai fatto, neppure *prima*.

Scivolai in avanti e premetti le labbra sulla sua guancia liscia. Lui sgranò gli occhi e io arretrai. Sotto il suo sguardo indagatore temetti di aver commesso un errore.

Cam si sporse un po', poi si fermò. I suoi occhi bellissimi, grandi e azzurri erano sempre più intensi. «Avery?»

Deglutii. «Cam?»

Non sorrise e non gli venne la fossetta sulla guancia. «Esci con me.»

Trasalii e mi tornò in mente quando lui era rientrato prima dalle vacanze d'autunno ed era venuto dritto a casa mia. Quel giorno in me si era rotto qualcosa, e lo stesso accadeva ora: era come se fosse stato abbattuto un muro, un muro di... riserve. La festa non era andata bene, ma Cam... lui era diverso. Era sempre stato diverso.

Ed era lì con me. Doveva pur significare qualcosa. Perlomeno, mi sembrava che significasse qualcosa.

Il cervello tentava di convincermi che era una cattiva idea, e io gli intimai di tacere, perché raramente mi dava consigli utili. Presi un respiro di cui non avevo bisogno. «Sì.»

Jacob era seduto davanti a me e Brittany nella piccola caffetteria in città. Portava gli occhiali scuri e la bombetta del travestimento di Halloween. Tutti e tre avevamo marinato la lezione di storia. Era stata un'idea di Jacob, e sinceramente ero troppo nervosa per stare seduta in classe. E poi, l'unica lezione che avevo perso in tutto il semestre era stata la prima di astronomia. Non era poi così grave saltarne un'altra, anche se era la materia in cui volevo laurearmi.

Jacob emise un gemito, sorseggiando il caffellatte. «Chiunque mi abbia permesso di bere quanto ho bevuto ieri sera andrebbe preso a schiaffi.»

Guardai la mia amica mentre sbocconcellavo una frittella con scaglie di cioccolato. Lei gli rivolse un'occhiata colpevole. «Be', tu mi hai lasciata a 'intrattenermi' con Jimmie, quindi siamo pari.»

«E com'è andata?» chiese lui, abbassando gli occhiali sul naso e fissandola con gli occhi arrossati dal postsbornia. «Camminavi un po' strana, quando siamo tornati alla macchina.»

Brittany sbuffò. «Tu sopravvaluti Jimmie. Sono venuta via con te, e più tardi Jimmie mi ha scritto un SMS... be', perché non avrebbe dovuto?... e io non gli ho risposto. Sono stata una brava ragazza.»

«Meglio così: perché, se non cammini strana dopo aver fatto sesso con lui, probabilmente non è poi granché.» Jacob spostò lo sguardo su di me. «Ma tu, signorinella, con te sono ancora arrabbiato.»

«Lo sono anch'io», intervenne Brittany, schiaffeggiandomi un braccio mentre prendevo la tazza di cioccolata calda. «Mi hai fatto venire un colpo, ieri sera. Pensavo che ti avessero rapita.»

«Mi dispiace molto. Sono andata a casa e ho lasciato il telefonino in macchina.» Quando capii che non mi avrebbe schiaffeggiata di nuovo, strinsi le dita intorno alla tazza. « Mi sento molto in colpa. Non volevo farvi preoccupare. »

« Be', ci siamo preoccupati... » Jacob sorrise. « Quando ci siamo accorti che eri sparita. Ci è voluta un'ora, più o meno. »

Brittany fece una smorfia e annuì. « È vero. Quindi se ti avessero rapita... be', sarebbe finita male. »

Risi, quasi strozzandomi con la cioccolata. « Wow. Forse adesso dovrei sentirmi meno in colpa. »

« Sì, siamo pessimi amici. » Jacob si appoggiò allo schienale e sollevò la tesa del cappello. « Ma ci siamo riscattati completamente coinvolgendo Cam. »

Il mio cuore fece un'altra capriola.

« Pensavamo davvero che tu fossi con lui. » Brittany, nel frattempo, mi rubò un pezzetto di frittella. « Per questo ci abbiamo messo così tanto, ma poi l'abbiamo visto uscire da una stanza con Jase e Ollie. »

« Si è preoccupato molto quando gli abbiamo chiesto se ti aveva vista. » Jacob si strofinò la fronte. « È uscito subito con Ollie per cercare la tua macchina. »

Brittany annuì fissando la mia frittella. « È stato romantico, in un certo senso, soprattutto perché non eri effettivamente morta. »

Risi e le passai la frittella.

« E poi è corso via come un principe azzurro su un cavallo bianco, lasciandosi dietro un'avvilitissima Cappuccetto Rosso Sexy. » Brittany affondò i denti nella frittella, tutta contenta. « Sul serio, Avery, so che non ti sembra di fare troppo la difficile, ma devi uscire con lui. »

« Ci uscirò », dissi a voce bassa, stringendo la tazza.

Lei, imperterrita, proseguì: « Perché lui non continuerà a chiedertelo. Si stuferà e tu resterai a casa da sola a piangere e... »

« Brittany, sta' zitta un momento. » Jacob si sporse in avanti e tirò giù gli occhiali. « Aspetta. Hai per caso appena detto che uscirai con lui? »

« Sì. » Il cuore mi fece una giravolta carpiata. Solo a parlarne mi veniva un'agitazione irrazionale. « Me lo ha chiesto di nuovo e ho detto di sì. »

La mia amica abbassò la frittella dalla bocca, gli occhi sgranati. « Cosa? Quand'è successo? »

« Ieri notte », risposi.

« Quand'è venuto a controllare che stessi bene? » chiese Jacob.

Annuii.

« Porca puttana. Uscirai con Cam », sussurrò Brittany.

« È un appuntamento. Non è poi chissà che », precisai.

Anche se in realtà per me era molto importante. Sarebbe stato il mio primo appuntamento, era un evento epocale. Ma a loro non lo avrei detto: era già abbastanza grave che Cam conoscesse quel segreto imbarazzante.

« Batterei le mani come una foca in questo momento, se non avessi quest'orribile postsbornia. Sappi che dentro di me sto facendo un balletto con dei pompon ricoperti di paillettes. » Jacob rise della mia smorfia. « Era ora. Te lo chiedeva solo da... »

Feci spallucce. « Non da molto. »

Brittany mi guardò a bocca aperta e un pezzo di frittella cadde sul tavolo. Mi venne da ridere. « Te lo chiede dalla fine di agosto. Oggi è il primo novembre, Avery, nel caso te ne fossi dimenticata. La maggior parte degli uomini si scorda anche il nome di una ragazza, dopo tutti questi mesi. »

Inarcai le sopracciglia.

« È vero. Io dimentico come ti chiami circa una volta alla settimana », ironizzò Jacob.

Scoppiai in una risata.

« Allora, quando uscite, voi due? Dove andate di bello? » chiese Brittany disfacendosi e rifacendosi la coda di cavallo.

Ero abbastanza sicura che in quel momento il mio cuore stesse facendo il balletto coi pompon di cui parlava Jacob. « Usciamo il prossimo fine settimana. Questo weekend lui ha una tesina da finire di scrivere, e ha già preso impegni con Ollie... qualcosa a proposito di quegli incontri di arti marziali miste sul pay per view. » Cam, a dire il vero, mi aveva invitata, ma mi sembrava proprio una serata da maschi. « Penso che andremo in un ristorante di Hagerstown sabato prossimo. »

A Brittany si accesero gli occhi. « Oh, bene, quindi abbiamo un sacco di tempo per prepararci. »

« Mi serve una settimana per prepararmi? »

Annuì con decisione. « Devi farti i capelli, le unghie e poi la ceretta, sai, laggiù... »

« Va bene, se iniziate a parlare di ceretta in luoghi non menzionabili vuol dire che è giunta l'ora di levare le tende. » Jacob prese la sua borsa e si alzò. Si fermò accanto a me e mi baciò sulla guancia. « Davvero, era ora che ti decidessi. »

Arrossii e mormorai un « grazie », anche se mi sembrava strano ringraziarlo.

Quando Jacob fu uscito, Brittany riprese la tazza. « Momento serio? »

« Okay. » Mi preparai a ricevere una lezione sulla ceretta brasiliana.

La mia amica si girò verso di me e parlò a voce insolitamente bassa. « Ieri sera alla festa, quando quel tizio ha provato a ballare con te... »

Oh-oh. Lo stomaco mi precipitò dritto fino ai piedi. «Sì?»

«Cos'è successo tra voi due?» Si umettò le labbra. «Ho visto che ti palpava.»

Distolsi lo sguardo e lottai contro la nausea improvvisa. «Non ha fatto altro. Mi ha colta di sorpresa e io ho reagito in maniera esagerata. Mi sono sentita una vera idiota.»

Lei si morse il labbro e mi guardò. «Non che essere palpate sia buono e giusto, perché non lo è, e anche se alle feste succede sempre dà comunque fastidio.» Fece una pausa. «Ma perché hai reagito in quel modo?»

Mi agitai sulla sedia e mi passai le mani sulle cosce. «Come ti ho detto, mi ha colta alla sprovvista.»

«Ti ha colta alla sprovvista...» ripeté lei. Poi fece un lungo sospiro. «Okay, voglio essere schietta con te. È a questo che servono le amiche, no?»

Il disagio mi si acciambellò nella pancia come un serpente. «Già.»

Una pausa. «Ti ho vista in faccia, Avery. Eri fuori di te dalla paura. Non eri solo presa alla sprovvista, o poco abituata alle feste. E non voglio dire una cosa offensiva, quindi per favore non prenderla male, ma non è una reazione normale.»

Non è una reazione normale. Credeva che non lo sapessi? La guardai e all'improvviso fui travolta dall'inesplicabile bisogno di dirle la verità, di raccontarle tutto. Le parole mi risalirono fino alla punta della lingua. Anni di silenzio aleggiavano nell'aria tra di noi. Brittany mi guardò con un'aria di aspettativa e, prima ancora di aprir bocca, lessi nei suoi occhi e nelle labbra tese che non era stupida, sospettava qualcosa: forse direttamente il peggio. Il suo sguardo trasmetteva comprensione, forse anche pietà.

«Ti... ti è successo qualcosa, Avery?» chiese a voce bassa.

Il bisogno di dirglielo, di dirlo a *qualcuno* si sgonfiò come un palloncino punto da uno spillo. Guardai fuori dalla finestra, il traffico in strada. Scossi la testa. «No. Non mi è successo niente.»

15

Brittany non tornò sull'argomento dopo quella mattina, e il giorno dopo Jacob era su di giri – saltellava, batteva le mani, faceva balletti – per il mio imminente appuntamento con Cam. Sembrava che dovesse uscirci lui, con Cam.

Cercai, per quanto possibile, di non lasciarmi ossessionare. Ancor più difficile era non pensarci ogni volta che ero con Cam. Tra di noi non era cambiato niente, ma in un certo senso era cambiato tutto. Quando si sedeva vicino a me in aula ero assurdamente consapevole della sua presenza. Ogni volta che si muoveva e il suo braccio o la sua gamba mi sfioravano, un formicolio mi percorreva tutto il corpo e non si placava per il resto della lezione. Non ero sicura che se ne fosse accorto, e speravo vivamente di no.

La settimana successiva il freddo e il gelo erano arrivati un po' in anticipo sulle propaggini orientali del West Virginia. Gli alberi erano spogli e il vento che arrivava dal Potomac li scuoteva come ossa cave. Era molto tempo che non mi trovavo in un clima simile: per quanto mi vestissi pesante, mi sembrava di essere in Alaska ogni volta che entravo in un'aula.

Il venerdì prima del «grande evento» Cam era di umore strano, e prendeva addirittura appunti a lezione.

«Ma guardati. Stai ascoltando la lezione», gli mormorai mentre il professor Drage ci mostrava le immagini della Via Lattea sul proiettore.

Mi guardò di sottecchi. « Ascolto sempre, io. »

« Già, già. »

Ruotò la penna tra le dita, tenendo gli occhi incollati su Drage. « Ti boccerebbero se non fosse per me. »

Sorrisi. « Riuscirei a concentrarmi di più, se non fosse per te. »

« Ah, davvero? » Si sporse in avanti e le nostre spalle si toccarono. Per un attimo guardò la cattedra e poi si voltò verso di me. Quando parlò, le sue labbra mi sfiorarono la tempia, dandomi una vampata di calore. « Perché ti distraggo tanto, tesoro? »

« Non nel senso che pensi tu », risposi con una bugia.

« Continua a ripetertelo. »

« Un giorno il tuo ego ti farà implodere la testa. »

« Dubito che quel giorno arriverà mai », rispose. Poi fece scorrere la punta della penna sul dorso della mia mano destra, fino al polsino del maglione. « Questo ti distrae? »

Non sapendo cosa ribattere, strinsi la mia penna.

« Allora? » La penna tornò giù lungo la mia mano, fino alle nocche. « Hai capito da quante stelle è composta la Cintura di Orione? No? » La penna aveva ricominciato a muoversi, e chi avrebbe mai detto che una penna potesse essere così... sensuale. « Sono tre le stelle, tesoro. »

Mi morsi il labbro.

Dal petto gli uscì un ruggito basso. « Cazzo, mi distrai ogni volta che ti mordi il labbro », mormorò.

Sgranai gli occhi.

Lui ridacchiò, e un brivido leggero mi percorse la schiena. « La sai una cosa? »

« Cosa? » sussurrai.

Si avvicinò, fingendo di sgranchirsi. Io m'irrigidii, perché non sapevo che intenzioni avesse. Mi passò un braccio dietro le spalle e poi le sue labbra si posarono calde sulla mia pelle, appena sotto l'orecchio. All'improvviso ero nervosa, ma anche qualcos'altro... Ero eccitata.

Le sue labbra si schiusero in un sorriso senza staccarsi da me, e io rabbrividii. «Non vedo l'ora che sia domani sera.»

Inspirai a fondo e chiusi gli occhi. Cam sghignazzò e tornò a sedersi diritto, rimettendosi a prendere appunti. Non ne potevo più di quella lezione. Ormai nulla poteva penetrare la nebbia nel mio cervello: ero incredibilmente, totalmente pazza di lui.

Brittany e io passammo il sabato pomeriggio dall'estetista. Era tanto tempo che non facevo manicure e pedicure, e avevo dimenticato quanto fosse noioso, e che una volta applicato lo smalto volevo toccare ogni cosa che vedevo.

«Sei nervosa?» mi chiese la mia amica, scuotendo le dita dei piedi laccate di fucsia.

Resistetti alla tentazione di sfilare le mani da sotto la lampada per passarmele tra i capelli e annuii con forza. «Sì, sono nervosa. Questo mi rende stupida? Perché, se è così, al momento sono la regina degli stupidi.»

Ridacchiò. «Non credo. Sei nervosa perché sei impaziente. Accidenti, lo sono anch'io! Sto vivendo attraverso di te. Devi chiamarmi subito, appena finisce la serata.» Mi scoccò un'occhiata carica di significato. «A meno che la serata non finisca domattina...»

Non riuscii a ribattere.

Brittany fu scossa da un'altra crisi d'ilarità e si riappoggiò allo schienale. «Va bene, dubito che succederà, ma devi chiamarmi subito. Devo sapere se bacia bene.»

«Come sai che ci baceremo?»

«Dici sul serio?» E mi fissò a bocca aperta. «È ovvio che ti bacerà.»

Lo stomaco mi si annodò come al solito. «Forse no.»

«Oh, no, ti bacerà. Probabilmente vorrà fare molto, molto altro, ma ti bacerà. Lo so.» Emise uno squittio che mi strappò un sorrisetto nervoso. «Scommetto che bacia benissimo.»

Basandomi su ciò che sapevo di lui, dovevo ipotizzare che baciasse molto bene, visto che riusciva a farmi rabbrividire solo passandomi una penna sulla mano. Erano come i preliminari... ma con una penna.

Risi sommessamente.

Dopo l'estetista, Brittany mi fece promettere di nuovo che l'avrei chiamata appena possibile dopo l'appuntamento, e poi tornai a casa. Facendo attenzione a non rovinarmi le unghie viola, feci la doccia più lunga della mia vita e poi passai in rassegna tutto il contenuto dell'armadio. Ogni volta che controllavo l'ora e vedevo avvicinarsi inesorabili le sette, il cuore mi rimbalzava sulle costole come se volesse uscire dal petto.

Metà dei miei vestiti giaceva sul letto e l'altra metà sul pavimento. Mi sentivo stupida, ma davvero non sapevo cosa mettermi. Alla fine, dopo aver quasi telefonato a Brittany per chiederle consiglio, scelsi un paio di jeans attillati infilati in stivali neri e una camicetta verde scuro con le maniche corte, un po' elegante e molto femminile.

Mi dilungai altrettanto su trucco e capelli, non meno di quella volta in cui Cam era venuto da me a vedere un film. Mentre applicavo il mascara, pensai divertita che era buffo preoccuparmi tanto del mio aspetto, dato che lui mi vedeva struccata e spettinata ogni domenica mattina quando veniva a cuocere le uova.

Santo cielo, il giorno dopo era domenica. Era una grande incognita: quella domenica sarebbe stata diversa dalle altre? Sarebbe stata la prima dopo il nostro appuntamento. Avremmo cucinato le uova come sempre? E se l'appuntamento fosse durato fino al mattino? Non ero così ingenua: era possibile che Cam si aspettasse qualcosa di più.

Guardandomi allo specchio mi sembrò di avere gli occhi innaturalmente grandi e lo scovolino del mascara era pericolosamente vicino alla pupilla.

Di sicuro quell'appuntamento non sarebbe terminato in camera mia, perché c'erano ancora tutti i vestiti sul letto.

Okay, basta con le stupidaggini. Il giorno dopo non sarebbe stato diverso da quello. La serata non si sarebbe trasformata in una notte di sesso, per varie ragioni. E non avevo motivo di comportarmi come se non sapessi che la domenica viene dopo il sabato.

Terminata l'autopredica, mi costrinsi a uscire dal bagno. Il nervosismo che mi scorreva nelle vene non era una sensazione sgradevole. Era... diversa, come una forma piacevole di ansia. Stavo letteralmente per mettermi a fare un balletto, sculettando in mezzo al salotto, quando Cam arrivò.

Entrò nel mio appartamento e mi squadrò dalla cima della testa alla punta degli stivaletti neri. Era incredibile come uno sguardo potesse somigliare a un tocco, e l'agitazione non fece che aumentare.

Cam si schiarì la gola. «Sei... davvero bellissima.»

Arrossii. «Grazie, anche tu.»

Ed era la verità, accidenti. Indossava jeans scuri e un maglione nero a V che si tendeva sulle larghe spalle.

Coi capelli scuri spettinati sulla fronte e con quel mezzo sorriso, era davvero meraviglioso. Così meraviglioso che mi domandai come fosse possibile che stessi per uscire con lui.

«Sei pronta? Hai una giacca?»

Mi riscossi, annuii e corsi in camera, rischiando di cadere quando mi s'impuntò il tacco in un maglione. Presi il cappotto e lo infilai mentre tornavo di là. Sembrava divertito mentre raccoglieva la mia borsetta dal divano. In forte imbarazzo, lo ringraziai.

«Pronta», dissi, senza fiato.

«Non ancora.» E iniziò ad allacciarmi i bottoni del cappotto. «Fa freddissimo fuori.»

Restai lì immobile, come ipnotizzata da quel semplice gesto. Aveva iniziato dal fondo, e un bottone dopo l'altro mi venne il batticuore. Le sue mani sfioravano il cappotto, ma io m'irrigidii come se quegli strati di stoffa fossero svaniti: un calore inatteso mi s'irradiò nei capezzoli.

«Perfetto», mormorò lui. Sotto le ciglia i suoi occhi erano di un incredibile color cobalto. «Ora sì che siamo pronti.»

Potei solo fissarlo per un istante, poi dovetti costringere le gambe a muoversi, anche se mi tremavano. Appena uscimmo sul pianerottolo, la porta dell'appartamento di Cam si aprì di scatto.

Apparve Ollie, con un cellulare in una mano e Raffaello che si agitava nell'altra. «Sorridete!» gridò, e ci scattò una foto. «È come se i miei due figli andassero al ballo della scuola.»

Io e Cam restammo inebetiti.

Ollie sorrise. «La metterò nel mio quaderno dei ricordi. Divertitevi!» Rientrò nell'appartamento e chiuse la porta.

« Ehm... »

Cam rise di cuore. « Oddio, mi ha colto alla sprovvista. »

« Di solito non lo fa? »

« No. » Rise ancora e mi posò una mano sulla parte bassa della schiena. « Andiamocene, prima che provi ad autoinvitarsi. »

Sorrisi. « Con Raffaello? »

« Raffaello sarebbe il benvenuto, Ollie no. » Ci avviammo per le scale. « Non vorrei mai che tu ti distraessi durante questo appuntamento. »

Distratta? Lo ero già.

16

Quando il pane e le bevande vennero posati sul lucido tavolo quadrato tra di noi, avevo riacquistato in parte il controllo dei polmoni. Il nervosismo era tornato durante il tragitto in pick-up verso il ristorante, anche se Cam non aveva dato segno di notarlo ed era completamente a suo agio.

Passai troppo tempo a esaminare il menu, resistendo alla tentazione di mangiucchiarmi le unghie laccate.

Cam mi diede un colpetto col piede sotto il tavolo e io alzai lo sguardo. «Che c'è?»

Accennò col capo alla mia sinistra: il cameriere mi stava sorridendo. «Oh, ehm, prendo...» Scelsi la prima cosa su cui mi caddero gli occhi. «Il pollo al marsala?»

Il cameriere prese l'ordinazione, poi Cam ordinò una bistecca, cottura media, con contorno d'insalata e una patata al forno. Dopo che il cameriere si fu allontanato, Cam agguantò un panino. «Ne vuoi un pezzo?»

«Certo.» Sperai di non strozzarmi. Lo osservai tagliare il panino a metà e spalmarlo di burro. «Grazie.»

Inarcò un sopracciglio, ma rimase in silenzio mentre io sbocconcellavo. Cercai qualcosa da dire. Non doveva neppure essere qualcosa d'interessante: dovevo solo parlare. Mi tornò in mente, non so perché, la sua conversazione con Ollie: e mi ci aggrappai. «Pratichi qualche sport?»

Cam batté le palpebre come se lo avessi colto alla sprovvista.

Arrossii. «Scusa. È una domanda a caso.»

«Non fa niente.» Masticò lentamente il pane. «In passato sì.»

Grata che stesse al gioco, mi rilassai un po'.

«Quale sport?»

Tagliò un'altra fetta di pane. «Giocavo a calcio.»

«Davvero?» Perché i calciatori erano tutti belli? Era una legge universale del calcio? «In che posizione?»

Probabilmente sospettava che non sapevo niente di calcio, tuttavia non lo diede a vedere. «Ero un trequartista, cioè un attaccante che gioca da centrocampo.»

«Oh!» Annuii come se capissi.

Gli spuntò la fossetta. «Vuol dire che facevo un sacco di gol.»

«Insomma, eri bravo?»

«Ero accettabile. Si correva molto, quindi dovevo tenermi allenato.»

Era più o meno tutto ciò che sapevo sul calcio: che si correva molto. «Giocavi al liceo?»

«Liceo, campionato dilettanti e il primo anno di college.»

Azzardai un altro morso di pane. Fin lì tutto bene. «Perché hai smesso?»

Cam aprì la bocca e la richiuse. Fissò un punto dietro la mia spalla per vari istanti e poi fece spallucce. «Non mi andava più.»

Ero la regina delle risposte evasive, quindi le riconoscevo al volo. E perciò volevo scavare più a fondo, ma avevo dato la stessa risposta vaga quando lui mi aveva chiesto della danza. Quindi non ero esattamente nella posizione d'insistere.

I suoi occhi chiari si posarono su di me e nella penombra mi sentii arrossire. Santo cielo, dovevo smetterla di arrossire ogni cinque minuti.

Lui sghignazzò e mi venne voglia di lanciargli il pane in faccia. « Avery... »

« Cam? »

Si sporse sul tavolo e la piccola candela al centro gli gettò ombre danzanti sul viso. « Non devi essere così nervosa. »

« Non lo sono. »

Mi guardò con sufficienza.

Sospirai. « Va bene, lo sono. Scusa. »

« Perché domandi scusa? Non devi. Questo è il tuo primo appuntamento. »

« Grazie di avermelo ricordato », borbottai.

Le sue labbra vibrarono come se si sforzasse di non sorridere. « Non è una brutta cosa. È normale che tu sia nervosa. »

« Tu non lo sei. »

« Perché io sono fantastico. »

Alzai gli occhi al cielo.

Rise, di una risata piena e profonda. « Non devi essere nervosa. Sono felice di essere qui con te, Avery. Non devi preoccuparti di fare buona impressione o di piacermi. Lo hai già fatto. »

« È che... » Scossi la testa ignorando il nodo in gola. Lo fissai. « Sei così... Non lo so. Sai sempre cosa dire a... »

« A...? »

Mi ravviai i capelli e lasciai ricadere la mano in grembo. Mi tremava. « Dici sempre la cosa giusta. »

« È perché sono... »

« Fantastico. Questo lo so. »

Si appoggiò allo schienale. « Non intendevo questo,

ma sono contento che tu ti sia accorta di quanto sia meraviglioso.»

«Allora cosa stavi per dire?»

«Che l'ho detto perché è vero e perché lo voglio.»

Sbottai: «Perché io?» Poi chiusi gli occhi per un istante. «Okay, non rispondere.»

I nostri piatti arrivarono proprio in quel momento, e grazie al cielo la conversazione s'interruppe... per circa due minuti. «Risponderò a quella domanda», disse Cam scrutandomi da sotto le ciglia.

Avrei voluto tuffare la faccia nel pollo ripieno. «Non sei tenuto.»

«Invece sì.»

Strinsi forte le posate e feci un lungo respiro. «So che è una domanda stupida, ma tu sei bellissimo, Cam. Sei simpatico e gentile. Sei intelligente. Ti ho detto di no per due mesi. Potevi uscire con chiunque, invece sei qui con me.»

«Sì, sono qui.»

«Con la ragazza che non è mai uscita con nessuno.» Lo guardai dritto negli occhi. «Non mi sembra vero.»

«Okay.» Tagliò un pezzo di bistecca. «Sono qui con te perché voglio esserci. Perché mi piaci. Ehi, lasciami finire! Te l'ho già detto, tu sei diversa... In senso buono, quindi togliti quell'espressione dalla faccia.»

Ridussi gli occhi a due fessure.

Lui sorrise. «E ammetto che alcune delle volte che ti ho chiesto di uscire sapevo che non avresti accettato. E forse, anche se non sempre te lo chiedevo sul serio, ho sempre voluto uscire con te. Questo lo hai capito?»

Ehm, non proprio, ma annuii.

«E mi piace passare il tempo con te.» S'infilò in bocca

un pezzo di bistecca. « E poi, ehi, penso di essere un buon partito per il tuo primo appuntamento. »

« Oh, mio Dio. » Risi. « Non riesco a credere che tu ti sia appena definito 'un buon partito'. »

Scrollò le spalle. « Lo sono. Ora mangia il tuo pollo, se no lo faccio io. »

Sorrisi e iniziai a tagliare il pollo, partendo dal ripieno. A parte la mia domanda stupida, il primo appuntamento stava andando bene. Cam iniziò a farmi domande e io non mi chiusi a riccio. Ma ogni tanto i nostri sguardi s'incrociavano e io dimenticavo cosa stavo facendo e smettevo di ascoltarlo. Però mi stavo divertendo, mi piaceva stare lì. E la cosa più bella era che non pensavo al domani. Ero concentrata sul momento presente, ed era un bel momento.

Verso la fine della cena Cam mi chiese: « Allora, cosa fai per il Ringraziamento? Torni in Texas? »

Sbuffai. « No. »

Lui aggrottò la fronte. « Non torni a casa? »

Finii il pollo e scossi la testa. « Resto qui. Tu vai a casa? »

« Sì, ma non so bene quando. » Prese il bicchiere. « Seriamente non torni a casa? È quasi una settimana... cinque giorni. Avresti tutto il tempo. »

« I miei genitori... sono in viaggio. » Non era una gran bugia: in quel periodo dell'anno, tra il Ringraziamento e Natale, i miei facevano crociere o settimane bianche. « I tuoi genitori organizzano una cena in grande stile per il Ringraziamento? »

« Sì », mormorò, fissando il piatto vuoto.

La conversazione languì un po' da lì in poi, e quando arrivò il conto Cam non sembrò volersi attardare.

L'aria della sera era molto fredda e i nostri respiri formavano nuvolette bianche. Si alzò un vento fortissimo che mi scompigliò i capelli. Rabbrividii e mi strinsi nel cappotto.

«Freddo?»

«Non è il Texas», ammisi.

Cam ridacchiò e mi posò un braccio sulle spalle. Il calore del suo corpo si trasmise immediatamente al mio e dovetti concentrarmi per non inciampare. «Va meglio?» chiese.

Riuscii solo ad annuire.

Quando fummo al riparo dal vento sul pick-up mi allacciai la cintura di sicurezza. Cam salì a bordo, avviò il motore e poi batté le mani e le sfregò. Mi guardò. «Ti è piaciuta la cena?»

«Sì. E grazie per il cibo. Voglio dire, per la cena. Grazie.» Balbettavo. Chiusi gli occhi. «Grazie.»

«Prego. E grazie di avermi finalmente permesso di portarti fuori», rispose, divertito.

Accese la radio, non così forte da non poter parlare, ma ero troppo concentrata sulle cose importanti. Da qualche parte tra Hagerstown e University Heights avevo preso una decisione cruciale.

Se Cam mi avesse baciata, non avrei dato di matto.

No. No. No.

Mi sarei comportata come una normale diciannovenne con un minimo di esperienza. D'altronde, non era detto che lui mi baciasse. A un certo punto della serata avrebbe potuto anche preferire tornare nel suo appartamento con Ollie e Raffaello. E, in tal caso, me ne sarei fatta una ragione. Non mi sarei lamentata.

Ma, quando arrivammo al quinto piano del nostro palazzo, mi accorsi che non volevo terminare così la serata.

Ci fermammo davanti alla mia porta e mi voltai a guardarlo, stringendo la tracolla della borsa.

Lui piegò le labbra di lato. «Quindi...»

«Vuoi entrare? Bere qualcosa? Ho caffè e cioccolata calda.» Cioccolata calda? Ma sul serio? Avevo dodici anni, per caso? Razza d'idiota. «Non ho birra, né niente di più forte...»

«Una cioccolata calda andrebbe benissimo. Solo se hai quella coi marshmallow.»

Le mie labbra si schiusero in un sorriso, e non m'importava quanto fosse sguaiato o goffo. «Ce l'ho.»

«Allora fa' strada, tesoro.»

Col cuore a mille lo feci entrare nell'appartamento e accesi la lampada vicino al divano. Mi tolsi il cappotto e andai in cucina. Cam si sedette sul divano mentre io preparavo la cioccolata calda. Nel frattempo mi tolsi le scarpe, poi portai in salotto due tazze fumanti.

«Grazie.» Ne prese una. «Ho una domanda per te.»

«Okay.» Mi sedetti di fronte a lui ripiegando le gambe sotto il corpo.

Bevve un sorso. «Allora, sulla base della tua prima esperienza di appuntamento, ne accetteresti un secondo?»

Una sensazione piacevole mi scaldò il petto. «Un secondo, così, in generale?»

«In generale.»

Feci un'alzata di spalle e sorseggiai la cioccolata. «Be', è stato un bel primo appuntamento. Se il secondo appuntamento fosse così, allora probabilmente accetterei.»

«Mmm. Con una persona a caso o...?»

Abbassai gli occhi. «Non con chiunque.»

«Quindi dovrebbe essere una persona in particolare?»

La sensazione piacevole si propagò alle braccia e alle gambe. «Credo di sì.»

« Interessante », mormorò lui, bevendo un altro sorso. Quando mi guardò gli brillavano gli occhi: ero ufficialmente nei guai. « Questo qualcuno in particolare dovrà aspettare altri due mesi, se ti chiede di uscire? »

Non seppi trattenere il sorriso, quindi bevvi un altro sorso. « Dipende. »

« Da? »

« Dal mio umore. »

Ridacchiò. « Preparati. »

« Okay. »

« Ti chiederò ancora di uscire: ma non a cena, perché mi piace variare un po'. La prossima volta andremo al cinema. »

Finsi di pensarci su, ma conoscevo già la risposta. Volevo uscire di nuovo con lui, anche per vedere un film stupido o noioso. « Al cinema? »

Annuì. « Ma un drive in, uno degli ultimi rimasti. »

« All'aperto? »

« Sì. » Il sorriso gli si accentuò. « Non preoccuparti, ti terrei al caldo. »

Non sapevo se ridere o dirgli che quell'ultima frase era decisamente sdolcinata. « Okay. »

Inarcò le sopracciglia. « Okay per il cinema? »

Mi morsi il labbro e annuii.

« Sul serio non mi ci vorranno altri due mesi? »

Scossi la testa.

Cam rise. « Va bene, che ne dici di mercoledì? »

« Mercoledì questo? »

« No. »

Posai la cioccolata sul tavolino. « Il prossimo? »

« Sì. »

Contai i giorni e restai perplessa. « Aspetta, è la vigilia del Ringraziamento. »

«Sì.»

Lo fissai. «Cam, non torni a casa?»

«Sì.»

«Quando? Dopo il cinema, in piena notte, o la mattina del Ringraziamento?»

Scosse la testa. «Vedi, il drive in è appena fuori dalla mia città. Una quindicina di chilometri.»

Mi appoggiai allo schienale del divano, confusa. «Non capisco.»

Cam finì la cioccolata calda e si girò verso di me. Scivolò sul divano finché tra noi non restarono che pochi centimetri. «Se esci con me anche stavolta, dovrai venire a casa mia.»

«Cosa?! Andare a casa tua?» strillai, tirandomi su a sedere.

Serrò le labbra e annuì.

«Dici sul serio?»

«Serio come il timpano che mi hai appena rotto. Vieni a casa con me, ci divertiremo.»

«A casa tua... cioè a casa dei tuoi genitori? In pratica per il Ringraziamento?» Quando lui annuì ancora, lo schiaffeggiai su un braccio. «Non fare lo stupido, Cam.»

«Non faccio lo stupido. Dico sul serio. Ai miei genitori non dispiacerà.» S'interruppe e arricciò il naso. «Anzi probabilmente saranno contenti di vedere qualcuno che non sia io. E mia madre ha il vizio di cucinare troppa roba. Più bocche da sfamare ci sono, meglio è.»

Non avevo parole.

«Possiamo partire quando vuoi, ma ovviamente entro mercoledì pomeriggio. Finisci quella cioccolata?» Scossi la testa e lui prese la mia tazza. «E possiamo tornare qui quando vuoi.»

«Non posso partire con te.»

Mi guardò perplesso. « Perché no? »

« Per un centinaio di buoni motivi, Cam. I tuoi genitori penseranno... »

« Non penseranno niente. »

Gli scoccai un'occhiataccia.

Sospirò. « Va bene. Vedila così: è meglio che startene cinque giorni a casa da sola. Cosa pensavi di fare? Leggere? E sentire la mia mancanza, perché, lo sai, la sentiresti. E io dovrei passare tutto il tempo a scriverti SMS e a dispiacermi sapendoti tutta sola, e che non puoi neanche andare a mangiare da McDonald's perché il giorno del Ringraziamento è chiuso. »

« Non voglio che tu ti dispiaccia per me. Non è un problema per me restare qui. »

« Non voglio che tu resti qui sola soletta, e sei tu a farne un problema. Sono un *amico* che chiede a un'*amica* di passare insieme le vacanze del Ringraziamento. »

« Sei un *amico* che è appena uscito con un'*amica* per un appuntamento! »

« Ah, questo è vero », fece lui, posando la mia tazza.

Scossi la testa e mi strinsi un cuscino al petto. « Non posso. È davvero troppo... »

« ... prematuro? »

« Sì. Prematuro. »

« Be', allora meno male che non ci frequentiamo, perché, sì, in quel caso sarebbe prematuro. »

« Ma cosa... Eh? »

Mi strappò il cuscino dalle mani e lo gettò dietro di sé. « Io e te siamo due amici che sono usciti insieme una volta sola. Forse due, se vieni con me. Non ci frequentiamo. Siamo solo amici che si sono dati un appuntamento. Quindi andremo a casa mia come amici. »

Mi girava la testa. « Non ha nessun senso. »

«Ha perfettamente senso. Non ci siamo neppure baciati, Avery. Siamo solo amici.»

Lo guardai a bocca aperta.

Scrollò una spalla. «Vieni a casa con me, Avery. Ti prometto che non ti sentirai a disagio. I miei genitori saranno felici. Ti divertirai e sarà meglio di quello che faresti qui. E nessuno si aspetterà niente, assolutamente niente da te. Okay?»

La parola «no» mi si formò sulla lingua, ma per qualche motivo non mi uscì. I pensieri mi si affastellavano in testa, dalla vaga idea di accettare all'intenzione di dirgli chiaro e tondo che era completamente fuori di testa. Andare a casa dei suoi? Sempre meglio che passare il Ringraziamento da sola. Era già brutto quando abitavo coi miei e loro partivano senza di me, ma almeno la cameriera mi preparava il tacchino arrosto. Mrs Gibson... Erano tre anni che mi preparava lei il tacchino. E davvero McDonald's era chiuso? Accidenti, che tristezza. Ma andare a casa di Cam era una pazzia. Il suo ragionamento non aveva nessuna logica. Era un nonsense, o qualcosa del genere. Era una follia come non ne avrei mai fatte.

Come non ne avrei mai fatte.

Incrociai i suoi occhi di un blu irreale. Davvero ci stavo pensando su? Ebbi un tuffo al cuore. Deglutii. «Davvero ai tuoi genitori non dispiacerebbe?»

Una scintilla gli balenò negli occhi. «Non sei la prima persona che porto a casa.»

«Ragazze?»

Scosse la testa.

Be', quello era... interessante. «E i tuoi penseranno davvero che siamo solo amici?»

«Perché dovrei dire loro che stiamo insieme se non è

vero? Se dico che siamo amici, penseranno che siamo amici.»

La parte razionale di me mi scongiurava di non farlo. «Okay. Verrò a casa tua.» Ormai lo avevo detto e non potevo più rimangiarmelo. «È un'idea folle.»

«È un'idea perfetta.» Un lento sorriso gli si disegnò sulle labbra. «Suggelliamo l'accordo con un abbraccio.»

«Cosa?»

«Un abbraccio.» La scintilla nei suoi occhi si fece ancor più luminosa. «Dopo l'abbraccio non puoi più tirarti indietro.»

«Oddio, dici sul serio?»

«Sono serissimo.»

Alzai gli occhi al cielo, borbottai, mi misi in ginocchio e allargai le braccia. «E va bene, abbracciamoci per suggellare l'accordo prima che io cambi...» La frase finì in uno squittio perché Cam mi prese per la vita e mi tirò a sé. Mi ritrovai seduta accanto a lui, praticamente sopra di lui, con la gamba sinistra incastrata fra le sue ginocchia.

Mi abbracciò. Non era un abbraccio stretto, non come se fossimo stati in piedi, ma stare così vicini mi fece un effetto molto forte. «L'accordo è siglato, tesoro. Ringraziamento dagli Hamilton.»

Balbettai qualcosa e, mentre mi tiravo un po' indietro, i nostri visi si ritrovarono perfettamente allineati. E all'improvviso capii la scintilla nei suoi occhi. «Tu...»

Ridacchiò, e mi si strinse lo stomaco. «Bella mossa, eh? Sono riuscito a farmi abbracciare. Mi sarebbe bastata la tua parola.»

Faticai a trattenere un sorriso. «Non sai quanto ti sbagli.»

«Io non sbaglio mai, ma devo ammettere una cosa.» Riguadagnò la breve distanza che avevo interposto tra noi. Mi sfiorò la guancia con le labbra. «Prima ti ho mentito.»

«Su cosa?»

Le sue mani scesero lungo la mia schiena. «Quando ti ho detto che stavi bene vestita così. Non ero del tutto sincero.»

Non era quel che mi aspettavo. Voltai leggermente la testa e restai di stucco. Le nostre bocche erano separate da pochissimi centimetri e ripensai a Brittany, che era certa che lui mi avrebbe baciata. Mi costrinsi a parlare: «Non pensi che io stia bene?»

«No», disse lui, serissimo, seguendo con una mano il contorno della mia spina dorsale e fermandosi appena sotto l'attaccatura dei capelli. Chinò il capo premendo la tempia sulla mia. «Non stai bene: stai benissimo.»

Mi si mozzò il respiro. «Grazie.»

Non aggiunse altro, ma le sue labbra seguirono il contorno della mia guancia e io m'irrigidii tra le sue braccia. Il cuore mi martellava in petto per l'eccitazione, ma anche per un'emozione diversa. Era paura quella che sentivo in fondo alla gola? Era uscita dal nulla, selvaggia e violenta. L'insieme di quei due impulsi, il bisogno di restare dov'ero e quello di tirarmi indietro, era divorante.

Le labbra di Cam si spostarono sulla guancia e poi il suo naso sfiorò il mio. Il suo respiro era caldo e profumava di cioccolata. Avrebbe avuto lo stesso sapore? Sempre più curiosa, gli posai le mani sui bicipiti.

«Avery?»

Chiusi gli occhi. «Che c'è?»

«Non sei mai stata baciata, vero?»

Il cuore mi martellò nelle orecchie. «No.»

«Per la cronaca, questo non è un bacio.»

Aprii la bocca e un istante dopo le sue labbra furono

sulle mie. Le sfiorarono soltanto, con delicatezza e per un secondo appena, ma riuscirono lo stesso a lasciarmi senza fiato.

«Mi hai baciata», ansimai, affondandogli le dita nel maglione.

«Non era un bacio», ripeté sfiorandomi le labbra con le sue. Una serie di brividi mi corse giù per la schiena. «Ricordi? Se ci fossimo baciati, allora venire a casa mia potrebbe significare qualcosa di più serio.»

«Oh. Okay.»

«Neanche questo è un bacio.»

La seconda volta, la pressione delle sue labbra mi consumò, mi risvegliò. Non riuscivo a pensare ad altro che alla sua bocca, non volevo pensare ad altro. Un meraviglioso tepore mi s'irradiò giù per il collo, nel petto, e poi più in basso, tra le cosce. Mi baciò delicatamente, tracciando il contorno delle mie labbra con le sue. Qualcosa dentro di me si stava destando, si apriva, e doleva. Mi aggrappai a lui mentre si muoveva e mi ritrovai sdraiata sulla schiena.

Cam indugiava sopra di me, i muscoli delle sue braccia si flettevano sotto le mie dita. La sua bocca era ancora sulla mia. Nessun'altra parte dei nostri corpi si toccava, e non ero sicura se sentirmi sollevata o delusa. Ma le sue labbra... Oddio, le sue labbra si strofinavano sulle mie. Iniziai a baciarlo anch'io, più lenta e goffa mentre lui era sicuro, esperto. Temevo di sbagliare, ma poi lui emise un verso gutturale, quasi un ringhio, e istintivamente capii che esprimeva piacere. Un brivido mi attraversò il corpo. Il fremito si stava diffondendo, intensificando, ed era paralizzante.

Mi baciò con più passione, spronando le mie labbra a schiudersi alle sue. I sensi mi travolsero quando la sua lingua incontrò la mia. Ansimai, e la sua lingua andò più a fondo. Mi abbandonai al bacio, stringendo le dita e arcuando il collo. Sapeva di cioccolata e di uomo. Il desiderio si faceva strada nel mio profondo, seguito da un'ondata montante di panico. Ma il panico fu spazzato via quando la sua lingua passò lungo il palato. Cam rialzò la testa e mi mordicchiò il labbro inferiore, e mi sfuggì un gemito di piacere. Adesso ansimavamo entrambi.

« Non è ancora un bacio? » chiesi.

Cam si tirò indietro a sedere, trascinandomi con sé. I suoi occhi erano di quel blu intenso, cocente. Avevo caldo. Boccheggiavo. Le mie mani erano ancora sulle sue braccia. Lui mi passò un dito sul contorno del labbro e poi si chinò di nuovo su di me.

« No, non era un bacio. » Le sue labbra mi sfiorarono allettanti, piene di promesse. « Era la buonanotte. »

17

Rimasi sveglia a lungo dopo che Cam se ne fu andato. Quella notte in bianco, però, era diversa da tutte le altre. Non c'era paragone. Il mio corpo mi sembrava estraneo, dolorante e accaldato. Mi strappai di dosso la trapunta, ma il lenzuolo leggero mi graffiava ancora la pelle. Mi girai su un fianco, mordendomi le labbra e contraendo i muscoli delle cosce.

Odiavo Cam.

No, non davvero.

Ma lo odiavo per la sua « buonanotte », e perché se n'era andato, e perché ero diventata così sensibile che a ogni movimento la mia pelle chiedeva di più.

Di più.

Non odiavo Cam.

Mi girai sulla schiena e spinsi via il lenzuolo. L'aria fresca mi accarezzò le braccia nude e il petto. Sotto la canottiera di cotone, i capezzoli si erano induriti e fremevano così forte da farmi quasi male.

Tirai su le ginocchia e mi sfuggì un gemito dalle labbra socchiuse, mentre la pressione si spostava dal pube verso il seno. Allungai le gambe, afferrai il lenzuolo di sotto e cercai di non pensare a niente, ma mi tornava in mente solo il bacio di Cam, la sensazione delle sue labbra sulle mie, la sua lingua calda e umida nella mia bocca. Sentivo ancora il sapore della cioccolata e i suoi muscoli flettersi sotto le mie mani. Trattenni il respiro nel ricordare quando col dorso delle mani mi aveva sfiorato il seno.

Quelle sensazioni erano completamente nuove, come se il bacio avesse acceso in me un interruttore. Ma non ero stupida: non ero così ingenua o inesperta da non capire che ero eccitata. Che il mio corpo era stato risvegliato, come la Bella Addormentata riscossa dal suo torpore, e ora chiedeva di più.

Mi posai una mano sul ventre e trasalii. Le pulsazioni nelle vene del collo accelerarono, mi venne il batticuore. Lo spasmo tra le cosce s'intensificò. Aprii gli occhi di scatto e fissai il soffitto nel buio. La mia mano scivolò verso il basso. Era come un'esperienza extracorporea, come se le mie dita si muovessero da sole.

Chiusi gli occhi e infilai la mano sotto l'elastico dei pantaloncini del pigiama. I muscoli dello stomaco si contrassero, il respiro accelerò. La punta delle dita raggiunse la sommità tra le cosce e una scarica di elettricità pura mi percorse le vene. Mi morsi il labbro per fermare il grido che minacciava di prorompermi dalla gola. Il cuore mi batteva sempre più forte. Le mie dita toccarono qualcosa di bagnato.

Una parte di me non riusciva a credere che lo stessi facendo.

E che ci fosse voluto così tanto tempo per farlo.

Ormai non potevo più fermarmi. Con gli occhi della mente rividi Cam. I suoi occhi azzurri infuocati e la sua bocca sulla mia, che la spronava ad aprirsi, paziente come un angelo eppure determinato. Le mie dita si muovevano goffe, perché a dire il vero non avevo idea di cosa stessi facendo, ma sembrava funzionare. Mi accarezzai e fu piacevole, anche se mi sembrava di non far altro che alimentare il fuoco, farlo ardere di più. Una sorta di pressione era pronta a esplodere, ed ero sicura che avrei gridato a pieni polmoni se quel dolore fosse aumentato.

Mi morsi il labbro. Le mie dita si mossero avanti e indietro, e poi tirai un lungo respiro e mi spinsi dentro. Boccheggiai per la tensione. Sì. Così andava bene. Entrai un po' di più e la pressione del palmo sprigionò un'altra scarica elettrica. Ruotai i fianchi, e il bruciore che covava al centro di me s'irradiò. L'istinto sembrava aver preso il sopravvento. I miei fianchi continuavano a muoversi in circolo e la tensione non faceva che aumentare. Il suono che mi uscì di gola mi avrebbe messa in imbarazzo se qualcuno mi avesse sentito, ma in quel momento, nel buio della mia stanza, mi eccitò ancor di più.

I fianchi si spinsero contro la mano e mi sembrò che dentro di me uno spago venisse teso fino allo spasimo. Sentivo che mancavano pochi secondi. In un istante immaginai Cam, la sua mano al posto della mia, le sue dita, e tanto bastò. Un gemito proruppe dalle profondità del mio corpo e lo spago si allentò di colpo, sferzandomi da capo a piedi e disperdendo tutti i pensieri.

Mentre il battito del cuore tornava alla normalità e i sussulti si placavano, mi lasciai ricadere tremante sui cuscini. Dio, era così che ci si sentiva? Mi rotolai su un fianco e accennai un sorriso. Il cuscino smorzò la mia risata roca.

In qualche modo, però, anche mentre quella pace languida m'invadeva il corpo accompagnandomi al sonno, sapevo che mancava qualcosa. Che col ragazzo giusto – *con Cam* – tutte quelle sensazioni sarebbero state amplificate, e lo volevo.

Volevo provare quelle sensazioni con Cam.

Brittany e Jacob erano sorpresi quanto me che avessi accettato di passare il Ringraziamento con la famiglia di Cam. Temevo mi dicessero che era una follia, ma non lo fecero. Non sembravano ritenerlo un evento eccezionale. Forse la pazzia era contagiosa? E poi erano più interessati ad altri dettagli della nostra serata insieme.

«Allora, bacia bene?» chiese Jacob.

Mi guardai intorno nell'aula, sperando che nessuno ci ascoltasse. Il professore non era ancora arrivato e quasi tutti avevano l'aria addormentata.

La mia amica ridacchiò. «Digli quello che mi hai detto ieri.»

Arrossii e pensai a quello che le avevo raccontato al telefono quando mi aveva fatto la stessa domanda.

«Quindi ti ha baciata?» Jacob sgranò gli occhi scuri, ma per fortuna tenne la voce bassa.

Strinsi il quaderno al petto e ignorai Brittany che saltellava sulla sedia. «Sì.»

«Diglielo», sussurrò lei.

Jacob annuì. «Dimmelo.»

Chiusi gli occhi. «Bacia bene... molto bene.»

«Non è quello che hai detto.»

Jacob si rabbuiò. «Dimmelo, o inizierò a gridare che hai baciato...»

«Va bene», sibilai, sentendo un improvviso calore in tutto il corpo. Il primo bacio era stato dolce e delicato. Anche il secondo era stato un sondare le acque, all'insegna dell'autocontrollo; ma quando mi ero sdraiata e lui si era messo sopra di me... Solo a pensarci mi tornava quello spasmo nei muscoli, e non era il caso, dal momento che mi trovavo nell'aula di storia. «Mi ha baciata come se volesse... mangiarmi.»

Brittany sghignazzò, mordicchiando il suo bastoncino di liquirizia.

Jacob aprì e richiuse la bocca varie volte, poi disse: « Ci credo, io! Come se in realtà volesse mangiare... »

« Ho capito cosa intendi. Grazie. Torniamo alle cose importanti », svicolai, posando il quaderno sul banco, poi aggiunsi: « Non vi sembra una pazzia andare a casa dei suoi? »

Brittany scosse la testa. « La gente va a casa di altra gente in continuazione. Conosci Rachel Adkins, vero? È nel tuo corso di arte. Va a casa di Jared invece di tornare in California. »

« Ma loro due non stanno insieme? » chiese Jacob.

Mi afflosciai sul sedile.

« Non più », disse la mia amica, tirando fuori un altro bastoncino di liquirizia dal pacchetto e puntandomelo addosso. « Si sono lasciati, eppure lei va a casa sua. »

Quella notizia non mi faceva sentire meglio. Per tutta la lezione sul Medioevo, continuai a chiedermi se davvero sarei sopravvissuta a quella settimana, e intanto mangiucchiavo una liquirizia di Brittany.

Il vero problema non era andare a casa di Cam. Sì, era un'assurdità da qualunque lato lo si guardasse, ma sotto sotto non vedevo l'ora. Volevo scoprire di più su Cam, conoscere la sua famiglia. Volevo scoprire perché aveva smesso di giocare a calcio e come passava i venerdì sera.

E volevo... volevo Cam.

Lo volevo come non avevo mai voluto un ragazzo, come non avevo mai pensato di riuscire a volerne uno. Le sensazioni che avevo provato quando mi aveva baciata erano giuste, naturali. C'era stato un po' di panico, e c'era ancora, ma la curiosità aveva la meglio sulla paura. Insieme con l'inspiegabile calore che sentivo ogni volta che Cam era vicino.

Non avevo dubbi di volerlo baciare di nuovo. Volevo sentirmi come mi ero sentita dopo che lui se n'era andato, ma stavolta insieme con lui. Baciarlo non era il problema. Andare a casa sua non era il problema.

Il problema era che non sapevo di cosa sarei stata capace, fino a che punto mi sarei spinta, prima che le vecchie paure avessero la meglio sul desiderio.

Nella settimana successiva cambiai idea un milione di volte. Fino al momento di fare i bagagli, restai nel dubbio. Solo quando fui seduta accanto a lui sul pick-up, mercoledì mattina, mi resi conto che lo stavo facendo davvero.

«Sei sicuro che i tuoi genitori siano d'accordo?»

Cam annuì. Gli avevo fatto quella domanda almeno un centinaio di volte.

Iniziai a mordicchiarmi il pollice. «E li hai davvero chiamati per chiederglielo, giusto?»

Mi scrutò di sottecchi. «No.»

«Cam!»

Scoppiò a ridere. «Scherzavo. Rilassati, Avery. Li ho avvertiti il giorno dopo che mi hai detto di sì, sanno che vieni e non vedono l'ora di conoscerti.»

Lo guardai storto e tornai a mangiarmi l'unghia. «Non è divertente.»

«Sì, invece.» E rise ancora.

«Idiota.»

«Secchiona.»

Guardai dal finestrino. «Stronzo.»

«Oooh!» Fece un fischio. «Queste sono dichiarazioni

di guerra. Se continui così faccio inversione e torniamo indietro.»

Sorrisi mentre imboccavamo l'Interstate 70. «Buona idea.»

«Scoppieresti a piangere.» Fece una pausa. Poi allungò un braccio e mi tolse la mano dalla bocca. «Smettila.»

«Scusa. È una brutta abitudine.»

«Sì, lo è.» Intrecciò le dita alle mie e il mio cuore mancò un battito. Le nostre mani si posarono sulla mia coscia, e non sapevo bene cosa pensare. «Mia sorella arriverà domattina. Stasera ha uno spettacolo a Pittsburgh.»

«Che genere di spettacolo?» Il mio sguardo saettava dalle nostre mani al finestrino e viceversa.

«Un balletto, credo.»

Ero concentrata sul peso della sua mano nella mia. «È il tipo di danza che preferisce?»

«Insieme con quella contemporanea.»

La danza contemporanea usava molti movimenti del balletto classico, ed era logico che le piacesse una miscela delle due. Alla fine Cam mi lasciò la mano, e fu un bene perché ero certa di avere il palmo sudaticcio. Le due ore di viaggio passarono troppo in fretta: sembravano trascorsi pochi minuti quando uscimmo dall'Interstate e ci ritrovammo in una cittadina che sembrava costruita sul fianco di una montagna.

Lo sport sembrava andare per la maggiore, da quelle parti: tutti i negozi e anche le verande di molte case esponevano la bandiera dei West Virginia Mountaineers, l'associazione atletica universitaria. Attraversammo la cittadina e percorremmo strade di campagna che sembravano asfaltate solo di recente.

Non ricordavo l'ultima volta che mi ero sentita così nervosa. Mi si attorcigliò lo stomaco quando Cam rallentò e svoltò a destra su quella che sembrava una strada privata, costeggiata da alte querce. Avevo la bocca completamente asciutta nel momento in cui, oltre una curva, apparve una grande villa.

Non era soltanto grande, ma maestosa: in stile coloniale, colonne bianche sulla facciata, tre piani. E il problema era che mi ricordava moltissimo la casa dei miei genitori. Fredda e perfetta all'esterno e probabilmente uguale all'interno.

Cam percorse il vialetto girando intorno alla casa, dove il prato era perfettamente rasato con bellissime aiuole qua e là. Deglutii. Lui accostò accanto a un box delle dimensioni di un piccolo ranch, dietro il quale scorsi una piscina incassata e coperta.

Spense il motore e si voltò verso di me, con un accenno di sorriso. «Sei pronta?»

Avrei voluto gridare di no e fuggire dritta nel bosco, invece mi limitai ad annuire e ad aprire la portiera. Fuori c'erano diversi gradi in meno. Feci per prendere la borsa, ma Cam se la caricò in spalla insieme con la sua, molto più piccola.

«Posso portarla io», dissi.

Sorrise e guardò meglio la mia borsa. «La porto io. E poi credo che questa stampa a fiori rosa e azzurra mi doni molto.»

Nonostante il nervosismo, risi. «In effetti ti sta molto bene.»

«Lo sospettavo.» Aspettò che lo raggiungessi dall'altra parte, poi ci incamminammo su un vialetto di pietra che portava a un patio coperto sul retro della casa. Si fermò fuori dalla porta di vetro, accanto a una chaise longue di bambù. «Sembra che tu stia per avere un infarto.»

Feci una smorfia. «Sto così male?»

« Quasi. » Mi si avvicinò e la sua mano si mosse velocissima. Mi ravviò i capelli dietro l'orecchio e inclinò leggermente la testa. Gli si scurirono gli occhi, fino a un blu intenso. In reazione il mio stomaco sussultò. « Non hai motivo di essere nervosa, okay? Te lo prometto. »

Mi formicolava la guancia dove le sue dita l'avevano sfiorata, e sentendolo così vicino pensai al nostro bacio-non-bacio. Non aveva più tentato nessun approccio di quel genere dopo la sera del nostro primo appuntamento, ma in quel momento mi sembrava che lo desiderasse.

« Okay », sussurrai.

Mi fissò per un altro momento, poi scosse la testa. Lasciò cadere la mano, si voltò verso la porta e la aprì. Ci investì una vampata d'aria calda che odorava di mele e spezie, un profumo accogliente. Lo seguii in casa e restai a guardarmi intorno con gli occhi sbarrati.

Eravamo in una specie di tavernetta. Un grande tavolo da biliardo al centro, un bar ben fornito sulla destra e in fondo, vicino alle scale, c'era un grande televisore con davanti varie poltrone dall'aria comoda. I miei genitori avevano una stanza simile, ma il biliardo non era mai stato usato, la mamma beveva dal bar solo quando pensava che nessuno la vedesse, e nessuno aveva mai acceso il televisore.

Lì invece sembrava tutto... vissuto.

Le palline non erano disposte ordinatamente nel triangolo al centro, ma sparse sul tavolo come in una partita lasciata a metà. Sul bancone del bar c'erano una bottiglia di whisky e un bicchiere, e le sedie erano consunte: mobili vecchi, riciclati dal piano di sopra. I miei genitori invece mettevano sempre mobili nuovi in ogni stanza.

« Questo è il regno dei maschi », mi spiegò Cam, dirigendosi verso le scale. « Papà passa molto tempo qui. Ecco il tavolo da poker dove mi ha stracciato. »

Sulla sinistra c'era un normale tavolino per giocare a carte. Accennai un sorriso. « Mi piace questo posto. »

« Anche a me. Mamma e papà saranno di sopra... »

Annuii e m'incamminai dietro di lui. Ci ritrovammo in un salotto dall'aria vissuta quanto la tavernetta. Un enorme divano componibile occupava gran parte della stanza, davanti a un altro grande televisore. C'erano riviste in disordine sul tavolino e piante in vaso in ogni angolo della stanza, anziché strani dipinti e statue.

« Ecco il salotto. » Cam passò sotto un arco. « Questo invece è il secondo salotto, ovvero una stanza in cui nessuno si siede mai. Potremmo chiamarlo salottino? Chissà? E questa è la sala da pranzo di rappresentanza, che non usiamo mai ma che... »

« La usiamo eccome, la sala da pranzo! Una o due volte l'anno, quando abbiamo ospiti! » disse una voce femminile.

« E tiriamo fuori il servizio buono », commentò Cam.

Le mie gambe avevano smesso di funzionare quando avevo sentito la voce della madre di Cam. Restai in fondo al tavolo col cuore in gola mentre lei entrava dalla porta.

Era alta e bella quanto lui, coi capelli corvini legati in una bassa coda di cavallo. Le si disegnò un reticolo di piccole rughe agli angoli degli occhi castani quando sorrise al figlio. Non era truccata e indossava un paio di jeans e un maglione largo.

Attraversò rapida la stanza e strinse Cam in un abbraccio. « Non so neppure dove sia il servizio buono, Cameron. »

Lui ridacchiò. « Ovunque sia, probabilmente si sta nascondendo dai piatti di plastica. »

Lei rise sommessamente e si tirò indietro. « È bello averti a casa. Tuo padre inizia a innervosirmi con tutte le sue chiacchiere sulla caccia. » Guardò alle spalle del figlio e mi rivolse un sorriso cordiale. « E tu devi essere Avery. »

« Oddio, no. Si chiama Candy, mamma », disse Cam.

La madre sgranò gli occhi e arrossì leggermente. « Ehm, io sono... »

« Mi chiamo Avery. » Scoccai un'occhiataccia a Cam.

Lei si girò di scatto e schiaffeggiò Cam sul braccio. E forte, anche. « Cameron! Oh, mio Dio, credevo... » Lo colpì ancora e lui rise. « Sei terribile. » Scosse la testa e tornò a guardarmi. « Devi essere una ragazza molto paziente, per essere sopravvissuta a un viaggio con quest'idiota. »

Pensai di aver frainteso e battei le palpebre, poi scoppiai a ridere mentre Cam si rabbuiava. « Non è stato così male », dissi.

« Oh. » La madre si voltò verso Cam. « Ed è anche beneducata! So che mio figlio è... una persona difficile. A proposito, puoi chiamarmi Dani. Tutti mi chiamano Dani. »

E poi mi abbracciò.

Un abbraccio vero, caloroso, affettuoso. Non ricordavo neppure l'ultima volta che mia madre mi aveva abbracciata. L'emozione mi serrò la gola, ma la scacciai prima di rendermi ridicola.

« Grazie di avermi permesso di venire », dissi, felice che non mi si fosse rotta la voce.

« Non c'è problema. Siamo felici di avere compagnia. Vieni, andiamo a conoscere l'uomo che crede di essere la mia metà migliore. » Mi posò un braccio sulle spalle e strinse. « E mi scuso in anticipo se inizierà a parlarti di quanti cervi vuole impallinare questo weekend. »

Mentre mi accompagnava verso l'ingresso, i miei occhi e quelli di Cam s'incrociarono e sentii di nuovo quella capriola nel petto. Lui sorrise e comparve la fossetta sulla guancia sinistra.

Mi fece l'occhiolino.

E io sorrisi ancor di più.

18

Cam aveva ereditato gli occhi azzurri dal padre, oltre al senso dell'umorismo... e alla capacità di mettere insieme le giustificazioni più assurde del pianeta, qualità che probabilmente aveva decretato il successo di Richard Hamilton come avvocato. In poche ore mi aveva quasi convinta a provare la carne di cervo essiccata.

Quasi.

Se non fosse stato per Cam che mi sussurrava: « Bambi » all'orecchio ogni due minuti, avrei ceduto. Ma non potevo mangiare Bambi, per quanto succulento lo facesse sembrare Mr Hamilton.

Restammo nella grande cucina, al vecchio tavolo di quercia grande abbastanza per quattro o cinque persone, a bere il caffè preparato da Dani. Mi faceva male la pancia per quanto ridevo con Cam e suo padre. Erano identici: capelli ondulati e spettinati, occhi azzurri con una scintilla impertinente e il raro talento di saper rigirare ogni argomentazione in loro favore.

« Guarda, papà, sul serio, ti stai mettendo in imbarazzo. »

Suo padre mi guardò con le sopracciglia aggrottate, un gesto che mi ricordava Cam. « Ti sembro imbarazzato, Avery? »

Strinsi le labbra e scossi la testa.

Cam mi scoccò un'occhiata come a dire che non lo stavo aiutando. «Stai cercando di convincere me, la mamma ed Avery che siccome esistono le scimmie deve esistere anche Bigfoot.»

«Sì! Si chiama evoluzione, figliolo. T'insegnano qualcosa al college?» ribatté Mr Hamilton.

Cam alzò gli occhi al cielo. «No, papà, non mi parlano di Bigfoot al college.»

Schiarendomi la gola, dissi: «In realtà c'è tutta una teoria sui primati e sull'anello mancante».

«Mi piace questa ragazza.» Mr Hamilton mi fece l'occhiolino.

«Non mi stai aiutando», borbottò Cam.

Suo padre continuò: «Dico solo che, quando sei stato nei boschi e hai sentito le cose che ho sentito io, crederesti in Bigfoot e nel Chupacabra».

«Il Chupacabra?» Cam restò a bocca aperta. «Oh, ma dai, papà.»

Mrs Hamilton scosse la testa intenerita. «I miei ragazzi. Sono così fiera di loro.»

Sorrisi e bevvi un sorso del caffè forte. «Sono davvero incredibili insieme.»

«Incredibili?» sbuffò lei, alzandosi e prendendo la tazza vuota del marito. «È un modo carino di dire che sono pazzi da legare.»

«Ehi!» Il padre di Cam girò di scatto la testa, con una scintilla divertita negli occhi. «Senti un po', donna.»

«Sentirai il mio piede sulle tue chiappe, se mi chiami 'donna' un'altra volta.» Dani riempì la tazza e prese lo zucchero. «E sono pronta a ripeterlo in tribunale.»

Cam sospirò e chinò il capo.

Mi coprii la bocca per non ridere.

La sua famiglia era... meravigliosa. Erano cordiali e simpatici, tutto il contrario dei miei. Dubitavo che mia madre sapesse usare la macchinetta del caffè o che si abbassasse a servire qualcuno, foss'anche mio padre.

Mrs Hamilton posò la tazza davanti al marito. «Voi due non dovevate andare al drive in, stasera?»

«Sì.» Cam si alzò e prese le nostre borse. «Dobbiamo muoverci, se vogliamo trovare dei posti buoni.»

«Ricordatevi di prendere qualche coperta pesante. Di sera fa molto freddo, ormai», si raccomandò lei, tornando a sedersi a tavola.

Non mi andava di lasciare la sua famiglia, anche se la conversazione era alquanto bizzarra. Mi congedai, ringraziando sua madre per il caffè.

«Di nulla, tesoro.» Mrs Hamilton si rivolse al figlio. «Ho preparato per lei la stanza gialla, Cameron. Fa' il gentiluomo e mostrale dov'è.»

Una strana espressione solcò i lineamenti di Cam, ma era già svanita quando uscimmo dall'ingresso. Lo seguii su per le scale. «Mi piacciono i tuoi genitori. Sono molto simpatici.»

«Sono gente a posto.» Si appoggiò al corrimano di legno. «Tuo padre è convinto che Bigfoot esista?»

Risi. «No.»

«E il Chupacabra?»

Risi di nuovo e scossi la testa. «Decisamente no.»

S'incamminò lungo il corridoio al primo piano. «La camera dei miei è al piano di sopra e quella di mia sorella è all'inizio del corridoio.» Si fermò davanti a una porta e la aprì con un fianco. «Questa è la stanza gialla, si chiama così perché è gialla.»

La stanza era di un bel colore tenue, non giallo taxi. Cam posò la mia borsa sul letto, mentre io andavo alla finestra che si affacciava su un giardino laterale. Voltandomi avvertii un profumo di vaniglia fresca. «È molto carina. Spero che tua madre non si sia presa troppo disturbo.»

«No.» Si stiracchiò le braccia sopra la testa, per sgranchire la schiena. «Credi di poter essere pronta tra mezz'ora?»

Mi sedetti sul bordo del letto. «Sì.»

Cam indietreggiò verso la porta, con le braccia ancora alzate. Picchiettò sullo stipite. «Indovina?»

«Cosa?»

Sorrise. «La mia camera è proprio qui di fronte.»

Mi si annodò lo stomaco. «Va bene.»

Il suo sorriso si fece perfido. «Pensavo solo che ti avrebbe fatto piacere saperlo.»

«Non sto nella pelle», mormorai.

Sghignazzò e uscì dalla stanza, chiudendosi la porta alle spalle. Restai seduta lì per un momento e poi mi sdraiai sulla schiena. Cam era proprio nella stanza di fronte, come nel nostro condominio, giusto? No. Quella sera, e la sera dopo, sarebbe stato più vicino che mai.

Circa un'ora e mezzo più tardi, mi trovavo accanto al pick-up di Cam, e lui stava sistemando due lunghi cuscini sul fondo del cassone. Aveva parcheggiato in retromarcia, così potevamo sederci nel cassone e avere molto più spazio. Non eravamo gli unici ad affrontare il freddo della sera: vari altri pick-up erano parcheggiati accanto al nostro, con la stessa disposizione di cuscini e coperte. Su uno c'era persino un materassino gonfiabile.

Cam mi raggiunse dietro il veicolo e mi porse le mani. «Pronta?»

Gliele presi e lui mi tirò su. Arretrò di un passo barcollando e mi posò le mani sui fianchi per sorreggersi.

Un'ondata di calore mi si riversò immediatamente nel ventre mentre alzavo lo sguardo.

Le folte ciglia gli nascondevano gli occhi mentre le sue mani sembravano flettersi. Schiuse le labbra, e il mio corpo si tese per l'aspettativa. Lì fuori, sotto le stelle, era il momento ideale per un bacio. Quasi sentivo già le sue labbra sulle mie.

Abbassò le mani, andò a prendere le due borse accanto alle coperte e ai cuscini e si inginocchiò. Rimasi delusa. Perché non mi aveva baciata?

Accidenti, perché non mi aveva più baciata dopo il nostro appuntamento?

« Ecco. Ti ho portato qualcosa che ti terrà al caldo », disse, alzandosi.

Mi allungò un berretto di lana, che profumava del suo shampoo. Restai ferma mentre me lo infilava e mi sistemava i capelli dietro le orecchie.

« Grazie », mormorai.

Sorrise e tornò ad appoggiarsi ai cuscini prendendo l'altra borsa. Mi avvicinai con cautela e mi sedetti accanto a lui. Tirò fuori la confezione di pollo fritto e le bibite che avevamo comprato per strada.

Iniziò il film. Un film vecchio, credo che fosse una specie di rituale, perché, quando la prima scena apparve sull'enorme schermo, si levarono grida e applausi.

« *Mamma ho perso l'aereo?* » esclamai, guardando Cam.

Lui ridacchiò. « È una tradizione del Ringraziamento, da queste parti. »

Sorrisi. « È una vita che non rivedo questo film. »

Quando Kevin McCallister spuntò sullo schermo, facendo il broncio ai genitori, iniziammo a mangiare il pollo, lasciandoci dietro un mucchietto di tovaglioli di carta appallottolati. Quando la madre di Kevin gridò il suo nome sull'aereo, avevo la pancia piena ed ero convinta che Cam avesse mangiato un pollo intero.

La coperta sulle spalle mi proteggeva dal freddo, ma ogni tanto ero scossa da un brivido, soprattutto quando si alzava il vento.

« Perché non vieni qui? » m'invitò Cam, e io lo guardai perplessa. « Hai l'aria di sentire freddo. »

Mi spostai verso di lui. Evidentemente non abbastanza perché lui mi tolse la coperta di dosso, poi mi sollevò di peso e mi piazzò tra le sue gambe divaricate.

Strabuzzai gli occhi.

Cam mi ricoprì di nuovo con la coperta, rimboccandomi i bordi intorno al collo. Per alcuni secondi restai seduta con la schiena dritta, fissando lo schermo senza però vederlo davvero. Poi le sue braccia s'insinuarono sotto la coperta e mi cinsero in vita. Mi fece adagiare sul suo torace.

Avevo i muscoli tesi e mi costrinsi a fare lunghi respiri, mentre le sue mani si posavano sulla mia pancia.

« Così sei più calda? » mi chiese, e il suo respiro mi smosse i capelli vicino all'orecchio.

Con la gola serrata, annuii.

Una mano mi si posò sotto il seno e l'altra scivolò fin sotto l'ombelico, sopra i jeans. Sembrava infuocata. La mia pelle ardeva sotto quei tocchi.

« Bene. Ti avevo promesso che ti avrei tenuta al caldo », mormorò lui.

Calda lo ero di sicuro. « E lo hai fatto. »

Sotto il mio seno il suo pollice iniziò a muoversi, tracciando piccoli cerchi. Poi, pochi secondi dopo, la mano più in basso iniziò a scorrere su e giù, un movimento lento e incessante che mi fece accelerare il respiro.

Ogni volta che le sue dita passavano sopra la lampo

dei jeans, tiravano leggermente, facendo premere la cucitura contro la pelle. Si rendeva conto dell'effetto che mi faceva? Conoscendolo, probabilmente sì. Nel giro di pochi minuti avvertii una pulsazione tra le gambe.

Gli appoggiai la testa sul petto e chiusi gli occhi. Era una sensazione incredibile.

«Avery?»

«Mmm?»

Esitò. «Stai seguendo?»

«Mmm-mmm.» Mi mossi, irrequieta.

Cam ridacchiò, e io ebbi così conferma che sapeva benissimo cosa stava facendo. «Bene. Non vorrei che tu ti perdessi qualcosa.»

Non mi stavo perdendo un solo istante.

Mi aspettava un'altra notte di sonno irrequieto. Mi rigirai nel letto per ore: il mio corpo stava rivivendo le sensazioni provate quella notte dopo il nostro appuntamento. Erano quasi le due quando mi arresi e infilai la mano sotto l'elastico del pigiama, anche se mi pareva brutto farlo in casa di qualcun altro, in un letto non mio, con Cam a pochi metri di distanza. Non ci misi molto a sfogarmi, e non sapevo cosa questo dicesse sul mio conto.

Dormii un paio d'ore e mi svegliai poco prima delle sei. Non c'era verso di riaddormentarmi, quindi feci una doccia, mi vestii e poi trovai il coraggio di uscire dalla stanza. Restai davanti alla porta di Cam come una pervertita. Cos'avrebbe fatto se lo avessi svegliato? Se fossi entrata nel suo letto...

Mi fermai prima di portare a termine quell'idea pericolosa. Non svegliai nessuno. Ogni gradino delle scale scricchiolava minaccioso. Nell'ingresso arrivava odore di caffè: qualcuno doveva essere sveglio.

Indugiai in fondo alle scale, torcendomi le mani e cercando di decidere se tornare di sopra o rendere nota la mia presenza. Pensai a tutte le volte che mi ero svegliata in piena notte, di solito dopo un incubo, e avevo sorpreso mia madre a bere di nascosto.

Non ne era mai stata contenta.

Non era davvero il caso di vagabondare in casa altrui. Mi sembrava d'infrangere qualche regola dell'ospitalità. Mi stavo avviando su per le scale quando la testa di Mrs Hamilton fece capolino dalla porta della cucina.

Oh, merda.

Sfoderò un gran sorriso. «Non ti ho svegliata, vero? Mi alzo presto, specie il giorno del Ringraziamento.» Agitò uno strofinaccio. «Preparo il ripieno.»

«Non mi ha svegliato.» Mi avvicinai, affascinata dall'idea che fosse in piedi così presto per fare il ripieno. «Ha bisogno d'aiuto?»

«Ho sempre bisogno di una mano in cucina.» E mi fece cenno di raggiungerla. «E c'è del caffè appena fatto.»

La tentazione del caffè era irresistibile. La seguii in cucina e sgranai gli occhi vedendo tutto il cibo sul bancone centrale. Un tacchino su un piatto da portata aspettava solo di essere farcito.

«Zucchero e latte, vero?» mi chiese.

Accennai un sorriso. «Si ricorda.»

«Penso che il segreto di ogni buona relazione sia ricordare come l'altra persona prende il caffè.»

«A Cam non piace molto il caffè.» Arrossii.

Sua madre finse di non notarlo. «No, non gli piace. Il latte, invece...»

« Lo beve anche con la cucina cinese. » Rabbrividii. « È disgustoso. »

Rise e mi porse il caffè. « L'ha preso da suo padre. Anche Teresa è così. A proposito, tra un paio d'ore la conoscerai. »

Mi si annodò lo stomaco. L'idea di conoscere sua sorella mi metteva in agitazione.

« Hai mai preparato il ripieno? » mi domandò, spostandosi verso l'isola centrale.

« No. » La raggiunsi, occhieggiando le pagnotte, le cipolle, il latte e le uova.

« Di solito mi aiuta mia figlia. » Posò lo strofinaccio sul bancone. « Non è affatto difficile, quindi puoi aiutarmi o tenermi compagnia. »

« Vorrei aiutarla. Cosa posso fare? »

Mi sorrise. « Se tu potessi iniziare col pane sarebbe magnifico. Devi solo spezzettarlo in questa scodella. » Indicò una grande insalatiera azzurra. « Quando hai finito passiamo alla fase successiva. »

« Okay. » Mi legai i capelli in una coda di cavallo, mi rimboccai le maniche e mi lavai rapidamente le mani.

« È un bel bracciale », commentò lei mentre sminuzzava le cipolle.

« Grazie. » Strappai in due la pagnotta, forse con più forza del necessario. « Cam mi ha detto che sua sorella era a un saggio di danza. »

Con orgoglio, rispose: « Sì, a Pittsburgh. Un recital a inviti. Io e Richard ci saremmo andati, ma volevamo essere a casa per Cameron. Teresa però non se l'è presa: è raro che manchiamo a uno dei suoi spettacoli ».

Finii di sminuzzare la pagnotta. « Cosa c'è da fare adesso? »

«Cipolle, burro, latte e condimenti. Devi mescolare tutto con le mani.»

Aspettai che versasse gli ingredienti e affondai le mani nella poltiglia. «È una sensazione strana», commentai sorridendo.

«Sì? Almeno tu non lo mangi.»

«Crudo?»

«Sì, Cameron e Teresa ne vanno matti.»

Feci una smorfia mentre impastavo gli ingredienti in modo che il latte e il burro si distribuissero uniformemente nel pane. Dopo essermi pulita le mani passai alla seconda pagnotta. «Anch'io studiavo danza», le raccontai.

«Cameron me lo ha detto.»

Le mie mani si fermarono nell'impasto. Cameron lo aveva detto ai suoi? Non sapevo bene come interpretare la notizia.

«E lo avrei indovinato anche se non me lo avesse detto», commentò lei, versando una parte delle cipolle nella mia scodella. «Ti muovi ancora come una ballerina.» Sorrise. «Ballavo anch'io, e ho osservato Teresa negli anni: impari a riconoscerlo negli altri.»

«Mi fa piacere. Insomma, a me non sembra.»

«Invece è così.»

Avevo ricominciato a impastare e decisi che era la mia parte preferita del lavoro. Ero strana.

«Non hai mai preparato il ripieno con tua madre?» chiese lei.

Anche se era una domanda innocente, mi provocò una fitta di dolore al petto. Io e mia madre non eravamo molto unite neppure prima dell'incidente, ma da allora la nostra relazione era diventata inesistente. «Non penso che mia madre sappia cucinare», rivelai infine.

«Non 'pensi'?»

Scossi la testa. «I miei genitori non preparano la cena.»

Ci fu una pausa. «Cameron mi ha detto che viaggiano molto durante le vacanze.»

«Sì, e preferiscono stare per conto loro, sa, senza figlia.» Mi costrinsi a ridere e a fare spallucce. «Insomma, per me va bene. Non so sciare, e ritrovarmi su una nave in mezzo all'oceano non è un'idea allettante.»

Mrs Hamilton restò in silenzio mentre aggiungevamo gli ultimi ingredienti e io tuffai di nuovo le dita nell'impasto: mi piaceva sentirlo scorrere tra le dita. «Allora, cosa fai di solito quando sei a casa?» chiese lei.

Mi strinsi nelle spalle. «Non sono sempre sola. C'è una cameriera che di solito mi prepara la cena prima di tornare a casa. È molto gentile da parte sua, perché non è tenuta a lavorare durante le vacanze.»

«E a Natale?»

«Lo stesso», ammisi. La madre di Cam mi guardava. «Non è poi così male. La mia famiglia non è molto unita, quindi probabilmente è meglio così.» Le parole ormai mi erano sfuggite. «Comunque, ho finito. Cosa manca da fare?»

«Farcire il tacchino.» Sorrise, un po' perplessa. «Vuoi avere l'onore?»

«Certo.» Aspettai che girasse l'animale e poi completai l'operazione un po' rivoltante d'insinuarmi negli anfratti del tacchino.

Alla fine andai a lavarmi le mani mentre lei avvolgeva il tacchino nella stagnola e lo posava in una casseruola.

«Grazie per avermi aiutata, Avery.»

«Nessun problema. Sono felice di essermi resa utile.» Ed era vero. «È stato divertente.»

La madre di Cam mi sorrise, ma aveva gli occhi tristi.

« Be', tesoro, sei sempre la benvenuta qui per le vacanze. Quando si tratta di cucinare, un paio di mani in più torna sempre utile. »

Mormorai un « grazie » e finii di lavarmi le mani. Mi voltai e Cam era sulla soglia della cucina. Non sapevo da quanto tempo fosse lì o quanto avesse sentito della conversazione, tuttavia lo sguardo partecipe sul suo viso assonnato mi disse che aveva capito a sufficienza.

19

Bisognava essere ciechi per non accorgersi che Teresa e Cam erano molto uniti. Si prendevano sempre in giro e combinavano guai ovunque andassero.

Teresa era una versione femminile di Cam: alta, molto bella, coi capelli corvini e con gli occhi azzurri. Aveva il corpo flessuoso di una ballerina e traboccava di energia.

Con mio grande sollievo, Teresa era adorabile. Temevo di non piacerle, per un motivo o per l'altro, invece come prima cosa mi abbracciò.

Agli Hamilton piaceva abbracciarsi.

Restai con loro in taverna finché io e Teresa non andammo di sopra per aiutare sua madre a preparare i contorni per la cena. Sembrava il momento migliore per allontanarmi, perché Cam e suo padre avevano iniziato a parlare di caccia e mi era venuta la pelle d'oca.

Vedere madre e figlia che lavoravano e ridevano insieme mi fece uno strano effetto. Erano creature esotiche ai miei occhi. La loro famiglia mi ricordava quelle dei telefilm. Invidiavo il loro rapporto, ma bene o male accettavo che io e mia madre non saremmo mai state così.

Mentre preparavamo la cena, Teresa restò incollata al cellulare, inviando un SMS dopo l'altro, e proseguì anche a tavola.

«Ma a chi scrivi?» volle sapere Cam, mentre si versava sul piatto una seconda porzione di patate dolci.

Teresa fece un sorrisetto. «Non sono affari tuoi.»

«Sono tuo fratello, sono affari miei eccome.»

Oh-oh. Cam scrutava di sottecchi la sorella che stava scrivendo l'ennesimo messaggio.

«Mamma, dovresti dire a *tua figlia* che è maleducato scrivere messaggi a tavola.»

La donna inarcò un sopracciglio. «Non fa male a nessuno.»

Cam mi assestò una ginocchiata sotto il tavolo, cosa che faceva ogni cinque minuti da quando ci eravamo seduti. «Mi fa male all'anima.»

Restituii il colpo, alzando gli occhi al cielo.

«Che tristezza», commentò sua sorella, posandosi il telefonino sulle gambe. «Allora, Avery, come ci sei finita nel West Virginia?»

Prendendo una forchettata di patate, risposi: «Volevo cambiare aria. La mia famiglia è originaria dell'Ohio, quindi il West Virginia sembrava un buon posto in cui andare».

«Sinceramente io avrei scelto New York o la Florida, o la Virginia o il Maryland o...» Il suo cellulare trillò e lei si distrasse subito, come se avesse un deficit d'attenzione. Agguantò il telefonino e le si dipinse un sorriso sulle labbra.

Cam mi diede un'altra ginocchiata e strinse ancor di più gli occhi. Fece per prendere un altro pezzo di tacchino, ma all'improvviso la sua mano cambiò rotta e strappò il telefono di mano alla sorella.

«Ehi, ridammelo!» gridò lei.

Cam si piegò verso di me per schivare la sorella. «Chi è Murphy?»

Mrs Hamilton scosse la testa.

«Non sono affari tuoi! Ridammi il telefono!» sbottò Teresa.

«Te lo ridarò quando mi avrai detto chi è Murphy. Un fidanzato?»

Lei arrossì, e immaginai che Cam fosse un fratello iperprotettivo. Le impedì di riprendersi il telefono e lei si sedette a braccia conserte. «Mamma.»

«Cam, restituiscile il telefono.» Lui se lo tenne stretto, e sua madre sorrise. «Abbiamo conosciuto Murphy, è un bravo ragazzo.»

Cam non sembrava convinto, e d'un tratto mi chiesi se ci fosse sotto qualcos'altro. Guardai Teresa e notai che le brillavano gli occhi. Riportai subito l'attenzione sul mio piatto.

«È molto simpatico e mi piace», disse Teresa sottovoce.

Cam sbuffò. «Non è un elogio sperticato...»

«Non è Jeremy», disse Mr Hamilton, d'un tratto molto serio. «Ridalle il telefono.»

Cam sembrò volersi tenere il cellulare per il resto della vita. Da quando ero arrivata non avevo percepito tensione in casa, ma in quel momento ce n'era parecchia. Misi una mano sotto il tavolo e strinsi la coscia di Cam, e lo colsi così alla sprovvista che allentò la presa sul cellulare e riuscii a sfilarglielo di mano.

«Ehi! Non è giusto!»

Sorrisi e mi sporsi a restituire il telefono a sua sorella. «Scusa.»

«Grazie», disse Teresa. Ero sicura di essermi fatta un'amica.

Lo sguardo di Cam mi diceva che l'avrei pagata. «Voglio conoscere questo Murphy.»

La sorella diede un gran sospiro. « Va bene, fammi sapere quando. »

Restai sciocca. Non mi sarei aspettata che Teresa cedesse così facilmente a quella richiesta. Il mio sguardo saettò dall'uno all'altra: Cam sembrava più tranquillo, ma aveva una strana tensione nei muscoli della mandibola.

Anche se la conversazione riprese, sembrava che sotto sotto ribollisse qualcosa.

O forse era solo la mia immaginazione.

Dopo cena io e Cam restammo soli in sala da pranzo, a sparecchiare. « Tutto a posto con tua sorella? » chiesi.

Cam rise, ma non con gli occhi. « È tutto okay. Andiamo a giocare », disse, prendendomi per mano e tirandomi verso le scale che portavano in taverna. « Scommetto che puoi battermi a biliardo. »

« Non saprei. » E mi lasciai condurre via.

« Oh, faccio schifo a biliardo. »

Risi. « Ma i piatti...? »

Cam si fermò di scatto e gli andai a sbattere sul petto. Mi posò le mani sui fianchi e abbassò la fronte sulla mia. « Lascia stare i piatti. Vieni a giocare con me, tesoro. »

Merda. Mi aveva chiamata di nuovo tesoro.

Mi ero appena messa il pigiama ed ero già sotto le coperte quando bussarono piano alla porta della camera. Mi alzai sui gomiti. Mi balzò il cuore in gola nel momento in cui Cam socchiuse la porta.

« Ehi », disse, con un accenno di sorriso.

« Ciao », gracidai.

Il suo sorriso obliquo si accentuò. « Volevo darti la buonanotte. »

Sentii uno sfarfallio nel petto e un altro nel basso ventre. Strinsi forte il piumone. «Me l'hai già data.»

«Vero.» Entrò nella stanza. Era bellissimo anche in camicia grigia e pantaloni di flanella del pigiama.

«Ma non sino in fondo. Non nel modo in cui voglio darti la buonanotte.»

Oh, povera me...

Si richiuse lentamente la porta alle spalle. Lo scatto della serratura mi fece sobbalzare: lui era lì, io ero a letto con indosso una sottile maglietta a maniche lunghe e pantaloncini di cotone. Nient'altro.

Trattenni il respiro, osservandolo mentre si avvicinava al letto. Si sedette accanto a me. Nella penombra della stanza, i suoi occhi brillavano come gioielli scuri mentre scrutavano il mio viso e poi scendevano sul petto. Sotto il suo sguardo intenso i miei capezzoli s'indurirono all'istante.

Tornò a guardarmi in viso. Le farfalle erano tornate a fare il nido nel mio stomaco e cercavano una via di uscita. «Sono contento che tu abbia deciso di venire qui», disse con voce roca.

Rabbrividii. «Anch'io.»

«Davvero? Lo hai appena ammesso?»

«Sì, più o meno.»

Si piegò in avanti e la parte superiore del suo corpo restò sospesa sopra di me. «Vorrei avere il telefono con me per immortalare questo momento.»

Fissai le sue labbra. Volevo rispondere a tono, ma non ci riuscii. Mi leccai il labbro e lui socchiuse la bocca. Inspirai e mi costrinsi a guardarlo negli occhi. «Mi... mi sono divertita molto.»

«Anch'io.» Il suo sguardo si addolcì leggermente senza perdere il calore. « Allora, cosa pensi di fare per le vacanze di Natale? »

Sapendo che aveva sentito la mia conversazione con la madre, non mentii. « Non lo so. Pensavo di andare un giorno a Washington. Voglio visitare lo Smithsonian e il National Mall, non ci sono mai stata. »

« Mmm, potrebbe essere divertente. Potrei farti da guida turistica. »

Accennai un sorriso. « Sarebbe... divertente, sì. »

« Già. » La sua voce era calda sulla mia guancia. « Scegli una data. »

« Adesso? »

« Adesso. »

« Il 2 gennaio », buttai lì, e poi arrossii. « Saresti libero? »

« Sarò libero quando mi vorrai libero. »

Ne fui felicissima.

« Indovina una cosa, Avery? »

« Cosa? » Chissà se riusciva a sentire quanto mi batteva forte il cuore sotto la maglietta.

« Hai appena detto che ti sei divertita, no? » Chinò il capo e le nostre bocche si ritrovarono a pochi centimetri di distanza. « Be', stai per divertirti ancor di più. »

« Ah, davvero? »

Girò la testa e il suo naso sfiorò il mio. « Oh, sì. »

« Non starai per baciarmi di nuovo? »

Sorrise. « È esattamente ciò che sto per fare. »

Il calore mi s'irradiò nelle vene e il mio corpo si tese in uno spasmo piacevole. Chiusi gli occhi e lui mi sfiorò le labbra con le sue, una volta e poi un'altra, come se volesse riprendere confidenza con loro. Quel tocco così leggero metteva a dura prova i miei nervi.

Cam spostò il peso del corpo sul braccio sinistro e posò l'altra mano sulla mia guancia. Mi baciò ai due angoli della bocca prima di far scorrere la mano all'indietro, verso la mia nuca. Le sue labbra mi scivolarono lungo il mento lasciandosi dietro una scia di calore fino all'orecchio. Un brivido leggero mi danzò sulla pelle, e quando se ne accorse Cam ridacchiò sommessamente. Le sue labbra premettero il punto sensibile sotto il mio orecchio e un gemito mi sfuggì dalla gola.

« Buonanotte, Avery. »

E poi mi baciò. Mi baciò come mi aveva baciata subito prima di andarsene la sera del nostro appuntamento. Mi baciò come se fosse in debito d'ossigeno e io fossi l'unica aria che aveva bisogno di respirare. Mi tenne la mano sul collo, mi tenne sollevata sui gomiti mentre la sua bocca divorava la mia. E quello era l'unico verbo che descrivesse con precisione il modo in cui mi baciava.

Cam mi divorava.

Le mie labbra si schiusero, senza bisogno di molta persuasione, e la sua lingua entrò a stuzzicare la mia mentre la mano mi stringeva più forte dietro il collo. Tra il sapore di dentifricio, i miei sensi presero a vorticare. Un rombo proruppe dalle profondità del suo petto mentre si tirava indietro, sfilando la mano da sotto di me.

Nell'istante in cui la mia testa si posò sul cuscino, il panico mi lasciò senza fiato. Cosa stavamo per fare? Pensai alla sorella nell'altra stanza e ai suoi genitori che dormivano al piano di sopra, ma poi lui mi baciò di nuovo, un bacio tenero e delicato, e mi accarezzò la guancia. La paura si dissolse e i pensieri svanirono.

Indugiò, sospeso sopra di me, ma io volevo sentirlo *su* di me, il suo corpo premuto sul mio. Ne avevo bisogno. Mi assalirono emozioni contrastanti: era troppo? Non era abbastanza? Lui mi mordicchiò il labbro e mi sfuggì un gemito.

Decisi che non era abbastanza, in fin dei conti.

Con un atto di supremo coraggio alimentato dal desiderio, gli infilai le mani sotto la camicia. Cam sobbalzò quando le mie dita toccarono la sua pelle nuda, tesa. Si fermò per un momento, poi si allontanò. Stavo per chiedergli perché. Mi ero spinta addirittura a toccarlo e ora lui mi lasciava? Che diavolo gli era preso?

Si sfilò la camicia dalla testa.

Oh.

Oh.

Trattenni il respiro. Il corpo di Cam era perfetto. La pelle era liscia, tesa su muscoli scultorei. Avrei voluto chiedergli del tatuaggio, se simboleggiava qualcosa per lui, ma non riuscivo a parlare.

Lui strattonò via il piumone e il cuore mi sobbalzò in petto. Immediatamente pensai a quel che avevo fatto in quel letto. I nostri sguardi s'incontrarono e non riuscii più a muovermi né a respirare. Lui mi scivolò sopra, le sue braccia m'imprigionarono, mi fecero sentire piccola... e al sicuro. Gli posai le mani sugli addominali, che si mossero in uno spasmo.

Posò la fronte sulla mia. «Non hai idea di cosa mi fai.»

Non l'avevo, ma quando si abbassò sopra di me iniziai a capirlo. Lo sentivo sulla mia pancia, attraverso i vestiti, turgido e grande. Pensavo che quella sensazione bastasse a riscuotermi dalla nebbia del desiderio, invece no. Una vampata di calore mi assalì tra le gambe, il battito del cuore si propagò in tutto il corpo. Mi mossi sotto di lui, portandolo vicino al punto del mio corpo che più spasimava per lui.

«Merda», ringhiò, e il suo corpo massiccio fu scosso da un brivido.

Mentre si faceva strada fra le mie gambe si avventò su di me con un bacio bollente, smorzando il gemito di piacere che mi usciva dalla gola. I suoi fianchi strusciarono sui miei con un movimento circolare, e le mie terminazioni nervose andarono a fuoco. Il tessuto sottile del mio pigiama era impercettibile, tra la pelle calda del suo petto e la mia. I suoi fianchi diedero un'altra lenta spinta che mi fece contrarre le dita dei piedi, e glieli agguantai. Mi baciò con più forza, più impazienza, e fece scendere la mano dalla mia guancia lungo il collo. Mi sfiorò il seno, vicinissimo al capezzolo, ma poi proseguì seguendo la curva del mio ventre fino alla coscia, e mi sollevò la gamba portandosela sul fianco. Si abbassò ancora, premendo contro di me, con un movimento che al contempo mi eccitava e suscitava un'emozione contrastante. Quando si dimenò di nuovo, mugolai contro le sue labbra.

«Mi piace quel verso», disse lui senza smettere di muoversi. Lo feci ancora, e arrossii. «Mi correggo: oh, cazzo, quanto mi piace quel verso.»

Le sensazioni mi si rincorrevano sulla pelle, accumulandosi in una pulsazione quasi dolorosa nel mio punto più torrido. Era come quella notte nel mio letto, ma più intenso e incredibilmente reale. La sua mano aveva ripreso a muoversi, ora scorreva lungo il mio fianco, incontrava la mia mano. Le sue dita s'intrecciarono alle mie per un secondo e poi proseguirono sotto le maniche, mentre la sua lingua danzava con la mia.

All'improvviso si fermò sopra di me e sollevò la testa. Mi costrinsi ad aprire gli occhi e inspirai a fondo. Non riuscivo a decifrare lo sguardo sul suo viso.

«Cam?»

Senza dire una parola mi prese il braccio e lo girò. Mi si rivoltò lo stomaco. No. No. Sembrava tutto al rallentatore. Le sue dita si mossero, il pollice passò lungo la profonda cicatrice che seguiva il percorso della vena.

La guardò.

La guardai con lui.

L'incredulità soffocò tutte le meravigliose sensazioni che si erano andate accumulando in me. Mosse ancora il pollice, come se volesse cancellare la cicatrice, e non riuscendoci spostò lo sguardo sul mio viso. Non c'era possibilità di errore: sapeva. Conosceva il motivo di quella cicatrice.

« Avery...? » sussurrò, la fronte aggrottata e il viso teso. « Oh, Avery, cos'è questa? »

L'orrore spazzò via l'incredulità, come la marea che sale. L'espressione sofferta incisa sul suo bel volto mi penetrò nel cuore, graffiandomi con artigli affilati come rasoi, facendomi a pezzi. Il suo sguardo... mi distrusse, come nient'altro era più riuscito a distruggermi dopo quella sera di Halloween.

La cicatrice... non volevo che nessuno la vedesse mai, non volevo che nessuno sapesse quant'ero stata debole quel giorno lontano. Era più che umiliante.

Strattonai via il braccio e scivolai via. Vampate calde e fredde si alternavano, mentre mi tiravo giù la manica sul polso.

« Avery... » Cercò di toccarmi.

« Ti prego. » Mi spinsi verso il bordo del letto. « Ti prego, vattene. »

Cam tirò indietro la mano. « Avery, parlami. »

Scossi la testa, mi tremava il labbro.

Un muscolo gli vibrava sul mento. « Avery... »

« Vattene! » Saltai giù dal letto e indietreggiai barcollando. « Vattene e basta. »

Cam restò immobile per un secondo, come se stesse per dire qualcos'altro, ma poi si alzò e camminò all'indietro verso la porta mentre un brivido iniziava a scuotermi. Si fermò con la mano sulla maniglia.

« Avery, possiamo parlare...? »

« Vattene. » Mi si ruppe la voce. « Ti prego. »

Drizzò le spalle e poi fece come gli chiedevo. Se ne andò, richiudendo piano la porta.

20

Non andai a lezione di astronomia né lunedì né martedì. Non sopportavo l'idea di incontrare Cam. Non dopo aver visto lo sguardo sul suo viso quando aveva capito cosa significava la cicatrice sul mio polso. Non dopo aver finto che andasse tutto bene davanti ai suoi genitori prima di tornare a casa. Anche se li conoscevo da poco, li trovavo fantastici e mi faceva male dovermene andare sapendo che probabilmente non li avrei più rivisti. Non dopo l'interminabile viaggio fino a casa venerdì mattina, al termine del quale Cam mi aveva seguita nel mio appartamento e aveva cercato di parlarmi.

E certamente non dopo che, domenica mattina, era venuto da me con le uova e io non gli avevo aperto la porta.

Passai quasi tutto il weekend a letto, con gli occhi arrossati dal fiume di lacrime che sembrava non esaurirsi mai. Non avevo letto i messaggi sul telefono. Brittany mi aveva scritto. Jacob mi aveva scritto.

Cam mi aveva scritto.

E aveva provato a passare da me domenica sera, lunedì sera e martedì sera. Ogni volta era stato un pugno allo stomaco.

Ma non riuscivo a guardarlo in faccia, perché la sua espressione era orribile quanto quella di mia madre.

Erano passati circa cinque mesi dalla festa di Halloween quando avevo deciso che non ce la facevo più. I tanti

SMS, e-mail, telefonate e messaggi su Facebook erano già spiacevoli, ma a scuola, nella vita vera? Nei corridoi, nei bagni, in mensa, in classe, la gente non si limitava a sussurrare pettegolezzi su cos'era successo quando io e Blaine eravamo andati in camera sua: ne parlavano apertamente davanti a me. Mi bollavano con ogni combinazione possibile delle parole « bugiarda » e « puttana ». I professori non intervenivano.

Così avevo fatto amicizia col portaritratti che conteneva la foto di me con la mia migliore amica: la stessa ragazza che mi aveva dato della puttana, proprio quel giorno, nel corridoio affollato della scuola.

I miei genitori riuscivano a malapena a guardarmi già prima che mi tagliassi le vene. Ma dopo? All'ospedale, la mamma era andata fuori di testa. Per la prima volta da... forse da sempre, aveva perso la calma.

Era entrata a lunghi passi nella stanza privata, seguita da papà. Il suo sguardo era saettato dal mio viso al mio polso fasciato.

Il panico aveva solcato i suoi lineamenti troppo perfetti, e io avevo pensato che finalmente mi avrebbe abbracciata e mi avrebbe detto che tutto sarebbe andato bene, che ne saremmo uscite insieme.

Quello sguardo addolorato aveva lasciato il posto alla delusione, alla pietà e alla rabbia.

« Come osi gettare vergogna su te stessa e sulla tua famiglia, Avery? Cosa dirò alla gente quando lo verrà a sapere? » aveva detto la mamma, e le tremava la voce perché tentava di non gridare; poi però aveva perso il controllo, e le parole successive erano uscite in un grido strozzato: « Dopo tutto il resto hai avuto anche questa bella pensata? Non ci hai fatti soffrire abbastanza? Qual è il tuo problema, Avery? Santo cielo, cosa c'è di sbagliato in te? »

Le infermiere l'avevano trascinata fuori dalla stanza.

Stranamente, le cose che ricordavo meglio di quella notte erano il panico che le era balenato in viso e la mia erronea convinzione che fosse preoccupata per me.

Avevo rivisto quello stesso sbigottimento sul viso di Cam, e non lo tolleravo, perché sapevo che lo sconcerto si sarebbe poi trasformato in qualcos'altro, in delusione, in pietà e in rabbia.

E non potevo permettere che accadesse con lui.

Avrei fatto qualsiasi cosa per evitarlo, anche a costo di ricorrere a misure drastiche. In un momento imprecisato tra martedì sera e mercoledì mattina, avevo preso una decisione sullo stato attuale della mia esistenza.

Quella... quella cosa con Cam era destinata al fallimento sin dall'inizio. Un ragazzo e una ragazza attratti l'uno dall'altra potevano restare amici? Non ne ero convinta. Le cose si sarebbero complicate troppo. O si cedeva ai sentimenti oppure ci si allontanava. Noi avevamo tentato di cedere ai sentimenti per un solo, torrido istante. Ci eravamo baciati un paio di volte. Tutto lì. E in effetti non sarebbe successo nient'altro.

Non ero sicura che sarei riuscita a spingermi più in là. Be', tantomeno adesso. Cam se ne sarebbe fatto una ragione, prima o poi, e il mio cuore sarebbe andato in frantumi. Non spezzato, ma annientato completamente, perché Cam... era un ragazzo di cui ci si poteva innamorare. E io non potevo permettere che succedesse.

Forse è già successo, sussurrò una voce maligna, perfida.

Così, mercoledì mattina andai alla segreteria dell'università e inventai una scusa, dicendo che avevo troppo da studiare e che rischiavo di rimanere indietro. L'ultimo giorno utile per ritirarsi da un corso era stato a fine ottobre, quindi per liberarmi di astronomia avrei dovuto prendere un « incompleto ».

Un incompleto mi avrebbe rovinato la media, ma in realtà andavo abbastanza bene negli altri corsi da non rischiare una bocciatura.

Dovevo decidermi.

Affrontare Cam e l'inevitabile cuore spezzato, o prendere l'incompleto.

Presi l'incompleto.

Uscii dall'ufficio, consapevole di non aver fatto davvero una scelta. Stavo scappando. Dopotutto, non era la cosa che mi riusciva meglio?

Il weekend successivo Brittany e Jacob si presentarono entrambi a casa mia, e se non li avessi fatti entrare ero sicura che avrebbero buttato giù la porta, o peggio ancora avrebbero coinvolto Cam.

Sedetti sulla poltroncina e li fissai. « Ragazzi, sul serio... »

Brittany incrociò le braccia e alzò il mento con aria di sfida. « Siamo tuoi amici, ed è evidente che stai vivendo un momento di crisi, quindi eccoci qua, e non ti libererai tanto facilmente di noi. »

« Non sono in crisi. » Cam aveva detto loro cos'aveva visto? Ebbi paura, ma mi dissi che non poteva averlo fatto, o almeno credevo che non lo avrebbe fatto.

« Davvero? » Jacob tornò dalla cucina. « Da quando sei rientrata dalle vacanze del Ringraziamento, somigli a uno zombi, e non di quelli più pimpanti. Sembrava che avessi pianto per tutto il weekend, eviti Cam e non vuoi parlare di lui, e non c'è niente di buono da mangiare nella tua cucina. »

Accolsi con perplessità quell'ultima affermazione. «Non sto evitando Cam.»

A questo punto intervenne Brittany: «Stronzate. Ieri gli ho parlato. Dice che tu non gli rivolgi la parola, non gli rispondi al telefono e alla porta, e non vai ad astronomia».

Una fitta di dolore mi attraversò il petto. Stavo per chiederle se era stata lei ad andare da Cam, ma mi dissi che non importava. Meno pensavo a lui e meglio era. Non pronunciare il suo nome aiutava.

Che i miei due amici mi facessero il terzo grado su di lui, invece, non aiutava.

«Avete litigato?» chiese Jacob, affondando sul divano.

Avevamo litigato? Non proprio. Scossi la testa. «Non è niente, ragazzi. Non abbiamo litigato. È solo che non sono dell'umore giusto per parlare con lui.»

La mia amica mi guardò storto. «Avery, è una stronzata anche questa.»

Alzai le mani, sconfitta.

«Perché non vai ad astronomia?» insistette.

«Ho abbandonato il corso.»

Mi guardò a bocca aperta. «Ti sei ritirata? Avery, l'ultimo giorno per ritirarsi era... Oddio, prendi un incompleto?»

«Non è poi così grave.»

Brittany mi fissò, e anche Jacob. «Cazzo, Avery, ti sei rimbecillita?»

Trasalii. «No.»

Lei inspirò a lungo, e guardò Jacob e poi me. «Jacob, puoi tornare al dormitorio per conto tuo?»

Lui aggrottò la fronte. «Oh, be', sì, non è molta strada, ma...»

« Bene », cinguettò lei. Si piegò in avanti e lo baciò sulla guancia. « Ci vediamo dopo. »

Jacob restò lì seduto per un momento, poi scosse la testa. Mi abbracciò frettolosamente prima di andarsene.

« Perché lo hai cacciato? » chiesi.

« Perché dobbiamo fare una chiacchierata tra donne. »

Oh, santo cielo.

Si sporse in avanti con le mani sulle ginocchia. « Cos'è successo tra voi due? »

Cercai una scusa valida per il fatto che evitavo Cam. « È solo che non penso che una relazione con lui sia la cosa giusta. »

« Okay. Ma neanche rimanere amici? Non riesci neanche a stare nella stessa aula con lui... »

« Non possiamo essere amici », tagliai corto dopo qualche momento, già stanca di quella conversazione. « È tutto qui, okay? Non voglio parlarne. Non voglio sembrarti maleducata, ma non c'è altro da aggiungere. Non voglio vederlo. Fine della storia. »

Non volevo vederlo. Il problema è che era vero solo in parte. Ero troppo imbarazzata, mi vergognavo da morire, ma mi mancava. Era passata solo una settimana, e già mi mancavano i suoi commenti sagaci, il suo senso dell'umorismo e il suo fascino, e... m'interruppi scuotendo la testa.

Brittany si scostò i capelli dalla fronte. « Va bene, però voglio farti una domanda, e voglio una risposta sincera. Okay? »

Sgranai gli occhi. « Okay. »

« Ha provato a fare qualcosa? »

« Eh?! » strillai.

Mi guardò dritta negli occhi. « Ti ha fatto male o qualcosa del genere? »

«Oddio, no.» Mi alzai strusciandomi le mani sui fianchi in un gesto nervoso. «Cam non mi ha fatto niente, te l'assicuro. Non ha fatto niente di male. Il problema sono io. Okay? Ti prego, non pensare questo di lui.»

La mia amica annuì lentamente. «Non lo pensavo, ma dovevo chiedertelo. Dovevo sapere.»

Si trattenne ancora qualche minuto a parlare del suo ultimo incontro con Jimmie, e per un po' dimenticai Cam e tutto il casino.

Prima di andarsene si fermò sulla porta e si voltò. «Nel caso te lo domandassi, quando ho parlato con Cam era davvero preoccupato per te. Era sconvolto. Qualsiasi cosa sia successa tra voi due spero che la risolverete, perché...»

«'Perché' cosa?»

Serrò le labbra. «Perché penso che ci tenga davvero a te, Avery. E penso che tu ci tenga davvero a lui. E sarebbe davvero un peccato se non riusciste a chiarirvi.»

Il semestre stava per finire e io mi tuffai nella preparazione degli esami. Con l'incompleto in astronomia dovevo passare tutte le altre materie a pieni voti, anche solo per sentirmi meno in colpa per quella decisione scellerata. Più di una volta, nell'ultima settimana, avrei voluto darmi un pugno in faccia per aver accettato un incompleto. Era stata una decisione stupida, stupidissima, soprattutto perché l'avevo presa per via di un ragazzo, ma ormai non c'era più nulla da fare. Avevo perso le ultime due settimane di lezione e non c'era modo di recuperare.

Terminato l'ultimo esame del semestre, quello di musica, mi avviai verso la stazione ferroviaria dove avevo parcheggiato la macchina. Camminando contro il vento forte che mi soffiava negli occhi, tirai fuori il cellulare. C'erano un paio di messaggi non letti di Cam e uno del NUMERO SCONOSCIUTO, che evidentemente si era stancato di darmi della puttana nella segreteria telefonica ed era passato agli SMS. Evitavo i messaggi di Cam, proprio come le e-mail di mio cugino.

Però non li cancellai. Non so bene perché. Non ci riuscivo.

C'era una chiamata persa di Brittany. Voleva vedermi prima di partire per le vacanze di Natale. Né lei né Jacob sollevarono più l'argomento Cam, che però aleggiava tra noi ogni volta che eravamo insieme. Dopo aver lasciato il campus andai al negozio di alimentari, perché non potevo più rimandare l'incombenza di fare la spesa. Vagai per le corsie senza trovare nulla di appetitoso e gettando roba a caso nel carrello.

Uscendo scorsi Ollie che entrava nella pizzeria in fondo al centro commerciale. Eravamo a poco più di un chilometro dal nostro palazzo, quindi non era strano che si trovasse là. Mi fermai al centro del parcheggio col batticuore. Lui non si voltò nella mia direzione, probabilmente non mi vide neppure, ma io vidi lui e pensai a quella stupida tartaruga.

Mi si formò un nodo in gola e inspirai a fondo. Le lacrime mi bruciavano gli occhi mentre mi trascinavo verso l'auto. Mi concentrai sulla spesa da caricare finché quel gomitolo di emozioni non si sciolse.

L'inevitabile accadde mentre portavo su per le scale gli ultimi sacchetti.

La porta di Cam si aprì e sapevo che non poteva essere Ollie. Il cuore mi sobbalzò in petto e tentai di aprire la porta ed entrare con la spesa prima che mi vedesse, ma era impossibile. Scartai l'idea stupida di lasciare la spesa sul pianerottolo e mi chinai cercando di prendere più sacchetti possibile.

« Avery. »

Chiusi gli occhi e restai immobile, con tre sacchetti pieni che dondolavano precariamente dalle mie dita doloranti. Mi si serrò lo stomaco quando avvertii che si stava avvicinando. Era come se il mio corpo fosse consapevole della sua presenza a un qualche livello inconscio.

« Lascia che ti aiuti. »

La sua voce profonda si fece strada nel mio petto, dandomi i brividi. Aprii gli occhi ma tenni lo sguardo fisso su quel che potevo vedere dell'appartamento. « Ce la faccio. »

« Non mi sembra. Hai le dita viola. »

Era vero. « È tutto a posto. » Mi avviai dentro casa, ma Cam si mosse in fretta. Mi girò intorno e vidi solo la sua pancia. Per fortuna indossava un maglione. Poi vidi la sua mano che mi prendeva i sacchetti, sfiorando la mia. Mi ritrassi e uno dei sacchetti cadde. « Merda. »

Mi chinai a raccogliere il balsamo per i capelli prima che rotolasse giù per le scale. Cam s'inginocchiò a recuperare il resto della spesa. Aveva in mano il mio shampoo, il dentifricio, gli assorbenti interni. Bello. Imprecai sottovoce e mi costrinsi ad alzare lo sguardo.

Cam aveva la mandibola serrata e dovetti distogliere subito lo sguardo, perché vederlo non era piacevole.

« Se ridi ti tiro un pugno », gli dissi, prendendo il resto della spesa.

« Non oserei mai ridere. » C'era una nota divertita nella sua voce.

Mi seguì nell'appartamento oltrepassandomi e posando i sacchetti sul bancone. Feci lo stesso, col cuore in gola perché lui era nella mia cucina. « Non eri tenuto ad aiutarmi, ma grazie», dissi. Le mani mi tremavano mentre tiravo fuori il latte da uno dei sacchetti. Lui era ancora in cucina, davanti alla porta. «Devo...»

«Pensi davvero che ti libererai di me tanto facilmente, ora che sono qui dentro?» mi chiese.

Misi in frigo il latte e passai ai surgelati. «Ci speravo.»

«Divertente. Dobbiamo parlare.»

Impilai i piatti pronti e li portai al congelatore. «Non dobbiamo parlare.»

«Sì, invece.»

«No, invece. E ho da fare. Come vedi, devo sistemare la spesa e...»

«Okay, posso aiutarti.» S'incamminò verso il bancone. «E possiamo parlare mentre ti aiuto.»

«Non mi serve il tuo aiuto.»

«Invece ho idea che ti serva.»

Mi voltai di scatto, lasciando aperto lo sportello del freezer. L'aria fredda mi sferzò la nuca, ma quasi non la sentii per via del panico e della rabbia. «Cosa vorresti dire?»

«Non significa quello che pensi tu, Avery. Santo cielo...» Si passò una mano tra i capelli spettinati. «Voglio solo parlarti. Nient'altro.»

«Mi pare evidente che io invece non voglio parlare con te.» Raggiunsi il bancone a lunghi passi e presi la confezione di hamburger, la gettai in freezer e sbattei lo sportello. Vari oggetti tintinnarono dentro e sopra l'elettrodomestico. «E tu sei ancora qui.»

Cam trasse un respiro profondo e quel muscolo sul mento iniziò a pulsargli. «Senti, ho capito che non sei felice con me, ma devi dirmi cos'ho fatto per farti arrabbiare così tanto che ti rifiuti di parlarmi o anche solo...»

«Tu non hai fatto niente, Cam! È solo che non voglio

parlare con te.» Girai sui tacchi, uscii dalla cucina e andai verso la porta d'ingresso, ma mi fermai dietro il divano.

«Non è così che si comporta la gente, Avery. Non si pianta in asso una persona e non ci si nasconde da lei. Se c'è...»

«Vuoi sapere com'è che non si comporta la gente?» Ferita dalla verità delle sue parole, gridai. «La gente non tartassa neppure con telefonate continue le persone che palesemente non vogliono parlare! Che ne dici?»

«Tartassarti? È questo che sto facendo?» Scoppiò a ridere, di una risata amara. «Mi prendi in giro, cazzo? Sono preoccupato per te, e tu mi accusi di tartassarti?»

Aprii la bocca, ma quel gomitolo di caos mi si era riformato nelle viscere e minacciava di togliermi l'ossigeno. «Non avrei dovuto dirlo. Non mi stai tartassando. È solo che...» Non finii la frase, mi passai le mani tra i capelli. «Non lo so.»

Mi fissò a labbra serrate. Scrollò il capo. «È per via di quello che ho visto, vero?» Indicò il mio braccio e io m'irrigidii. «Avery, puoi...»

«No», dissi, stringendomi il polso. «Non è per quello. È solo che non voglio farlo.»

«Fare cosa?»

«Questo!» Chiusi gli occhi per un istante e presi fiato. «Non voglio fare *questo.*»

«Porca miseria, sto solo cercando di parlarti!»

Scossi la testa e lo guardai negli occhi. «Non c'è niente di cui parlare, Cam.»

«Avery, coraggio...» Si morse il labbro, attirando la mia attenzione come se avesse sventolato un hamburger davanti a uno studente famelico. «Okay, la sai una cosa? Non mi farò il sangue amaro per una stronzata del genere. Vaffanculo.»

Rabbrividii e feci un passo di lato. Lo meritavo, ma faceva male lo stesso... mi feriva nel profondo.

Mi oltrepassò andando verso la porta. «Senti, vado a casa per le vacanze di Natale. Farò avanti e indietro, quindi se hai bisogno di qualcosa...» Rise di nuovo, senza allegria, e si passò le dita tra i capelli. «Già, tu non hai bisogno di niente.»

Una fitta di dolore mi stritolò il petto mentre lo guardavo aprire la porta. Uscì sul pianerottolo, poi si voltò indietro. «Tu resti qui da sola per tutte le vacanze? Anche a Natale?»

Incrociai le braccia e non risposi.

Distolse lo sguardo, scuro in volto. «Passa un buon Natale, Avery.»

Si avviò a lunghi passi verso il suo appartamento, e mi aspettavo di sentir sbattere la porta, ma non fu così. E, chissà perché, fu molto peggio. Mi chiusi in casa con gli occhi lucidi. Era giusto che andasse così. Continuai a ripetermelo indietreggiando dalla porta. Brittany si sbagliava. Non c'era niente da sistemare o da chiarire. Era meglio così. Doveva esserlo.

Anche se non sembrava.

21

Il giorno di Natale successero due cose. Mio padre m'inviò un SMS con scritto TNT AUGURI. *Tnt.* Non era nemmeno riuscito a scrivere per esteso «tanti». Davvero un messaggio che veniva dal cuore. Ti voglio bene anch'io, papà.

E quella sera nevicò.

Non avevo mai visto la neve a Natale.

Con un fremito di eccitazione m'infilai il cappotto e un paio di stivali pesanti e uscii di casa. Benché sapessi che nell'appartamento di fronte non c'era nessuno, neppure Ollie, lanciai di sfuggita un'occhiata alla loro porta mentre raggiungevo le scale. Mi chiesi chi si prendesse cura di Raffaello.

Con l'oppressione al petto, mi costrinsi a scendere le scale e a uscire dal palazzo. Alle finestre di alcuni appartamenti erano appese le lucine natalizie. Io non avevo appeso decorazioni. Non mi sembrava il caso, però avevo ordinato un regalo di Natale per me stessa.

Una nuova borsa per i libri, in cuoio invecchiato. Una borsa nuova per un nuovo semestre.

Non sapevo dove fossi diretta, ma mi ritrovai nel piccolo campo oltre l'ultimo palazzo della strada. Morbidi fiocchi bianchi coprivano già il terreno e continuavano a cadere.

Infilai le mani in tasca, gettai la testa all'indietro e chiusi gli occhi. Piccoli fiocchi mi piovvero sulle guance e sulle labbra, freddi e bagnati. Restai in quella posizione così a lungo che se qualcuno si fosse affacciato alla finestra avrebbe pensato che ero pazza, ma non m'importava.

Cam non mi aveva più contattata dopo quel giorno coi sacchetti della spesa.

Non che me lo aspettassi, ma mi veniva un nodo in gola ogni volta che controllavo il telefono e non trovavo niente da parte sua. Quant'ero contorta? Gli avevo detto che non volevo parlare con lui, quindi aveva smesso. L'avevo voluto io, no?

Un diverso genere di umidità mi scorse sulle guance, mescolandosi alla neve, e sospirai. Aprii gli occhi e osservai cadere la neve per qualche altro secondo, poi tornai in casa.

Fuori dalla mia porta guardai quella di Cam e sussurrai: « Buon Natale ».

Il giorno dopo Capodanno mi ero stufata di stare in casa da sola e decisi di dar corso al mio progetto. In una giornata fredda e ventosa aprii Google Maps, presi la macchina, andai nella capitale e visitai i musei.

Ero fiera di me quando trovai parcheggio. Non avevo portato in città una famiglia di quattro persone, ma crescere nei dintorni di Houston mi aveva un po' preparata al traffico folle di quelle strade.

I musei erano affollati, soprattutto da famiglie, e non sapevo bene se fosse normale all'indomani di un giorno festivo. Passai gran parte del tempo nella sezione « La vita eterna nell'antico Egitto » dello Smithsonian. Era bellissimo ammirare manufatti creati migliaia di anni fa.

E anche la mummia non era male.

L'appassionata di storia che era in me si emozionò moltissimo aggirandosi in quegli ampi corridoi, anche se ero da sola e anche se a intervalli regolari, per quante volte mi ripetessi di smetterla, mi tornava in mente Cam, che aveva promesso di accompagnarmi. Certo, lo aveva fatto poco prima di baciarmi, quindi forse in quel momento sarebbe stato disposto quasi a tutto.

Non potevo neppure illudermi che fosse ancora a casa dei suoi, perché quella mattina prima di partire avevo visto il suo pick-up argento in fondo al parcheggio. Cam era tornato.

Mi fermai davanti a una teca di vasellame. Pensare a lui che mi baciava non mi fu di nessun aiuto. Anzi peggiorò la situazione. Mi voltai: una coppia di ragazzini era più interessata al sapore delle rispettive bocche che ai reperti storici esposti di fronte a loro.

Avvertii una fitta di dolore al petto.

E va bene, forse andare al museo non era stato un'idea geniale, ma quel giorno non potevo restare a casa.

Era il mio compleanno.

Cifra tonda: venti.

I miei genitori si sarebbero senz'altro limitati a un SMS ma quando ripartii dalla capitale, poco dopo le quattro del pomeriggio, non avevo ancora avuto loro notizie.

Faceva male come il tocco di una medusa.

Mi fermai alla pasticceria vicino a casa e comprai una torta gelato. Non mi piaceva molto il gelato, ma quella roba croccante al centro, qualsiasi cosa fosse, era assolutamente divina.

Con la mia fettina di torta mi accoccolai sul divano e guardai metà della prima stagione di *Supernatural* prima di addormentarmi prestissimo, a un'ora imbarazzante.

Mi svegliai tra le quattro e le cinque del mattino, con la

nebbia in testa. Mi sollevai con le tempie che pulsavano. Pensai che fosse perché avevo dormito sul divano in una posizione scomoda, e mi alzai.

«Oh!» Mi posai il palmo della mano sulla fronte mentre la stanza mi girava intorno. Sentivo la pelle calda. Sudavo?

Mi avviai in camera da letto per cambiarmi, ma a metà strada feci una deviazione in bagno.

«Oddio», ansimai.

I crampi mi stritolavano lo stomaco e mi gettai in ginocchio sollevando il coperchio del water. La torta gelato e tutto il resto tornarono su in fretta. Rigettai a lungo, e alla fine mi appoggiai alla vasca, posando la guancia sulle piastrelle fredde. Era una sensazione piacevole, ma la calma non durò a lungo. Avvertii un altro spasmo al ventre e raggiunsi il water appena in tempo.

Era ufficiale: Dio mi aveva punita inviandomi un brutto virus influenzale.

Come lo avevo preso? Era importante? Accidenti, no. Niente importava più: sulla guancia dovevo avere ormai il segno delle mattonelle. Non avevo idea di quanto tempo fosse passato. Sapevo di aver bisogno di una medicina. Sì, buona idea, uscendo potevo comprare anche della zuppa di pollo. Aspirina. Alka-Seltzer...

Mi alzai a fatica e tornai in salotto. Le pareti avevano un aspetto strano, sfocate e un po' distorte, ondeggiavano come se volessero salutarmi. Dopo una lunga ricerca trovai il portafogli e le chiavi e arrivai alla porta d'ingresso. Mentre giravo la maniglia avvertii un minaccioso sussulto nello stomaco.

Gettai a terra portafogli e chiavi e mi voltai. Le pareti danzavano. Non era un buon segno. Avanzai di un passo o due e le mie gambe fecero una cosa stranissima. Smisero di funzionare. All'improvviso. Non le sentivo più. Caddi a terra. Arrancai carponi verso la cucina, per evitare la moquette, e arrivai al lavandino. Mi tirai su e mi chinai sul lavello, e il mio stomaco fu scosso dai conati finché non mi stillarono le lacrime sulle guance.

Dio, che schifo!

Infine, quando la tempesta sembrò essere passata, mi lasciai scivolare a terra e mi appoggiai con la schiena ai pensili sotto il lavandino. Va bene, non era il caso di uscire. Dovevo andare a letto. Non so bene se mi gettai a terra o se caddi da sola, ma mi ritrovai sul pavimento freddo. Se non altro, in cucina c'era più spazio.

Un dolore acuto s'impadronì dei miei muscoli e delle mie ossa. La testa mi faceva così male che non riuscivo ad aprire gli occhi. Sembrava che mi avessero infilato della lana in gola. Il cervello arrancava in acque torbide. Niente aveva più senso. Il telefono trillò e poi, un po' di tempo dopo, prese a squillare a lungo. Mi chiesi se fossero i miei genitori. Forse si erano ricordati del mio compleanno.

Dovevo essermi addormentata, perché sentii bussare, come da molto lontano. E mi sembrò di sentir aprire la porta del salotto. A quel punto non m'importava se era un serial killer. Avrei dato il benvenuto a chiunque potesse far svanire quel dolore.

«Avery?» Ci fu una pausa e poi: «Oh, mio Dio».

L'assassino sapeva il mio nome ed era religioso?

Mani fredde mi toccarono la fronte. «Avery, santo cielo, stai bene?»

L'assassino aveva la voce di Brittany, quindi evidentemente non era un assassino. Socchiusi faticosamente gli occhi. Per un istante la vidi sfocata. Aveva la preoccupazione dipinta in volto.

«Influenza. Ho l'influenza...» mormorai.

« Ecco perché c'è puzza di vomito. »

Feci una smorfia. « Bleah. »

« Sì, bleah, è tutto molto bleah. »

Qualcosa cadde a terra, poi le mani fredde se ne andarono. Si aprì lo sportello del frigo e una meravigliosa aria fresca si riversò su di me. Ero in paradiso, accidenti.

Lo sportello si richiuse e Brittany tornò con una bottiglia di acqua. « Devi bere. Coraggio, aiutami a tirarti su. »

Borbottando, posai le mani a terra, ma ero troppo debole. Lei mi abbracciò e mi tirò a sedere contro un mobile. La bottiglia riapparve davanti alle mie labbra secche.

« No. » Cercai di spingerla via, ma non riuscivo a sollevare le braccia. « Ti... verrà... l'influenza... »

« No, sono vaccinata. Bevi quest'acqua, Avery. Bevila. » Me la portò di nuovo alla bocca, e l'acqua mi entrò fra le labbra, bruciandomi la gola. « Fa male, vero? Se bevi quest'acqua vado al negozio e ti prendo qualcosa, va bene? Penso che tu abbia la febbre. » Mi tastò la fronte. « Sì, hai la febbre. »

Penso che dopo aver bevuto l'acqua ero crollata faccia a terra. Era tutto sfocato. Brittany mi parlava e io rispondevo, o almeno credo. Non so proprio cosa dicessi. Mi lasciò sul pavimento e poi la udii di nuovo, in salotto, che parlava a voce bassa. Il mal di testa m'impediva di aprire gli occhi.

Due braccia mi sollevarono e per un istante galleggiai. Poi mi ritrovai appoggiata a qualcosa di caldo e duro. Mugolai, girando la testa. Avvertii un profumo familiare, confortante, che mi cullò finché non mi trovai sdraiata su una superficie molto più comoda con qualcosa di freddo e umido sulla fronte.

Dormii a tratti, svegliandomi ogni tanto e accorgendomi di non essere sola. Qualcuno sedeva sul letto accanto a me e mi posava un panno bagnato sulle guance. Mormoravo qualcosa prima di riaddormentarmi. Non so per quanto tempo andò avanti così, ma alla fine mi si aprirono gli occhi e mi sembrò di uscire dal coma. La luce che filtrava dalle persiane era troppo forte e il mal di testa c'era ancora, ma più leggero di prima.

Aprii la bocca, ma iniziai subito a tossire.

Sentii dei passi in corridoio e all'improvviso Brittany apparve sulla soglia della mia camera, un bicchiere d'acqua in una mano e una tazza nell'altra. «Sei viva! Grazie al cielo, iniziavo a pensare di averti uccisa per sbaglio ficcandoti la medicina in gola.»

La guardai inebetita. «Ho preso una medicina?»

«Sì.» Venne a sedersi sul letto. «Due volte, e questa è la terza. Devi bere tutta quest'acqua. E poi devi bere questo: altra medicina. Mia madre, che tra parentesi è infermiera, ha detto che siccome stanotte la febbre è scesa probabilmente guarirai presto. Be', dovresti quantomeno sentirti meglio.»

«Stanotte?» Mi coprii la bocca con una mano e iniziai a tossire di nuovo mentre prendevo l'acqua dalle sue mani. Dovevamo aspettare che passasse anche la tosse. «Che ore sono?»

La mia amica mi porse la tazza fumante che odorava di limone. «Ore? Tesoro, la domanda giusta sarebbe che giorno è. È sabato.»

L'acqua mi andò quasi di traverso. «Sono rimasta... svenuta per un giorno intero?»

In tono partecipe, precisò: «Un giorno e mezzo. Quando ti ho scritto e ti ho chiamata e non hai risposto, mi sono preoccupata. Per questo sono venuta qui. Stavi parecchio male. Mia madre dice che probabilmente eri disidratata».

Ci pensai su mentre finivo di bere l'acqua, poi posai il bicchiere sul comodino e presi la tazza. Un altro accesso di tosse mi travolse e per puro miracolo non rovesciai la tazza. «Sei... rimasta qui per tutto questo tempo?»

«Non sempre. Mi hanno aiutata.»

«Grazie. Davvero, grazie. Sarei ancora sdraiata per terra se non fosse per te e Jacob.»

Scosse la testa.

All'improvviso mi venne in mente una cosa molto importante. Mi guardai: indossavo una maglia del pigiama a maniche lunghe. Avevo ancora il reggiseno e i pantaloni del pigiama... oddio, non avevo il bracciale! Alzai la testa di scatto e il dolore si propagò in tutto il viso. Il bracciale era sul comodino. «Hai...»

«Sì e no», rispose lei, giocherellando con la corta coda di cavallo in cima alla testa. «Ti ho aiutata a infilare i pantaloni.»

«Ma allora chi...?» Ebbi l'improvvisa sensazione di dover correre di nuovo in bagno. «Oddio...»

Brittany rabbrividì. «Non odiarmi, Avery, ma non sapevo cos'altro fare. Non riuscivo a tirarti su dal pavimento. Per essere così piccola pesi un sacco, e Jacob ha meno muscoli di me. Cam era nell'appartamento di fronte ed era la soluzione più rapida.»

Santo cielo, il mio cervello malato non voleva saperne di elaborare quella notizia. Se Brittany non mi aveva tolto il maglione zuppo di sudore, doveva avermelo tolto Cam: il che significava che era stato lui a posare il bracciale sul comodino.

Chiusi gli occhi.

«Senti che stai per vomitare di nuovo?»

Con voce roca, dissi: «No. Quindi... quindi Cam è stato qui?»

« Ti ha portata a letto ed è rimasto con te mentre io andavo in farmacia. » Incrociò le gambe. « Quando sono tornata ti aveva cambiato la maglietta e ha giurato di non averti guardato nuda. Io guardavo lui, però: per tutto il tempo è rimasto a torso nudo. Anche se tutte le finestre erano aperte per mandar via l'odore di vomito. »

L'odore di vomito. Cam aveva sentito l'odore del mio vomito.

« È un bravissimo infermiere. Ti ha tenuto un panno bagnato sul viso, per tenerti fresca. » Brittany fece un sospiro trasognato. « È persino rimasto con te mentre io ripulivo la casa. »

« Grazie. » Bevvi l'ultimo sorso dalla tazza. « Dico davvero, ti sono molto grata. Sono in debito con te. »

« Sì che lo sei. » Sorrise. « E anche con Cam. »

Mi gettai sui cuscini e chiusi gli occhi. « Scommetto che lo hai dovuto implorare di venire. »

« No », ribatté lei, scuotendomi la gamba finché non riaprii gli occhi per guardarla. « Non gliel'ho dovuto chiedere due volte. Ha mollato quel che stava facendo ed è venuto qui di corsa. »

22

L'influenza si era trasformata in un disgustoso raffreddore con tosse che tentai ossessivamente di curare con ogni farmaco da banco in commercio. Il primo giorno del semestre primaverile tossivo ancora, ma mi sentivo abbastanza bene per andare a lezione.

Prima di scendere le scale mi feci coraggio e andai alla porta di Cam. Dovevo ringraziarlo, faccia a faccia e non via SMS. Col cuore che mi batteva come se avessi corso una maratona, bussai alla sua porta.

Dopo alcuni passi pesanti la porta si aprì, rivelando Ollie in tutta la sua gloria scapigliata. Mi rivolse un sorriso assonnato. «Ehilà, è bello vederti di nuovo in piedi.»

«Grazie.» Mi sentii arrossire. «Cam è sveglio?»

«Sì, fammi controllare. Aspetta un secondo.» Lasciò la porta socchiusa e svanì nell'appartamento. Dopo qualche istante – istanti che sembrarono interminabili – tornò, un po' meno arruffato. «In realtà, ehm, è già uscito per andare all'università.»

«Oh.» Sorrisi per celare la delusione. «Be', allora... ci vediamo in giro.»

«Sì.» Annuì e si passò una mano tra i capelli lunghi fino alle spalle. «Ehi, Avery, spero che tu ti senta meglio.»

«Sì, sto meglio, grazie.»

Lo salutai con la mano, sistemai la tracolla della borsa

nuova e tirai fuori i guanti mentre scendevo le scale e uscivo nel sole e nel gelo del mattino. Mi fermai poco prima della mia auto, col batticuore.

Il pick-up di Cam era parcheggiato al solito posto.

Non era uscito. Era in casa. La verità era gelida come l'aria. Ollie gli aveva detto che lo cercavo, e Cam non aveva voluto vedermi.

Lo incrociai spesso al campus nelle settimane successive. A quanto pareva seguivamo corsi che ci portavano su strade vicine, e ogni volta che lo vedevo era con Jase o, come il giorno prima, con Stephanie.

Quand'era con lei una strana sensazione mi stringeva lo stomaco. Non avevo il diritto di provare quella sensazione. Lo sapevo, ma questo non m'impediva di voler stendere Stephanie con una mossa di karate.

Tuttavia non era quella la parte peggiore. Quasi sempre lui mi vedeva, e se i nostri occhi s'incrociavano lui distoglieva lo sguardo. Era come se non fossimo amici da quasi cinque mesi, come se non avessimo condiviso momenti intimi. Era come se non ci fossimo mai conosciuti.

Mi ricordava com'erano diventate le cose coi miei amici al liceo dopo la festa di Halloween. Come se il tempo passato insieme fosse stato cancellato.

Quel venerdì si aprì un piccolo spiraglio. Cam era da solo, stava attraversando la strada principale diretto verso il Knutti, la testa china e le mani nelle tasche della felpa col cappuccio.

« Cam! » Gridai il suo nome così all'improvviso che mi venne un patetico attacco di tosse, residuo del raffreddore.

Lui si fermò e alzò la testa. Ciocche scure gli uscivano da sotto il berretto di lana.

Arrancai per il resto della salita, mi facevano male il petto e le gambe. Col respiro affannato mi fermai davanti a lui. «Scusa. Mi serve un secondo», gracidai, prendendo fiato.

Aggrottò la fronte. «Hai una voce orribile.»

«Sì, è come la peste bubbonica e non se ne vuole andare.» Mi schiarii la voce e mi costrinsi a guardarlo. Per un momento, mentre fissavo quegli occhi cristallini, dimenticai perché gli avessi chiesto di fermarsi.

Gli passò qualcosa sul volto e poi distolse lo sguardo, mentre un muscolo gli fremeva sul mento. «Devo andare a lezione, quindi...?»

Cam che aveva fretta di andare a lezione? L'apocalisse era vicina. A quel punto avrei preferito andarmene, perché era chiaro che lui non era interessato alla conversazione, invece restai là. Glielo dovevo.

«Volevo solo ringraziarti per aver aiutato Brittany quando stavo male.»

Strinse le labbra e fissò un punto imprecisato alle mie spalle. «Non ho fatto niente di che.»

«È stato importante per me», dissi a voce bassa, desiderando che incrociasse i miei occhi. «Quindi grazie.»

Annuì secco e poi fece un lungo respiro. Mi guardò, ma solo per un istante, poi le sue spalle si irrigidirono. «Prego.»

«Be'...» Non sapevo più cosa dire. Mi venivano in mente solo frasi idiote del tipo: mi dispiace di essere stata così stronza. Oppure: vorrei che tu non avessi visto la cicatrice.

«Devo andare», disse lui alla fine, indietreggiando

verso l'ingresso laterale dell'edificio, dove vari studenti erano fermi a fumare. «Ci vediamo in giro.»

«Mi dispiace», sbottai, col cuore in gola.

Cam si voltò, socchiuse gli occhi e sembrò che aspettasse qualcosa, poi scosse la testa. «Anche a me.»

Non lo fermai.

Le lacrime mi bruciavano in gola e in qualche modo arrivai alla lezione del corso intermedio di letteratura inglese, che era nello stesso edificio in cui andava lui. La mattina trascorse in una specie di torpore, e quando raggiunsi Jacob e Brittany in mensa seguii a malapena la loro conversazione mentre sbocconcellavo un panino. Ormai si erano abituati a quel mio modo di fare, perché nessuno dei due me lo fece notare.

Mentre andavo con Brittany al Whitehall per la lezione di economia, le dissi che avevo incontrato Cam. «Non vuole più avere niente a che fare con me.»

«Non penso che sia così, Avery.»

«Oh, sì, invece. Aveva fretta di andarsene. Anzi ha detto che non poteva arrivare in ritardo a lezione, e lo sai che a Cam non importa mai di essere in ritardo.»

Brittany si coprì le orecchie col berretto e ci fermammo vicino al padiglione davanti all'edificio di Scienze sociali. «Posso essere sincera con te?»

«Sì.»

Giunse le mani coperte dai guanti. «Tu lo sai che ti voglio bene, vero? Quindi te lo dico chiaro e tondo. Eviti Cam dal giorno del Ringraziamento, e a me, a lui e a tutti quanti sembra che fosse quello che volevi. Che lui se ne andasse e basta.»

Aprii la bocca, ma cosa potevo dire? Era quello che volevo.

«E perciò lui se n'è andato. Non puoi fargliene una

colpa. Anche la sua pazienza ha un limite, sai?» Strinse le labbra. «E, dopo averlo ignorato così a lungo, non avrà tutta questa voglia di parlare con te.»

«Lo so. È solo che...»

«Finalmente hai abbassato la cresta e hai paura che sia troppo tardi?»

Era così? Non ne ero sicura, ma speravo di no, perché almeno con la cresta alzata ero un po' meno depressa.

«Dagli un po' di tempo», mi suggerì Brittany, posandomi un braccio sulle spalle. «Se non cambia idea, allora vaffanculo.»

«Vaffanculo», ripetei, ma non lo pensavo davvero.

Lei mi abbracciò lo stesso. «Così mi piaci.»

Venerdì sera fissai il libro di economia, convinta che fosse scritto in arabo. Faticavo a concentrarmi, per vari motivi. Più volte mi ero trovata a fissare lo schermo del televisore senza vedere davvero la trasmissione. La mia testa vagava in direzioni diverse, e quasi tutte riconducevano a Cam.

Stavo iniziando a darmi sui nervi da sola.

Il telefono squillò all'improvviso sul fondo della borsa. Lo tirai fuori ed emisi un gemito quando lessi chi era. Mio cugino. Ero un po' sorpresa che mi telefonasse dopo le decine di e-mail che avevo ignorato.

Ma proprio perché mi aveva telefonato decisi di rispondere.

«Pronto», dissi, con voce monocorde.

Ci fu un momento di silenzio, e poi: «Hai risposto al telefono?!»

«Perché non avrei dovuto?» Sì, sembrava ridicolo anche a me. «Che succede, David?»

« Hai letto le mie e-mail, almeno qualcuna? » Non c'era traccia del suo solito tono altezzoso.

Ero scioccata.

« Ah, ne ho lette una o due, ma ho avuto da fare, tra l'università e tutto il resto. » Mi alzai e spinsi la borsa sotto il tavolino. « Perciò... »

David fece un gran sospiro. « Non sai niente? I tuoi genitori hanno provato a contattarti? »

Sbuffai. « Be', no. Si sono dimenticati il mio *compleanno.* »

« Mi dispiace », disse lui, e dalla voce mi sembrò che facesse una smorfia di disappunto. « Ho pensato che avessero provato a raccontarti quello che sta succedendo qui. Ha un po' a che fare con te. »

Entrai in cucina e aggrottai la fronte mentre prendevo una bibita dal frigo. « Come fa qualcosa che succede laggiù a riguardare me? »

Ci fu una pausa e poi venne sganciata la madre di tutte le bombe. « Riguarda Blaine Fitzgerald. È stato arrestato ».

La lattina mi scivolò dalle dita e rimbalzò rumorosamente sul pavimento. Rotolò sotto il tavolo. Io restai lì a fissare il frigo. « Cosa? »

« È stato arrestato, Avery. Per questo cercavo di contattarti. Pensavo... non lo so, pensavo che ti avrebbe fatto piacere saperlo. »

Le gambe molli, mi voltai ad afferrare il bancone della cucina con la mano libera. La stanza cominciò a vorticare come se fossi malata di nuovo.

« Avery, sei ancora lì? »

Con la gola serrata, risposi: « Sì... Cos'è successo? »

« È successo all'inizio dell'estate, ma è rimasto un segreto fino a metà agosto, quando lo hanno arrestato. C'era una festa. A quanto ho sentito c'erano ragazzi più piccoli », spiegò, e io chiusi gli occhi. « Era una ragazza con cui andavi a scuola tu. Penso avesse un anno meno di te: Molly Simmons.»

Ricordavo di aver visto il suo nome in una delle e-mail di mio cugino, e di avere immaginato tutt'altro. «Cosa... cos'ha fatto lui?»

David non rispose subito. «È accusato di aggressione a sfondo sessuale e vari altri reati. Il processo si terrà a giugno, ma è fuori su cauzione. Non promette bene per lui, ci sono molte prove. L'unico motivo per cui so tutto questo è che suo padre ha chiesto al mio di rappresentarlo, e mio padre ha rifiutato. Voglio che tu lo sappia.»

Ero senza parole. Grazie per aver scelto di non essere l'avvocato di quello stronzo? Ero ammutolita. Ero esterrefatta. Mi ero sempre chiesta se Blaine avesse fatto a qualcun altro quello che aveva fatto a me, e se il mio silenzio gli avrebbe permesso di rifarlo. Avevo sperato di no, avevo pregato che non andasse così.

«La ragazza che ha... violentato si è messa in contatto con la tua famiglia.»

Non sapevo cosa mi stupisse di più: il fatto che quella ragazza avesse contattato i miei o che David avesse usato il verbo «violentare». «Cosa? Perché? Io non ho detto niente. Ho tenuto...»

«Lo so, Avery. So che tu non hai detto niente. Ma lei veniva nella tua stessa scuola. Ha sentito i pettegolezzi su Blaine e te, e... be', ha fatto due più due. Si è rivolta prima ai tuoi genitori, e di certo immagini com'è andata.»

Dovevo sedermi.

«Loro si sono rifiutati di parlarle, e lei è venuta da me.» David fece una pausa. «Non le ho detto niente, Avery. Non spettava a me, ma penso che lei cerchi di contattarti. Non so come abbia ottenuto il tuo numero.»

«Non credo che lo abbia.» Mi lasciai cadere sul divano. D'altronde avevo cancellato quasi tutte le e-mail di cui non conoscevo il mittente. «La ragazza? Sta... bene? Insomma, ti è sembrato che stesse bene?»

Mio cugino si schiarì la gola. «Sinceramente? No.»

Mi massaggiai la fronte ed espirai lentamente. «No, certo che no. Era una domanda stupida.»

«Forse ti conviene... ehm... controllare l'e-mail. Ci teneva a parlare con te, e questo ad agosto.»

«Non posso dirle niente. Se le dico qualcosa e si viene a sapere, loro faranno causa a me e alla mia famiglia, chiedendo *milioni* di risarcimento.» La bile mi risalì nella gola. «È parte dell'accordo di riservatezza.»

«Lo so. Ma ho pensato che avresti voluto saperlo.»

Avevo la testa così piena di domande che faticai a sceglierne una. «E le accuse? Pensi che saranno confermate? Che finirà in prigione?»

«Da quel che ha potuto vedere mio padre, le accuse sono fondate. Andrà in prigione, Avery, almeno per qualche anno.»

Aprii gli occhi. Un'ondata di sollievo m'invase, così forte, così potente che mi sembrava mi avessero sollevato dal petto una tonnellata di mattoni. Mai avevo osato sperare tanto. Blaine non sarebbe andato in prigione per ciò che aveva fatto a me, ma giustizia era fatta. Finalmente. Mi dispiaceva solo che fosse successo a un'altra ragazza; una ragazza che probabilmente era stata molto criticata per essersi fatta avanti e che comunque aveva perseverato. Una parte del sollievo si trasformò in vergogna e senso di colpa. E se avessi detto di no ai miei genitori? Se avessi insistito? Forse a Molly non sarebbe successo. E Dio sa a quante altre ragazze poteva essere successo, e non lo avremmo mai saputo. A quel pensiero mi si rivoltò lo stomaco.

«Comunque...» David allungò le vocali. «Volevo solo che lo sapessi.»

Con sincerità, risposi: «Grazie. Mi dispiace di non averti risposto. Pensavo... Be', non importa cosa pensavo».

«Lo so cosa pensavi. Non ti ho dato motivo di pensare diversamente.» Esitò un momento. «Senti, voglio dirti che mi dispiace.»

«Cosa?»

«Per tutti questi anni, be', non ho mai saputo cos'era successo veramente, ma avrei dovuto fare qualcosa. Mi dispiace. Mi dispiace che tu abbia dovuto subire quello che hai subito.»

L'emozione mi serrò la gola. Era successo qualcosa di straordinario. Non solo David era uscito dalla mia lista dei nemici, ma quelle due parole, due paroline così semplici, erano come un faro luminoso in piena notte. Mi tremarono le dita sul telefono. Chiusi gli occhi e li strinsi forte, e una lacrima ne uscì. «Grazie... Grazie», sussurrai con la voce rotta.

23

Per la maggior parte della giornata di sabato rimasi in uno stato di shock: dopo aver incontrato Jacob e Brittany per studiare e bere un caffè, non ricordavo cosa diamine avessimo fatto. Poi, dopo una rapida cena a base di pasta al formaggio, ricordai di aver lasciato la borsa in macchina col telefonino dentro.

Troppo distratta e un po' pigra, non m'infilai neppure le scarpe: uscii sul pianerottolo e mi fermai di scatto quando incrociai Ollie che saliva le scale con una cassa di birra.

« Ehi, ciao! » Mi sorrise. « Cosa ci fai qua fuori... in calzini? »

« Oh, correvo in macchina a prendere la borsa. » Ero in imbarazzo. « Hai sete? »

Ollie rise. « Ho sempre sete, ma questa non è per me. Stasera c'è un incontro di arti marziali miste in tivù e abbiamo invitato alcuni amici. »

« Sembra divertente. »

« Sì... » Guardò la porta del suo appartamento, passò la cassa nell'altra mano. « Perché non vieni anche tu? »

Mi balzò il cuore in gola. « Oh, non lo so. Magari un'altra... »

« Coraggio, l'incontro principale non è ancora iniziato, quindi non ti sei persa niente. »

Esitai. « Non lo so... »

Ollie fece il broncio, ed era così buffo che scoppiai a ridere. « Cam sarà felice di vederti. »

« Be', ecco, non penso che... »

M'interruppe: « Perfetto, allora. Non stare a pensarci. Vieni da noi. Solo per un po', okay? Magari possiamo portare Raffaello a passeggio ».

Risi di nuovo, pensando a Ollie e alla povera tartaruga, e fissai la porta. Perché no? Era una cosa normale da fare, e Ollie abitava lì. Aveva il diritto d'invitarmi. E, a essere sincera con me stessa, volevo vedere Cam.

Mi... mi mancava.

Trassi un lungo respiro e annuii. « Va bene, solo per un po'. »

« Fantastico! » Ollie mi prese a braccetto e prima che potessi cambiare idea mi fece attraversare il pianerottolo.

« Aspetta! Sono senza scarpe. »

« Chi se ne frega? » E sfoderò un sorriso mentre percorrevamo quei pochi passi. « Le scarpe sono sopravvalutate. »

Il cuore mi batté sempre più forte quando Ollie aprì la porta. Immediatamente si amplificò il suono delle risate e della televisione, e per un istante ne fui sopraffatta. Tutti erano concentrati sull'incontro. Ollie mi lasciò il braccio e andò a mettere la birra in frigo. Prese due bicchierini da shot dal bancone della cucina. Che diavolo ci facevo lì?

« Mister Tequila ti dà il benvenuto », disse porgendomi uno dei bicchierini.

La mano mi tremava un po' quando lo presi. La voce nella testa mi diceva di non farlo, ma, accidenti, ero stufa di quella voce. Era la stessa che mi aveva detto di cacciare Cam. La stessa che mi aveva detto di ascoltare i miei genitori, e mi aveva detto di lasciarmi portare da Blaine in quella stanza. Quella voce mi aveva provocato solo guai.

Bevvi il liquore e immediatamente, la gola in fiamme, mi vennero le lacrime agli occhi.

«Porca miseria», borbottai, battendo ripetutamente le palpebre.

Ollie rise, sostituì il bicchierino con una bottiglia di birra e mi prese per un braccio trascinandomi in salotto. «Guardate chi ho trovato!» gridò.

Varie teste si girarono, e le mie dita si strinsero sul collo della bottiglia. Non vidi nessun altro che Cam, e capii subito che quella era stata una pessima idea.

Sembravano passati mesi dall'ultima volta che lo avevo visto.

Era seduto sul divano, col cappellino all'indietro sulla testa. Si sporgeva verso la televisione e gridava in direzione dei due tizi che si stavano picchiando a sangue. La felpa rosso scuro col cappuccio aveva la lampo aperta, e sotto c'era una maglietta bianca. Accanto a lui sul divano c'era Stephanie.

Ingollai un salutare sorso di birra.

Lei era perfetta, come al solito. Capelli castani e lucenti, indossava una maglia a collo alto nera e aderente sul seno. Doveva aver detto qualcosa, perché finalmente Cam mi guardò, e fu come ricevere un pugno in pancia.

Sul suo volto bellissimo si dipinse la sorpresa, e poi i suoi occhi si abbassarono a osservare cosa avevo in mano. Inarcò le sopracciglia e poi mi guardò dritto in faccia. Il mio cuore mancò un battito. Mi sembrò che tutti avessero smesso di parlare e ci fissassero, ma in realtà erano passati pochi secondi e probabilmente nessuno aveva notato niente.

Lui piegò un angolo della bocca. «Ciao.»

«Ciao», risposi, avvilita.

Continuò a guardarmi per qualche istante, poi tornò a

concentrarsi sullo schermo, con le spalle dritte e irrigidite. Non mi voleva lì. Ce lo aveva scritto in faccia, e poi era con Stephanie.

Mi avviai verso la porta ma, non so come, Ollie mi agguantò e mi fece sedere su una poltrona davanti alla televisione. Due ragazzi in pantaloncini elasticizzati e a petto nudo si stavano menando di santa ragione, a pugni in faccia.

Mmm.

Coi nervi a fior di pelle, bevvi la birra più veloce di quanto avrei dovuto. Il risolino di Stephanie mi torceva lo stomaco. Nel giro di pochi minuti era finita praticamente seduta sulle ginocchia di Cam, e gli stringeva un bicipite con la mano. Si chinò a sussurrargli qualcosa all'orecchio. Cam scosse la testa, e lei fece il broncio con le labbra perfette. Cosa gli aveva detto?

Qualcuno (forse Ollie?) mi porse un altro bicchierino di tequila che mi scaldò lo stomaco liberandolo dagli artigli di quella ragazza.

« Mi piacciono i tuoi calzini. »

Alzai gli occhi e mi ritrovai davanti uno degli amici di Cam. Non conoscevo il suo nome e non sapevo bene chi fosse, ma aveva un bel sorriso. Allungai le gambe e agitai le dita dei piedi nei calzini a righe colorate. « Grazie. »

Lui si passò una mano sui capelli castani corti e si strinse la base della nuca. « Quindi guardi spesso gli incontri di arti marziali? »

Sullo schermo un tizio veniva scalciato all'indietro nella gabbia. « È la prima volta che ne vedo uno. »

« E ho l'impressione che non ne vedrai altri. »

Aprii la bocca e mi stupii di sentirne uscire una risata. « Sì, non so se mi appassionerò. »

« Be', è un vero peccato. » Il ragazzo accennò un sorriso. «Cam lo ordina ogni mese sul pay-per-view, e se ci fossi anche tu sarebbe un motivo in più per venire.»

Non risposi e tornai a guardare la tivù, passandomi una mano sul ginocchio. Gli shot e la birra mi stavano sciogliendo i muscoli e annebbiando i pensieri. Il ragazzo mi chiese se volevo qualcos'altro da bere e mi accorsi di avere in mano una bottiglia vuota.

«Certo.» Mi sembrò di sorridere troppo.

Lui tornò con una birra fredda, si sedette sul bracciolo della mia poltrona e dietro di lui Cam alzò lo sguardo e socchiuse gli occhi. «Ecco qua.»

«Grazie.» Bevvi un sorso, ormai ero arrivata al punto d'ignorare il cattivo sapore in bocca. Il mio sguardo incontrò quello di Cam per un secondo e mi costrinsi ad abbassare gli occhi. Mi rivolsi allora al ragazzo accanto a me. «Scusa, non ho capito come ti chiami.»

Lui mi diede un colpetto sulla spalla. «Non ci hanno mai presentati. Io sono Henry.»

«Avery», dissi.

Ripeté il mio nome con un sorriso. «Mi piace, è un nome originale.»

«Come i miei calzini?»

Henry rise, lanciando un'occhiata allo schermo del televisore. «Sì, come i tuoi calzini. Allora, Avery, vai all'università?»

Annuii. «Tu no?»

«No. Mi sono laureato un paio di anni fa. Conosco Cam perché... Be', per via di una cosa che facciamo insieme.» Bevve un sorso di birra, mentre io cercavo di capire cosa intendesse. Aggrottò la fronte. «Hai l'età per bere?»

Ridacchiai. «No.»

«Immaginavo. Sembri molto giovane.»

«Non così tanto. Ne ho appena compiuti venti.»

« Grazie al cielo hai superato l'età del consenso. » Scosse la testa. « Non dirò a nessuno che hai una birra in mano. »

Piegai la testa di lato e cercai d'indovinare la sua età. « Quanti anni hai? »

« Abbastanza da sapere come va il mondo. »

Prima che potessi ribattere qualcosa, Cam gridò: « Ehi, Henry, vieni qui un secondo ».

Henry si alzò dal bracciolo della poltrona e passò intorno ad altri due ragazzi. Stephanie si appoggiò allo schienale del divano con le braccia conserte, mentre Cam faceva cenno a Henry di chinarsi. Non avevo speranza di sentire cosa gli diceva, ma Henry si tirò su e raggiunse Jase che era appoggiato alla parete.

Curiosissima, sentii il bisogno d'indagare. Aprii la bocca - perché no? - ma mi distrassi perché Stephanie stringeva di nuovo il braccio di Cam e lui le stava sussurrando qualcosa. Lei tirò via la mano di scatto e mi scoccò un'occhiata di pura cattiveria. Santo cielo, quella ragazza era un'opera d'arte: ero invidiosa.

Guardai Henry e lui alzò gli occhi. Mi fece l'occhiolino e io gli sorrisi. Mi girava un po' la testa, mi formicolava la nuca. Cam mi fissava, e iniziai a sorridere anche a lui, ma poi lui lanciò un'occhiata a Henry.

Cam mormorò qualcosa e la ragazza scattò in piedi e andò a lunghi passi verso il bagno in corridoio, aprendo con forza la porta. Poi Cam si alzò, venne verso di me e la testa mi girò ancor di più. Un gran sorriso stupido mi si dipinse in volto. Era tanto tempo che non parlavamo, e sentivo davvero la sua mancanza.

Cam era... era speciale... per me, e volevo tornare indietro nel tempo, al giorno del Ringraziamento, e non aver reagito in quel modo assurdo. Volevo tornare a lezione di astronomia, mi pentivo di averlo evitato. Non volevo più essere la ragazza che faceva cose stupide. Volevo che Cam mi sorridesse come faceva un tempo.

In quel momento però non sorrideva affatto. «Vieni un secondo con me?»

Sarei andata ovunque con lui.

Balzai in piedi e la stanza mi girò intorno. «Oddio.» Barcollavo.

Lui mi prese per un braccio con la mandibola serrata. «Riesci a camminare?»

«Sì, certo.» Feci un passo e gli andai a sbattere contro. Ridacchiai quando lessi il dubbio nella sua espressione. «Sto bene.»

Cam scoccò un'occhiata cupa a Ollie mentre mi portava nella cucina ben illuminata e mi faceva appoggiare al bancone. Restò tra me e la porta, le braccia incrociate sul petto. «Che stai facendo, Avery?» chiese a bassa voce.

Alzai la bottiglia. «Bevo, tu che fai?»

I suoi occhi color ghiaccio si strinsero. «Non è la risposta alla mia domanda e lo sai. Cosa stai facendo?»

Porca puttana. Addio, strafottenza. Cercai di rivolgere a Cam la stessa occhiataccia che Stephanie aveva riservato a me, ma finii per produrre una smorfia ridicola. Sospirai e mi arresi. «Non sto facendo niente, Cam.»

«Ah, davvero? Sei ubriaca.»

«Non è vero!»

Mi guardò inespressivo. «Le ultime parole famose dell'ubriaco prima di stramazzare a terra.»

«Non è successo... non ancora.»

Scosse la testa e poi mi prese per un braccio e mi riportò in salotto. Pensavo che mi avrebbe fatta sedere accanto a lui per aspettare che mi passasse la sbornia; invece aprì la porta di casa e mi portò sul freddo pianerottolo.

« Ehm... » Non era quello che mi aspettavo.

« Devi andare a casa, Avery. » Mi lasciò il braccio e indicò il mio appartamento come se non sapessi dove abitavo.

Restai a bocca aperta e mi strinsi la bottiglia al petto. « Fai sul serio? »

« Sì, cazzo. Faccio sul serio. Sei ubriaca, e quelle stronzate non devono succedere davanti a me. »

« Quali stronzate? » Feci un passo indietro, sbigottita. « Mi dispiace. Mi ha invitata Ollie... »

« Sì, e dopo gli farò il culo. » Con un'espressione determinata si passò una mano tra i capelli. « Va' a casa, Avery. Parliamo dopo. »

Mi bruciava la gola. Mille pensieri mi si affastellarono in testa. « Sei arrabbiato con me? »

« Non sono arrabbiato con te, Avery. »

Non sembrava proprio. Spostai il peso del corpo da un piede all'altro. « Non voglio andare a casa. Non c'è nessuno a casa, e io... » Non finii la frase, la gola mi bruciava sempre di più.

Cam inspirò a fondo e chiuse gli occhi. « Più tardi vengo da te e parliamo, va bene? Ora, però, ti prego, va' a casa. »

24

Aprii la bocca ma non avevo niente da dire. Cam mi aveva cacciata dal suo appartamento. Mi pregava di tornarmene a casa mia. Ora mi bruciavano anche i polmoni, e lacrime calde mi pizzicavano gli occhi.

«Va bene», mormorai.

«Avery...»

«Non c'è nessun problema.» Mi voltai e raggiunsi barcollando la mia porta. La sua si aprì e si richiuse prima ancora che riuscissi ad aprire la mia. Premetti la fronte sulla porta e chiusi gli occhi, ma una lacrima sfuggì e scivolò sulla guancia arrossata.

Cam mi aveva cacciata, e il mio appartamento era vuoto. Io ero vuota. Tutto era vuoto. Restavamo solo io e la mia stupida bottiglia di birra.

Okay. Forse ero leggermente ubriaca.

Mi allontanai dalla porta, senza sapere bene dove andare, ma non potevo entrare nell'appartamento. Con l'aiuto del cielo, scesi i cinque piani di scale e uscii dal palazzo senza rompermi l'osso del collo.

Il marciapiede freddo mi anestetizzò i piedi nei calzettoni pesanti mentre procedevo barcollando e bevendo. Trovai un posto libero nel parcheggio e mi sedetti sul marciapiede. Guardai il cielo trapuntato di stelle. Ehi, ecco la Corona Boreale.

Anche adesso non mi ricordava una corona, neanche lontanamente.

O forse non era la Corona Boreale. Come cazzo facevo a saperlo?

Le stelle... erano belle, però, e così lontane e sfocate. Avevo gli occhi e la gola pieni di lacrime. Le braccia mi caddero tra le gambe, la bottiglia mi penzolava tra le dita.

Era ufficiale: ero davvero Señorita Cogliona. E avevo rovinato tutto, con Cam: quello che avevo e quello che avrei potuto avere. Perché avrebbe potuto esserci qualcosa, e io ero un'idiota patentata. Peggio ancora, avevo rovinato la nostra amicizia: e lui era stato un ottimo amico. Nel poco tempo da quando ci eravamo conosciuti era diventato l'amico migliore che avessi mai avuto. Sul serio.

Mi asciugai la guancia sulla spalla e bevvi un altro sorso. Un vento freddo mi sferzò i capelli sul viso mentre chinavo la testa. Non sentivo freddo, il che probabilmente significava che ero davvero ubriaca.

Non reggevo per niente l'alcol.

E che ci facevo seduta sul marciapiede? Era sempre meglio che stare in casa da sola. Sì, anche là fuori ero da sola, ma non mi sentivo sola. Ero sicura che ci fosse uno scoiattolo sull'albero, e doveva pur contare qualcosa, no?

Risi, e il vento sembrò amplificare il suono trasportandolo tra i rami nudi, che fremevano come ossa rinsecchite.

Alzai la bottiglia per bere ancora e mi accorsi che era vuota. « Be', bella merda... » Ma rimasi seduta là a guardare il parcheggio, senza realmente vedere niente. Non so quanto tempo fosse passato, ma quando alzai gli occhi non vedevo più le stelle dietro la coltre di nubi e non mi sentivo più la faccia. Mi chiesi cosa stesse facendo Molly in quel momento. Aver fatto la cosa giusta la faceva stare meglio o peggio?

«Avery!»

Trasalii al suono del mio nome e lasciai cadere la bottiglia vuota, che rotolò sull'asfalto e sotto la macchina di qualcuno. Ooops.

Cam stava percorrendo il marciapiede per raggiungermi, il vento gli sferzava sulla fronte ciocche di capelli ondulati. Cos'era successo al cappellino? Mi piaceva, il cappellino. Lo sguardo nei suoi occhi mi torse lo stomaco. «Cosa cazzo ci fai qui fuori?»

«Guardo... le stelle.»

«Cosa?» Si fermò accanto a me e s'inginocchiò. «Avery, ci saranno zero gradi. Ti ammalerai di nuovo.»

Feci spallucce. «Che ci fai tu qui?»

«Cercavo te, piccola idiota.»

La mia testa ondeggiò nella sua direzione e socchiusi gli occhi. Ci saranno anche stati zero gradi, ma l'alcol era caldo nella pancia e alimentava il mio nervosismo. «Scusa? Ci sei anche tu qui fuori, quindi sei idiota anche tu, idiota.»

Le sue labbra ebbero un tic, come se cercasse di non sorridere. «Ti avevo detto che sarei venuto a parlarti. Ti ho bussato e non hai aperto. La porta non era chiusa a chiave e sono entrato.»

«Sei entrato nel mio appartamento? È maleducazione.»

Non sembrò curarsene. «Sì, ti ho vista seduta qui dalla tua finestra.»

La mia testa impiegava un po' più del normale a elaborare le informazioni. «Il combattimento è finito?»

Si sedette accanto a me, eravamo spalla a spalla. «No, quello principale è appena iniziato.»

«Te lo stai perdendo.»

Non rispose subito. Si passò una mano tra i capelli, che restarono dritti. « Dio, Avery... »

Tremai, e l'alcol mi sguazzò nello stomaco.

Lui guardava le macchine e un muscolo gli vibrava sul mento. « Ci sono rimasto di merda quando ti ho vista, stasera. »

« Per via di Stephanie? » sbottai, e subito diedi la colpa all'alcol.

« Cosa? » Mi scoccò un'occhiata. « No, l'ha invitata Jase. »

« Sembrava che fosse lì per te. »

Scrollò una spalla. « Forse sì, ma non me ne frega un cazzo. » Poi si voltò verso di me con la testa piegata di lato, le mani sulle ginocchia. « Avery, non sono più stato con lei da quando ti conosco. Non sono più stato con *nessuna* da quando ti conosco. »

Il cuore mi vibrò in petto. « Okay. »

« Okay? » Scosse la testa incredulo. « Vedi, non capisci. Non hai mai capito, cazzo. Mi eviti dal giorno del Ringraziamento. Ti sei ritirata dal corso e so che l'hai fatto per causa mia, e ogni volta che cercavo di parlarti scappavi via. »

« Non volevi parlarmi il giorno in cui ti ho ringraziato per avermi aiutata », osservai.

« Oh, e chissà perché? Forse perché mi avevi detto chiaro e tondo che non volevi avere niente a che fare con me? E poi ti presenti stasera? Appari dal nulla e *ti ubriachi*? Tu non capisci. »

Mi umettai le labbra fredde e screpolate. Tutto quello che aveva detto era vero. « Mi dispiace. In effetti sono ubriaca, un po', e mi dispiace, perché hai ragione e... sto straparlando. »

Mi fissò un istante e poi scoppiò in una breve risata.

«Va bene, non è il momento di fare questa conversazione. Senti, non volevo essere così stronzo là dentro, farti andare via, ma...»

«Non fa niente. Sono abituata alla gente che non mi vuole alle feste.» Mi alzai. Le stelle sembrarono ruotare. «Nessun problema.»

Cam si alzò e mi guardò attentamente. «Non è che non ti volessi lì, Avery.»

«Ehm... davvero?» Risi e mi accorsi di avere la voce roca. «Mi hai chiesto di andarmene.»

«Io...»

«Mi correggo.» Alzai la mano e le mie dita erano sfocate. «Mi hai *detto* di andarmene.»

«È vero. Sono stato stronzo, ma è la prima volta che vieni a casa mia, entri, ti metti a bere e poi...» Fece un lungo respiro. «Henry non si stacca da te, e tu ridacchi...»

«Non m'interessa Henry!»

«Non si direbbe. Sei ubriaca e non volevo che tu facessi qualcosa di cui ti saresti pentita. Non so mai cosa ti passa per la testa e non avevo idea di cosa ci facessi lì stasera, ma non ti ho mai vista bere. Non volevo che qualcuno si approfittasse di te.»

«Ci sono già passata», ribattei senza pensare, poi mi tappai la bocca con la mano. Oddio, non avrei bevuto mai più. Mai più.

Lui alzò le mani e le fermò a mezz'aria. Mi fissò con uno sguardo di terribile comprensione. «Cosa?»

Avevo commesso un grave errore. Un errore madornale. Scattò l'istinto di fuga. Aggirai Cam per andarmene.

«Oh, accidenti, no.» Mi si piazzò davanti e mi posò le mani sulle spalle. «Cos'hai appena detto?»

Entrai in modalità «limitiamo i danni». «Non lo so

cos'ho detto, okay? Sono ubriaca, Cam. Uff. Chi cazzo lo sa cosa mi esce dalla bocca? Io no. Non so neppure cosa ci faccio qui fuori.»

«Merda.» I suoi occhi erano di un blu scurissimo. «Avery...» Uno sguardo addolorato gli passò in viso e le sue dita mi strinsero le spalle. «Cos'è che non mi dici? Cosa non mi hai detto?»

Mi si serrò la gola. «Niente! Te lo giuro. Te l'assicuro. Parlo a vanvera, okay? Quindi smettila di guardarmi come se fossi malata.»

«Non ti guardo così, tesoro.» Mi scrutò.

Volevo sapere cosa stava pensando, perché stava mentendo, ne ero certa. Mi ero lasciata sfuggire quelle poche parole di troppo, e adesso ero alla ricerca disperata di un modo per cancellarle. Avrei potuto mentire, dirgli che una volta mi ero ubriacata e avevo fatto qualcosa d'imbarazzante. Suonava credibile, ma a quanto pareva non avevo il controllo della mia bocca.

Poi Cam fece una cosa che mi spiazzò completamente.

Mi tirò a sé e mi abbracciò. M'irrigidii per un paio di secondi e poi gli posai le mani sui fianchi. Chiusi gli occhi e gli premetti la guancia sul petto.

Inalai il suo odore, me ne lasciai avvolgere. «Mi sei mancato.»

Le sue mani mi scivolarono su per la schiena e mi affondarono tra i capelli arruffati dal vento. «Anche tu mi sei mancata, tesoro.» Si piegò all'indietro, sollevandomi da terra di qualche centimetro e poi mi rimise a sedere. Mi prese le guance tra le mani e rise. «Sembri un cubetto di ghiaccio.»

«Sento caldo.» Ed era vero: ero intirizzita, ma sentivo il suo abbraccio e le sue mani su di me. Lo guardai negli occhi. «Hai degli occhi bellissimi, lo sai?»

« Penso che sia la tequila a parlare », rispose lui con un sorriso. « Coraggio, rientriamo prima che ti congeli. »

Fece un passo indietro e mi lasciò andare le spalle. Barcollavo ancora un po', e quando lui mi prese la mano e intrecciò le dita alle mie sfoderai un sorriso stupido. Era come se non mi avesse mai chiesto di andarmene dal suo appartamento e io non fossi rimasta seduta fuori per chissà quanto tempo come una povera sfigata.

Forse saranno state la tequila e la birra, ma avevo voglia di mettermi a correre come una pazza.

Per fortuna non ci provai, perché già fare le scale si rivelò complicato: ogni gradino aveva un'altezza diversa. Nel mio appartamento troppo riscaldato Cam richiuse la porta dietro di noi. Mi stringeva ancora la mano quando si voltò verso di me. Non disse nulla, e un'ansia nervosa s'impadronì di me.

« Ti stai perdendo le arti marziali », ripetei.

« Sì, è vero. » Mi fece girare intorno al divano e mi fece sedere accanto a lui. Solo allora mi lasciò la mano. « Come ti senti? »

« Bene. » Mi asciugai le mani sudate sui jeans. « I tuoi amici si staranno domandando dove sei finito. »

Si appoggiò ai cuscini e posò un braccio sullo schienale. « Non m'importa. »

« Ah, no? »

« No. »

Mi piegai in avanti e lo guardai da sopra la spalla. Sembrava aspettare qualcosa. Non riuscendo a stare seduta, scattai in piedi e quasi stramazzai a faccia in giù sul tavolino. Sarei caduta se Cam non mi avesse presa per un braccio.

« Forse è meglio se ti siedi, Avery. »

« Sto bene. » Mi divincolai e girai intorno al tavolino,

lentamente, nel caso avesse deciso di muoversi. Un'energia nervosa mi ribolliva dentro insieme con gli effetti dell'alcol. Mi scostai il maglione dalla pelle: sentivo caldo. « Allora... cosa volevi fare? Posso accendere la tivù o mettere su un film, ma non ho nessun film. Forse possiamo scaricarne uno da... »

« Avery, siediti un momento. »

Invece raccolsi un cuscino che era caduto e lo posai sul divano. Rialzarmi fu un po' difficile, ma riuscii a raggiungere la poltroncina. « Non ti sembra che faccia caldo qui dentro? »

Nei suoi occhi azzurri c'era uno sguardo divertito. « Quanto hai bevuto? »

« Ehm... » Dovetti pensarci attentamente. « Non molto... forse due o tre shot di tequila e... due birre? Credo. »

« Oh, wow. » Cam si piegò in avanti e sorrise. « Quanto tempo era che non bevevi? »

« Dalla sera di Halloween », risposi subito.

Sembrava confuso. « Non ti ho vista bere, a Halloween. »

« Non quest'ultimo Halloween. » Mi alzai tirando giù le maniche e le mie dita sfiorarono il bracciale. « È stato... cinque anni fa. »

« Accidenti, è un sacco di tempo. » Si spostò in avanti sul divano e poi si alzò. « Hai dell'acqua? »

« In cucina », dissi, leccandomi le labbra.

Lui andò e tornò subito, porgendomi una bottiglia. « Ti farà bene. »

La presi, ma non avevo sete.

« Quindi avevi... quanto, quattordici anni? Quindici? » Tornò a sedersi sul divano.

« Quattordici », sussurrai, guardandogli le mani che teneva tra le ginocchia.

«È molto presto per bere.»

Avevo la fronte sudata. Posai la bottiglia, presi un elastico dal tavolino e mi legai i capelli in uno chignon disordinato. «Sì. Tu non bevevi a quattordici anni?»

Accennò un sorriso. «Una birra o due di soppiatto, ma mi era parso di capire che i tuoi genitori fossero severi.»

Sbuffai e mi lasciai sprofondare nella poltroncina. «Non voglio parlare di loro, dell'alcol né di Halloween.»

«Okay.»

Sudavo ancora, e mi tolsi il maglione. Restò incastrato sulla testa per un attimo, poi riuscii a sfilarlo. Mi sistemai i capelli e guardai Cam. Da come mi fissava, sembrava che sotto non avessi una canottiera. Ma non era solo quello.

Mi alzai di nuovo per allontanarmi da quella conversazione, perché Cam mi guardava di nuovo come se vedesse più di quello che gli mostravo. Pensai alla sua espressione quando aveva visto la cicatrice, e all'espressione che aveva pochi minuti prima fuori dal palazzo.

Era la stessa.

Come se stesse ricostruendo un puzzle e i pezzi iniziassero ad andare al loro posto. Non so perché, ma nei miei pensieri caotici mi tornò in mente Teresa, e la reazione di Cam quando aveva scoperto che sua sorella parlava con un ragazzo. Si era comportato come un fratello maggiore iperprotettivo. Lei era...?

Scossi la testa e scacciai quei pensieri, perché mi ricordavano che non c'era stato mai nessuno a prendersi cura di me.

Ma non volevo che lui mi guardasse in quel modo. Non avevo bisogno della sua protezione, che si preoccupasse per me o di cosa sarebbe successo. Avevo bisogno che lui...

Che mi guardasse come mi aveva guardata la prima sera in cui mi aveva baciata, e poi di nuovo, a letto, in casa dei suoi genitori. Volevo che mi vedesse in quel modo.

«Che stai facendo?»

Mi fermai tra l'ingresso e la cucina, stringendo l'orlo della canottiera. Mi scrutava con un'attenzione diversa. Il cuore mi martellava in petto e i pensieri cozzavano l'uno contro l'altro. Cam mi piaceva, mi piaceva molto. Anche se era una follia e un disastro assicurato. Già mi faceva male il cuore. E mi era mancato, e io ero mancata a lui, e adesso era lì con me invece di stare coi suoi amici, con Stephanie.

Una parte di me smise completamente di pensare. L'altra parte mi disse di fare quello che ci si aspettava da me, quello che una persona come Cam avrebbe voluto e di cui avrebbe avuto bisogno, perché... non era lì per quello? Perché non ci parlavamo più, e io volevo tornare a essere la ragazza di prima.

Mi sfilai la canottiera prima che il cervello si rimettesse al passo con la situazione. Stranamente, quella parte non fu difficile. L'aria fresca sferzò la mia pelle accaldata, e mi venne la pelle d'oca. La parte difficile fu alzare lo sguardo quando Cam inspirò di colpo.

«*Avery.*»

Anche se il cuore mi rimbombava nelle orecchie e il sangue mi si riversava nelle guance, alzai gli occhi.

Mi fissava. La prudenza che leggevo nella linea tesa della sua mandibola era messa in ombra dall'ansimare del suo petto: sembrava che avesse il respiro accelerato quanto il mio.

Ebbi un capogiro e mi appoggiai alla parete, lasciando cadere le braccia lungo i fianchi. Cam rimase a qualche passo di distanza: non lo avevo visto girare intorno al divano. Non mi stava solo fissando: oh, no, era molto, molto di più. Mi sentivo divorata dai suoi occhi, come quando mi aveva baciata, come se volesse incidere nella memoria ogni dettaglio.

Il calore dalla bocca si propagò sul petto e fino al bordo di pizzo del reggiseno nero. Le sue labbra si schiusero e io morsi le mie. Quando lui rialzò gli occhi a guardarmi, sentii una stretta allo stomaco. Il calore si riversò nei suoi occhi cristallini, rendendoli ancora più intensi.

Un fremito d'incertezza si fece strada nel mio petto, sotto quella tensione deliziosa, e mi si seccò la gola. Non volevo sentirmi così. Volevo solo il calore, volevo il fiato mozzo.

«Cam?»

Scosse la testa e strinse i pugni. «No.»

«'No' cosa?»

Chiuse gli occhi. «Questo... Non lo fare, tesoro.»

«Non è quello che vuoi?» chiesi.

Lui aprì di scatto gli occhi. «Non me lo aspetto, Avery.»

La mia sicurezza vacillò come un albero giovane in una tempesta e poi crollò miseramente. Inspirai e il fiato mi restò incastrato in gola. «Non mi vuoi.»

Un istante dopo Cam era davanti a me, così rapido che non lo avevo visto muoversi. Le sue mani erano sulle mie tempie, e si piegò in avanti, a un millimetro dal mio viso. Il suo corpo era scosso da ondate di tensione. M'irrigidii.

«Cazzo, Avery. Pensi che non ti voglia?» La sua voce era roca, quasi un ringhio. «Non c'è una parte di te che non voglio, capisci? Voglio essere sopra di te e *dentro* di te. Ti voglio sulla parete, sul divano, nel tuo letto, nel mio letto, in ogni posto immaginabile. E, credimi, ho una fervida immaginazione in questo genere di cose. Non dubitare mai che ti voglia. Non è questo il problema.»

Sgranai gli occhi e la confusione m'ingarbugliò ancor più i pensieri, anche se a quel punto sembrava impossibile.

Lui posò la fronte sulla mia. Quel contatto mi diede il batticuore. «Ma non così, mai così. Sei ubriaca, Avery, e quando staremo insieme – perché ci staremo – sarai pienamente consapevole di ogni cosa che ti farò.»

Ci volle qualche istante, ma finalmente, sotto la nebbia dell'alcol e della confusione, capii cosa intendeva, e mi parve sensato.

Chiusi gli occhi, girai la testa di lato, sentii la sua pelle scorrere sulla mia. «Sei un bravo ragazzo, Cam.»

«No, non lo sono.» Espirò con forza e il suo fiato era caldo sulla mia guancia. «Sono bravo solo con te.»

25

Ciò che Cam si aspettava avvenne poco dopo che mi fui tolta la maglietta restando in reggiseno. Mi aveva fatta sedere e mi aveva posato un plaid sulle spalle, per coprirmi. Stavamo guardando un pessimo film di fantascienza quando tutto quel liquore stabilì di averne abbastanza della mia pancia.

Mi scrollai il plaid di dosso e scavalcai le gambe di Cam. «Oddio...»

«Che c'è? Stai male.» Era già in piedi.

Corsi in bagno e mi sbattei la porta alle spalle. Mi buttai in ginocchio, sollevai il coperchio e fui scossa dai conati. Ogni muscolo del corpo partecipava al movimento. Le lacrime mi scorsero sulle guance. Sembrava sbagliato rivivere quell'odissea dopo aver avuto l'influenza.

Non lo avevo sentito entrare, ma Cam era là, in ginocchio accanto a me. Mi accarezzava la schiena con movimenti ritmici, mi teneva indietro i capelli sfuggiti all'elastico. Restò a mormorare paroline incomprensibili che fecero meraviglie su di me, anche quando passai alla fase dei conati secchi e violenti.

Alla fine mi aiutò ad appoggiarmi alla vasca e poi bagnò un asciugamano sotto il rubinetto, s'inginocchiò e me lo passò sul viso, come aveva fatto la sera della festa di Halloween e poi quando ero stata male. «Ti senti meglio?» mi chiese.

« Più o meno », mormorai, chiudendo gli occhi. « Oddio, è così imbarazzante. »

Ridacchiò. « Non è niente, tesoro. »

« Per questo sei rimasto, vero? » gemetti, sentendomi un'idiota coi fiocchi. « Sapevi che avrei vomitato, e io come una stupida mi stavo spogliando. »

« Sstt. » Mi passò una mano tra i capelli. « Per quanto sia piacevole guardarti vomitare, non è per questo che sono rimasto, e lo sai. »

Richiusi gli occhi, mi girava la testa. « Perché mi vuoi, ma non quando sono ubriaca e vomito? »

Scoppiò a ridere. « Sì, ecco, è più o meno così. »

« Volevo solo accertarmi che fossimo sulla stessa lunghezza d'onda. » Soltano allora mi resi conto di essere ancora in jeans e reggiseno, ma sinceramente non m'importava. L'indomani l'avrei pensata diversamente.

« Non lo siamo. »

Aprii un occhio. « Ah. »

« Sapevo che ti avrei fatto ridere. » Con l'asciugamano bagnato mi rinfrescò il mento.

« Sei molto... bravo in queste cose. »

« Ho fatto molta pratica. » Posò l'asciugamano, ne prese un altro e ripeté l'operazione. « Mi sono trovato varie volte nella tua posizione. » Me lo passò sul collo, sopra le spalline del reggiseno e lungo le braccia. « Vuoi prepararti per andare a letto? »

Aprii l'altro occhio.

Scosse la testa e gli venne la fossetta sulla guancia sinistra. « Togliti quelle porcherie dalla testa. »

« Oh. »

« Già, oh. » Si alzò, mi diede le spalle e trafficò sul lavandino. Aprì un rubinetto. Tornò davanti a me con spazzolino e dentifricio. «Pensavo che volessi toglierti di bocca il cattivo sapore.»

Tentai di afferrare lo spazzolino. «Sei fantastico.»

«Lo so.» Me lo porse e poi mi diede uno di quei bicchieri di plastica che non usavo mai. Alla fine s'inginocchiò di nuovo e si dondolò sui talloni. Si tirò giù la lampo della felpa e se la sfilò. «Cercavo di farti dire che sono fantastico fin dal primo giorno che mi sei caduta addosso. Se avessi saputo che bastava porgerti uno spazzolino da denti, lo avrei fatto molto tempo fa. Peggio per me.»

«No, peggio...» Mi tirai un po' su, lo guardai togliersi la camicia. «Peggio per me. Cosa stai facendo?»

«Non so dove tieni i vestiti.»

«Ah.» Mi cadde lo sguardo più in basso e pensai che avrei avuto bisogno di un altro asciugamano freddo.

«E immaginavo che volessi toglierti quelli che hai addosso.»

Alla luce vidi tutti i dettagli del tatuaggio. Era un sole, disegnato con estrema cura, molto realistico. «Già...»

«Quindi la cosa più facile sarebbe prestarti la mia camicia.»

I miei occhi scesero ancora, oltre il capezzolo scuro e ancor più giù, seguendo ogni curva degli addominali. «Okay.»

«Così staresti più comoda.»

Un sentiero di peli scuri partiva sotto l'ombelico e andava giù fino alla cintura dei jeans. Sembrava che qualcuno gli avesse posato un dito su ogni fianco e avesse inciso un solco. «Certo», mormorai. Come si faceva ad avere muscoli in quel punto del corpo? Che razza di esercizi bisognava fare?

«Non hai ascoltato una sola parola.»

Alzai lo sguardo, a fatica. «Ehm, no.»

Gli affiorò di nuovo la fossetta mentre mi prendeva per i fianchi e mi tirava a sedere sul bordo della vasca. « Non alzare ancora le braccia, va bene? »

Restai seduta ferma, stringendo il bordo della vasca, mentre lui m'infilava la camicia sulla testa.

« Tieni giù le braccia. » Lasciò andare la camicia e mi cinse con le braccia. Un istante dopo, il suo dito agile mi aveva già slacciato il reggiseno.

« Che stai facendo? » Mi si rivoltò lo stomaco, come se non si fosse già rivoltato abbastanza, per quella sera.

Lui rise e fece scorrere le spalline lungo le mie braccia, dandomi un brivido. « Ripeto, togliti quelle porcherie dalla testa. La tua virtù è al sicuro con me. »

« La mia virtù? » Non ero sicura di volerla preservare.

Alzò lo sguardo su di me. « Per il momento. »

« Per il momento? » sussurrai.

Annuì. « Infila le braccia. »

Obbedii, e poi lui rimboccò le maniche e fece scorrere una mano sul mio braccio sinistro, fermandosi sopra il bracciale.

« Non... » Il panico mi attraversò mentre lui slacciava il bracciale. Cercai di tirare indietro il braccio, ma Cam, guardandomi dritto negli occhi, strinse più forte.

« L'ho già vista, Avery. »

Un'oppressione mi schiacciò il petto. « Ti prego, non farlo. È imbarazzante e non posso farti dimenticare quello che hai visto. Vorrei, ma non posso. »

Lui strinse il bracciale e il polso con entrambe le mani e mi fissò. « È per via di questo, vero? Che hai reagito in quel modo? Che non mi parlavi? Che ti sei ritirata dal corso? »

Un nodo mi si formò in gola così velocemente che non riuscii a parlare.

« Oh, tesoro. » La sua voce e il suo sguardo si addolcirono. « Tutti abbiamo fatto cose di cui non andiamo fieri. Se tu sapessi... » Scosse la testa. « Il punto è: non so perché tu l'abbia fatto. Spero solo che, qualunque fosse il motivo, alla fine tu l'abbia chiarito. Non penso male di te per questa ragione. Non ho mai pensato male di te. »

« Ma sembravi così... » Avevo la voce troppo roca.

Il bracciale scivolò giù, ma la sua mano mi copriva ancora il polso. Posò il bracciale sul bordo del lavabo. « Ero solo sorpreso, ed ero preoccupato. Non sapevo come te la fossi fatta, e non te lo chiederò. Non ora, va bene? Sappi solo che non devi nasconderla quando sei con me. D'accordo? »

Potei solo annuire, perché cercavo sempre di nasconderla.

Cam mi sollevò il polso e mi fece girare il braccio col palmo della mano verso l'alto. Sfiorò la cicatrice con le labbra e io trattenni il respiro. Chiusi gli occhi. Qualcosa si spezzò dentro di me, il proverbiale muro che mi ero costruita intorno.

« Avevo appena compiuto sedici anni », dissi, la voce roca, tirando fuori le parole prima di perdere il coraggio. « È stato allora che l'ho fatto. Non so se volessi farlo davvero o se volevo solo che qualcuno... » Scossi la testa. « È una cosa di cui mi pento ogni giorno. »

« Sedici? » Il suo tono di voce non esprimeva giudizi.

Annuii. « Non rifarei mai una cosa del genere. Lo giuro. Non sono più la persona che ero allora. »

« Lo so. » Passarono vari istanti e poi mi posò il braccio sulla gamba e lo lasciò andare. « Adesso è ora di toglierti i pantaloni. »

Quell'improvviso cambio di argomento mi fece ridere. « Ottimo. »

Quando mi aiutò a rialzarmi la sua camicia mi arrivò quasi alle ginocchia, e il reggiseno giaceva a terra tra noi, malinconico e abbandonato. Lui iniziò a slacciarmi i bottoni dei jeans, e io gli spinsi via la mano. «Penso di farcela da sola.»

«Sicura?» Inarcò un sopracciglio. «Perché sono qui al tuo servizio, e toglierti i jeans è una cosa in cui credo sarei bravissimo.»

«Non ne dubito. Rimettiti la felpa.»

Fece un passo indietro e si appoggiò al lavabo. Tutta quella carne maschile così in vista. «Mi piace quando mi guardi.»

«Me lo ricordo», buttai lì, esitante. Con un gesto rapido mi sfilai i jeans. Quando alzai di nuovo gli occhi su di lui era ancora mezzo nudo.

Raccolse la felpa da terra e poi mi prese per mano. «Pensi di farcela a uscire dal bagno?»

«Lo spero.»

Tornammo in salotto e pensai che se ne sarebbe andato, in fondo erano le due di notte passate, invece mi trovò un'aspirina, mi fece bere una bottiglietta d'acqua e si sedette sul divano. Mi strattonò per un braccio. «Siediti con me.»

Iniziai a girare intorno alle sue gambe, ma lui mi fermò. «No, siediti con me.»

Non avendo idea di cosa intendesse, scossi la testa. Cam si tirò indietro e mi strattonò il braccio un po' più forte. Mi lasciai guidare sulle sue ginocchia. Il mio fianco contro il suo ventre, le gambe distese sui cuscini accanto. Lui mi coprì le gambe col plaid e una volta sistemata mi cinse la vita con le braccia.

«Dovresti provare a dormire», disse, con un fil di voce che sentii a malapena sopra l'audio del televisore. «Domattina starai meglio.»

Mi rilassai addosso a lui, più in fretta di quanto avrei creduto possibile. Mi accoccolai e gli posai la testa sul petto. «Non te ne vai?»

«No.»

«Sicuro?» Chiusi gli occhi.

Mi posò il mento sulla testa e poi mi baciò in fronte. Mi sfuggì un sospiro. «Non vado da nessuna parte. Sarò qui quando ti sveglierai, tesoro. Te lo prometto.»

Impiegai qualche istante a capire che ad accecarmi era il sole che entrava dalla finestra del salotto, e che ero ancora seduta su Cam. Gli posavo la testa sulla spalla e il suo mento era sulla mia testa. Mi abbracciava come se temesse che mi svegliassi e scappassi via.

Il cuore fece una capriola nel mio petto.

I ricordi della sera prima erano un po' confusi, ma quando iniziarono a chiarirsi si alternarono in me entusiasmo, imbarazzo, sconcerto e poi di nuovo entusiasmo.

Cam era ancora lì: e la sera prima aveva detto di volermi, che saremmo stati insieme, anche dopo aver saputo cosa avevo fatto a me stessa e dopo che lo avevo trattato malissimo.

Quasi non ci credevo. Forse stavo sognando, perché non sentivo di meritarlo.

Gli posai la mano sul petto e sentii il battito forte e regolare del suo cuore. La sua pelle nuda era calda, viva. Avevo bisogno di vedere il suo viso per convincermi che stava succedendo davvero. Mi mossi sul suo grembo.

Cam emise un gemito profondo, musicale.

Spalancai gli occhi e m'immobilizzai. Santo cielo, sentivo la sua erezione sul fianco. Mi strinse più forte in vita e sentii sobbalzare il suo cuore nello stesso istante del mio.

«Scusa. È mattina e sei seduta sopra di me. È una combinazione che metterebbe in ginocchio qualsiasi uomo», disse con voce roca.

Arrossii, ma il calore mi scorse nelle vene e ricordai cos'avevo sentito quando lui si era mosso contro di me la volta prima. Non era il pensiero migliore da avere in quel momento. La sua stretta si allentò e la sua mano mi scese sul fianco. Attraverso il tessuto sottile della camicia - la sua camicia - sentii un formicolio.

Okay. Forse era il pensiero migliore da avere in quel momento.

«Vuoi che scenda?»

«Neanche per sogno.» L'altra sua mano mi risalì sulla schiena e le dita mi affondarono tra i capelli. «Proprio no, cazzo.»

Sorrisi. «Okay.»

«Finalmente siamo d'accordo su qualcosa.»

Mi tirai un po' indietro per guardarlo meglio. Spettinato dal sonno e con un'ombra di barba, era bellissimo. «Ieri sera è successo davvero?»

Piegò verso l'alto un angolo della bocca, e io ebbi un fremito. Avevo sentito la mancanza di quel sorriso. «Dipende da quello che pensi sia successo.»

«Mi sono tolta la maglietta per te?»

Il suo sguardo si fece più intenso. «Sì. Un momento bellissimo.»

«E tu mi hai rifiutata?»

La mano che posava sul mio fianco scese ancora un po'. «Solo perché la nostra prima volta insieme non dev'essere quando sei ubriaca.»

«La nostra prima volta insieme?»

«Già.»

Mi si contrassero i muscoli dello stomaco. «Sei proprio convinto che ci sarà una prima volta tra di noi.»

«Lo sono.» Si appoggiò sui cuscini.

Dovevo concentrarmi. «Abbiamo parlato, giusto?» Mi cadde l'occhio sul polso sinistro, nudo. «Ti ho detto quando mi sono fatta questa?»

«Sì.»

Lo scrutai di sottecchi. «E non mi credi pazza?»

«Be'...»

Gli scoccai un'occhiataccia.

Il suo sorriso si accentuò e la sua mano mi risalì lungo la schiena fino alla nuca. «Vuoi sapere cosa penso?»

«Dipende.»

Mi fece chinare la testa finché le nostre bocche non si sfiorarono quasi. «Secondo me dobbiamo parlare.»

«È vero.» Ovviamente l'idea m'innervosiva, ma la risolutezza prese il posto dell'apprensione.

All'improvviso Cam mi agguantò per i fianchi e mi sollevò da sé mettendomi a sedere sul divano accanto a lui. Avvertii subito la mancanza del suo tepore. Restai confusa quando si alzò. «Pensavo che dovessimo parlare.»

«Parleremo. Torno subito.»

Non avevo idea di cosa gli passasse per la testa.

«Non ti muovere di qui, okay?» E arretrò verso la porta. «Non muoverti. Non pensare a niente. Resta seduta lì, torno subito.»

Lo guardai curiosa. «Okay.»

Mi rivolse un sorriso sghembo. «Dico sul serio, non pensare a niente. Non agli ultimi due minuti e non a ieri sera. Non all'ultimo mese. O a quello che succederà d'ora in poi. Sta' seduta e basta.»

«Ho capito, te lo prometto», bisbigliai.

Ci guardammo per un altro istante, poi lui se ne andò, e ovviamente in quei cinque minuti pensai a tutto quanto. Mi ero quasi convinta che non sarebbe tornato.

Invece tornò.

Mi voltai a guardare dietro il divano e quando mi accorsi di cos'aveva in mano feci un gran sorriso. « Le uova! Hai portato le uova! »

« E la padella. » Richiuse la porta col fianco. « E mi sono lavato i denti. »

« Però non ti sei messo una camicia. »

Mi scoccò un'occhiata mentre andava in cucina. « So che ti spezzerebbe il cuore non potermi vedere a petto nudo. »

Mentre spariva oltre la soglia appoggiai la testa allo schienale del divano ed emisi un gemito molto femminile. Sperai che non lo avesse sentito.

« Avery, che diavolo stai facendo? »

Alzai la testa. « Niente. »

« Allora porta qui le chiappe. »

Sorrisi, mi alzai dal divano e mi avviai in camera da letto.

« E non provare a cambiarti. »

Mi fermai e feci una smorfia.

« Perché mi piace molto vederti con indosso i miei vestiti », aggiunse.

« Be', se la metti così... » Mi voltai e andai in cucina. Restai sulla soglia a guardarlo fare una cosa che gli avevo visto fare molte altre volte.

Girò la testa verso di me. « Che c'è? Ti erano mancate così tanto le mie uova? »

Battei le palpebre per schiarirmi la vista. « Non pensavo che ti avrei rivisto nella mia cucina a preparare le uova. »

Fletté i muscoli delle spalle, e non potei non ammirarli: sodi, guizzanti, si stagliavano sotto la pelle mentre lui si chinava a regolare le manopole del forno. « E io? Ti sono mancato altrettanto? »

Per una volta non esitai. « Sì. »

Si voltò verso di me. « Anche tu mi sei mancata. »

Feci un lungo respiro. « Voglio dirti che mi dispiace per come mi sono comportata quando tu... be', quando hai visto la cicatrice. Non l'avevo mai fatta vedere a nessuno. » Mi morsi il labbro e feci un passo avanti. « So che non è una scusa, perché sono stata una vera stronza, ma... »

« Accetto le tue scuse, a una condizione. » Incrociò le braccia sul petto.

« Qualsiasi cosa. »

« Che tu ti fidi di me. »

Piegai la testa di lato. « Mi fido di te, Cam. »

« No che non ti fidi. » Raggiunse il mio piccolo tavolo da pranzo e tirò fuori una sedia. « Siediti. »

Obbedii, tirando giù l'orlo della sua camicia, mentre lui tornava ai fornelli e accendeva il fuoco sotto la padellina.

« Se ti fidassi di me non avresti reagito in quel modo », disse semplicemente, rompendo un uovo. « E non ti sto giudicando, niente del genere. Devi credere che non reagirò in modo scomposto. Devi credere che m'importi abbastanza di te. »

Smisi di respirare.

Lui si voltò, gli occhi limpidi come il ghiaccio. « Ci sono molte cose che non so di te, e spero che potremo rimediare. Non ti farò pressioni, ma non puoi chiudermi fuori. Capito? Devi fidarti di me. »

C'erano molte cose che non sapeva, ma non volevo che

quelle cose interferissero. Né in quel momento né mai. «Mi fido di te. Mi fiderò di te.»

Mi guardò negli occhi. «Accetto le tue scuse.»

Poi tornò a preparare le uova strapazzate e versò il succo d'arancia. Non dicemmo altro finché lui non si sedette con le sue quattro uova sode. «Allora, come procediamo? Dimmi cosa vuoi.»

Mi fermai con la forchetta a mezz'aria. Lo guardai: aveva un uovo in mano. «Cosa voglio?»

«Da me.» Morse l'uovo e masticò lentamente. «Cosa vuoi da me?»

Posai la forchetta, mi appoggiai allo schienale e lo fissai. Mi resi conto all'improvviso che voleva farmelo dire e che... io volevo dirlo. Pensai a Molly, a ciò che aveva dovuto dire cento volte. In confronto, questo era facile. «Te.»

«Me?»

«Voglio te.» Le guance in fiamme, proseguii: «Ovviamente non ho mai avuto una relazione e non so neppure se tu la vuoi. Forse non è...»

«Lo è.» Finì l'uovo.

Mi si strinse il petto. «Lo è?»

Ridacchiò. «Sembri così sorpresa, come se non riuscissi a crederci.» Prese un altro uovo. «È una cosa adorabile, a modo suo. Ti prego, va' avanti.»

«*Ti prego va' avanti?*» Scossi la testa, scombussolata. «Voglio stare con te.»

Cam finì un altro uovo. «Ecco la seconda cosa su cui siamo d'accordo stamattina.»

«Anche tu vuoi stare con me?»

«Voglio stare con te fin dalla prima volta che mi hai detto di no. Aspettavo solo che tu cambiassi idea.» Sorrise. « Quindi, se vogliamo farlo davvero, ecco alcune regole fondamentali. »

Aspettava me? « Regole? »

Annuì, sbucciando il terzo uovo. « Non sono molte. Non puoi chiudermi fuori. Siamo solo io e te e nessun altro. » Fece una pausa, e mi venne il batticuore. « E, infine, devi continuare a essere terribilmente sexy con le mie camicie addosso. »

Scoppiai a ridere. « Penso siano tutte fattibili. »

« Bene. »

Lo guardai finire le uova e, per quanto fossi contenta, il nervosismo ebbe il sopravvento. « Non ho mai fatto niente del genere, Cam. E sono un po' complicata. Questo lo so. Non ti posso promettere che sarà facile per te. »

« Niente di divertente è mai facile. » Svuotò il bicchiere di latte e venne da me. Mi prese per mano e mi fece alzare. Mi cinse la vita e parlò sfiorandomi la guancia con le labbra. « Faccio sul serio con te, Avery. Se mi vuoi davvero, sono tuo. »

Chiusi gli occhi e gli posai le mani sul petto. « Ti voglio davvero. »

« Buono a sapersi », mormorò lui, quindi inclinò la testa di lato e le nostre labbra si sfiorarono. L'impazienza mi si gonfiò dentro come una bolla. « Perché altrimenti diventerebbe tutto molto imbarazzante. »

Risi, ma poi la sua bocca fu sulla mia e mi mise a tacere. Iniziò con dolcezza, una lenta esplorazione delle mie labbra, ma era passato troppo tempo dall'ultimo bacio. E dall'ultima volta che mi ero sentita così. Volevo di più.

Feci scorrere le mani verso l'alto sul suo petto e sulle guance leggermente ruvide e affondai le dita tra i suoi capelli morbidi e spettinati. Cam non ebbe bisogno di altro incoraggiamento: mi baciò con più forza, infilando la lingua tra le mie labbra. Le sue mani mi scesero sui fianchi e poi risalirono in vita. Mi tirò a sé e in pochi secondi quel bacio dolce e innocente si tinse di passione.

Mi sollevò da terra, facendomi trasalire. Per istinto avvolsi le gambe intorno ai suoi fianchi. Con un movimento rapido lui si spostò in avanti e mi ritrovai contro la parete col suo petto che premeva sul mio. Mi bagnai tra le cosce sentendolo lì, sentendo la prova concreta di quanto mi desiderava. Ogni centimetro del mio corpo si tese mentre il calore si riversava in me.

Per la prima volta non ci fu l'ombra della paura. Nient'altro che emozioni meravigliose che mi facevano sentire viva, e per una volta ero io a esercitare il controllo. In quella sensazione c'era una libertà che non avevo mai provato prima, e mi gettai nel bacio con tutta me stessa. Lui emise quel verso così sexy che gli scuoteva il petto e riverberava nel mio.

Sembrò passare un'eternità prima che il bacio finisse. «Devo andare.»

Espirai a fatica. «Te ne vai?»

«Non sono un santo, tesoro. Se non me ne vado adesso, non me ne andrò per un bel po'.»

Una pulsazione mi s'irradiò dai capezzoli all'inguine. «E se non volessi che tu te ne vada?»

«Cazzo.» Fece scorrere le mani sulle mie cosce. «Mi stai rendendo molto difficile essere il bravo ragazzo che ieri sera mi hai detto che sono.»

«Non sono ubriaca.»

Premette la fronte sulla mia ridacchiando. «Sì, questo lo vedo e, anche se l'idea di prenderti adesso, contro il muro, basta a farmi perdere il controllo, voglio che tu sappia che faccio sul serio. Non sei un'avventura. Non sei una botta e via. Sei più di questo per me.»

Chiusi gli occhi e feci un lungo respiro. « Be', è... più o meno perfetto. »

« *Io* sono più o meno perfetto », rispose, tirandomi giù le gambe e facendomi sedere a terra. Sarei caduta se lui non mi avesse sostenuta. « Lo sanno tutti tranne te. Sei solo un po' lenta di comprendonio. »

Risi. « Cosa pensi di fare? »

« Una doccia fredda. »

« Sul serio? »

« Sì. »

Risi di nuovo. « Poi torni qui? »

« Sempre », rispose, dandomi un rapido bacio.

« Okay. » Aprii gli occhi e sorrisi. « Ti aspetto. »

26

La mia vita subì tanti piccoli cambiamenti in un lasso di tempo così breve, che il risultato complessivo fu una trasformazione radicale, almeno ai miei occhi. Cam aveva trascorso con me tutta la domenica, e quella mattina mi ero svegliata col suo SMS di buongiorno.

Prima ancora di poter raccontare la novità ai miei due amici, la videro coi loro occhi lunedì mentre aspettavamo che Brittany finisse la sigaretta prima di entrare nel Whitehall.

Cam apparve dal nulla e mi cinse la vita da dietro. M'irrigidii per una frazione di secondo, ma poi mi costrinsi a rilassarmi. Lui mi baciò sulla guancia, e il brivido che produsse non aveva nulla a che fare col freddo dell'aria. « Buongiorno. »

A Brittany cadde la sigaretta dalle labbra.

Jacob batté le palpebre una volta, poi una seconda, poi una terza. « Ma che...? »

Strinsi le braccia di Cam mentre lui mi sbaciucchiava fino all'orecchio. « Temo che Brittany stia per dare fuoco alla sua scarpa. »

Abbassai lo sguardo e mi divincolai da lui. « Oddio, Brittany, la tua scarpa! »

Quando se ne accorse, lanciò un urletto, si scalciò via dalla scarpa la sigaretta accesa e fece un saltello all'indietro. « Sono quasi arsa viva. E sarebbe stato colpa tua! »

«Mia?»

«Sì. Perché non mi avevi detto di... questa cosa.» Indicò con gesti frenetici Cam, che sorrideva. «Questa!»

«Voi due... be', insomma...?» Jacob ci additò. «*Insieme?* Insieme?»

Non ebbi il tempo di rispondere, perché Cam mi fece voltare e mi baciò, proprio là davanti a tutti. E non un bacetto casto. Quando le nostre lingue si incontrarono, la borsa mi cadde sul terreno gelido.

«Porca puttana, questi due finiranno per fare un bambino», borbottò Jacob.

Mi tirai indietro con le guance in fiamme. Cam non era affatto in imbarazzo e mi stampò un bacio in fronte. Dietro la sua spalla, Stephanie e la sua amica ci guardavano a bocca spalancata. Evidentemente neppure lei ne sapeva niente.

«Devo parlare col professore prima che inizi la lezione, quindi devo sbrigarmi.» E Cam si avviò. «Ci vediamo dopo?»

«Sì.» Mi formicolavano le labbra, oltre a varie altre parti del corpo. «A dopo.»

Quando mi voltai di nuovo verso i miei amici, entrambi mi fissavano come se fossi nuda. Mi chinai a raccogliere la borsa. «Okay, prima che voi due iniziate a strillare: è successo e basta. È successo ieri e non ho avuto tempo di raccontarvelo.»

Brittany incrociò le braccia. «Non hai trovato un secondo per telefonare o, non so, mandare un SMS?»

«Ieri siamo rimasti insieme tutto il giorno, poi siamo andati a cena e...»

«Avete fatto sesso?» Jacob mi prese per le spalle e mi scosse leggermente. «Oddio, ragazza, voglio tutti i dettagli, ne ho bisogno. Quant'è grande il suo...»

«Non abbiamo fatto sesso.» Me lo scrollai di dosso. «Dio, stiamo insieme da ieri. Datemi un po' di tempo.»

«Io me lo sarei scopato da agosto», commentò Jacob.

Lo guardai inespressiva.

Mi fecero un mucchio di domande, mentre entravamo nel Whitehall e anche dopo l'inizio della lezione. Quando li lasciai per andare fuori ad aspettare Cam, ero sicura che mi avessero perdonata.

Restai appena fuori dalla veranda, appoggiata a una delle colonne. Probabilmente avevo un aspetto strano, per via del gran sorriso che avevo stampato in faccia: non avevo smesso di sorridere dalla mattina del giorno prima.

Il sorriso si affievolì leggermente quando Cam uscì in compagnia di Stephanie. Mi trattenni dall'avventarmi su di lei come una tigre perché Cam non sembrava molto contento.

La ragazza si spostò la lunga chioma lucente su una spalla mentre si avvicinavano. «Ciao», mi disse con falsa allegria.

«Ciao», risposi, ricambiando il suo sguardo.

Cam venne al mio fianco e mi prese per mano. «La tua lezione è finita prima?»

Annuii. «Pochi minuti fa.»

Stephanie fulminò con un'occhiata le nostre mani intrecciate. «Vieni alla festa di Jase sabato prossimo, Cam?»

C'era una festa? Per quanto fosse stupido, non mi piaceva l'idea che Cam andasse a una festa in cui ci sarebbe stata anche Stephanie. Era sbagliato. Ma una brutta sensazione m'invadeva ogni volta che ripensavo ai trascorsi di quei due.

«Non lo so ancora.» Cam mi strinse la mano. «Dipende se Avery ne ha voglia.»

Le labbra perfette di Stephanie restarono aperte: adoravo Cam. «Se Avery ne ha voglia...? Oh, fa' come ti pare.» E se ne andò, raggiungendo la ragazza che era con lei alla festa di Halloween.

«Be', non sembrava molto contenta», commentai.

Lui fece spallucce.

Ci avviammo per la salita che conduceva al Knutti. «Allora, voi due non eravate solo amici di letto?»

Cam mi guardò di sottecchi. «Stavamo insieme una sera ogni tanto... ma, come ti ho detto lo scorso weekend, non sono più stato con nessuna da quando ti conosco.»

«Lo so. Eppure ho la sensazione che lei volesse di più.»

«Tu non lo vorresti?»

«Oddio, dobbiamo lavorare sulla tua autostima!»

Sghignazzò e mi tirò al suo fianco. Ci stringemmo per ripararci dal vento che scendeva dal colle. «Mi vengono in mente alcune altre cosette su cui potremmo lavorare.»

«Pervertito», borbottai. La mia mente però era in perfetta sintonia con la sua.

Mi baciò la tempia. «Mi dichiaro colpevole, tesoro.»

Cam non andò alla festa di Jase, quel sabato sera. Non aveva neppure sollevato l'argomento e non ero sicura che fosse il caso che lo facessi io. Un po' mi dispiaceva che non ci andasse, perché non volevo interferire coi suoi amici, ma lui non sembrava turbato all'idea di perdersi una partita di ping-pong a base di alcol.

Uscimmo a cena in una cittadina poco lontano e poi

tornammo a casa mia. Se nutrivo ancora dubbi sulla serietà della nostra relazione, svanirono quella sera.

Cam aveva portato Raffaello nel mio appartamento.

Nulla decretava la serietà di una relazione quanto lasciar zampettare una tartaruga in cucina.

Seduto davanti al frigorifero a gambe divaricate, disse: «Deve fare ginnastica. Altrimenti ingrassa, diventa pigro, sempre nella sua casetta».

«Povero Raffaello.» Lo presi e lo girai verso Cam. «Deve annoiarsi molto, nell'acquario.»

«È un terrario. Ed è un gran bel terrario. Gliene ho regalato uno nuovo per il compleanno.»

«Sai quand'è il suo compleanno?»

«Sì, il 26 luglio.» S'interruppe e mi guardò. «Quand'è il tuo?»

Incrociai le caviglie. «Oh, hai tempo prima di dovertene preoccupare. Il tuo?»

«Il 15 giugno. Quand'è il tuo, Avery?»

Si metteva male. «È stato il 2 gennaio.»

Cam si piegò in avanti, inarcando le sopracciglia. Mi fissò in silenzio per diversi secondi. «Ho saltato il tuo compleanno.»

Liquidai la faccenda con un gesto della mano. «Non è grave. Sono andata allo Smithsonian e poi mi sono ammalata, quindi probabilmente è stato meglio che tu non ci fossi.»

La sua espressione si irrigidì. «Ah, accidenti, ecco perché volevi andarci il 2. Eri da sola? Merda. Mi sento così...»

«Non devi.» Alzai la mano. «Non devi sentirti in colpa. Non hai fatto niente di male.»

Mi guardò ancora per un po', con un'espressione imperscrutabile e alla fine disse: « Be', ci rifaremo l'anno prossimo ».

Sorrisi. L'anno prossimo. Wow. Fare progetti così a lungo termine un po' mi spaventava, ma suonava anche eccitante.

Dopo un po' Cam prese in braccio la tartaruga e si alzò. « Torno subito. »

Mentre lui riportava l'animale in casa, andai in bagno e mi lavai rapidamente i denti. Finii pochi secondi prima che lui tornasse. Si tolse il maglione e lo posò sullo schienale del divano. La maglietta grigia che aveva sotto era tesa sui pettorali, e quando lui si stiracchiò prima di sedersi la maglietta salì rivelando una striscia di pelle.

Mi venne il batticuore. Io e Cam ci baciavamo spesso e a lui piaceva farmi le coccole, quindi in una settimana mi ero abituata a sentire le sue braccia intorno a me e le sue labbra sulle mie, eppure non ci eravamo più spinti oltre, anche se immaginavo che lui lo desiderasse. Era da qualche sera che andavo a letto pensando a lui, e ottenevo un po' di sollievo da quel bruciore che ormai mi ribolliva costantemente sottopelle, ma non era abbastanza.

Lui mi voleva.

Io lo volevo.

Stavamo insieme.

E mi fidavo di lui.

Mi morsi il labbro e giocherellai con l'orlo dell'abito di lana. Mi ero tolta gli stivali e le calze quand'eravamo rientrati in casa e ora avevo la pelle d'oca sulle gambe nude.

Aspettava che fossi io a fare la prima mossa? Sembrava così... cauto, come se temesse di vedermi fuggire. Io non volevo scappare, volevo correre da lui. Mi guardò con aria perplessa. La stanza era immersa nel buio tranne per il bagliore della televisione. «Hai intenzione di venire qui o vuoi fissarmi per il resto della serata?»

Arrossii e mi spinsi via dalla porta. Potevo farcela. Non dovevo aspettare che si facesse avanti lui.

Mi feci coraggio e lo raggiunsi. Mi guardò con quegli occhi straordinari e alzò una mano. Ci posai sopra la mia, ma invece di sedermi accanto a lui gli salii in grembo, a cavalcioni.

Cam drizzò immediatamente la schiena e le sue mani mi scivolarono sui fianchi. «Ehi, tesoro.»

«Ciao», risposi, rischiando l'infarto.

Le lunghe ciglia si abbassarono a nascondergli gli occhi. «Ti sono mancato così tanto? Sono stato via pochi minuti.»

«Forse.» Gli posai le mani sulle spalle e mi abbassai. Lo strinsi più forte quando la sua erezione premette contro la parte più sensibile di me.

Le sue mani percorsero lentamente i miei fianchi, così lentamente che temevo di morire, e arrivarono ad accarezzarmi le guance. «Che stai facendo?»

Mi leccai le labbra e le sue palpebre si sollevarono rivelando un azzurro ancor più intenso. «A te cosa sembra?»

«Mi viene in mente una serie di cose... E tutte molto interessanti.»

«Interessanti?» Ansimavo. «Bene.»

Poi, dal momento che lui sembrava volermi lasciare il controllo della situazione, chinai la testa verso di lui. Le nostre labbra si sfiorarono una volta, un'altra, e poi premetti con più forza. Lui mi seguì e il bacio si fece più intenso. La sua lingua torturava la mia, facendomi rabbrividire: volevo molto di più.

Le sue mani scesero lentamente, e io inarcai la schiena

per assecondare il loro movimento. Non avevo altra esperienza che quant'era accaduto la sera del Ringraziamento, ma sembrava che il mio corpo sapesse cosa fare. Dondolai i fianchi e le sue mani mi si strinsero intorno alla vita. Un brivido si fece strada nel suo corpo muscoloso. Ero un po' intimorita, ma anche molto eccitata.

Mi sollevò il vestito sulla coscia. L'altra mano tornò verso l'alto, sulla mia pancia e poi sul petto. Passò il pollice sul capezzolo, stuzzicandolo attraverso la stoffa. Mi sfuggì un gemito, e lui sembrò trovarlo eccitante.

«Ti è piaciuto?» mi chiese, sfiorandomi le labbra con le sue.

Davvero aveva bisogno di conferme? «Sì.»

Il suo pollice descrisse un circolo lento e tortuoso intorno al mio capezzolo. Cercai di riprendere fiato quando le sue labbra lasciarono le mie. Mi baciò il mento e poi scese lungo il collo. Inarcai ancor più la schiena, spingendo il seno verso la sua mano mentre dimenavo le anche. Dal suo petto proruppe un mugolio molto sensuale. Mi guardò.

«Dimmi cosa vuoi, tesoro.» La sua mano passò all'altro mio seno. «Qualsiasi cosa. E la farò.»

C'era una cosa di cui avevo bisogno. «Toccami.»

Cam rabbrividì ancora, e questo mi eccitò. «Posso?»

Annuii, non sapendo bene a cosa davo l'assenso, ma mi fidavo di lui. Mi posò le mani sulle spalle, sotto la scollatura ampia del vestito. M'immobilizzai mentre lui faceva scorrere il tessuto sulle spalle rivelando il reggiseno. Continuò ad abbassare il vestito finché non liberai le braccia e la stoffa mi ricadde sui fianchi.

«Bellissima», mormorò lui, facendo scorrere le dita sul pizzo del reggiseno. «Guarda come sei arrossita. Cazzo, come sei bella.»

Non riuscii a rispondere perché mi aveva già preso in bocca il capezzolo. Mi stuzzicava attraverso il raso sottile del reggiseno mentre mi stringeva i fianchi. I miei sensi erano sovraccarichi, tra i leggeri strattoni delle sue labbra e il corpo premuto contro il punto più caldo di me. Lo presi per le tempie e gettai indietro la testa. Lui passò all'altro capezzolo, e quando lo mordicchiò gridai.

Mi stavo smarrendo in lui, mi arrendevo alle sensazioni che suscitava in me. Ero già vicina al limite, e quando le sue mani mi scesero sulle cosce e s'infilarono sotto la gonna mi assalì una tensione molto piacevole.

Le sue labbra lasciarono una scia rovente lungo il mio collo e si fermarono a sfiorarmi la bocca. «Dimmi una cosa, tesoro.» La sua mano si spostò all'interno della mia coscia, descrivendo piccoli cerchi in progressivo avvicinamento. «Sei mai venuta?»

Un'ondata di calore mi squassò, e non risposi. La sua mano si abbassò verso il ginocchio, allontanandosi da dove la volevo. «Sì», sussurrai. «Sì.»

«Da sola?» chiese lui, risalendo lungo la coscia.

Scorsi in avanti e lui mugolò. Appoggiai la fronte sulla sua e chiusi gli occhi. «Sì.»

Come premio per aver risposto alla sua domanda, un dito sfiorò il centro delle mie mutandine e in reazione tutto il mio corpo fu scosso da un tremito. Sentii una stretta allo stomaco mentre il suo dito si muoveva avanti e indietro, leggero come una piuma, minacciando di farmi impazzire.

Anche se il desiderio mi offuscava la mente, volevo fargli provare ciò che provavo io. E avevo una vaga idea di come riuscirci. Gli feci scorrere la mano sul petto e poi sul ventre dai muscoli tesi. Esitai sull'orlo dei jeans.

Cam si fermò e mi baciò il capezzolo. «Cosa vuoi, Avery?»

«Voglio... voglio toccarti», ammisi, e me ne stupii io per prima. «Ma non so cosa ti piace.»

Fece di nuovo quel verso che mi diede un brivido e posò l'altra mano sopra la mia. «Tesoro, qualsiasi cosa tu faccia puoi star sicura che mi piacerà.»

«Davvero?»

«Certo che sì», disse, tirandosi un po' indietro. «Qualsiasi cosa tu voglia farmi, la adorerò. Non devi preoccuparti di questo.»

Rassicurata, slacciai il bottone dei jeans e tirai giù la lampo. Restai interdetta alla vista di quella carne rosa e turgida. Niente boxer. Niente. Cam non portava le mutande.

Ridacchiò del mio stupore. «Accesso facilitato.» E poi si sfilò i jeans.

Non riuscivo a non guardarlo: era terribilmente eccitante vederlo in quello stato, sapere che mi voleva e che io volevo lui. Esitai. Mi aveva detto che potevo fargli qualsiasi cosa e gli sarebbe piaciuta, ma ne dubitavo, e volevo dargli piacere. Volevo farlo stare bene.

La sua mano si strinse intorno alla base e scivolò verso l'alto.

«Ho pensato a te», sussurrai.

La sua mano si fermò. «Come?»

«Quando mi... mi toccavo, pensavo a te.»

«Santo cielo», ringhiò. «È la cosa più eccitante che abbia mai sentito.»

Mi baciò più forte di prima, ma non mi spaventò. Anzi mi eccitò ancor di più. Guidò la mia mano verso di sé e io avvolsi le dita intorno alla sua erezione. Lui boccheggiò.

Disse qualcosa che non capii e poi posò la mano sopra la mia e la mosse su e giù, per darmi il ritmo, poi proseguii da sola. Con la mano di nuovo libera mi strinse la base della nuca mentre con l'altra tornava tra le mie cosce. Avevamo entrambi il respiro affannoso quando mi toccò attraverso il tessuto delle mutandine. Il suo palmo premette contro il fascio di nervi lì sotto, e le sue dita s'inoltrarono nel calore del mio corpo, e in quell'istante mi smarrii. Continuò a baciarmi con passione e io ad accarezzarlo mentre mi strofinavo contro la sua mano e lui si spingeva nella mia, con movimenti leggeri e decisi. Quando il suo corpo fu scosso da un tremito anch'io iniziai a sentire quella tensione ormai familiare. Il nodo dentro di me si sciolse, irradiando energia tutt'intorno. Venni con forza, sussurrando il suo nome con un bisbiglio roco. La sua mano restò lì, a massaggiarmi lentamente attraverso gli slip mentre continuavo a sussultare. E poi fu il suo turno, con una serie di spinte e spasmi.

Sembrò passare un'eternità, ma poi Cam mi spostò dolcemente la mano. Ero stanca e appagata, e lui mi strinse al petto: il suo cuore batteva forte come il mio. Mi baciò le palpebre e poi le labbra dischiuse. Non parlammo, e scoprii che a volte le parole non servono.

Ma in fondo ai pensieri sapevo che c'erano parole da dire. Verità da confessare, prima di andare oltre. Questioni con cui dovevo fare i conti.

« Ehi », disse Cam, a voce bassa. Mi ero irrigidita senza accorgermene. « Stai bene? Non... »

« È stato meraviglioso. » Lo baciai sul mento. Avrei voluto avere un interruttore nella testa. « È meraviglioso. »

Speravo solo che durasse.

27

La lezione di economia divenne molto più interessante quando impiegai il tempo a ricordare tutto ciò che io e Cam avevamo fatto la sera prima, dopo che i suoi amici erano tornati a casa e Ollie era andato a letto.

Cam mi aveva portata in camera sua e aveva chiuso piano la porta. Un'energia nervosa mi si era accumulata nello stomaco mentre lui mi si avvicinava e mi prendeva il viso tra le mani. Dopo quella notte sul mio divano ci eravamo baciati e toccati spesso, ma in camera sua sembrava diverso, più intimo, più ricco di possibilità.

Cercavo di non pensare al sesso vero e proprio, perché non ero sicura di poterlo fare davvero. Non sapevo se lo avrei trovato divertente o se mi avrebbe ricordato quello che era accaduto. Immaginavo che mi avrebbe fatto un po' male, perché ero ancora vergine, ma il dolore sarebbe stato solo fisico?

Quella sera lui non aveva voluto di più, e mi chiesi se in qualche modo, chissà come, conoscesse la verità.

Mi aveva sfilato il maglione senza togliermi il reggiseno né i jeans. La sua camicia era finita sopra il mucchio dei miei vestiti, e quando mi aveva baciata le sue mani erano affondate nei miei capelli. Ci eravamo sdraiati sul suo letto e lui aveva appoggiato una gamba tra le mie. Mentre i suoi baci mi scorrevano giù per il collo e atterravano sul mio seno avvolto nel pizzo, le sue mani mi avevano afferrato i fianchi invitandomi a muovermi contro di lui. Aveva preso in bocca il mio capezzolo eretto mentre io mi strusciavo su di lui, la testa all'indietro e la bocca serrata per non gemere. Mi aveva regalato un orgasmo così, senza neppure toccarmi, attraverso i jeans e le mutandine. E quando gli avevo infilato le mani sotto i pantaloni della tuta e avevo stretto la sua erezione, lui si era spinto contro la mia mano, proprio come immaginavo che avrebbe fatto dentro di me.

Ero rimasta accoccolata accanto a lui per un po'. Avevamo parlato di tutto e di niente, fino a tarda notte. Me n'ero andata quando lui aveva iniziato ad appisolarsi, anche se era ancora abbastanza lucido da cercare di farmi tornare a letto. Però si era alzato e mi aveva accompagnata fino alla porta del mio appartamento. Mi aveva dato la buonanotte con un bacio dolcissimo.

C'erano buone possibilità che fossi innamorata.

Okay, probabilmente ero innamorata da mesi, ma ora sembrava più reale, più concreto e... Dio, ora sapevo davvero che sensazione dava l'amore: un calore ribollente, spumeggiante. Quando ero con lui o pensavo a lui mi sembrava di sentire le bollicine dello champagne, che cercano sempre di risalire in superficie. Ma che razza di metafore mi venivano in mente?

Sorrisi come un'idiota.

Brittany mi guardò, perplessa.

Arrossii e decisi di ascoltare gli ultimi dieci minuti della lezione. Il professore stava parlando dei gasdotti nei primi anni '80, qualcosa a proposito del rapporto tra offerta e domanda. Avrei proprio dovuto leggere quel capitolo.

Mentre uscivamo dal Whitehall, Brittany mi disse: « Dio, sei messa proprio male. Ce lo hai scritto in faccia ».

« È vero. » Sorrisi.

Mi prese a braccetto e uscimmo dal portone. Una densa coltre di nubi lasciava cadere qualche fiocco di neve. «Sono contenta che voi due vi siate chiariti. Siete così carini insieme... siete quasi disgustosi.»

«Lui è...» Scossi la testa. «Sono fortunata.»

«È lui quello fortunato.» Mi diede una leggera gomitata mentre ci avviavamo per la salita. «Allora, cosa gli regali per San Valentino?»

«San Valentino?» Mi fermai di scatto, e le persone dietro di noi furono costrette a girarci intorno. «Oh, merda, è la prossima settimana.» La guardai con gli occhi sbarrati. «Non ne ho idea.»

Brittany ridacchiò e mi tirò per un braccio. Ripresi a camminare. «Dovresti vedere la tua faccia. È come se ti fossi appena resa conto che la prossima settimana verrà la fine del mondo, invece di una stupida festa.»

La ignorai. «Non ho idea di cosa regalargli.»

«Cos'hai regalato ai tuoi ex?»

«Niente», risposi, troppo agitata per curarmi di ciò che ammettevo. «Non ho mai avuto un ragazzo prima di lui.»

Ora fu il turno della mia amica di fermarsi e bloccare il traffico pedonale. «Cosa? Mai? Cazzo, sapevo che eri un po'... ehm... innocente, ma insomma! I ragazzi Amish hanno più esperienza di te.»

Le scoccai un'occhiataccia. «Non mi stai aiutando, e sono davvero nel panico.»

«Va bene, va bene. Ti prenderò in giro più tardi. Ho capito.» Arricciò il naso. «Dopo la lezione andiamo a fare shopping.»

Quel pomeriggio nevicava ancora, ma le strade erano sgombre e riuscimmo ad arrivare in macchina a Martinsburg. Mi aggirai per il centro commerciale a corto d'idee, e fissai i cuoricini rossi appesi al soffitto. Brittany mi mostrò un paio di boxer di raso nero a cuori rossi. « Be'... »

« No », tagliai corto. A parte il fatto che era il regalo più sdolcinato che avessi mai visto, Cam non portava sempre la biancheria intima.

Lei strinse le labbra. « Be', c'è sempre il regalo classico. Una colonia, un portafogli, una cravatta o una camicia. »

« Che orrore. »

« Non ho detto che erano buone idee. »

Feci il broncio ed entrammo in un altro negozio. Il giro di shopping fu inutile, a parte il fatto che Brittany si provò una quantità infinita di crema per il corpo. Quando ce ne andammo profumava come se lavorasse in una fabbrica di cosmetici.

Tornata nel mio appartamento, cercai un regalo su Internet. Volevo che fosse speciale, perché con Cam mi sentivo come se mi stessi risvegliando: vedevo le cose in modo nuovo, con più chiarezza. Non sapevo bene se fosse merito suo, o di come mi comportavo con lui, o se stessi finalmente *cambiando*. In ogni caso, Cam aveva svolto un ruolo in quella mia trasformazione e ora volevo fargli un regalo importante.

Dopo un'ora stabilii che scegliere regali per gli uomini era un gran casino.

Mi spremetti le meningi. Se gli avessi regalato una fornitura a vita di uova, sarebbe stato contento.

Con un gemito d'irritazione, mi alzai e andai alla finestra. Nevicava forte, il terreno e le macchine erano coperti. Al telegiornale avevano detto che la neve si sarebbe accumulata, ma dubitavo che avrebbero chiuso il campus.

Mi feci una coda di cavallo e mi avviai in cucina, e in quell'istante mi venne in mente una cosa che Cam mi aveva detto.

Che gli sarebbe piaciuto assistere a una partita del D.C. United.

Tornai squittendo al computer e visitai il loro sito. Cliccai sul calendario degli incontri e ordinai due biglietti per una partita a inizio aprile, pensando che per allora il tempo sarebbe migliorato.

Chiusi il portatile, soddisfatta dell'acquisto. Poteva andarci con me, o con un amico se preferiva. Era lo stesso, purché si divertisse.

Meno di un'ora dopo Cam si presentò alla mia porta, bagnato di neve. «Serata pizza?»

«Ottimo.» Lo baciai sulla guancia e presi i cartoni con le pizze. «Come sono le strade?»

«Uno schifo.» Recuperò dal frigo due bibite. «Il che mi conduce alla brillante idea che ho avuto.»

Sorrisi. «Le tue idee possono essere un po' inquietanti.»

«Le mie idee non sono mai inquietanti, né cattive.»

«Be'...»

«Fammi un esempio», mi sfidò.

Non dovetti pensarci molto. «Che ne dici di quando hai legato uno spago intorno al guscio di Raffaello come fosse un guinzaglio?»

«Era un'idea innovativa!»

«Il poveretto è rimasto lì impalato e ha tirato dentro la testa.»

Cam sbuffò. «Non è che gli altri giorni si comporti diversamente.»

Risi. «Vero.»

«Quest'idea è fantastica.» Trasferì le fette di pizza sui piatti di plastica e mi fece l'occhiolino. «Dicono che nevicherà fino a domattina.»

Non sapevo se esserne felice o infastidita. La neve era

bellissima, andare all'università col ghiaccio sulle strade lo era di meno.

Mentre ci trasferivamo in salotto, continuò: «E dubito seriamente che domani cancelleranno qualche lezione. Ma molti studenti non verranno, e gli insegnanti se l'aspettano».

«Okay.» Mi sedetti sul divano e mi feci da parte per lasciargli spazio.

«Quindi pensavo che domani potremmo saltare le lezioni, restare qui e guardare brutti film per tutto il giorno.»

In un primo momento avrei voluto rispondergli che non potevo saltare un giorno intero, ma di fronte al suo sguardo impertinente mi dissi: *Al diavolo!* «È una bellissima idea.»

«Vero?» Si picchiettò una tempia. «Sono strapieno di grandi idee. Traboccante. Rigonfio.»

«Sì, proprio un pallone gonfiato.» Ridacchiai e addentai la pizza. Cam ne mangiò metà, e quando Ollie passò da noi finì gli avanzi. Mi sorprendeva che quei due riuscissero a mangiare così tanto e rimanere allo stesso tempo in forma. Io mangiavo due fette e ingrassavo all'istante di un chilo.

Seduta tra i due ragazzi, mi appisolai mentre loro guardavano una minimaratona di un reality sulla distillazione clandestina del whisky. Quando mi svegliai Ollie se n'era andato e io ero appoggiata a Cam, che aveva i muscoli stranamente tesi.

Mi alzai a sedere sbadigliando e mi scostai i capelli dal viso. «Scusa, non volevo addormentarmi sopra di te.»

Mi guardò con un'espressione imperscrutabile. Il disagio mi strinse lo stomaco come un nodo di vipere. Aveva la mandibola così contratta che temetti si stesse per spezzare un molare.

« Tutto a posto? » domandai.

Cam espirò lentamente e guardò il tavolino davanti al divano. « Mentre dormivi hai ricevuto un messaggio. »

Il mio sguardo seguì il suo e si posò sul mio cellulare. All'inizio non capii quale fosse il problema, ma poi l'ansia mi serrò la gola. Ormai sveglia, scattai in avanti e agguantai il telefonino. Quando premetti il display, il cuore mi sussultò in petto.

SEI UNA PUTTANA BUGIARDA. COME FAI A VIVERE CON TE STESSA?

Inspirai, ma il fiato mi restò in gola. Fissai il messaggio e desiderai che svanisse.

« È apparso sullo schermo quand'è arrivato », disse lui.

Mi tremavano le mani. Cancellai il messaggio e posai il cellulare. Il dolore e una rabbia irrazionale mi fremevano in corpo. Quelle due emozioni erano comunque preferibili al panico che minacciava di spazzarle via. « L'hai letto? »

« Non l'ho letto apposta. » Si piegò in avanti, posando le mani sulle ginocchia. « Era lì, sullo schermo. »

« Ma non dovevi guardare per forza! » lo accusai, arretrando sul divano.

Socchiuse gli occhi. « Avery, non stavo spiando nella tua roba. Quel cazzo di messaggio è arrivato, e l'ho letto prima di potermi fermare. Forse ho sbagliato. »

« Hai sbagliato! »

« Okay, ho sbagliato, mi dispiace. » Fece un profondo respiro. « Ma non cambia il fatto che l'ho letto. »

Ero paralizzata nel bel mezzo del salotto. Si era quasi avverata la mia paura peggiore. La mia seconda paura – la prima era che lui scoprisse cosa mi era successo – ma altrettanto terrificante.

« Avery », disse lui a voce bassa, in tono guardingo. In quel momento capii che non era arrabbiato con me. Neppure un po', e neanche dopo che gli avevo gridato contro per aver letto l'SMS. Anche se non so spiegare il perché, avrei preferito che si fosse infuriato. «Perché ricevi messaggi come quello?»

Il cuore mi martellò dolorosamente contro le costole. «Non lo so.»

Il dubbio gli passò sul volto.

«Non lo so», ripetei, aggrappandomi a quella bugia con tutte le mie forze. «Ogni tanto ricevo messaggi così. Credo che sbaglino numero.»

Cam mi fissò. «Non sai da chi proviene?»

«No.» E quella era la verità. «Dice 'numero sconosciuto'. Lo hai visto anche tu.»

A quella notizia si mise a sedere diritto e si strinse le ginocchia con le mani. Passarono vari secondi, e il cuore continuava a rimbombarmi nel petto.

«Mi dispiace di essermi arrabbiata. È solo che mi hai colta alla sprovvista. Dormivo, poi mi sono svegliata e mi sono accorta che qualcosa non andava. Allora ho pensato... non so cos'ho pensato, ma mi dispiace.»

«Smettila di scusarti, Avery.» Scivolò sul bordo del divano. «Non ho bisogno di sentire che ti dispiace. Voglio che tu sia sincera con me, tesoro. Non voglio altro. Se ricevi messaggi come quello, devo saperlo.»

«Perché?»

Le sue sopracciglia scure si aggrottarono. «Perché sono il tuo ragazzo, e m'interessa se qualcuno ti dà della puttana.»

Rabbrividii.

Cam distolse lo sguardo e inspirò a fondo. «Devo dirti la verità? Mi fa incazzare, anche se è un messaggio arrivato per sbaglio. Nessuno dovrebbe mandarti merda simile.» Tornò a fissarmi dritto negli occhi. Tra di noi si distendeva un'eternità. « Sai che puoi dirmi qualunque cosa, vero? Non ti giudicherò e non mi arrabbierò. »

« Lo so. » La mia voce suonava troppo tenue alle mie stesse orecchie e la cosa m'irritava. Ripetei più forte: « Lo so ».

« E ti fidi di me, vero? »

« Sì. Certo che mi fido », non esitai.

Ci fu un'altra pausa carica di tensione, e temetti il peggio. « Merda », ringhiò lui, e io mi sentii cadere le braccia. Sapeva? Cosa stava pensando? La verità – tutta quanta – mi risalì fino alla punta della lingua, e poi lui chiuse gli occhi. « Non sono stato completamente sincero con te. »

« Cosa? » Era l'ultima cosa che mi aspettassi di sentirgli dire.

Si stropicciò il mento. « Ti dico che devi fidarti di me e che puoi dirmi tutto, ma non sto facendo lo stesso con te. E prima o poi lo scopriresti da sola. »

Accidenti. Al diavolo l'SMS, al diavolo le confessioni. Cosa stava succedendo? Frastornata, girai intorno al tavolino e mi sedetti sul divano a una certa distanza da lui. « Di cosa parli, Cam? »

Lui alzò la testa e mi rivolse uno sguardo così sofferente che ebbi una fitta al petto. « Ricordi quando ti ho detto che tutti abbiamo fatto cose di cui non andiamo fieri? »

« Sì. »

« Lo dico per esperienza diretta. Pochissime persone ne sono a conoscenza. » All'improvviso ripensai al giorno in cui si era arrabbiato con Ollie, e poi alla festa, quando aveva aggredito quel ragazzo. Mi era parso che Jase gli avesse ricordato qualcosa per farlo calmare. « Ed è l'ultima cosa che vorrei dirti. »

« Puoi dirmelo », lo rassicurai e, sì, mi sentivo un'idiota considerando tutto ciò che non gli rivelavo io. Spinsi via quei pensieri e mi concentrai su Cam. «Sul serio, puoi parlarmi. Ti prego.»

Esitò. «Avrei dovuto laurearmi quest'anno, insieme con Ollie.»

«Ricordo che mi hai detto che avevi dovuto interrompere gli studi per un periodo.»

Annuì. «Al secondo anno. Non ero stato molto a casa durante l'estate, perché allenavo una squadra di calcio nel Maryland, ma ogni volta che tornavo mia sorella... si comportava in modo strano. Non avrei saputo dire esattamente cosa fosse, però era nervosissima e stava sempre chiusa in camera sua. Questo quand'era a casa, perché a sentire i miei genitori era sempre in giro.»

Mi si strinse il cuore. Non sapevo dove volesse andare a parare, e sperai di sbagliarmi.

«Mia sorella è sempre stata una sentimentale, sai. Adottava animaletti randagi, e anche persone randagie, soprattutto ragazzi. Anche da piccola faceva sempre amicizia coi bambini più emarginati della classe.» Piegò gli angoli delle labbra. «Poi ha conosciuto questo ragazzo. Aveva un anno o due più di lei e penso che la relazione fosse seria, per quanto avesse sedici anni. L'ho incontrato una volta e non mi è piaciuto. E non perché voleva stare con la mia sorellina. C'era qualcosa di strano in lui.»

Si passò le mani sulle guance e poi le appoggiò tra le ginocchia. «Ero a casa per le vacanze del Ringraziamento e mi trovavo in cucina. C'era anche Teresa, e stavamo scherzando tra noi. Lei mi ha dato uno spintone e io le ho dato un colpetto sul braccio. Neppure tanto forte, eppure lei ha cacciato un urlo come se le avessi fatto male davvero. All'inizio ho pensato che mi prendesse in giro, ma aveva le lacrime agli occhi. Ha cercato di far finta di niente e per quella sera non ci ho più pensato. Poi la mattina del giorno del Ringraziamento la mamma è entrata in camera sua mentre lei era seminuda e ha visto.»

Trattenni il respiro.

«Mia sorella... era piena di lividi. Sulle braccia, sulle gambe.» Strinse i pugni. «Ha detto di esserseli fatti ballando, ma sapevamo tutti che la danza non provoca lividi del genere. C'è voluta quasi tutta la mattina per tirarle fuori la verità.»

«Era stato il suo ragazzo?» Ricordai la conversazione a tavola, e l'improvviso e insistente interesse di Cam per l'interlocutore di sua sorella cominciò ad avere senso.

Lui annuì con uno spasmo nervoso della mandibola. «Quello stronzo la picchiava. Era furbo, lo faceva in zone del corpo facili da coprire. Teresa è rimasta con lui. All'inizio non capivo perché. Poi ho scoperto che aveva troppa paura di lui per lasciarlo.» Si alzò all'improvviso e lo seguii con lo sguardo. Andò alla finestra e aprì le tende. «Chissà per quanto tempo avrebbe continuato, se la mamma non l'avesse vista per sbaglio. Lo avrebbe detto a qualcuno, prima o poi? Oppure quel bastardo avrebbe continuato a picchiarla, e una sera l'avrebbe uccisa?»

L'emozione mi serrava la gola. Mi morsi il labbro.

«Dio, Avery, quanto ero incazzato. Volevo ammazzarlo. Picchiava mia sorella! Mio padre voleva chiamare la polizia, ma cosa potevano fare? Erano entrambi minorenni. Lui si sarebbe preso una ramanzina e lo avrebbero mandato da uno psicologo o qualche stronzata del genere. E a me non stava bene. La sera del Ringraziamento sono andato a cercarlo e l'ho trovato. Non ci ho messo molto, la città in cui viviamo è un buco. Ho bussato alla sua porta e lui ha aperto subito. Gli ho intimato di stare alla larga da mia sorella, e sai cos'ha fatto lo stronzo?»

«Cosa?» bisbigliai.

«Mi si è avvicinato gonfiando il petto come un tacchino. Mi ha detto che lui faceva quel che cazzo voleva.» Scoppiò in una risata secca, amara. «Non ci ho visto più. 'Arrabbiato' non è neppure la parola giusta. Ero una *furia*. L'ho preso a botte e non mi sono più fermato.» Si voltò, senza guardarmi. «Non ho smesso di picchiarlo neppure quando sono usciti i suoi genitori né quando sua madre ha iniziato a gridare. Ci sono voluti due poliziotti per separarmi da lui.»

Non sapevo cosa dire. Mentre lo osservavo sedersi sulla poltroncina non riuscivo a immaginarlo picchiare qualcuno e non fermarsi più. Neppure dopo aver visto quant'era arrabbiato col tizio alla festa di Jase.

Si strofinò di nuovo le guance. «Io sono stato arrestato e lui è finito in coma.»

Restai a bocca aperta.

Lui chinò il capo. «Non era la prima volta che prendevo a botte qualcuno, ma mai così. Mi ero spaccato le nocche e non me n'ero neppure accorto.» Scosse la testa. «Mio padre... ha brigato un po'. Sarei dovuto restare in prigione per un bel pezzo, invece no. Per fortuna il tizio si è risvegliato qualche giorno dopo.»

A ogni secondo che passava, i muscoli mi s'irrigidivano l'uno dopo l'altro.

«L'ho passata liscia, in prigione non ci ho passato neanche una notte.» Sorrise, senza calore. «Ma non sono potuto uscire di casa per vari mesi. Alla fine mi hanno condannato a un anno di lavoro socialmente utile nel centro di aggregazione della zona, e poi un altro anno di terapia per la gestione della rabbia. È lì che vado ogni venerdì. L'ultima seduta sarà in autunno. La mia famiglia ha dovuto pagare un risarcimento, ed è meglio se non ti dico quant'è costato. Ho dovuto smettere di giocare a calcio per via del lavoro socialmente utile e... come ho detto, l'ho passata liscia.»

L'aveva passata liscia.

Proprio come Blaine.

No. Mi fermai lì. Erano due situazioni diverse: Blaine era uno stupratore e Cam aveva picchiato l'uomo che aveva maltrattato sua sorella. Aveva sbagliato, perché non bisognerebbe mai rispondere alla violenza con altra violenza, ma quel ragazzo aveva fatto del male a sua sorella.

«Capisco.» Sebbene le due vicende avessero qualche punto in comune, erano profondamente diverse. Rimasi scioccata. La vecchia me stessa avrebbe pensato che entrambi ne erano usciti indenni per via di chi erano, del loro cognome e dei soldi di famiglia. Tuttavia non ero più la vecchia me stessa. E sapevo che a volte le persone buone fanno cose cattive.

Si voltò verso di me. «Cosa?»

«Capisco perché lo hai fatto.»

Si alzò. «Avery...»

«Stavi difendendo tua sorella. La violenza non è mai la risposta giusta, ma lei è tua sorella e...» E se io avessi avuto un fratello, e se avesse reagito in quel modo dopo quello che mi era successo? Be', sarebbe stato il mio eroe, per quanto sia brutto da ammettere a voce alta. «Alcune persone meritano di essere prese a calci.»

Mi fissò.

Scavallai le gambe. «E probabilmente alcune persone non meritano di respirare. È una cosa orribile da dire, però è la verità. Quel tipo avrebbe potuto uccidere tua sorella. O un'altra ragazza.»

Cam continuò a fissarmi come se mi fosse spuntato un secondo naso. «Dovrei essere in prigione, Avery. L'ho quasi ucciso.»

« Ma non l'hai fatto. »

Non aggiunse altro.

« Ti faccio una domanda. Lo rifaresti? »

Passarono vari secondi, e poi lui rispose: « Andrei ancora a casa sua e lo picchierei. Forse non così forte, ma sinceramente non penso che cambierebbe niente. Quel bastardo ha maltrattato mia sorella ».

Feci un lungo respiro. « Non ti biasimo. »

« Tu sei... »

Feci spallucce. « Contorta? »

« No. » Un sorriso sincero spezzò la tensione sul suo viso. « Sei straordinaria. »

« Non esagerare. »

« Dico sul serio. » Si sedette accanto a me sul divano. « Pensavo che avresti provato disgusto per me o che ti saresti arrabbiata. »

Scossi la testa.

Cam appoggiò la fronte alla mia e mi prese delicatamente il volto tra le mani. I suoi occhi scrutarono i miei. « È bello essermi tolto questo peso. Non voglio che ci siano segreti tra di noi. »

Sorrisi mentre lui si chinava a baciarmi l'angolo della bocca. Poi mi strinse al suo petto. Lo abbracciai, col gelo nelle ossa. Aveva condiviso con me quel grande segreto, anche temendo che lo giudicassi male, e io ero rimasta in silenzio, avevo serbato gelosamente i miei segreti. Non era giusto, e non riuscivo a scrollarmi di dosso l'orribile presentimento che in qualche modo l'avrei pagata cara.

COME FAI A VIVERE CON TE STESSA?

Cam mi baciò sulla testa e mi si mozzò il respiro.

Non sapevo come ci riuscissi.

28

Non lo avevo mai notato, ma in Cam c'era sempre stata una tensione sommersa: il peso di un segreto che minacciava di distruggere qualcosa che gli era molto caro. Non capivo perché non me ne fossi mai accorta.

Ora andava meglio... un po'.

Una parte di me sospettava che me lo avesse finalmente confessato perché non credeva a ciò che gli avevo detto a proposito del messaggio. Forse sperava che, se si fosse confidato con me, io avrei fatto lo stesso con lui.

Avrei voluto che fosse così, ma il mio segreto avrebbe distrutto ciò cui tenevo di più.

Noi.

Siccome era San Valentino, mi rifiutai di pensarci. Stavo passando una giornata perfetta e non intendevo rovinarla.

Cam si era presentato alla mia porta quel venerdì mattina con una rosa rossa, e poi un'altra a ogni mia lezione. Nel pomeriggio ne avevo ormai mezza dozzina, che diventarono due dozzine quando quella sera lui venne a casa mia. Non sapevo bene quali fossero i nostri progetti per la serata, quindi fui sollevata quando si presentò in jeans e maglione. Era tardi, le nove passate.

Lo ringraziai per le rose e le portai in cucina per metterle nel vaso con le altre. Lui restò accanto alla porta. «Cosa fai?» gli chiesi.

Mi rivolse un sorriso scaltro. « Resta dove sei e chiudi gli occhi. »

« Devo chiudere gli occhi? »

« Già. »

Cercai di nascondere l'entusiasmo. « Quindi è una sorpresa? »

« Certo che sì. Perciò chiudi gli occhi. »

« Le tue sorprese sono spaventose quanto le tue idee », ironizzai.

« Le mie idee sono brillanti quanto le mie sorprese. »

« Ricordi quando eri convinto che fosse una buona idea... »

« Chiudi gli occhi, Avery. »

Sorrisi e li chiusi. Lo sentii allontanarsi e pochi istanti dopo rientrò nel mio appartamento. « Non guardare. »

Era come mettermi davanti una fetta di torta, con una forchetta, e vietarmi di mangiarla. Ero nervosa. « Cam... »

« Altri due secondi. » In casa rotolò qualcosa di pesante.

Ma che...? Faticavo a non aprire gli occhi. Non avevo davvero idea di cosa fosse, e con Cam tutto era possibile.

La sua mano strinse la mia. « Tieni gli occhi chiusi, okay? »

« Sono chiusi. »

Cam mi condusse fuori dalla cucina e in salotto. Mi lasciò la mano e mi cinse in vita da dietro, premendomi la guancia sulla testa. Mesi prima detestavo avvertire la presenza di una persona alle mie spalle, ma adesso mi piaceva quand'era lui a farlo. La forza del suo abbraccio, l'intimità che rivelava.

« Ora puoi aprire gli occhi. » Le sue labbra mi sfiorarono la guancia, dandomi un brivido. « Oppure puoi restare lì con gli occhi chiusi. Mi piaci anche così. »

Risi, portai le mani all'altezza del ventre sopra le sue, e

aprii gli occhi. Restai a bocca spalancata. «Oddio, Cam...»

Davanti a me, all'interno di un terrario da duecento litri montato su un piedistallo e arredato di tutto punto con sabbia e sassi, foglie verdi e una tana, c'era una tartaruga grande quasi quanto la mia mano.

Cam sghignazzò. «Ti piace?»

«Se mi piace?» Annuii inebetita mentre lui mi faceva posare la mano sul vetro. L'animaletto si rifugiò nel guscio. «La... la adoro.»

«Bene.» Tornò da me. «Pensavo che a Raffaello avrebbe fatto piacere un amichetto.»

Risi di nuovo, ricacciando indietro le lacrime. «Non avresti dovuto, Cam. È... troppo.»

«Non è poi chissà cosa, e tutti abbiamo bisogno di una tartaruga da compagnia.» Si chinò a baciarmi sulla guancia. «Buon San Valentino.»

Mi girai, gli gettai le braccia al collo e lo baciai come se non ci fosse un domani. Quando mi tirai indietro, i suoi occhi erano pozze di fuoco blu. «Grazie.»

Mi baciò ancora, con grande dolcezza. «Prego.»

Lo abbracciai e mi appoggiai al suo petto. «È un maschio o una femmina?»

«Sai che non lo so? Credo si capisca dalla forma del guscio, ma non me ne intendo.»

Sorrisi. «Be', maschio o femmina che sia, lo chiamerò Michelangelo.»

Gettò la testa all'indietro e rise. «Perfetto.»

«Ora ce ne mancano solo due.»

«Esatto.»

Mi divincolai e gli sorrisi. «Torno subito.» Corsi in camera e presi il cartoncino d'auguri in cui avevo infilato i due biglietti. Quando fui di nuovo in salotto, Cam stava sistemando la lampada termica nel terrario. Si voltò sorridente. « Buon San Valentino », gli dissi, allungandogli il cartoncino. Arrossii. « Non è bello come il tuo regalo, ma spero ti piaccia. »

« Mi piacerà di sicuro. » Con un mezzo sorriso aprì lentamente la busta e tirò fuori il cartoncino. Non ci avevo scritto molto, perché non sapevo cosa scrivere. Mi ero limitata a un breve messaggio e al mio nome.

Trattenni il respiro mentre lui apriva il cartoncino. Il mezzo sorriso divenne un sorriso intero quando si ritrovò in mano i biglietti. Mi scrutò da sotto le ciglia. « Questo è un regalo fantastico, tesoro. »

« Davvero? » Battei le mani, soddisfatta. « Speravo che ti piacesse. Insomma, so che non giocare più a calcio ti pesa, e spero che non ti rattristi andare alla partita, e non devi portarci me per forza... »

Mi baciò con avidità. Con trasporto, con ancora più passione del solito. « Certo che ti ci porto. Il regalo è perfetto », disse, mordicchiandomi il labbro inferiore. Una vampata di calore mi s'irradiò in tutto il corpo, lasciandomi traboccante di desiderio. « Tu sei perfetta. »

Una voce insidiosa si fece strada in me: *Se solo sapesse quanto sono lontana dalla perfezione.* Scacciai quel pensiero e mi abbandonai al suo bacio. Non fu difficile. Si aggrappava alla mia bocca come un assetato in cerca d'acqua.

Mi prese per i fianchi e mi tirò a sé. Sentii la sua erezione sulla pancia. Cam era... un uomo passionale, quindi non mi stupiva che fosse già duro, ma mi sorprendeva sempre che non mi facesse pressioni, pur volendomi così tanto, e pur sapendo che io sarei stata più che pronta a cedergli.

Mi strinse più forte e gli buttai le braccia al collo. Sembrava esserci un accordo tacito tra di noi: mi tirò su mentre io gli avvolgevo le gambe intorno alla vita. Mugolai quando si spinse contro di me e la sua lingua toccò la mia.

Iniziò a camminare e il sangue mi ruggì nelle vene. Sapevo dov'era diretto, e l'eccitazione e il nervosismo lottavano dentro di me. Mi fece sdraiare al centro del letto. Si tolse il maglione e posò le mani ai due lati della mia testa. La forza dei suoi muscoli, la potenza del suo corpo erano travolgenti.

Passai un dito sulle fiamme che circondavano il sole tatuato sul lato sinistro del petto. «Mi piace questo tatuaggio. Perché lo hai fatto?»

Accennò un sorriso. «Vuoi saperlo davvero?»

«Sì.»

«È una storia banale.»

Seguii i contorni del sole sui pettorali. «Questo lo giudicherò io.»

«L'ho fatto dopo la rissa.» Si mosse, le sue ginocchia mi toccarono le cosce e le sue mani s'infilarono sotto la mia camicia. Mi alzai per aiutarlo a sfilarmela. La gettò chissà dove, alle sue spalle. «Ero demoralizzato: non potevo tornare a scuola, stavo rinchiuso in casa ed era tutta colpa mia. Temevo di avere una malattia, che qualcosa nel cervello mi avesse spinto a reagire in quel modo.»

Le mani mi ricaddero sui fianchi, mentre lui mi posava un palmo sulla pancia nuda. I polpastrelli raggiunsero il ferretto del mio reggiseno e la chiusura anteriore.

«Ero depresso», ammise. I capelli gli caddero in avanti sulla fronte mentre con l'altra mano mi accarezzava la testa. «Ero incazzato con me stesso, col mondo e stronzate del genere.» S'interruppe e mi fece scorrere una mano sulla pancia e poi verso l'alto, facendomi rabbrividire. Gli tornò quel mezzo sorriso. «Penso di essermi scolato tutti i liquori che mio padre aveva in casa nel giro di un paio di settimane. Sapevo che i miei genitori erano preoccupati, ma... » Non finì la frase e si chinò a baciarmi l'incavo tra i seni. Trattenni il respiro e lui mi baciò ancora. « Jase veniva a trovarmi spesso, e anche Ollie. Probabilmente senza di loro sarei uscito di zucca. Posso? » Mi guardò negli occhi con le dita sul gancetto del reggiseno.

Mi balzò il cuore in gola. Era la prima volta. Con la bocca asciutta, annuii.

« Grazie », disse lui, e mi sembrò una cosa strana per la quale essere grati. I suoi occhi si abbassarono e io restai di nuovo senza fiato. Slacciò il gancetto ma non separò le coppe. « È una cosa che mi ha detto Jase mentre ero ubriaco fradicio. »

Inspirai a fatica mentre lui faceva scorrere un dito al centro del mio petto. « Cosa... cos'ha detto? »

« Ha detto qualcosa del tipo: 'La situazione non può essere così disperata, se splende ancora il sole'. Be', mi è rimasto impresso. Forse perché è la verità. Finché splende il sole, le cose non possono andare male più di tanto. Per questo mi sono fatto tatuare un sole. Per ricordarmelo. »

« Non è banale », dissi.

« Mmm... » Spinse delicatamente di lato il bordo del reggiseno e poi fece lo stesso con l'altra coppa. L'aria fresca stuzzicò i miei capezzoli già duri. Ero nuda di fronte a lui dalla vita in su. « Dio, Avery, sei bellissima. »

Non so bene cosa risposi, forse un « grazie ». Lui mi accarezzò il seno e io inarcai la schiena. Disse qualcosa che non capii mentre mi passava il pollice sul capezzolo. Accanto alla mia testa il suo braccio si piegò.

Mi guardò mentre spostava la mano sul bottone dei miei jeans. C'era una domanda nei suoi occhi, e io annuii, anche se avevo un po' paura.

Mi sfilò i jeans e poi i calzini. Fece un commento sul disegno di teschi e tibie, ma le pulsazioni che mi attraversavano il corpo rendevano difficile prestare attenzione. Poi finì di togliermi il reggiseno e rimasi in mutandine: mi squadrò lentamente, e il suo sguardo ribolliva sulla pelle come il sole cocente d'agosto in Texas.

Si sdraiò su un fianco continuando a baciarmi, con baci lenti e appassionati, e intanto mi accarezzava il seno. Il suo tocco era esperto, e i suoi baci mi scendevano sul mento e sul collo. Mi irrigidii nell'attimo prima che la sua bocca calda si chiudesse intorno al mio capezzolo. Lo aveva già fatto attraverso il reggiseno, ma nulla era paragonabile alla sensazione di un contatto diretto. Sentii il sangue liquefarsi come lava e i miei fianchi non smettevano di descrivere piccoli cerchi. Mentre succhiava con forza infilò una mano nelle mie mutandine.

Arricciai le dita dei piedi, scossa da sensazioni nuove e più forti. La testa mi ricadde all'indietro mentre lui con la punta delle dita seguiva la curva del mio bacino.

Alzò la testa e mi fissò negli occhi quando m'infilò dentro la punta di un dito. Ansimai, gli affondai le dita nelle braccia.

« Va bene così? » chiese, con voce profonda e limpida come whisky invecchiato.

Inspirai e annuii. « Sì. »

Un accenno di sorriso gli piegò le labbra e le sue dita si mossero con più decisione, in modo ritmico. Il mio corpo era in fiamme. Tremavo dalla testa ai piedi.

« Sei così stretta », mormorò, e poi il suo bacio mi consumò.

Sollevai i fianchi per andargli incontro e lui premette sul punto più sensibile. Il suo petto nudo che si strofinava sul mio, la sua mano nelle mie mutandine, il suo dito dentro di me... era troppo. Contrassi i muscoli delle cosce e interruppi il bacio, gridando il suo nome mentre una scarica di energia mi attraversava il corpo.

Cam emise un verso gutturale e mi baciò sul collo. « Adoro il modo in cui dici il mio nome. »

Riuscivo a malapena a respirare, e tantomeno a parlare, mentre lui continuava a muoversi dentro di me, raccogliendo gli ultimi spasmi. Quando infine smisi di tremare, lui tolse la mano e io rimasi con le guance rosse e la testa leggera. Volevo dargli di più. Nervosa ed eccitata, gli premetti le mani sul petto e lui si rotolò sulla schiena. Presi fiato e gli montai a cavalcioni, e prima di perdere il coraggio scivolai verso il basso e gli sbottonai i jeans tirandoli giù sulle gambe.

Cam indovinò le mie intenzioni solo quando presi in mano la sua erezione e il mio fiato caldo gli soffiò sulla punta. Strinse immediatamente i pugni.

« Oh, merda », ringhiò.

Sorrisi, prima di prenderlo in bocca. Tutto il suo corpo si scosse e la schiena s'inarcò. Non sapevo assolutamente cosa fare, ma non poteva essere così complicato.

Infatti non lo era.

Cam mi prese per mano e posò l'altra sulla mia nuca con una leggera pressione, per guidare i miei movimenti un po' incerti. Non ero imbarazzata, non temevo di sbagliare. A giudicare dalle reazioni del suo corpo e dai versi che emetteva, gli piaceva.

Prima dell'orgasmo uscì dalla mia bocca e mi baciò mentre veniva. Adoravo il modo in cui il suo corpo tremava, ma soprattutto ero felice di sentirmi abbastanza al sicuro da fare una cosa del genere. Stanchi e appagati, ci sdraiammo entrambi. « Cazzo, è stato il miglior San Valentino di sempre. »

Mi sfuggì una risata roca. « Sono d'accordo. »

La sua mano trovò la mia tra i nostri corpi e la strinse. « Hai fame? »

« No. » Soffocai uno sbadiglio. « Tu? »

« Non ancora. »

Non avevo idea di che ore fossero, ma ero distrutta e non avevo intenzione di alzarmi dal letto. Tranne che per la cioccolata. Di una cosa però ero certa: non volevo che lui se ne andasse. Trovai il coraggio di domandarglielo: « Resti con me stanotte? »

Mi accarezzò la spalla nuda. « Non devi chiedermelo due volte. » Poi la baciò. « Arrivo subito. »

Mi rotolai su un fianco e tirai su le coperte. Sentii scorrere l'acqua in bagno, poi lui tornò e si sdraiò dietro di me. Stretta nel suo abbraccio, assonnata, sorrisi e pensai al sole.

Era tutto perfetto.

29

Per tutto febbraio e per tutto marzo splendette il sole. Passai la prima metà delle vacanze di primavera a casa con Cam e Ollie e la seconda parte dai genitori di Cam, e ci vedemmo anche con Brittany.

Trovai strano che la mia amica non sapesse cos'era successo tra Cam e l'ex fidanzato di sua sorella, ma non ne parlai. La confessione di Cam era destinata solo a me e, per quanto fossi curiosa, non intendevo violare quella fiducia.

Soprattutto dal momento che avevo avuto tante occasioni di confessare il mio segreto. Per quante volte ci avessi provato, non riuscivo mai a pronunciare quelle parole. L'idea di confidarmi con Cam mi terrorizzava. Non sarebbe stato facile, e non sapevo neppure da dove iniziare.

Al contrario, facevo di tutto per non lasciare il cellulare incustodito. Ricevevo ancora i messaggi e le telefonate almeno due volte alla settimana, e avevo smesso di controllare l'e-mail. Negli ultimi due mesi, spesso ero stata sul punto di rispondere a un messaggio o a una mail.

Proprio come con Cam, preferivo fingere che non stesse succedendo. Odiavo quella parte di me, mi detestavo, perché continuavo a fuggire invece di affrontare il problema.

Mentre l'inverno allentava la sua stretta sul West Virginia e iniziava il disgelo, Cam stava cercando di decidere se tornare a casa nel weekend di metà aprile oppure restare con me a non far niente, mentre Jacob passò il pranzo a tentare di convincere Brittany ad accompagnarlo a una specie di evento di giardinaggio per beneficenza.

Brittany stava inzuppando le patatine fritte nella maionese, mentre Ollie la guardava con ammirazione mista a disgusto. «Non ho proprio voglia di passare l'ultimo weekend lungo del semestre a piantare margherite.»

«Non sono margherite. È un orto botanico traboccante di meraviglie e d'amore», sospirò Jacob.

Cam, che sedeva accanto a me, mi posò la testa sulla spalla per nascondere una risata. Io usai il vecchio metodo della mano davanti alla bocca.

«È una stupidaggine.» Brittany s'infilò in bocca la patatina cosparsa di maionese, e Ollie fece un versaccio. «Ho intenzione di vegetare per quattro giorni.»

«Preferiresti essere un cetriolo o colmare di gioia la tua anima?»

Le spalle di Cam iniziarono a sussultare.

«Penso che sceglierò di diventare un broccolo», rispose la mia amica.

Ollie distolse finalmente lo sguardo dal piatto di Brittany e lo rivolse a Jacob. «Dici sul serio?»

«Sì!» Jacob batté le mani sul tavolo. «Perché non dipingere il mondo con bellissimi fiori di mille colori?»

Lo fissai. «Hai assunto droghe?»

Sembrò offendersi... per due secondi. «Un po', forse.»

Risi e lanciai un'occhiata a Brittany. «Dovresti aiutarlo a costruire il suo giardino della felicità.»

Lei sbuffò. «Aiutalo tu.»

«Oh, no.» Cam alzò la testa e scivolò sulla panca verso di me, posandomi la mano sulla gamba appena sopra il ginocchio. « Questo fine settimana Avery è tutta mia. Niente giardini dell'amore. »

« A meno che lei non voglia piantare qualcosa nel *tuo* giardino dell'amore? » domandò Jacob.

« Spiritoso », commentai sarcastica.

« Ieri sera sembrava proprio che stesse piantando qualcosa. » Ollie allontanò da Brittany il bicchierino di maionese. « Almeno a giudicare dai rumori che venivano da camera tua. »

Restai a bocca aperta. « Ma smettila! »

« Tenevi l'orecchio incollato alla porta di camera mia? » La mano di Cam risalì lungo la mia coscia, e all'improvviso le guance mi s'infiammarono per tutt'altro motivo.

Ollie fece spallucce. « Che altro dovrei fare? »

« Pervertito », ribatté Cam.

I tre si lanciarono in una discussione sulle verdure, lasciando in disparte me e Cam. Meglio così: gli ortaggi non mi appassionavano.

« Ho un'altra grande idea », sussurrò Cam, appoggiandomi il mento sulla spalla.

Girai leggermente la testa verso di lui. « Oh, povera me... »

« Ti piacerà molto. »

Un'ondata di calore mi attraversò il petto e mi venne voglia di dirgli che lo amavo, ma non era il caso di farlo lì, nel Den, mentre i nostri amici discutevano i pro e i contro degli asparagi. Quindi mi limitai a chiedere: « Allora, di che si tratta? »

« Prenditi la giornata libera e rilassati con me. »

L'idea mi allettava. « Ho lezione. »

« Hai arte. Non è una lezione vera. »

« E perché no? »

Mi posò le labbra sulla tempia. « Lunedì ti sei quasi addormentata. »

« Quasi », sottolineai.

Ora mi baciava sotto l'orecchio, e mi venne un brivido. « Fidati. Quello che ho in mente di fare è molto meglio dell'arte. »

La mia mente andò dritta al sesso. Vero sesso, vera penetrazione.

Oddio, non potevo credere di aver pensato una cosa del genere. Esisteva forse una penetrazione falsa? In realtà sì, più o meno. Avevamo fatto tutto tranne quello. Ci eravamo toccati, palpati, e poi il sesso orale, ma un rapporto vero e proprio no. Ma l'ultima volta, quella che Ollie sosteneva di aver sentito, ci eravamo andati molto vicini.

Presa dal panico, mi ero rifugiata nel sesso orale. Non che Cam si fosse lamentato, ma non potevo continuare così. Dovevamo portare la nostra relazione al livello successivo. E poi, probabilmente ero l'unica ventenne vergine dell'università, e quanto a lungo Cam sarebbe stato disposto ad aspettare? Stavamo insieme da quattro mesi, ma sembravano quattro anni: perché il tempo per gli uomini scorre veloce come per i cani.

Avevo i brividi per l'impazienza, ma sotto sotto covava il disagio, freddo nel mio petto come una palla di ghiaccio.

Cam mi cinse per la vita tirandomi su dalla sedia e mi adagiò sulle sue ginocchia. Anche se i nostri amici ci ignorarono, dagli altri tavoli iniziavano a fissarci.

Lui non fece una piega. Sorrise e alzò il mento. « Allora, che ne dici? »

« Voi due siete così disgustosi da essere quasi carini »,

commentò Jacob, interrompendoci. Lo guardammo. «Se non salti la lezione e non scappi con lui ti prendo a calci.»

«Be', in tal caso come faccio a dire di no?»

Sperai solo di riuscire a dire di sì quando contava davvero.

Cam era davvero straordinario.

E non so come facesse a sorprendermi in continuazione con le sue premure, o come riuscisse a essere così meraviglioso. O perché ci avessi messo tanto ad accorgermene.

Quando uscimmo dall'università mi aspettò alla mia macchina e mi portò al pick-up. «Cosa facciamo?»

«Vedrai.»

Quel mezzo sorriso prometteva segreti e mi diede il batticuore. Solo quando imboccammo l'Interstate 70 e vidi il cartello capii qual era la destinazione. Mi girai verso di lui, e per l'emozione rischiai di strozzarmi con la cintura di sicurezza.

Cam scoppiò a ridere.

«Andiamo a Washington, vero?» esclamai, praticamente saltellando sul sedile.

Mi guardò di sottecchi. «Può darsi.»

«E andiamo allo Smithsonian, vero?»

«Probabile.»

Scattai in avanti, battendo le mani. «Perché? Insomma, so che la storia ti annoia, quindi perché?»

«'Perché', dici?» Rise di nuovo e si sistemò il cappellino da baseball. «Ti ho detto che ti avrei portata allo Smithsonian e non abbiamo potuto farlo il giorno del tuo compleanno. Quindi, mi sono detto, perché non oggi?»

Era una delle cose che preferivo di Cam: la tendenza a

fare le cose d'istinto, con spontaneità. Viveva nell'istante, e nulla lo fermava: neppure i guai in cui si era cacciato, perché con quelli era venuto a patti.

Sapevo che aveva fatto i conti con le sue azioni e le loro conseguenze. Ci aveva messo qualche tempo, ma alla fine se n'era fatto una ragione.

Lo ammiravo per questo.

Passammo il resto del pomeriggio e quasi tutta la serata a spostarci da una mostra all'altra. Cam sembrava più interessato a rubarmi baci che non ad ammirare le opere d'arte, e a me andava bene così. Pensai ai due fidanzatini che avevo visto la volta precedente e mi resi conto che adesso ero come loro. Cam e io eravamo così normali, così perfetti. Non c'era nessuna differenza tra noi e loro, ed era bellissimo.

Tornammo a casa tardi e, poiché il giorno dopo non c'era lezione, avevamo la serata libera. Ancora entusiasta per quella gita a sorpresa, versai in una scodellina i puzzolenti bocconcini per tartarughe e la infilai nel terrario di Michelangelo.

Mentre richiudevo il coperchio, Cam mi si accostò alle spalle e mi posò le mani sui fianchi. Mi fece voltare e io mi alzai in punta di piedi per baciarlo sulle labbra.

«Grazie per oggi.» Lo abbracciai. «Mi sono divertita molto.»

«Te l'ho detto che era un'ottima idea.»

«Le tue idee lo sono spesso.»

«Accidenti, lo hai ammesso davvero?» Sgranò gli occhi fingendo sorpresa.

Sorrisi. «Forse sì.»

«Certo, lo hai sempre saputo che le mie idee sono da dieci.»

«Sì, in una scala da uno a cento.»

«Divertente.» Fece scorrere le mani verso l'alto fino al petto. «Indovina? Mi è venuta un'altra idea.»

«Ha a che fare con le uova?»

Scoppiò a ridere e poi premette i fianchi contro i miei. «No, niente uova.»

Potevo immaginare di cosa si trattasse. Mi si attorcigliò lo stomaco. «No?»

Lui scosse la testa. «Ma riguarda qualcosa di altrettanto saporito.»

Arrossii e mi voltai.

Le sue labbra seguirono il movimento e il contorno del mio zigomo. «E riguarda te, me, un letto e pochissimi vestiti, o forse nessuno.»

Un formicolio mi percorse la schiena. «Ah, davvero?»

«Già.» Fece scendere le mani sotto la cintura dei miei jeans, posando le dita sul gonfiore dei glutei. Mi sfiorò la fronte con le labbra. «Che ne pensi?»

Non stavo pensando. Gettai la testa all'indietro e Cam raccolse il mio invito implicito. Mi baciò e m'infilò le mani sotto la maglietta. Si staccò da me il tempo necessario a sfilare la mia maglietta e la sua. Poi le nostre labbra tornarono a fondersi, e iniziammo a camminare senza mai staccarci. Andammo a sbattere, lui perse l'equilibrio e cadde all'indietro, per metà sul divano e per metà per terra. Ridemmo, ma non ridemmo più quando le nostre mani iniziarono a darsi da fare sul serio. Con un'abilità che mi lasciò di stucco, Cam riuscì a sfilarmi i jeans mentre mi sdraiavo sopra di lui. Poi diede prova di un altro talento.

Mi fece scorrere le mani sul seno e trovò i capezzoli coperti di raso. Inarcai la schiena e mi morsi il labbro per non gemere mentre lui produceva quel suo mugolio sexy e i suoi fianchi spingevano contro i miei. Un'ondata di calore m'invase quando la sua mano s'insinuò lungo la curva del ventre e poi nelle mutandine. Ci posò tutto il palmo e strofinò il pollice proprio nel punto giusto: lanciai un grido. Il desiderio – il bisogno di perdermi nelle sensazioni, anche per pochi istanti – ebbe il sopravvento. La pelle mi andava a fuoco mentre m'inginocchiavo a sbottonargli i jeans.

« Avery », mugolò.

Quando il mio nome affiorò alle sue labbra, dentro di me crebbe la tensione. I nostri corpi si dondolavano all'unisono, ma ancora separati. Poi la tensione si spezzò: gettai la testa all'indietro e mi lasciai travolgere dalla gioia.

Cam si mosse sotto di me e un istante dopo era in piedi e io mi aggrappavo a lui, avvinghiata come una scimmietta. Tremavo ancora quando mi fece sdraiare sul letto. Frastornata, accaldata, lo guardai spogliarsi. Completamente.

Dio, com'era bello.

M'infilò le dita sotto le mutandine e io sollevai i fianchi per consentirgli di togliermele. Non era la prima volta che mi spogliava, ma non eravamo mai stati entrambi così nudi. C'erano vari stadi di nudità, lo avevo imparato negli ultimi mesi. Quello era l'ultimo stadio. Sentii un tuffo al cuore.

Cam restò sopra di me a baciarmi su tutto il corpo. Quando tornò a cercare la mia bocca gli affondai le dita tra i capelli. Si mosse sopra di me e la sua erezione premette contro la mia coscia.

Il mio cuore si fermò per un istante, poi prese a battere all'impazzata.

Fu scosso da un tremito, o forse ero io a tremare. Forse per l'eccitazione, forse per qualche altro motivo. Le mie mani trovarono il suo petto e vi si appoggiarono.

«Lo vuoi?» mi chiese, con voce roca per lo sforzo di trattenersi.

«Sì», risposi, e mi dissi che lo volevo. Ed era così. Volevo tagliare quell'ultimo traguardo con Cam.

Ci guardammo negli occhi per un momento, poi lui chinò la testa per baciarmi e si calò sopra di me. Lo sentii lì, lo sentii infilarsi nel mio corpo bagnato, e non so cosa successe. Forse era il suo peso, o la sensazione di pienezza tra le cosce. Per un istante di terrore puro, non ero più nella mia camera e sotto Cam: ero tornata su quel divano, con la guancia premuta contro la stoffa ruvida. L'aria fredda mi sferzava la parte inferiore del corpo, denudata, percorsa da una mano ruvida, avida. Cercai di scacciare il ricordo e concentrarmi su quel che stava succedendo davvero, ma il ricordo non voleva andarsene.

Ogni muscolo del mio corpo s'irrigidì e il disagio provato qualche ora prima tornò, più forte. Sentivo freddo dentro e fuori. Il panico si avventò su di me con artigli affilati come rasoi.

Girai la testa di lato per interrompere il bacio e gli premetti le mani sul petto. «No, fermati. Ti prego, fermati.»

Cam s'immobilizzò sopra di me, ansimando. «Avery? Ma cosa...?»

«Scendi.» Mi formicolava la pelle e un peso opprimente mi schiacciava il petto. «Togliti. Ti prego. Togliti.»

Rotolò via in un istante, e io agguantai la coperta per coprirmi. Scattai in piedi e indietreggiai fino al comò. Le bottiglie di crema tintinnarono. Mi riscossi quando caddero sulla moquette. Il cuore mi batteva così forte che temevo mi si rivoltasse lo stomaco.

«Oddio», sussurrai roca. C'era la concreta possibilità che vomitassi il pretzel che avevamo diviso poco prima.

La luce in corridoio gettava strane ombre su metà del

viso impallidito di Cam. I suoi occhi erano grandi come la luna. Mi fissò preoccupato. «Ti ho fatto male? Non...»

«No. No!» Chiusi gli occhi. «Non mi hai fatto male. Non hai neppure... non lo so. Mi dispiace...» Non sapevo cosa dire.

Cam fece lunghi respiri e posò le mani sul letto. «Parlami, Avery. Cos'è successo?»

«Niente.» Mi si ruppe la voce. «Non è successo niente. Pensavo solo...»

«Cosa pensavi?»

Scossi la testa. «Non lo so. Niente di grave...»

«Niente di grave?» Inarcò le sopracciglia. «Avery, mi hai fatto morire di spavento. Sei andata nel panico come se ti stessi facendo male o... come se ti costringessi.»

Ero inorridita. «Non mi stavi costringendo, Cam. Mi piaceva quello che stavi facendo.»

Passarono vari secondi e poi lui disse: «Sai che non ti farei mai del male, vero?»

«Sì.» Le lacrime mi serravano la gola.

«E non ti costringerei mai a fare niente che tu non voglia.» Parlava lentamente, scandendo ogni parola. «Lo capisci, vero? Se non sei pronta, per me va bene: ma devi parlarmi. Devi farmelo sapere prima che arriviamo a quel punto.»

Strinsi la coperta e annuii.

Ci fu un altro silenzio e lui mi guardò dritto negli occhi. Gli lessi in viso che indovinava qualcosa, e mi morsi il labbro. Volevo sapere cosa pensava, ma allo stesso tempo non volevo saperlo.

«Cosa c'è che non mi dici?» Me lo aveva già chiesto quella sera nel parcheggio.

Non riuscii a rispondere.

Mi fissò, scuro in volto. «Cosa ti è successo?»

« Niente! » La parola mi uscì di bocca come sparata da un cannone. « Non c'è niente da dire. Lascia stare, cazzo. »

« È una bugia. »

Ecco. Lo aveva detto, mi aveva smascherata.

Fece un lungo respiro. « Tu menti. Ti è successo qualcosa, perché... quello? » Indicò il punto del letto su cui eravamo abbarbicati pochi istanti prima. « Quello non era 'non essere pronta'. Era qualcos'altro, perché tu sai – *lo sai* – che ti aspetterei, Avery. Lo giuro, però devi dirmi cosa ti passa per la testa. »

Quelle parole mi ferirono profondamente.

« Ti scongiuro, Avery. Devi essere sincera. Hai detto che ti fidi di me, ma devi dimostrarmelo, perché so che c'è sotto qualcosa. Non sono stupido e non sono cieco. Ricordo come ti comportavi quando ci siamo conosciuti e ricordo benissimo cos'hai detto quella sera quando eri ubriaca. »

Oddio. Il pavimento mi si mosse sotto i piedi.

Non aveva finito. « E quel messaggio sul tuo cellulare? Mi stai dicendo che non c'entra niente con questa storia? Se ti fidi di me, devi dirmi una buona volta cosa diavolo succede. »

« Mi fido di te. » Ormai piangevo, e il suo viso mi appariva sfocato.

Si alzò e raccolse i jeans da terra. Se li infilò, tirò su la lampo ma non chiuse i bottoni. Mi guardò con un'espressione tesa. « Non so cos'altro fare con te, Avery. Ti ho detto cose di cui non vado fiero, cose che nessuno al mondo sa, e tu continui a tenerti stretti i tuoi segreti. Mi nascondi *tutto*. Non ti fidi di me. »

« No... mi fido. » Feci un passo avanti, ma mi fermai di fronte alla sua espressione. « Ti affiderei la mia vita. »

« Ma non la verità? Che stronzata, Avery. Tu non ti fidi. » Mi oltrepassò e andò in salotto.

Lo seguii. Mi tremavano le mani. « Cam... »

« Basta. » Raccolse da terra il maglione e si voltò. « Non so cos'altro fare. Non so tante cose, ma so che le relazioni non funzionano in questo modo. »

La paura mi opprimeva il petto. « Cosa stai dicendo? »

« Cosa pensi che stia dicendo, Avery? È evidente che hai dei problemi e, no, non guardarmi come se avessi preso a calci il tuo cagnolino. Credi che ti lascerei per quello che ti è successo, qualunque cosa sia? Così come credevi che avrei cambiato opinione su di te se avessi visto la cicatrice? So che lo pensi, ed è una stronzata. » Nella sua voce c'erano dolore e una rabbia cocente. « Come possiamo avere un futuro se non riesci a essere sincera con me? Se non puoi credere che i miei sentimenti per te siano abbastanza forti, allora non c'è niente tra noi. È questo che fa finire le relazioni. Non il passato, Avery, ma il presente. »

Ero senza fiato. « Cam, ti prego... »

« Basta, Avery. Te l'ho già detto. Ti chiedevo solo di fidarti di me, di non chiudermi fuori. » Andò alla porta. « E tu non ti fidi e mi hai chiuso fuori di nuovo. »

E poi se ne andò, sbattendo la porta. Riuscii a raggiungere il divano prima che mi cedessero le gambe. Mi strinsi le ginocchia al petto. Nel mio cuore si era aperta una crepa, e il dolore era assolutamente reale.

Aprii la bocca, ma non produssi nessun suono.

Non emisi il minimo rumore.

30

Restai a letto per quasi tutto giovedì e venerdì. Un senso di soffocamento mi avvolgeva come una coperta troppo pesante. Avevo combinato un guaio. Enorme. Era quello il mantra di autocommiserazione che mi ripetevo senza sosta. Era la verità, e non riuscivo a pensare ad altro.

Non era così che avevo preventivato d'iniziare le vacanze di primavera.

Affondai la testa sul cuscino e mi tenni lontana dal telefono, perché se avessi visto che Cam non mi aveva cercata mi sarei sentita ancor peggio. In ogni caso era inutile, perché sapevo che non avrebbe chiamato.

E non avevo il minimo dubbio: ero innamorata di lui. C'è una differenza tra voler bene a qualcuno ed essere innamorata, e me lo ero lasciata scivolare tra le dita.

Cam si era stufato.

Si era fidato di me, e non avevo meritato la sua fiducia. Se avesse saputo tutto quanto, mercoledì sera le cose tra noi sarebbero potute andare diversamente. Ma ero rimasta in silenzio, come per tutti quegli anni.

A un certo punto, sabato, il dolore profondo lasciò il posto a qualcos'altro. Gettai via le coperte e restai in piedi al centro della stanza, ansimando. Presi una bottiglia di crema per il corpo e la buttai dall'altra parte della stanza. Colpì la porta dell'armadio e rimbalzò a terra.

Insoddisfatta, presi un'altra bottiglia e la scagliai con

più forza. Colpì la parete, incrinando l'intonaco. Potevo dire addio alla cauzione dell'affitto.

Non m'importava.

La rabbia si spandeva dentro di me come un vapore caldo. Strappai via dal letto lenzuola e coperte.

Poi partii all'attacco dell'armadio.

Odiavo tutti quei noiosi maglioni, i dolcevita, i cardigan e le camicie della taglia sbagliata. Odiavo tutto, ma soprattutto odiavo me stessa per quello che stavo facendo. Lanciai un grido e strattonai giù tutto. Gli appendiabiti dondolarono e caddero a terra. Con le lacrime agli occhi mi voltai cercando qualcos'altro da distruggere, ma non c'era niente. Nessun portaritratti da lanciare, nessun quadro da strappare via dalla parete. Non c'era niente. Ero così infuriata... infuriata con me stessa.

Uscii in corridoio e mi appoggiai al muro, chiudendo gli occhi. Feci lunghi respiri e soffocai un urlo.

Quel silenzio mi *uccideva.*

E non c'era mai altro che silenzio. Era tutto ciò che conoscevo. Sta' zitta, fingi che non sia successo niente, che fili tutto liscio. Ed ecco il bel risultato.

Mi lasciai scivolare lungo la parete e riaprii gli occhi. Erano asciutti, secchi come mi sentivo dentro, fragile.

Di chi era la colpa? Di Blaine? Dei suoi genitori? Dei miei? Faceva differenza? Mai una volta mi ero opposta ai miei genitori e avevo detto ciò che pensavo. Ero rimasta zitta e avevo subito, finché non ero riuscita a fuggire.

Il problema era che il metodo della fuga non funzionava più. Non che avesse mai funzionato, e quanto ci avevo messo a capirlo? Cinque anni, quasi sei? E quanti chilometri? Migliaia?

Proprio in quell'istante il telefono in salotto squillò.

Mi alzai di scatto e lo raggiunsi a lunghi passi. Sentii

un formicolio alla nuca quando lessi la scritta NUMERO SCONOSCIUTO sul display. Premetti il pulsante di risposta.

« Che c'è? » chiesi, con voce tremante.

Niente. Silenzio.

« Che cazzo vuoi da me? Eh? Non hai niente da dire? Mi chiami e mi scrivi da nove mesi, e poi niente? Secondo me hai un mucchio di cose da dire. »

Un'altra pausa densa di significato, e poi: « Non ci credo che hai risposto ».

Spalancai gli occhi. Cazzo, era una ragazza. La persona che mi chiamava, e molto probabilmente anche quella che mi scriveva le e-mail, era una ragazza.

Una ragazza.

Chissà cosa mi aspettavo, ma di sicuro non *una ragazza*.

Riuscii a dire solo una parola: « Perché? »

« Perché? » La ragazza proruppe in un risolino amaro. « Non sai con chi stai parlando, vero? Non hai letto neppure una delle e-mail che ti ho mandato? Neanche una? »

Mi stava interrogando? « Be', quando ho visto cosa contenevano, ho deciso di non torturarmi. »

« Ti scrivo da giugno, per provare a parlare con te. Non c'era niente di brutto nelle prime due o tre e-mail che ti ho scritto. Se ne avessi letta anche solo una lo sapresti. D'altronde, perché dovrei credere che non le hai lette, dato che non hai la fama di una che dice la verità? »

Mi sedetti, perplessa. « Chi sei? »

« Dio, è incredibile. Mi chiamo Molly Simmons. »

« Molly? »

« Sembra che tu riconosca il mio nome. Evidentemente hai letto le mie e-mail. »

« No, è stato mio cugino a parlarmi di te. » Ero di nuovo in piedi e camminavo avanti e indietro. «Non ho letto le tue e-mail, non ti sto mentendo.»

«Be', sarebbe la prima volta che dici la verità.» Una porta sbatté.

Non sapevo cosa dire. Ero sconcertata, esterrefatta. «Non lo so... Dio, mi dispiace tanto per quello che ti...»

Con voce affilata m'interruppe subito: «Non osare chiedermi scusa. Le tue scuse non significano un cazzo per me».

Restai a bocca aperta e scossi la testa, il che era stupido perché lei non poteva vedermi.

«Sei una puttana bugiarda del cazzo. Per colpa tua...»

«Ehi! Insomma! Mi dai della puttana? Ma ti rendi conto di quant'è assurdo?» Strinsi più forte il cellulare. «Davvero, tutti i messaggi che mi hai scritto sono assurdi. E non capisco perché lo fai.»

«Perché?» La sua voce si fece stridula. «Parli sul serio, cazzo?»

«Sì!»

Udii un sospiro. «Dimmi una cosa. Qual era la verità? Quella che hai detto alla polizia o quella che Blaine ha detto a tutti?»

Inspirai a fondo.

«Qual è, Avery? Perché, se era vero, allora come mai hai ritirato le accuse, sapendo di cos'era capace? Non potevi non sapere che era pericoloso, che lo avrebbe rifatto.»

Lasciai ricadere le spalle e sussurrai: «Tu non capisci».

«Oh, capisco benissimo. In ogni caso sei una bugiarda.» Il respiro di Molly crepitava attraverso il telefono. «Lo sai perché volevo mettermi in contatto con te? Perché avevo bisogno di parlare con qualcuno che avesse avuto la mia stessa esperienza, e pensavo...» Le si ruppe la voce. «Non importa cosa pensavo o perché. Non hai neppure trovato il tempo di leggere una sola e-mail. Il minimo che tu possa fare è dirmi la verità.»

Chiusi gli occhi e posai la fronte sulla mano. Mi girava ancora la testa dopo quello che era successo con Cam, e quella telefonata mi aveva dato il colpo di grazia. Erano arrivate così tante e-mail da indirizzi che non conoscevo, molte col mio nome o con quello di Blaine come oggetto. E non le avevo aperte perché non avevo voluto affrontare la situazione, ma non avevo mai immaginato che fosse lei.

D'altronde, saperlo avrebbe cambiato qualcosa? Le avrei aperte e mi sarei messa in contatto con lei? A parte i risvolti legali dell'accordo di riservatezza, lo avrei fatto?

Mentirei se dicessi di sì.

«Sei ancora lì?» chiese Molly.

«Sì.» Mi schiarii la gola e alzai la testa. Il nodo nel mio petto si allentò un po'. «Non ho mentito.»

«Quindi era vero?» La sua voce era aumentata di volume, come se avesse avvicinato il cellulare alla bocca. «E hai lasciato cadere le accuse.»

Ero tesa come una molla. «Sì, ma tu...»

«Perché lo hai fatto?» Aveva la voce roca. «Come hai potuto? Come hai potuto restare in silenzio così a lungo?»

«Io...»

«Sei una codarda. Ti aggrappi al tuo silenzio perché sei una codarda! Sei ancora la stessa quattordicenne spaventata che finge di stare bene, dopo tutti questi anni!» gridò, e quasi mi spaccò un timpano. «Mi è successo quello che mi è successo perché tu non hai detto la verità. Puoi raccontartela come ti pare, ma è così che è andata. E lo sappiamo tutt'e due.»

Mi riattaccò il telefono in faccia.

Restai lì a fissare il cellulare. La rabbia mi ribolliva ancora dentro, ma una parte delle sue parole era penetrata oltre la nebbia rossastra e aveva acquistato senso.

Ti aggrappi al tuo silenzio perché sei una codarda! Sei ancora la stessa quattordicenne spaventata che finge di stare bene, dopo tutti questi anni!

Aveva ragione.

Dio, come aveva ragione. In tutti quegli anni non ne avevo mai parlato a nessuno dopo quella notte. Avevo troppa paura per dirlo ad anima viva, persino a Cam. Ed era per quello che lui se n'era andato, perché anche lui aveva ragione. Non mi ero lasciata alle spalle il passato, e finché non lo avessi fatto non avrei avuto un futuro. Per tutto quel tempo avevo continuato a fingere: fingevo di essermi ripresa, di essere felice, di essere una sopravvissuta.

E non lo ero. Per troppi anni non ero stata altro che una vittima.

Molly non conosceva tutta la storia. Probabilmente se l'avesse saputa non sarebbe cambiato niente, ma *sopravvivere* ed essere una *sopravvissuta* erano due cose diverse. Per tutto quel tempo mi ero limitata a sopravvivere, aspettando il giorno in cui ciò che Blaine mi aveva fatto non avrebbe macchiato ogni cosa bella nella mia vita.

Mi presi la testa tra le mani. Gli occhi mi si riempirono di lacrime.

Potevo cambiare atteggiamento. Non potevo cambiare ciò che mi era successo, ma potevo reagire diversamente: soprattutto adesso che ero lontana dalle persone che ostacolavano ogni mio tentativo di rifarmi una vita. Ma, in tutta sincerità, c'era sotto qualcos'altro. Il problema non era mai stato solo Blaine. Erano i miei genitori, ero io.

L'unico modo per lasciarmi davvero il passato alle spalle era fare i conti con l'accaduto, fare qualcosa che ero stata punita per non aver fatto.

Non era il passato a frapporsi tra noi.

Era il presente.

Aveva ragione Cam.

Mi alzai di scatto, prima di sapere perché. Quando mi ritrovai davanti alla porta di casa di Cam il cuore mi balzò in gola. Probabilmente era già troppo tardi per noi, ma se glielo avessi detto – se avessi potuto spiegarmi – allora sarebbe stato un inizio. In ogni caso lo dovevo a Cam.

Lo dovevo a me stessa.

Bussai. La porta si aprì e apparve Cam. Chiuse subito gli occhi e aprì la bocca, e sapevo che stava per dirmi di andarmene.

«Possiamo parlare?» chiesi, e a metà della domanda mi si ruppe la voce. «Ti prego, Cam. Non ti porterò via molto tempo. Solo...»

Aprì gli occhi di scatto e li puntò su di me. «Stai bene, Avery?»

«Sì. No. Non lo so.» Una parte di me voleva voltarsi e rientrare in casa, ma mi rifiutavo. Dovevo smetterla di scappare. «Devo solo parlarti.»

Lui prese fiato e si fece da parte. «Ollie non è in casa.»

Sollevata, perché quantomeno non mi aveva sbattuto la porta in faccia, lo seguii in salotto. Prese il telecomando e tolse il volume alla televisione, poi si sedette sul divano. «Cosa succede, Avery?» mi chiese, in un tono che suggeriva che non si aspettava di sentire la verità, e questo mi fece male.

Mi fece male perché Cam non aveva motivo di attendersi sincerità da parte mia, su nessun argomento.

Mi sedetti sulla punta della poltrona, incerta su come iniziare. «Tutto.» E lì per lì non riuscii a dire altro. «Tutto.»

Cam si sporse in avanti e si girò il berretto all'indietro. Adoravo quella sua abitudine: voleva dire che era pronto ad ascoltarmi. «Avery, cosa succede?»

«Non sono stata sincera con te, e mi dispiace.» Iniziò a tremarmi il labbro inferiore e sapevo di essere sull'orlo di una crisi di pianto. «Mi dispiace molto, e tu probabilmente non hai tempo per...»

«Ho tempo per te, Avery.» Mi guardò negli occhi. «Se vuoi parlarmi, sono qui. Sono sempre stato qui. E ti ascolto.»

Sotto il suo sguardo, si risvegliò l'istinto di fuga. *Scappa, vattene, non affrontare la situazione.* Ma Cam non smetteva di guardarmi, e qualcosa dentro di me si sbloccò. Non fu facile, ma le parole premevano per uscire. Non sarei fuggita.

All'improvviso ritrovai la calma ed espirai piano. «Quando avevo quattordici anni, sono andata a una festa di Halloween», mi sentii dire, e la mia voce mi sembrava lontana come se mi trovassi in un tunnel. «Ero con le mie amiche, ci eravamo tutte travestite e alla festa c'era un ragazzo. Era il padrone di casa. E... e aveva tre anni più di me, ed era amico di mio cugino.»

Feci un altro lungo respiro e mi guardai le mani. «Lui aveva un sacco di amici. E anch'io.» Mi sfuggì una risata amara. «Forse non ti sembrerà importante, ma lo era. Non avrei mai pensato che uno come lui potesse fare... potesse essere così. E forse era stupido da parte mia, forse c'era qualcosa di sbagliato in me, non lo so.» Scossi la testa e alzai gli occhi. «Stavo parlando con lui e stavo bevendo, ma non ero ubriaca. Te lo giuro, non ero ubriaca.»

«Ti credo, Avery.» Cam chiuse gli occhi per un attimo e appoggiò il mento sulla punta delle dita. «Cos'è successo?»

«Scherzavamo insieme, sai, niente di serio. Sembrava un bravo ragazzo, ed era carino. A un certo punto mi ha fatto sedere sulle sue ginocchia e qualcuno ci ha scattato una foto. Ci stavamo divertendo.» Feci un'altra risata amara. «Quando si è alzato e mi ha trascinata in una stanza vuota a piano terra, non mi sono preoccupata. Ci siamo seduti su un divano a parlare per un po'. Poi mi ha abbracciata.» Continuavo a torcermi le mani, sperando di allentare il nodo che avevo nello stomaco. «All'inizio non mi dava fastidio, ma poi ha cominciato a fare cose che non volevo. Gli ho detto di smettere e lui si è messo a ridere. Sono scoppiata a piangere e ho cercato di allontanarmi, ma lui era più forte di me, e quand'è riuscito a farmi sdraiare a pancia in sotto non potevo più fare nulla, solo dirgli di smettere.»

Cam era ammutolito. Capivo che respirava ancora solo perché vedevo pulsargli un muscolo sul mento. «Si è fermato?»

«No. Non si è fermato, e ci ho provato in tutti i modi.»

Passò un momento e poi Cam si drizzò a sedere. Sembrava sul punto di alzarsi, ma poi cambiò idea. «Ti ha violentata?»

Chiusi gli occhi e annuii. Parlandone mi sembrava di sentire di nuovo le mani di Blaine. «Sono ancora vergine.» Mi costrinsi ad aprire gli occhi. «Non mi ha toccata lì. Non è così che mi... mi ha violentata.»

Cam mi fissò e indovinai dai suoi occhi che aveva capito. Strinse i pugni in grembo. Il muscolo sul mento vibrò più forte. «Figlio di puttana! Avevi *quattordici anni* e lui ti ha fatto *questo*?» sibilò.

«Sì.» Mi si rivoltava lo stomaco.

Un momento di silenzio, poi Cam si passò la mano tra i capelli. «Merda. Avery. Avevo dei sospetti. Immaginavo che ti fosse successa una cosa del genere.»

Mi abbracciai lo stomaco. «Davvero?»

Annuì. «Per il modo in cui ti comportavi: ogni tanto eri nervosa. Ma speravo che non ti fosse successo nulla di così grave. E, quando mi hai detto che eri ancora vergine, ho pensato che fosse così.»

Era una deduzione logica.

«Avery, mi dispiace davvero tanto. Non avresti mai dovuto subire una cosa del genere, tantomeno a quell'età...» Serrò la mandibola e sembrò di nuovo in procinto di alzarsi, poi si fermò. «Ti prego, dimmi che quello stronzo è in prigione.»

«Lo è.» Guardai il televisore senza volume. «È una storia lunga.»

«Ho tempo.» Non dissi niente e lui riprese a parlare, con la voce tirata: «Cos'altro c'è, Avery? Parlami, ti prego, perché sto per comprare un biglietto aereo per il Texas e andare ad ammazzare uno stronzo».

Mi dondolai all'indietro e tirai le ginocchia al petto. Sapendo che gli dovevo tutta la verità, trassi un altro lungo respiro. «Quando ha smesso, secondo me non sapeva neppure di aver fatto qualcosa di sbagliato. Mi ha lasciata lì sul divano, e quando sono riuscita ad alzarmi sapevo di dover parlare con qualcuno. Dovevo andare all'ospedale. Mi faceva così...» Strizzai gli occhi e fui scossa da un tremito. I minuti successivi, dopo che Blaine si era allontanato, erano stati terrificanti quanto l'aggressione. «Non ho trovato le mie amiche, ma ho trovato la mia borsa. Sono uscita dalla casa e ho continuato a camminare finché non ho ricordato di avere il telefono con me. Ho chiamato il numero di emergenza.»

Non ce la facevo più a stare seduta, così mi alzai. «Sono andata all'ospedale e mi hanno visitata. È arrivata la polizia e ho raccontato tutto, ed era la verità.»

«Certo che era la verità», disse lui, seguendomi con gli occhi.

«Quando la polizia si è presentata alla sua porta la festa era già finita, ma Blaine era in casa. Lo hanno arrestato e portato in centrale. Io sono tornata a casa e non sono andata a scuola per due giorni, ma tutti hanno saputo che lo avevano arrestato per quel motivo.» Mi fermai davanti al televisore. «E poi sono arrivati i suoi genitori.»

«In che senso?»

Ricominciai a camminare. «I suoi e i miei erano... *sono* amici al Country Club. I miei e i suoi... A loro importa solo l'immagine. Mia madre e mio padre hanno più soldi di quanti possano volerne, ma...» Mi venne un nodo in gola e mi si offuscò la vista. «I Fitzgerald hanno proposto loro un patto. Se io avessi ritirato la denuncia e avessi tenuto la bocca chiusa, ci avrebbero dato un mucchio di denaro.»

Cam dilatò le narici. «E i tuoi genitori li hanno mandati al diavolo, vero?»

Risi, ma mi uscì una specie di singhiozzo. «Hanno fatto vedere ai miei la fotografia di me e Blaine alla festa e hanno detto che, se l'avessero mostrata in tribunale, nessuno avrebbe creduto alla 'ragazzina in minigonna seduta sulle sue ginocchia'. E i miei genitori non volevano affrontare lo scandalo. Volevano far sparire il problema, quindi hanno accettato l'accordo.»

«Porca puttana!» imprecò Cam.

«È successo tutto molto in fretta. Non riuscivo a credere a quello che mi hanno detto i miei. Non ne avevamo parlato a fondo, ma loro... erano così preoccupati di cosa avrebbe pensato la gente se si fosse venuta a sapere tutta la storia: le fotografie, e il fatto che avevo bevuto. Ero così spaventata, e confusa, e poi, sai, non so neppure se mi credevano davvero.» Mi ravviai i capelli, disgustata da ciò che stavo per ammettere. «Quindi ho firmato i fogli.»

Cam non disse nulla.

«Ho accettato di prendere i soldi, metà dei quali è andata sul mio conto, e da quando ho compiuto diciotto anni sono miei; e ho accettato di ritirare la denuncia e di non parlarne più.» Mi lasciai cadere le mani lungo i fianchi. «Questo fa di me una persona orribile, vero?»

«Cosa?» Cam inarcò di scatto le sopracciglia. «Tu non sei una persona orribile, Avery. Dio, avevi quattordici anni e i tuoi genitori avrebbero dovuto mandare quella gente a farsi fottere. Se è colpa di qualcuno, a parte lo stronzo che ti ha fatto quel che ti ha fatto, è colpa loro. Tu non hai nessuna responsabilità.»

Annuii lentamente e mi sedetti sulla poltrona. «Pochi giorni dopo, tutta la scuola si è ritorta contro di me. A quanto pare, nell'accordo non c'era scritto che anche Blaine doveva tenere la bocca chiusa. Ha detto a tutti che avevo mentito. Che avevo fatto quelle cose con lui di mia volontà e poi lo avevo accusato. Tutti gli hanno creduto. Perché non dovevano? Avevo ritirato l'accusa. Non ne volevo parlare. La scuola è stata... terribile dopo quel giorno. Ho perso tutti i miei amici.»

Cam si passò una mano sul mento. «Per questo hai smesso di ballare?»

«Sì. Non sopportavo che la gente mi fissasse bisbigliando pettegolezzi o ne parlasse apertamente di fronte a me. E poi ho fatto questo...» Alzai il braccio sinistro. «Mia madre era furiosa.»

Mi fissò come se non capisse quell'ultima frase. «Era

arrabbiata perché tu...» Non finì la frase, scosse la testa. «Ecco perché non torni mai a casa dai tuoi.»

«Per questo sono venuta qui a frequentare l'università. Per andarmene da casa. Pensavo che sarebbe bastato allontanarmi.»

«E quel messaggio che ho visto? È di qualcuno che sa cos'è successo?»

Annuii di nuovo. «Chiunque abbia detto che non puoi scappare dal tuo passato ha detto una grande verità.»

Il muscolo sul suo mento vibrava più forte. «Cos'altro è accaduto, Avery? Hai detto che questo *Blaine*» – pronunciò il nome con disprezzo – «è in prigione? Ma chi ti scrive i messaggi?»

Mi piegai in avanti e premetti la fronte sulle mani aperte. I capelli mi ricaddero sul viso. «Ricevo questi messaggi da agosto. Pensavo fosse qualche imbecille e li ho ignorati. E mio cugino cercava di contattarmi, ma ignoravo anche lui perché... be', per ovvi motivi. Alla fine gli ho parlato durante le vacanze di Natale, la sera prima di venire nel tuo appartamento.»

«La sera dell'incontro di arti marziali?»

«Sì. Mi aveva cercata per dirmi che Blaine era stato arrestato perché aveva fatto la stessa cosa a un'altra ragazza all'inizio dell'estate. Mi ha chiesto addirittura scusa. Ha significato molto per me, ma... non sapevo che quella ragazza fosse la persona che cercava di mettersi in contatto con me da tutto quel tempo.» Feci un lungo respiro e gli raccontai tutta la storia di Molly.

Alla fine Cam scosse la testa. «Le è successa una cosa orribile, e sono contento che quello stronzo vada in prigione. Fosse per me dovrebbero castrarlo, ma quello che è successo a lei non è colpa tua, tesoro. Non lo hai spinto tu a fare quelle cose a te o a lei.»

«Non dicendolo a nessuno, però, gli ho permesso di rifarle.»

«No.» Si alzò col fuoco negli occhi. «Cazzo, non devi neanche pensarlo. Nessuno sa cosa sarebbe successo se tu non avessi ritirato l'accusa. Avevi quattordici anni, Avery. Hai fatto il meglio che potevi data la situazione. Sei *sopravvissuta.*»

A quel punto alzai la testa. «Ma è questo il punto, no? Non ho fatto altro che sopravvivere. Non ho ricominciato a vivere davvero. Guarda cos'ho fatto a me e a te. E, sì, è colpa mia! Ti ho respinto *di nuovo.*»

La sua espressione si addolcì. «Adesso me lo stai dicendo.»

«Mi sono lasciata influenzare dagli eventi di cinque anni fa! Quando stavamo per farlo non avevo paura di te, o del dolore. Non era quello. Avevo paura che il ricordo di Blaine rovinasse il momento, o di rovinarmelo da sola. Sono una codarda, o per meglio dire lo sono stata.» Mi alzai cingendomi in vita. «Ma ormai è troppo tardi, no? Avrei dovuto essere sincera con te mesi fa, così avresti saputo in cosa ti andavi a cacciare. Mi dispiace di non esserci riuscita.»

«Avery...»

Mi bruciava la gola, avevo gli occhi gonfi di lacrime. «Mi dispiace tanto, Cam. So che dirtelo non cambia niente, ma tu dovevi sapere che non hai fatto niente di male. Sei stato perfetto, perfetto per me, e ti amo.» Mi si ruppe di nuovo la voce. «E so che non potrai più guardarmi allo stesso modo. Lo capisco.»

Gli erano cadute le braccia sui fianchi, sembrava scioccato. «Avery», disse, a bassa voce, e un istante dopo era davanti a me e mi teneva il volto tra le mani. «Cos'hai detto?»

« Che non puoi più guardarmi allo stesso modo? »

« No, prima. »

Tirai su col naso. « Che ti amo? »

« Mi ami? » I suoi occhi scrutarono i miei.

« Sì, ma... »

« Fermati. » Scosse la testa. « Pensi che ti guardi in modo diverso? Ma se ti ho detto che ho sempre sospettato che ti fosse successo qualcosa... »

« Speravi però che non fosse quello! » Cercai di staccarmi, e lui mi prese per le braccia. « Prima mi guardavi con la *speranza* negli occhi, ora non più. »

« È questo che credi davvero? È questo che t'impediva di dirmelo? »

« Tutti mi guardano diversamente dopo averlo saputo. »

« Io non sono 'tutti', Avery! Non per te, non con te. » Mi fissò. « Pensi che non nutra speranza? Che non speri che prima o poi supererai questa cosa? Che fra altri cinque anni non ti tormenterà più? »

Non sapevo cosa rispondere, ma il tocco delle sue mani mi dava il batticuore. Mi prese le mani e se le posò sul petto, proprio sopra il cuore. « Invece io ci spero », disse, senza smettere di guardarmi. « Ci spero perché ti amo... sono innamorato di te, Avery. Probabilmente da prima di accorgermene. »

« Mi amavi? »

Posò la fronte sulla mia e inspirò. « Ti amo. »

Mi si fermò il cuore. « Mi *ami*? »

« Sì, tesoro. »

C'era forza in quelle parole, ma c'era forza nella verità. Qualcosa si spaccò dentro di me, come le fondamenta di un grande muro che a un certo punto cedono sotto il peso. Una tempesta di emozioni infuriò in me, cercando una via d'uscita. Non riuscivo a fermarla. Non ci provai neppure. Le lacrime scesero così veloci che non vidi più il viso di Cam.

Lui proruppe in un verso strozzato e mi strinse forte. Mi abbracciò sussurrandomi parole di conforto. A un certo punto mi prese in braccio e mi portò in camera sua. Mi fece sdraiare sul suo letto e si mise al mio fianco. Le lacrime non si fermavano più contro il suo petto. I singhiozzi mi sconquassavano e non mi permettevano di parlare o respirare. E c'era qualcosa di purificatorio in quelle lacrime, come se mi dicessero che mi stavo lasciando il passato alle spalle.

Piansi per Molly e per ciò che aveva passato. Piansi per Cam e per tutto ciò che gli avevo fatto passare. Piansi perché, dopo tutto quello che era successo, mi amava ancora. Ma, soprattutto, piansi per ciò che avevo perso e per ciò che ora sapevo di poter guadagnare.

31

Sdraiato accanto a me sul letto, Cam mi sollevò una ciocca di capelli. Si rigirò intorno alle dita il ciuffo ramato e poi mi ci frustò il naso. « Allora, come ci si sente al secondo anno di università? »

Liberai la ciocca, sorridendo. « Non ufficialmente. Sarò al secondo anno quando ricominceranno le lezioni, in autunno. »

« Per me sei già al secondo anno. » Mi prese un'altra ciocca e me la passò sulla guancia. « E la mia opinione è legge. »

« Allora come ci si sente a essere al penultimo anno? »

« È fantastico », rispose, sfiorando le mie labbra con la punta della ciocca. « Fantastico. »

Mi strinsi a lui con le dita appese al colletto della sua camicia. « È proprio bello essere al secondo anno. »

« Sarebbe ancora meglio se tu non ti fossi iscritta ai corsi estivi. »

« Vero. » Avrei studiato biologia durante l'estate, per togliermela dai piedi. E avrebbe funzionato. Cam allenava una squadra di calcio per bambini, quindi sarebbe rimasto là per gran parte del tempo. Però avrei sentito la mancanza di Brittany e Jacob, che erano già tornati a casa.

Sorrisi e mi avvicinai ancor più a lui. Gli appoggiai la testa sulla spalla e lo avvolsi con un braccio e una gamba.

« Sei abbastanza vicina? » mi chiese.

«No.»

Rise e mi accarezzò la schiena. Il mio corpo si rilassò sotto il tocco sapiente delle sue dita. Mi baciò la fronte e sorrisi.

Le cose erano cambiate tra noi dopo la mia confessione. Sulle prime era stato difficile e imbarazzante. Che Cam lo ammettesse o no, non era sicuro di come procedere con la nostra relazione. Non sapeva cosa dire e fare, e non c'era stato un cambiamento improvviso da un giorno all'altro. Erano passate tre settimane prima che ci fosse di nuovo un contatto sessuale tra di noi. Non che lui non lo desiderasse, ma sapevo che non voleva farmi pressione. Per fargli capire l'antifona avevo dovuto prendere l'iniziativa e quasi saltargli addosso. Ovviamente non avevamo ancora fatto sesso, ma quell'ultima volta ci eravamo spinti fin dov'eravamo arrivati subito prima della mia confessione.

Per certi versi era vero che mi vedeva in maniera differente, ma non nel senso che temevo. Ora che sapeva tutto, eravamo cambiati.

In meglio.

Io ero di nuovo me stessa, più simile a com'ero *prima*. Quel fine settimana ero persino andata a una festa di Jase. C'erano stati momenti di disagio, ma Cam era lì ad aiutarmi. Avevo ballato con lui.

Si era divertito molto.

Non c'erano più segreti tra noi, e avevamo davanti tutta l'estate; ma avevo ancora qualche pensiero in testa. Risolvere i problemi con Cam era stato importante, un passo necessario; dovevo però ancora affrontare altre questioni importanti.

Mi rotolai sopra di lui e mi sedetti a cavalcioni. «Ciao.»

Nei suoi occhi si fece strada uno sguardo sensuale. Mi posò le mani sui fianchi. «Ciao.»

«Stavo pensando...»

«Oddio.»

«Sta' zitto.» Risi, e poi lo baciai sulle labbra. «In realtà ho riflettuto parecchio. C'è una cosa che voglio fare.»

«Cosa?» Le sue mani scivolarono sui miei pantaloncini e si posarono sulle cosce.

Mi morsi il labbro. «Voglio andare a casa.»

Aggrottò la fronte. «In Texas?»

«Sì.»

«Per quanto tempo?»

Gli posai le mani sulla pancia e mi ci sedetti sopra. Una scarica di tensione gli passò sul viso mentre il mio peso premeva su di lui. In parte lo facevo apposta. «Non ti libererai tanto facilmente di me. Solo per un paio di giorni.»

Mi strinse più forte. «Accidenti, e io che volevo passare un'estate da scapolo e latin lover.»

Alzai gli occhi al cielo.

«Cosa vuoi fare laggiù?» mi chiese, accarezzandomi le cosce.

«Voglio vedere i miei genitori. Devo parlare con loro», ammisi.

«Di quel che è successo?»

«Non abbiamo mai parlato dell'accaduto, dopo quella notte.» Tamburellai le dita sul suo petto. «È ora di farlo. Devo dir loro che hanno sbagliato, anche al costo di prenderci a botte.»

Cam posò le mani sulle mie. «Non credo che vi prenderete a botte, ma ti sembra saggio? Insomma, pensi che ti aiuterà, e che non...»

«Che non mi farà male?» Accennai un sorriso. «I miei

genitori non possono più ferirmi, ma sento il bisogno di confrontarmi con loro. Questo mi rende una brutta persona?»

«No.»

«Devo farlo.» Inspirai a fondo. «Inoltre devo parlare con Molly.»

«Cosa?»

«Cercare di spiegarle perché ho fatto quel che ho fatto. So che è rischioso, e che l'accordo che ho firmato può crearmi problemi, ma, se riesco a farle capire almeno in parte la mia posizione, forse la aiuterò e smetterà di contattarmi.» E sarebbe stato una bellissima novità. Dopo la nostra conversazione aveva continuato a scrivermi. Messaggi sporadici, quindi era già un miglioramento, ma volevo che finissero anche quelli.

Volevo lasciarmi alle spalle tutta quella storia.

Cam mi guardò. «Non lo so, quella ragazza non mi sembra la persona più sana di mente al mondo.»

«Non è pazza, è solo arrabbiata e ha buoni motivi per esserlo.»

«E non è colpa tua se le è successo quel che le è successo. Lo sai, vero? Non ne sei responsabile.»

Non risposi, perché non ero certa che fosse la verità. Se io non avessi ritirato l'accusa, Blaine non l'avrebbe passata liscia, e questo forse sarebbe bastato a impedirgli di rifarlo. O forse no. Quel dubbio non me lo sarei mai tolto.

«Devo farlo per me stessa e per Molly», dissi infine. Certo, non sarebbe stato divertente. «Non voglio più scappare, Cam. E so che non potrò mai lasciarmi completamente alle spalle ciò che mi è successo... sarà sempre una parte di me, ma non sarà *me*. Non più.»

Cam restò in silenzio per un momento. «Sai cosa penso?»

«Che sono fantastica?»

«A parte quello.»

«Cosa?»

«Penso che tu sia già arrivata a quel punto, Avery. Penso che tu abbia accettato che quella storia resterà parte di te, ma che non coincide con te. È solo che non te ne sei accorta.» Le sue mani scesero sui miei fianchi. «E, se vuoi fare questa cosa, allora la farai e io sarò là con te.»

«Vuoi venire con...» Squittii quando Cam si rotolò all'improvviso e me lo ritrovai sopra.

«Non ti lascerò fare questa cosa da sola. Col cazzo», disse, appoggiandosi a un braccio. «Vengo con te. E non riuscirai a farmi cambiare idea. Quando vuoi andare?»

«Hai programmi per questo fine settimana?»

Una risata silenziosa gli scosse le spalle. «Santo cielo.»

«Devo farlo.»

Mi baciò la punta del naso. «Non sono sicuro che sia la cosa più giusta da fare, tesoro, ma se tu pensi di sì è questo che conta.»

Adoravo la sua fiducia in me. Era una cosa meravigliosa. «Vuoi davvero venire con me?»

«È una domanda stupida, Avery. E, sì, esistono le domande stupide. Ne hai appena fatta una. Certo che verrò con te.»

Sorrisi. «Ti amo.»

«Lo so.»

«Presuntuoso.»

«Sicuro di me», precisò, poi mi baciò con dolcezza, e il mio corpo si risvegliò. «Ti amo, tesoro.»

Cercai di abbracciarlo, ma lui scese da sopra di me e mi prese per mano. «Ehi! Torna qui.»

«No, abbiamo da fare.» Mi tirò su dal letto. «E, se inizi a palparmi, non combineremo niente.»

«Cosa dobbiamo fare?»

Mi caricò in spalla e si diresse verso la porta. «Abbiamo dei biglietti da prenotare.»

Sembrava assurdo essere in Texas appena due giorni dopo, eppure eccoci lì, in un albergo non troppo lontano da casa dei miei. Non volendo rimandare oltre, lasciammo i bagagli in stanza e ci mettemmo in strada. Non avevo avvertito i miei, quindi non sapevo se li avrei trovati in casa.

Quando apparve la villa, al termine del lungo viale tortuoso, Cam fece un fischio. «Santo cielo, questa sì che è una casa.»

«Non proprio», dissi, osservando il prato curato e spoglio e la gigantesca struttura di mattoni. «Quella dei tuoi genitori è una casa, questa è solo un grande guscio vuoto.»

Parcheggiò l'auto a noleggio al centro del piazzale, accanto alla fontana di marmo dalla quale zampillava l'acqua. Sorrise. «Non credo di aver mai visto una casa con una fontana sul davanti.»

Feci un lungo respiro, nervosa ma determinata. «Posso farcela.»

«Sì che puoi.» Mi strinse delicatamente il ginocchio. «Sei sicura di non volere che entri anch'io?»

«Sì.» Gli sorrisi. Certo che lo volevo là dentro con me. «Devo farlo da sola.»

Si appoggiò allo schienale. «Se cambi idea scrivimi un SMS e sarò subito da te.»

Mi sporsi a baciarlo. «Sei fantastico.»

«Anche tu.»

Lo baciai ancora, poi aprii la portiera e scesi. Se fossi

rimasta in macchina un momento di più avrei cambiato idea. Mentre richiudevo la portiera Cam mi fermò: «Ricorda solo che qualsiasi cosa ti diranno non cambia il fatto che sei una donna bella e forte, e nulla di ciò che è successo è colpa tua».

Avevo le lacrime agli occhi, ma ero risoluta. «Grazie.»

Mi fece l'occhiolino. «Ora va' a fare la cosa giusta.»

Gli sorrisi tra le lacrime e mi avviai su per l'ampia scalinata verso il portico. Un ventilatore montato sul soffitto smuoveva aria calda e mi sollevò qualche ciocca di capelli. Alzai il pugno per bussare e poi scossi la testa. Misi la mano in tasca e tirai fuori la chiave. Non avevo bisogno di bussare.

La serratura scattò e dopo essermi gettata un ultimo sguardo alle spalle, dove mi aspettava Cam, entrai nella casa dei miei genitori.

Non era cambiato niente. Quella fu la mia prima impressione mentre richiudevo silenziosamente la porta. Tutto era pulito e lucido. Non c'erano odori né suoni. Nulla di accogliente, in quell'atrio freddo.

Passai sotto il lampadario dorato ed entrai nel vecchio salotto. «Papà? Mamma?»

Silenzio.

Sospirai, passando davanti ai divani bianchi su cui la mamma non permetteva a nessuno di sedersi. Controllai in sala da pranzo e poi l'altro salotto. Alla fine, dopo essere passata nello studio e in cucina, mi diressi al piano di sopra.

I gradini non facevano rumore.

Al primo piano percorsi il corridoio fino all'ultima porta e la spinsi.

Era la mia stanza. O, per meglio dire, lo era stata.

«Cazzo», sussurrai.

La mia roba non c'era più: i miei libri, la scrivania, i poster alle pareti e tutto quello che avevo lasciato. Non che importasse molto, ma, santo cielo, non era rimasta la minima traccia di me.

« Abbiamo impacchettato la tua roba. »

Trasalii e mi voltai. Lei era sull'uscio di quella che un tempo era la mia stanza, indossava una camicetta bianca infilata nella cintura dei pantaloni beige. I capelli biondo ramato erano ben pettinati, il viso privo di rughe e imperfezioni.

« Mamma. »

Un sopracciglio ben delineato s'inarcò. « La tua roba è in soffitta, se sei qui per questo. Dopo la nostra conversazione dello scorso autunno ho chiesto alla servitù di portare tutto di sopra. »

« Vi siete dimenticati il mio compleanno », sbottai.

Lei inclinò la testa di lato, un gesto fluido, elegante. « Ah, sì? »

La fissai per un momento e riuscii solo a pensare che era una stronza. La rabbia mi montò dentro, ma la ricacciai indietro. La rabbia non serviva a niente, con Mrs Morgansten. Dovevi batterla al suo gioco: restare calma, non perdere la pazienza. « Non sono qui per la mia roba. »

« Sei qui per tornare a vivere con noi? » chiese, e non sembrava speranzosa. Non sembrava niente. Mi chiesi se si fosse sottoposta a un'operazione di chirurgia plastica alla voce, inespressiva esattamente come il viso.

Quasi sbuffando, dissi: « No. Sono qui per parlare con te e papà. È a casa? »

Non rispose subito. « È fuori, nella loggia. »

Le persone normali la chiamano veranda, ma non mia madre. « Be', andiamo. »

Impaziente, la oltrepassai e scesi le scale. Lei mi seguì e percepivo il suo sguardo sulla nuca. Iniziai a contare. Arrivai a cinque e all'ultimo gradino prima che lei aprisse la bocca.

«Ti sei tagliata i capelli di recente?»

«No.»

«Be', si vede.»

Sospirai. «Allora perché me lo hai chiesto?»

Non rispose finché non arrivammo nella stanza che comunicava con la veranda. «Cos'hai indosso, tra parentesi?»

«Roba usata», ribattei, anche se non era vero.

Schioccò le labbra. «Ottimo, Avery.»

Alzai gli occhi al cielo e spinsi la porta, quasi tentata di correre indietro a rotolarmi sui divani bianchi. Papà era sdraiato su una delle chaise longue a leggere il giornale. Prima che potessi aprire bocca, la mamma parlò: «Guarda chi ha deciso di venire a trovarci».

Papà abbassò il giornale. Gli si dipinse in volto la sorpresa. «Avery.»

«Ciao, papà.»

Si alzò a sedere, ripiegò il giornale e lo mise da parte. «Non ti aspettavamo.»

Neanche un «ciao» o un «siamo felici di vederti». Presi posto su una delle sedie di vimini. «Lo so. Non mi fermo molto.»

«Vuole parlarci.» La mamma rimase in piedi. «Non riesco a immaginare a proposito di cosa, ma nel vialetto c'è un'auto a noleggio con dentro un ragazzo.»

La ignorai. «Non c'entra niente con la macchina e con chi è seduto dentro.»

«Spero vivamente che tu non sia venuta fin qui per parlare di questo.»

Feci un lungo respiro. « Ho parlato con David. » Mio padre s'irrigidì, e la mamma restò stranamente zitta. Buon segno. « Mi ha detto di Molly Simmons e di Blaine Fitzgerald e di quel che è successo l'estate scorsa, e di quel che succederà quest'estate. »

« Avery... »

« No », interruppi mia madre prima che potesse dire qualcos'altro d'irritante. « Non ho violato l'accordo. Ho tenuto la bocca chiusa per tutti questi anni. Ho fatto esattamente quello che mi avete detto di fare. »

La mamma drizzò la schiena. « David non aveva il diritto di chiamarti... »

« Perché no? È illegale farmi sapere che Blaine ha stuprato un'altra ragazza, come ha stuprato me? »

Papà inspirò di scatto, ma la mamma divenne ancora più pallida, se era possibile. « Non c'è motivo di essere così volgare. » Incrociò le braccia. « Sappiamo cos'hai detto... »

« Ciò che vi ho detto quella sera all'ospedale è la stessa cosa che ho detto alla polizia. Blaine mi aveva violentata. Siete stati voi due a decidere che dovevo ritirare l'accusa, e così tutti hanno pensato che mentissi. »

« Avery », iniziò mio padre.

Non lo lasciai proseguire. « Il motivo per cui sono qui è che devo lasciarmi alle spalle quel che mi è successo, e l'unico modo per riuscirci è dirvi ciò che avrei dovuto dirvi allora. » Inspirai più del dovuto. « Voi due vi sbagliavate. La vostra decisione è stata un errore madornale. »

La mamma fece un passo avanti. « Scusami? »

« Mi hai sentito. » Mi alzai e strinsi i pugni. « Avreste dovuto mandare al diavolo i suoi genitori. Avreste dovuto cacciarli da casa vostra. Sareste dovuti andare alla polizia a denunciare i suoi genitori perché cercavano di corrompere *vostra figlia* per costringerla al silenzio. E per cosa? Perché così non sareste dovuti andare in tribunale? Così nessuno avrebbe fatto domande e avreste potuto continuare a frequentare il Club senza sentirvi in imbarazzo? Mentre tutti mi davano della puttana bugiarda e Blaine era libero di fare le stesse cose a un'altra persona? Non è anche colpa nostra? Avreste dovuto stare dalla mia parte e credermi! Avreste dovuto farmi aiutare da qualcuno. Sono vostra figlia. Dovevate restare al mio fianco.»

Papà distolse lo sguardo, e capivo perché. Forse aveva sempre sospettato la verità. Mi sarei vergognata anch'io, al posto suo.

«Le cose non sono finite così male per te, Avery.» La mamma sospirò con forza. «Dopotutto, guarda cosa sei riuscita a fare con quei soldi. Ti sei pagata l'università, hai arredato l'appartamento.» Arricciò le labbra. «Da come parli sembra che non abbiamo fatto niente per te.»

«Nancy», la riprese mio padre, alzando la testa.

«Cosa?» Lei alzò il mento. «Mai una volta le è venuto in mente che poteva essere difficile per noi.»

Fissai mia madre. Non ero sorpresa. Una parte di me avrebbe voluto esserlo, ma le sue parole non mi ferivano più. «Sai, mamma, è questo il problema. Ti sei sempre preoccupata solo di quanto le cose sono difficili per te.» Scossi la testa e guardai mio padre. «Me la passo meglio, sempre che ve ne importi qualcosa. All'università vado bene. Mi sono fatta nuovi amici e ho conosciuto un uomo fantastico che sa cosa mi è successo. Quindi questa parte è andata a finire bene. Spero di poter dire lo stesso di noi, un giorno.»

Mio padre si premette le dita sulle labbra e continuò a fissare il giardino. Guardai mia madre. Lei sostenne con forza il mio sguardo, ma agli angoli delle labbra le si formò qualche rughetta. Per quanto imperturbabile sembrasse, sapevo di averla punta sul vivo.

«Non sono venuta qui per farvi soffrire. Non è questo il punto. Dovevo finalmente dire qualcosa. E voglio che sappiate che vi perdono, ma non aspettatevi mai più di potermi dire cosa fare della mia vita.»

Lei mi fissò ancora per un momento e poi distolse lo sguardo, tesa in volto. Lasciai a entrambi qualche secondo, ma il silenzio continuò ad aleggiare tra noi. *Pazienza,* pensai.

Rientrai in casa a testa alta. Non era un gesto forzato, era spontaneo: mi ero tolta un altro peso dalle spalle. Mi restava un'ultima cosa da fare, ma l'avrei fatta l'indomani, e oggi era una bella giornata.

Accennai un sorriso e attraversai il salotto di rappresentanza. Prima di uscire presi un cuscino che probabilmente costava un mese del mio affitto e lo gettai a terra. Era un gesto infantile? Sì. Mi fece sentire meglio? Sì, moltissimo.

Quando uscii dalla casa Cam era fuori dalla macchina, col cappellino calato sugli occhi, intento a ispezionare la fontana. Sorrisi quando immerse una mano in acqua.

Si voltò, e appena mi vide girò di corsa intorno alla macchina e mi venne incontro. «Com'è andata?»

«Be'...» Mi alzai in punta di piedi e lo baciai inclinando la testa per infilarmi sotto la visiera. «È andata come mi aspettavo.»

Mi posò subito le mani sui fianchi, segno che quel rapido bacio gli aveva fatto un certo effetto, sebbene fossimo davanti a casa dei miei genitori. «Vuoi parlarmene?»

«A cena?» Feci un passo indietro e lui mi prese per mano. «Ti porto da Chuy's...»

«Avery?»

Cam s'irrigidì e mi strinse più forte la mano mentre mi voltavo verso il suono della voce di mio padre. Era sul porticato d'ingresso e veniva dritto verso di noi.

«Se dice qualcosa di brutto, non posso prometterti che non lo picchierò», mi avvertì Cam a voce bassa.

Gli strinsi la mano. «Spero che non accada.»

«Dico solo per dire.»

Aspettammo che mio padre ci raggiungesse. Guardò Cam e le nostre mani intrecciate.

«Questo è Cameron Hamilton», lo presentai, perché sembrava maleducato non farlo. «Cam, questo è mio padre.»

Cam gli porse la mano libera, ma aveva il volto teso e gli occhi color del ghiaccio. «Buongiorno.»

Mio padre gli strinse la mano. «Lieto di conoscerti.»

Cam non disse nulla.

«Che c'è, papà?» chiesi.

Mi guardò per un istante soltanto. Così da vicino, nella luce violenta del sole texano, mi resi conto di quanto fosse invecchiato. In quel momento capii che era turbato. A differenza di mia madre, non aveva nascosto il turbamento con la chirurgia plastica e il trucco.

Mio padre inspirò a lungo e poi disse: «Sai cosa mi manca, più di ogni altra cosa? Guardarti ballare».

32

A cena riferii a Cam la conversazione coi miei genitori. Temetti che scagliasse contro il muro il coltello da bistecca quando gli descrissi l'atteggiamento di mia madre.

«Davvero, non mi stupisco. È sempre stata... fredda, e con gli anni è solo peggiorata», commentai.

Cam ebbe un tic nervoso alla mascella. «Sei più comprensiva di me.»

Feci un'alzata di spalle. Non l'avrebbe pensata così se avesse potuto sentire il mio dialogo interiore. «Sono contenta di aver parlato con loro. E papà... Quella storia della danza era il suo modo per dirmi che è un po' pentito. Almeno ha capito cosa gli ho detto, no?»

Annuì. «Allora, come ti senti adesso?»

Bella domanda. Mi appoggiai allo schienale. «Non sento niente di preciso. Insomma, sì, sono contenta, però non so. È come quando devi andare dal dentista: non vuoi andarci, ma sai che devi, e dopo sei soddisfatto perché ci sei andato.»

Si sporse sul tavolo e posò la mano sulla mia. «Vuoi ancora vedere Molly domani?»

«Sì.» Dopo aver comprato i biglietti avevo cercato una delle sue e-mail. Non era stato difficile, ce n'erano molte. Le avevo scritto un breve messaggio spiegando che sarei passata in città e che avrei voluto vederla. Un po' mi ero sorpresa quando aveva risposto di sì dopo neanche un'ora. « Voglio ancora vederla. »

Cam distolse lo sguardo, nervoso. Non gli piaceva l'idea, ma mi sosteneva lo stesso. Era in quei momenti che capivo quanto ero fortunata ad averlo incontrato per caso in quel corridoio fuori dall'aula di astronomia. Dovevo ricordarmene più spesso.

E avevo bisogno di lui. *Bisogno,* davvero.

Non volevo più parlare dei miei genitori né del mio imminente incontro con Molly. Volevo mostrare a Cam quanto lo amavo. Non perché pensavo che lui se lo aspettasse da me: era ciò che volevo io.

« Pronto a rientrare? » gli chiesi, col batticuore.

Pagammo il conto e percorremmo la breve distanza fino all'albergo. Era ancora presto, ed essendo così vicini a Houston c'era molto da mostrare a Cam, ma mi sentivo avida di lui: non volevo dividerlo con niente e nessuno.

Si sedette sul bordo del letto, il cappellino girato all'indietro, e trafficò col telecomando. Le tende erano tirate e dalla grande finestra filtravano pochi raggi del sole al tramonto.

« Faccio una doccia veloce. » Presi l'occorrente e mi avviai verso il bagno.

Lui mi scoccò una lunga occhiata, aprì la bocca e poi annuì. C'era una strana luce nei suoi occhi ed ebbi un brivido. Sorrisi e filai in bagno. Mi richiusi la porta alle spalle e posai la borsa sul bancone. Non avevo portato con me un cambio d'abito, e mi chiesi se Cam lo avesse notato.

E, se sì, cosa stava pensando?

La stessa cosa che pensavo io?

Feci una rapida doccia per togliermi di dosso l'odore dell'aereo. Mi presi il tempo per schiarirmi i pensieri dalla conversazione coi miei genitori. Non ci volle molto. Avevo già il batticuore e la mia mente era concentrata su di lui.

Uscii dalla doccia, mi avvolsi in uno spesso telo di spugna e pettinai i capelli. Lo stomaco continuava a sussultarmi come se fossi sulle montagne russe. Mi lavai i denti e poi non ebbi più scuse per indugiare.

Aprii la porta e trovai Cam dove lo avevo lasciato, ma sdraiato sulla schiena con le gambe che penzolavano dal letto. Il cappellino era accanto a lui e il telecomando giaceva sulla sua pancia piatta.

Mi fermai sulla porta.

Cam girò la testa e si alzò subito a sedere. Ciocche scure gli caddero sulla fronte, sfiorando le sopracciglia. Sotto le folte ciglia i suoi occhi erano di un azzurro vivido.

Con la pelle percorsa da un formicolio, come da mille spilli, lo raggiunsi. Lui gettò la testa all'indietro, io mi avvicinai stringendo tra le dita il nodo dell'asciugamano.

Abbassò le palpebre e schiuse le labbra. «Avery.»

Gli posai una mano sulla spalla e mi misi cavalcioni sopra di lui. Le sue mani mi cinsero i fianchi coperti dall'asciugamano. «Cam?»

Sorrise e gli si formò la fossetta sulla guancia sinistra. «Cosa combini?»

«Niente», dissi, e mi accorsi di ansimare. «Tutto.»

«Sono due opposti.»

«Lo so.» Mi abbassai sul suo grembo e rabbrividii sentendo l'erezione attraverso i jeans. «Vuoi baciarmi?»

Non aspettai la sua risposta. Chinai la testa e sfiorai le sue labbra, una volta e poi un'altra e un'altra, passando la punta della lingua sul suo labbro inferiore e poi infilandola dentro. Lui mi strinse più forte, ma ero io ad avere in mano la situazione, e lo baciai più intensamente. Le sue labbra assecondavano docili i movimenti delle mie. Mi sentivo sciogliere.

«Toccami.» Gli sfiorai le labbra. «Ti prego.»

Esaudì il mio desiderio.

Infilò le mani sotto l'orlo del telo di spugna e le fece scorrere lentamente su e giù per le cosce. Ogni passaggio portava le sue dita più vicine a dove le volevo disperatamente. Una mano si fermò sul retro della coscia mentre l'altra si avvicinò pericolosamente al mio punto più torrido.

«Adesso», dissi, alzando la testa.

Cam ridacchiò e le sue dita percorsero qualche altro centimetro. Le nocche mi sfiorarono dov'ero bagnata e poi fecero retromarcia. Mi sfuggì un lamento. «Cosa vuoi?» mi chiese, con gli occhi bassi.

«Voglio che tu mi tocchi.»

Un altro passaggio ravvicinato delle nocche, e poi la sua mano scivolò giù per la coscia. «Ti sto toccando, tesoro.»

«Sai cosa voglio dire.»

«No.»

«Ti prego.» Appoggiai la fronte sulla sua. «Ti prego, Cam, toccami.»

Tirò indietro la testa, i nostri nasi si sfiorarono e poi le labbra. «Be', adesso ho capito cosa intendi.»

«Finalmente», gemetti.

Rise di nuovo e poi mi baciò sul mento mentre si faceva strada sull'interno della mia coscia. Sobbalzai quando la sua mano si distese sul mio pube. «Così?»

«Sì.»

Mi posò le labbra al centro della gola e fece scorrere un dito dentro di me. «E così?»

Chiusi gli occhi e inarcai la schiena. «Mmm.»

Cam spostò la mano e il suo pollice mi premette sul punto più sensibile. Ansimai quando infilò un altro dito e il suo corpo s'irrigidì sotto il mio. «E così?»

I miei fianchi gli andarono incontro, mugolai. «Oh, sì, proprio così.»

«Proprio così», mormorò lui, senza smettere di muovere le dita.

Mi sfuggì un altro mugolio, ma volevo di più. Volevo sentirlo dentro di me, ne avevo bisogno. Un desiderio incontenibile, che nasceva da un impulso sessuale ma anche da qualcosa di molto, molto più forte. Aprii gli occhi e lo guardai. Lentamente sciolsi il nodo dell'asciugamano e lo lasciai cadere a terra. La mano di Cam si fermò e il suo respiro accelerò. Con la mano libera mi prese un seno. «Cazzo, Avery...»

Posai la mano sulla sua, avevo il batticuore. «Non fermarti.»

Il suo pollice mi passò sul capezzolo eretto e lui ringhiò: «Non pensavo di fermarmi».

«Non è questo che intendevo», sussurrai. Con l'altra mano trovai la lampo dei suoi jeans. «Ti voglio, Cam.»

Gemette. «Mi hai già. Puoi crederci.»

Sorrise quando lo presi per un polso. Con uno spirito d'iniziativa che non sapevo di avere gli tirai via la mano che teneva tra le mie cosce. «Ti voglio davvero.» Aprii il bottone dei suoi jeans e tirai giù la lampo. Le mie dita sfiorarono la sua erezione e lui rabbrividì. «Non mi vuoi?»

«Più di quanto immagini», disse, chiudendo gli occhi mentre lo prendevo in mano. Mugolò. «Avery...»

Lo lasciai andare per il tempo necessario a sfilargli la camicia. Era tutto pelle dorata e muscoli guizzanti. «Lo voglio, Cam.»

Mi prese per i fianchi e inspirò con forza. « Ne sei sicura? Perché non dobbiamo... »

Lo zittii con un bacio e gli accarezzai il petto. « Sono sicura. »

Le sue mani mi strinsero i fianchi e poi, con un movimento deciso, mi fece sdraiare sulla schiena e si spostò sopra di me, guardandomi con intensità. Si abbassò d'un colpo a conquistarmi le labbra in un bacio appassionato. Poi si alzò, continuando a fissarmi con uno sguardo capace di sciogliermi, e si tolse i jeans. Gli guardai il petto, il tatuaggio, i magnifici addominali e poi scesi più in basso. Era davvero enorme, e una parte molto ingenua di me si chiese come potessimo farcela.

Il suo sguardo rovente esplorò la mia pelle nuda. Il cuore mi batteva all'impazzata, il ventre vibrava per l'impazienza. « Potrei stare a guardarti tutta la vita, senza mai stancarmi. »

« Anche quando sarò vecchia? »

« Anche allora. »

Poi si chinò e mi passò le labbra sulle gambe e sulla pancia. Raggiunse il seno, lo succhiò e lo mordicchiò finché non fu pesante e rigonfio. Procedeva con calma, muovendosi lentamente sopra di me, leccandomi ogni centimetro di pelle come se cercasse di memorizzare il mio corpo o di rivendicarne il possesso. Poteva continuare per l'eternità e non ne avrei mai avuto abbastanza. Un calore intenso m'invase il ventre e si propagò verso il basso, trasformandosi in una sofferenza dolcissima. Per la prima volta non ebbi paura: non ero spiazzata da quel risveglio del desiderio. Volevo esplorarlo. Volevo che Cam lo esplorasse.

Il mio corpo s'inarcò per andargli incontro, teso e fremente. Lo volevo disperatamente. Non mi ero mai sentita in quel modo.

Cam riportò le labbra sulle mie, reggendosi su un braccio, e continuò a baciarmi mentre muoveva un dito dentro di me e poi due. Ben presto iniziai a dimenarmi sotto di lui. Poi alzò la testa, e nel suo sguardo c'era qualcosa di magnetico, di selvaggio. Esattamente ciò che provavo io. Mi portò fin quasi al limite e poi sfilò lentamente le dita.

Piagnucolai. «Cam.»

Sorrise divertito, e poi scivolò verso il basso lungo il mio corpo e la sua bocca fu su di me: la sua lingua fu su di me, e io persi ogni controllo dei movimenti. I fianchi si muovevano con abbandono, non sapevo più cosa provavo, ero travolta dal desiderio, e quando lui fece ruotare le dita sul mio punto più sensibile venni, gridando il suo nome.

Si alzò subito, continuando a guardarmi mentre il mio corpo tremava. Mi allargò le gambe e fui assalita da una fitta di disagio, di freddo e di buio, ma non ci badai. Ero *pronta*. La sua erezione si posò su di me e poi entrò di un paio di centimetri.

«Ti amo», disse piano, una mano sulla mia guancia. «Ti amo tantissimo.»

Lo cinsi con un braccio. «Ti amo.»

Mi baciò profondamente e mi accarezzò il fianco, e poi le sue anche spinsero contro le mie. Provai una fitta di dolore. Lacrime di sorpresa mi bagnarono gli occhi e fui travolta da quella sensazione incredibile di pienezza, di pressione.

«Va tutto bene?» bisbigliò lui, fermandosi.

Annuii. «Sì.»

I suoi occhi non si staccarono dai miei mentre il suo

braccio tremava intorno al mio. Restò dentro di me e mi baciò lentamente, con dolcezza, e con tanta intensità che gli occhi mi si bagnarono di un tipo diverso di lacrime. Il mio petto traboccava d'amore. E poi, finalmente, quel dolore sordo svanì e la pressione dentro di me iniziò a essere piacevole. Provai a sollevare i fianchi.

Lui mugolò. «Av...»

Lo feci di nuovo, strofinandomi contro di lui. Lui mi prese per i fianchi e spinse in avanti, strappandomi un grido di piacere. Gli afferrai le spalle e gli avvolsi le gambe intorno alla vita, facendolo entrare più a fondo. Si mosse sopra di me, dentro di me, con un ritmo febbrile. Mi girava la testa per la gioia. Lui si mosse più in fretta e mi sembrò che mi toccasse ovunque. La sua bocca sul seno mi faceva impazzire. Senza smettere di muovere i fianchi infilò una mano tra di noi, e fu l'ultima goccia. Gettai la testa all'indietro e tremai intorno a lui. Fu un momento incredibile. Gli spasmi mi attraversavano tutto il corpo come ondate di un'intensità mai provata prima.

«Avery.» Grugnì il mio nome e mi affondò la testa sulla spalla. Due rapide spinte e venne anche lui, mentre gli ultimi tremiti mi scuotevano ancora.

I nostri cuori batterono all'unisono, la nostra pelle era madida di sudore. Passarono minuti, forse ore. Non lo so. Quando uscì da me lentamente, con cautela, mi baciò come credo non avesse mai baciato nessuna.

«È stato... non ci sono parole.» Scosse la testa, gli occhi lucidi. «Stai bene?»

«Benissimo.» Allargai le mani sulle sue guance. «Sei stato perfetto.»

Mi baciò. «Solo perché ero con te.»

33

La mattina dopo, nella doccia, l'acqua calda sferzò muscoli piacevolmente doloranti. Mi spostai sotto il getto e lo lasciai ricadere sul viso. La notte prima, tutta la notte, un largo sorriso mi era rimasto stampato in faccia. Era stato fantastico. Non solo il sesso – e il sesso era stato incredibile – ma tutto ciò che era successo dopo. Eravamo più uniti, e non era stato l'atto in sé a unirci.

Era stata la fiducia completa che nutrivamo l'uno nell'altra.

La porta della doccia scorse silenziosamente, aprii gli occhi e mi voltai mentre Cam entrava dietro di me. Completamente nudo. Abbassai gli occhi. Era duro.

Arrossii e incrociai timidamente le braccia sopra il seno. Sì, eravamo più uniti, ma non per questo era meno imbarazzante mostrargli la mia nudità sotto la luce intensa del bagno.

«Sei bellissima.» Mi tirò via le braccia. «E vuoi coprirti?»

«Non tutti abbiamo la fortuna di avere la tua autostima.»

«Già.» Mi passò il pollice sul capezzolo e poi mi baciò sull'angolo della bocca mentre le sue mani mi risalivano lungo le braccia. L'acqua mi scivolò giù per la schiena. «Mi sentivo solo, così ho pensato di raggiungerti.»

«Ti sentivi solo?» Feci un passo verso di lui.

«Sì.» Lasciò cadere le mani sulla mia vita e avanzò annullando la distanza tra noi. Alcune parti del mio corpo ne furono molto felici. «Ho ordinato la colazione. Abbiamo una ventina di minuti.»

«Venti minuti per diventare freschi e puliti?»

«Per quello ne bastano un paio.»

«E il resto di quei minuti?»

Non mi disse come voleva trascorrerli. Me lo mostrò... nel dettaglio. Mi baciò sulle labbra e poi si gettò con la bocca sul mio seno. Una sfera di lava rovente mi si formò nella pancia mentre lui mi faceva girare di lato e l'acqua continuava a scorrerci addosso. Abbandonandomi alle sensazioni, gli passai una mano sui capelli bagnati, che mi passarono tra le dita come seta. M'infilò una mano tra le cosce e riprese a baciarmi. Sapeva esattamente come toccarmi, come portarmi sull'orlo dell'estasi.

«Aspetta», ordinò.

Gli gettai le braccia al collo e sospirai quando mi tirò su appoggiandomi con la schiena alle piastrelle bagnate e s'infilò tra le mie gambe con un movimento dolorosamente lento. I miei gemiti riecheggiarono nel bagno mentre le sue anche spingevano ritmicamente, il cuore mi rimbombava in petto e la vibrazione si propagava allo stomaco.

Non so come ma ci ritrovammo fuori dalla doccia, la mia schiena sul pavimento freddo e Cam sopra di me, a dondolarci all'unisono, mentre le mie cosce lo stringevano e la doccia scorreva ancora. Una mano era sul mio petto, l'altra affondava nei miei capelli bagnati. La sua bocca era calda e avida, mi consumava.

«Cam!» gridai, inarcando la schiena mentre l'orgasmo mi scuoteva. Lui mi abbracciò e mi tirò su facendomi sedere in grembo. Le ginocchia mi scivolarono sul pavimento bagnato. Un fulmine mi saettò nelle vene. Anche lui tremò e con un'ultima spinta venne, affondandomi dentro.

Per un po' l'unico suono fu il nostro respiro ansimante. Rilassati nelle braccia l'uno dell'altra, la mia testa sulla sua spalla, la mia mano sopra il suo cuore che batteva forte.

«Tu...»

«Sto bene. Non mi rompo», lo rassicurai ridacchiando.

«Non lo so.» Mi scostò i capelli dal viso. «Tu...» Lo interruppe qualcuno che bussava alla porta. «Merda, è arrivata la colazione.»

Mi divincolai e lui si alzò, tra le pozzanghere che avevamo lasciato sul pavimento, rischiando di scivolare. Per fortuna arrivò tutto intero alla porta. «Cam?»

«Che c'è?» Ruotò la testa verso di me.

Risi e gli gettai un asciugamano. «Stavi per aprire la porta con tutta la mercanzia all'aria.»

«Ah, brava.» Si avvolse l'asciugamano sui fianchi e mi sorrise malizioso. «Anche se a tutti piacerebbe vederla, la mia mercanzia.»

Risi e tornai sotto il getto tiepido della doccia. La sua mercanzia non era niente male, in effetti.

La casa di Molly si trovava in un quartiere residenziale, non lussuoso ma ordinato e pulito. Ci fermammo davanti a un piccolo ranch a un solo piano e controllai sul telefonino che fosse l'indirizzo giusto.

«È questa.»

Cam parcheggiò lungo il marciapiede, con un'espressione perplessa. «Sei sicura di volerlo fare?»

«Sì, glielo devo.»

Spense il motore. «Non le devi niente.»

Lo guardai. «Sì, invece. Non è che mi senta in colpa per quello che le è successo, ma se non le parlo non capirà mai perché non ho detto niente. E ho bisogno che lo capisca.» Perché mi sarebbe davvero piaciuto passare una settimana intera senza ricevere un messaggio d'insulti da lei.

Cam prese fiato e tolse le mani dal volante. «E ovviamente vuoi che io ti aspetti qui fuori?»

Annuii.

Sospirò. «Non mi piace.»

Mi sporsi a baciarlo sulla guancia. «Ma ti piaccio io.»

«Ti amo.» Mi posò una mano sulla nuca e portò la bocca alla mia. «Non per questo sono contento di stare seduto qui fuori mentre tu entri in casa di una tizia sconosciuta e forse psicopatica.»

«Non è psicopatica.»

«Lo dici tu.»

«Lo dico io.»

Piegò un angolo della bocca. «Se non esci tra cinque minuti entro io, col fucile spianato.»

«Non hai un fucile.»

«Questo lei non lo sa.»

Risi sommessamente. «Mi serviranno più di cinque minuti.»

«Sei.»

«Di più.»

«Non devi farlo per forza, tesoro.» Non risposi e lui fece un gemito. «Sette.»

«Sei ridicolo, non mi succederà niente.»

Sospirò di nuovo. «Va bene. Ti prego, sta' attenta.»

«Sì.»

Prima che riuscissi a staccarmi da lui mi strinse più

forte e mi baciò, piano all'inizio, poi con più forza e con la lingua, muovendola in modi che mi ricordarono ciò che aveva fatto la sera prima e quella mattina. Mugolai, e quando lui si staccò ansimavo.

Una scintilla maliziosa gli riempiva gli occhi azzurri. « Prima torni da me, prima ricomincio a farti questo. »

« Sei perfido. » Mi liberai, sorridente.

« Ti amo. »

Non mi sarei mai stancata di sentirglielo dire. « Ti amo anch'io. »

Scendere da quella macchina fu quasi impossibile, ma ci riuscii. I miei sandali battevano sul marciapiede dissestato mentre raggiungevo il portone. Ero sotto il sole del mattino da pochi secondi e avevo già la fronte sudata.

Alzai la mano per bussare quando la porta interna si aprì di colpo, rivelando una ragazza bassa e magra coi capelli neri e con grandi occhi grigi dall'espressione diffidente, che si posarono su di me e poi saettarono dietro la mia spalla. Era una ragazza carina, ma sembrava esausta, spossata.

« Chi è? » volle sapere.

Riconobbi subito la sua voce. « È Cam, il mio ragazzo. »

Fece una smorfia, come se avesse sentito un cattivo odore. « Lui non può entrare. »

« Lo so », la rassicurai subito. « Per questo è rimasto in macchina. »

L'espressione di Molly si fece irritata, tuttavia si scostò per farmi passare. Aprì la porta interna e la seguii nel salotto buio.

« È casa dei tuoi genitori? » Osservai le tante foto alle pareti e i mobili consunti dall'uso.

« Sì. » Entrò in salotto, spense il televisore e gettò il telecomando sul divano. « Sono al lavoro. »

«È bella.»

Fece un sorrisetto. «Disse la ragazza che veniva da Red Hill.»

Il sarcasmo non passò inosservato. Mi sedetti su una poltrona e incrociai le caviglie. «Okay. Sono contenta che tu abbia accettato d'incontrarmi.»

Molly restò in piedi a pochi passi da me. «Davvero?»

«Sì.»

Rise senza allegria. «Ne dubito, a giudicare dalla nostra ultima conversazione e dal fatto che hai passato circa nove mesi a ignorarmi.»

Okay, non sarebbe stato facile. «Non mi piace leggere e-mail di persone che non conosco, dopo aver ricevuto tante mail d'insulti al liceo. E poi c'è il fatto che mi hai mandato un mucchio di SMS non esattamente gradevoli.»

Lei incrociò le braccia e alzò il mento. «Sai perché te li ho mandati.»

«Perché all'inizio non ti rispondevo e perché mi ritieni colpevole.» Non rispose e io mi piegai in avanti. «Non mentivo quando ho detto che non sapevo niente di te prima di parlare con mio cugino, a gennaio. Non avevo letto le tue prime e-mail. Questa è la verità.»

Strinse le labbra. «Quindi vuoi ancora convincermi di non essere una puttana bugiarda?»

Espirai dal naso e la fissai. La rabbia mi ribolliva sottopelle, ma riuscii a mantenere la calma, come con mia madre il giorno prima. «Come ti ho detto al telefono, non ho mentito alla polizia.»

«Allora perché hai ritirato le accuse?» volle sapere.

«È una storia lunga.»

Allargò le braccia. «Come vedi ho tempo. Racconta.»

Quel tono arrogante mi faceva venir voglia di ribattere

a tono, eppure decisi di raccontarle tutto su quella sera di Halloween e sui giorni successivi. La sua espressione rimase impassibile e fredda come quella di un vecchio poliziotto che ne ha viste tante. Trasalì solo una volta, per un istante, quando le rivelai cosa mi aveva fatto Blaine. Non ebbi bisogno di chiederglielo per sapere che aveva fatto lo stesso a lei. Alla fine si girò dall'altra parte, le spalle chine ma la schiena dritta.

«Non ho il permesso di dirlo a nessuno, ma dovevo dirlo a te.»

«Lo hai detto al tuo ragazzo?»

«Sì.»

Continuò a darmi le spalle e restò in silenzio.

«Vorrei tanto che i miei genitori non avessero accettato l'accordo, e vorrei non averlo fatto neanch'io. Vorrei essere forte come te, e...»

«Tu non sai niente di me.» Si voltò di scatto. I suoi occhi erano del colore del granito e avevano la stessa inflessibilità.

Alzai le mani. «Ma so che sei forte... più forte di me. Hai fatto la cosa giusta e immagino che non sia stato facile.»

«Non lo è stato, infatti.»

«Lo so.» Sembrava che volesse polemizzare per il gusto di farlo.

Il suo mento affilato si tese in avanti. «Niente è stato facile. Parlare con la polizia... e poi con gli avvocati. Dover ripetere nel dettaglio ogni cosa disgustosa che mi aveva fatto. No, non è stato facile. E non avrei dovuto farlo, se tu avessi continuato a dire la verità!»

«Mi dispiace...»

Si mosse così in fretta, e io ero così impreparata, che non ebbi il tempo di reagire.

Molly mi schiaffeggiò, facendomi ruotare la testa. Lacrime di dolore e sorpresa mi salirono agli occhi.

Mi aveva dato uno schiaffo in faccia.

Quasi non riuscivo a crederci. La guancia mi bruciava, doleva. Accidenti, per essere così magra era forte.

L'ira ebbe la meglio sullo sconcerto e mi formicolarono le mani per la voglia di restituirle lo schiaffo. Ma capivo la sua rabbia. Il suo dolore era ancora così fresco, affilato come un rasoio. Ero stata nei suoi panni, ci tornavo ancora ogni tanto. La rabbia non se n'era mai andata del tutto. Forse non se ne sarebbe andata mai. Quindi capivo perché era così furiosa.

Era uno dei motivi per cui non le avevo ancora sferrato un pugno.

« Te lo meritavi », disse. Le tremava la voce.

Mi pizzicava ancora la guancia quando mi alzai. « Forse sì. Ma non meritavo ciò che Blaine mi ha fatto, e non merito tutto il tuo odio per una decisione che ho preso a quattordici anni e in cui ho avuto ben poca voce in capitolo. »

« I tuoi genitori non ti hanno puntato una pistola alla testa per farti firmare quei documenti, vero? »

Scossi la testa. « Cosa avresti fatto tu se, a quattordici anni, i tuoi avessero preteso che lo facessi? »

Aprì la bocca.

« Non rispondere, perché non importa. Mi dispiace, ma se mi picchi di nuovo reagirò. Mi dispiace che ti sia successa questa cosa. E mi dispiace che tu debba andare in tribunale e tutto il resto. E, *credimi*, la cosa che mi dispiace di più è aver firmato quei cazzo di documenti. Ma questo non posso cambiarlo. Posso solo lasciarmelo alle spalle. »

« Be', divertiti a lasciartelo alle spalle. »

Restai lì a fissare la ragazza con cui avevo in comune una cosa terribile, e mi sentii... vuota. Non c'erano angeli a suonare la tromba, né luci dorate ad annunciare una rivelazione. Mi sentii come mi ero sentita uscendo da casa dei miei genitori. Non provavo niente. In un istante seppi che Cam aveva ragione. Non c'era bisogno di andare da Molly per lasciarmi il passato alle spalle. Non era neppure necessario che parlassi coi miei genitori. Ma ne avevo tratto una grande soddisfazione.

Avevo iniziato a guarire nel momento in cui avevo raccontato la verità a Cam.

Solo che non era successo da un giorno all'altro. Il processo era stato lento, e per accorgermene mi ci era voluto uno schiaffo in faccia.

Non ero tenuta a restare in quella casa.

Dovevo andare là fuori, con Cam, e tornare nel West Virginia, dai miei amici. Dovevo continuare a seppellire il passato.

Mi avviai verso la porta.

« Dove vai? » Le sue dita ossute mi affondarono nel braccio, fermandomi. « Avery? »

Me la scrollai di dosso e mantenni un tono di voce calmo. « Me ne vado, Molly. Torno là fuori da un uomo che mi ama nonostante il mio passato e le decisioni stupide che ho preso. Torno a casa mia, che non è la casa di Red Hill, e torno dai miei amici. Ecco dove vado. »

Molly cercò di dire qualcosa, ma non ci riuscì.

Alla porta mi fermai e mi voltai verso di lei. « Senti, se vuoi telefonarmi per parlare, hai già il mio numero. Chiama quando vuoi, ma ho imparato dai miei errori. Se mi mandi altri messaggi che mi fanno incazzare anche solo un po', chiamo la polizia e ti denuncio. »

Lei chiuse la bocca di scatto e io feci un passo indietro.

«Ti auguro ogni bene, sinceramente. Addio, Molly.»

Non mi fermò e non mi seguì come aveva fatto mio padre. Salii in macchina, al fresco dell'aria condizionata, e sospirai.

«Come... Perché hai la guancia rossa?» Cam mi prese per il mento e mi girò lentamente verso di sé. «Ti ha dato uno schiaffo?»

«Sì.» Rabbrividii alla sua imprecazione violenta. «Ma penso che dopo essersi sfogata si sia sentita meglio.»

Socchiuse gli occhi. «Non per questo è accettabile, cazzo.»

«Lo so.» Gli strinsi la mano e me la premetti sulla guancia dolorante. «Comunque è finita. Ho detto quel che avevo da dire e non penso che la sentirò più.»

Cam aprì la mano e mi accarezzò la guancia. «Avery...»

«Avevi ragione. Non avevo davvero bisogno di farlo, ma sono contenta di averlo fatto. Sono in pace con me stessa.» Chiusi gli occhi e gli baciai la mano. «Portami a casa, Cam. È là che devo andare.»

34

L'unico problema dell'estate, quando non eri più bambino, era che sembrava finire prima ancora d'iniziare. O forse mi era sembrata più breve per via di quei corsi estivi all'università.

Aprii un occhio ed emisi un gemito. Per prima cosa vidi il mio bracciale... non quello d'argento. Cam lo aveva sostituito con vari giri di spago da cui penzolava un ciondolo a forma di simbolo dell'infinito. Poi vidi che ore erano. Perché avevo puntato la sveglia così presto? Non avevo lezione fino alle nove.

Il letto si mosse accanto a me.

E Cam non aveva lezione fino alle dieci. Sarebbe stato un semestre di tutto riposo per lui, che si avvicinava alla fine della carriera accademica.

Un sorriso assonnato mi distese le labbra e mi girai a pancia in giù, allungando le gambe e stiracchiando i piedi. Le lenzuola mi scivolarono via dalla pelle nuda e finirono per terra. O c'era un fantasma pervertito in camera mia, oppure Cam era già sveglio.

Un paio di labbra mi si posò tra le scapole mentre una mano premeva alla base della colonna vertebrale. Le dita risalirono, facendomi venire la pelle d'oca.

« Buongiorno, tesoro. » Cam aveva la voce assonnata.

Ah, ecco perché avevo messo la sveglia così presto: un motivo molto diverso dall'anno prima. In passato mi svegliavo all'alba per paura di arrivare in ritardo, anzi avevo il terrore paranoico di essere in ritardo. Ora invece mettevo la sveglia un'ora prima per avere un po' di tempo da trascorrere insieme in pace.

«'Giorno», borbottai, chiudendo gli occhi mentre lui faceva scorrere la mano su e giù, fermandosi all'apice dei glutei e risalendo dritto fino alla nuca.

Mi baciò al centro della schiena e poi le sue labbra mi si posarono sul fianco. Un fiato caldo mi danzò sul dorso e poi mi baciò il gluteo destro.

Mi contorsi e risi.

«Sai cosa si dice di un ragazzo che bacia il sedere a una ragazza? Letteralmente?»

«Che sa stare al suo posto?»

Mi scostò i capelli dal collo e mi baciò lì. «Che è perdutamente innamorato di lei.»

«Ah, è così?»

«È così», mormorò, stringendomi il fianco.

«Dove lo hai imparato?»

«Su Internet.»

«Che classe.»

«Sai cos'altro ho imparato?» Mi sollevò, infilando un braccio sotto di me. «Che il seno delle donne è più vivace al mattino presto.»

«Cosa?» Risi.

«Già.» E afferrò il mio seno destro. «Devo mettere alla prova questa teoria.» Strinse delicatamente e il mio capezzolo s'indurì. Passò all'altro seno e fece la stessa cosa. «Penso di aver letto giusto. Il tuo seno è eccezionalmente vivace, stamattina.»

Scoppiai a ridere e gli schiaffeggiai le mani, ma smisi subito di ridere quando la sua mano tornò su di me con molta più decisione. Le sue dita fecero magie, e in breve i miei fianchi iniziarono a ruotare tra le lenzuola.

«Mi piace come funziona il tuo cervello», disse, scorrendo più vicino a me.

Mi voltai. «Eh?»

Accennò alla sveglia. «L'hai puntata in anticipo. Tu, mia cara, sei un genio.»

«Lo so.» Sorrisi e posai la guancia sul cuscino. Avevo già il batticuore, il mio corpo era pronto. Ero pronta. «Quindi dovrai occupare in qualche modo questo tempo in più, oppure stupirmi con la tua conoscenza profonda dei lati più oscuri di Internet.»

«Prepotente.» Le sue labbra mi sfiorarono la spalla e le sue mani tornarono sui miei fianchi. «Potrei farti urlare, con la mia conoscenza dei lati oscuri di Internet.»

«Buono a sapersi.»

Mi sollevò di nuovo. «Possiamo?»

Esitava e chiedeva sempre il permesso, prima di farlo in quel modo. Qualcosa m'inteneriva sempre nella sua premura: sapeva che provavo ancora un forte imbarazzo nell'intimità, e c'erano momenti in cui non volevo proprio essere toccata. Capitava di rado, ma capitava; e lui ci stava attento e si adeguava.

Ci eravamo adeguati l'uno all'altra.

Durante l'estate avevo iniziato ad andare dallo psicologo dell'università una volta alla settimana, e avrei continuato finché non ci fosse più stato bisogno, e magari un giorno avrei potuto aiutare qualcuno raccontandogli la mia storia e le mie esperienze.

«Sì», dissi, e per chiarire meglio le mie intenzioni alzai i glutei verso di lui. Cam emise un ruggito profondo. Il mio sorriso si allargò.

Si piazzò tra le mie gambe e io mi sollevai sui gomiti,

girai la testa e le sue labbra trovarono subito le mie. Adoravo il modo in cui mi baciava, come se volesse dissetarsi con la mia essenza. Mi bastava un bacio per sciogliermi tra le sue braccia. Sì, era proprio bravo.

Smise di baciarmi e spinse i fianchi in avanti, penetrandomi da dietro. Il ritmo era lento e pacato, ma ogni affondo mi mandava in estasi. Posai la fronte sul cuscino, il fiato corto, e mi dondolai verso di lui. Le sue mani trovarono le mie e intrecciammo le dita mentre il ritmo accelerava.

« Ti amo », mi sussurrò con voce roca, e mi sentii sull'orlo del precipizio. Ci gettammo insieme, a pochi secondi di distanza.

Quando finalmente riuscimmo a entrare nella doccia, fu il mio sussurro nel suo orecchio a combinare un guaio.

Arrivai a lezione con quattro minuti di ritardo, ma entrai lo stesso, guardai il professore con aria contrita e andai a sedermi.

Il tempo era piacevole e non faceva troppo caldo, quindi decidemmo di pranzare fuori, seduti all'ombra di una delle grandi querce vicino alla biblioteca.

Jacob si sollevò sulla fronte il cappello a bombetta, quello della festa di Halloween dell'anno prima, osservando con perplessità la dozzina di bicchieri di plastica davanti a lui. Stava costruendo una piramide. Non feci domande.

Infilai la cannuccia nel bicchiere e mi sfilai le infradito. Brittany allungò una mano e la fulminai con lo sguardo. « Se mi tocchi i piedi, muori. »

« Dice sul serio », intervenne Cam, dandomi di gomito.

« Una volta le ho toccato il mignolo del piede e ci ho quasi rimesso un dito. »

« Non è l'unica cosa che ci hai quasi rimesso. »

« Oh, sembra seria. » Brittany guardò il suo vasetto di maionese e le patatine. Sospirò. « Mi manca Ollie. Adoravo disgustarlo con le mie fritture. »

« Be', puoi disgustare tutti noi. » Jacob arricciò il labbro. « Come stai facendo in questo istante. »

« Non è lo stesso. Ollie era figo. » Fece il broncio.

« Scusa? » Jacob rischiò di far crollare la piramide delle meraviglie. « Anch'io sono figo. »

Cam aggrottò la fronte. « E anch'io. »

Gli diedi una gomitata sullo stomaco.

« Be', se proprio devo spiegare l'ovvio. » La mia amica inzuppò la patatina nella maionese con gusto. « Jacob, a te non piacciono le ragazze. Cam, tu hai occhi solo per Avery. Quindi rimaneva soltanto Ollie. »

Risi.

Jacob accennò un ghigno. « Be', eccone un altro. »

Mi girai seguendo il suo sguardo. Jase stava attraversando la strada e veniva verso di noi.

Brittany sospirò. « Sì, be', lui non lo reggerei. »

« Perché no? » chiesi, osservando l'amico di Cam.

Brittany emise un verso vago. « Non è tipo da relazioni serie, così ho sentito. »

« E tu vuoi una relazione? » le domandai.

« No. » Rise, intingendo la patatina. « Ma ho paura che, con uno come lui, dopo il primo assaggio ne vuoi sempre di più. »

« Un po' come l'eroina? » suggerì Jacob.

« O le patatine al formaggio », ribatté Brittany.

Cam fece una smorfia e mi sottrasse alcune patatine.

Gli scoccai un'occhiataccia ma poi rovinai l'effetto baciandolo sulla guancia.

Jase si sedette accanto a noi distendendo le lunghe gambe. Sembrava un po' malato, i suoi lineamenti quasi perfetti erano pallidi. «Okay, ho le allucinazioni oppure ho appena visto tua sorella entrare nel Knutti?»

«Non hai le allucinazioni. L'hai vista. Si è iscritta qui, in ritardo», spiegò Cam.

«Oh.» Jase socchiuse gli occhi, fissando il vuoto. «Oh... bene.»

Cercai lo sguardo di Cam e lui si strinse nelle spalle. Fissando sempre il vuoto, Jase si sporse oltre Cam e mi rubò una manciata di patatine.

«Ma che diavolo...?» protestai.

Cam rise. «Le tue patatine non sono al sicuro.»

«Questo è evidente», borbottai.

Jase mi strizzò l'occhio: quando faceva quel gesto era bello quasi quanto Cam. «Venite tutti alla festa hawaiiana questo fine settimana?»

Annuii e ripensai a quant'erano cambiate le cose in un anno. Dodici mesi prima non avrei neppure pensato di andare a una festa, soprattutto in una confraternita. Sorrisi tra me e finii le patatine prima che i ragazzi le divorassero.

«Davvero portate un maiale? Perché l'anno scorso non era un maiale, era un tacchino selvatico e faceva schifo», disse Brittany.

Jase rise. «Stavolta ci sarà un maiale.»

La tasca laterale della mia borsa vibrò. Incuriosita, dato che tutti i miei amici e contatti erano seduti con me, aprii la tasca ed estrassi il telefonino.

Era un SMS, un SMS da un normale numero telefonico. Prefisso del Texas.

SONO MOLLY. POSSIAMO PARLARE QUANDO HAI TEMPO? TI PREGO.

Un piccolo brivido mi corse giù per il braccio. Molly non mi aveva più contattata da quando avevo lasciato il Texas, e i messaggi precedenti non erano mai stati così cordiali, benché neppure quello fosse all'insegna dell'amicizia.

Risposi subito: SÌ, TI CHIAMO STASERA.

Passarono vari minuti, durante i quali restai a fissare il telefonino. Molly aveva risposto con un OKAY, ed ero ancora inebetita.

« Tutto a posto? » mi chiese Cam, posandomi una mano sulla parte bassa della schiena. Sembrava preoccupato.

« Sì. » Infilai il cellulare in borsa. Era tutto a posto. Forse non perfetto, ma la vita non doveva per forza essere perfetta. Era caotica, a volte una catastrofe, ma c'era bellezza nel caos e poteva esserci pace nella catastrofe.

Non so come sarebbe stata la mia vita se non avessi deciso di allontanarmi e liberarmi dal passato. Sicuramente però non sarebbe stata così. E sapevo pure che, se non avessi conosciuto Cam, in quel momento non sarei stata seduta lì. Forse alla fine ne sarei uscita anche da sola, prima o poi, ma avevo il coraggio di ammettere che ero stata aiutata.

E avevo abbastanza coraggio per ringraziare la Corona Boreale ogni volta che guardavo il cielo di notte e mi sembrava di riconoscerla.

Mi appoggiai al petto di Cam e alzai la testa per accarezzargli la guancia. Lo tirai verso di me e gli posai un bacio leggero sulle labbra. « Grazie. »

Sorrise. « Per cosa? »

« Per avermi aspettato. »

RINGRAZIAMENTI

Scrivere i ringraziamenti non è mai facile.

Sono grata anzitutto a Molly McAdams e Cora Carmack, per lo straordinario sostegno e per aver consigliato i miei libri ai lettori.

Sarah: la tua illustrazione per la copertina è fantastica, me ne sono innamorata appena l'ho vista.

Ringrazio di cuore Kevan Lyon, l'agente più premuroso che ci sia.

Grazie a Maria Romero per aver compiuto magie nel correggere i miei refusi, e a Valerie per essere sempre disposta a organizzarmi una tournée promozionale all'ultimo minuto, riuscendoci a meraviglia.

Niente di tutto ciò sarebbe stato possibile senza voi lettori. Non potrò mai ringraziarvi abbastanza per aver letto i miei libri. Mi stupisco ancora che qualcuno lo faccia.

Ultimo ma non per questo meno importante, un grande grazie a Stacey Morgan. È stata la prima persona a sentir parlare di *Ti aspettavo*, un'idea che mi è venuta sotto la doccia, ed è rimasta al mio fianco fin dal primo giorno. GRAZIE.

LA SERIE

I lettori hanno deciso:
«La storia d'amore
dei nostri sogni.»

La versione di Cam

Sarah McCoy

UN RAGGIO DI SOLE TRA LE NUVOLE

Una libraia che ascolta le persone con il cuore
Una bambina impertinente che regala sorrisi a chi è in difficoltà
Un simpatico cucciolo cui è impossibile resistere

Dopo anni di cure e di tentativi, Eden è costretta ad arrendersi: non ci saranno bambini nella sua vita. E la grande casa che lei e il marito, Jack, hanno appena acquistato rimarrà un nido vuoto. Una verità dolorosa destinata ad allargare la distanza che - lentamente ma inesorabilmente - si è venuta a creare tra lei e Jack. Quando poi lui le regala un cucciolo, Eden ha la certezza che la misura sia ormai colma: davvero Jack pensa che un cane possa sostituire un figlio? Come se non bastasse, in un goffo tentativo di rimediare, Jack «assume» come dog-sitter Cleo, la nipotina undicenne della loro vicina. Seppur riluttante, e con il pensiero fisso di trovare l'occasione per annunciare al marito di volere il divorzio, Eden si convince che sia meglio sopportare la presenza della bambina che occuparsi di quella bestiolina e permette a Cleo di venire a trovarla tutti i giorni. Ancora non lo sa, ma quella decisione le cambierà l'esistenza. Perché Cleo è dotata di un'intelligenza vivace e di un carattere aperto, e sarà lei a introdurre Eden nella vita del quartiere, facendole conoscere la signora Silverdash, una libraia sempre disponibile a dare il consiglio giusto al momento giusto. E, grazie a loro, Eden troverà il coraggio di aprire il proprio cuore e scoprirà che ci sono molti modi per donare affetto e amore, trovando anche la strada per riavvicinarsi a Jack.

EDITRICE NORD

Finito di stampare
nel mese di giugno 2015
per conto della Casa Editrice Nord s.u.r.l.
da ELCOGRAF S.p.A.
Stabilimento di Cles (TN)
Printed in Italy